# Cyborg

# ISAAC ASIMOV

WILLIAM F. WU
ARTHUR BYRON COVER

# La cité des robots
# d'Isaac Asimov
# Cyborg

TRADUIT DE L'AMÉRICAIN
PAR PIERRE-PAUL DURASTANTI

ÉDITIONS J'AI LU

A Byron Preiss Visual Publications, Inc. Book

ISAAC ASIMOV'S ROBOT CITY
BOOK 3 : CYBORG

Copyright © 1987 by Byron Preiss Visual Publications, Inc.
Introduction copyright © 1987 by Nightfall, Inc.
Illustrations by Paul Rivoche

ISAAC ASIMOV'S ROBOT CITY
BOOK 4 : PRODIGY

Copyright © 1988 by Byron Preiss Visual Publications, Inc.
Introduction copyright © 1988 by Nightfall, Inc.
Illustrations by Paul Rivoche

ROBOT CITY is a trademark of
Byron Preiss Visual Publications, Inc.

*Pour la traduction française :*
© Éditions J'ai lu, 1990

LIVRE TROIS

# Cyborg

par

**WILLIAM F. WU**

# SOMMAIRE

# L'ORGANISME CYBERNÉTIQUE

## par Isaac ASIMOV

Un robot est un robot et un organisme est un organisme.

Un organisme, on le sait, se compose de cellules. Du point de vue moléculaire, ses bases sont des acides nucléiques et des protéines flottant dans un environnement aqueux, le tout sur un support osseux. Inutile de poursuivre : nous connaissons les organismes, et en sommes nous-mêmes des exemples.

Un robot (comme la science-fiction le représente en général) est un objet, évoquant l'être humain, fait de métal inoxydable. Les auteurs évitent souvent les descriptions détaillées car, la plupart du temps, elles n'ajoutent rien au récit et ils ne savent pas les faire.

Mais l'impression qu'on en retire, c'est qu'un robot possède des câbles où passe l'électricité, plutôt que des veines où circule le sang. La source d'énergie n'est pas nommée ou paraît s'apparenter au nucléaire.

Et le cerveau robotique ?

Lorsque j'ai écrit mes toutes premières histoires de robots en 1939 et 1940, j'ai imaginé un « cerveau positronique » de type spongieux en alliage platine-iridium : il s'agit d'un métal inerte, peu susceptible de mutations chimiques, spongieux pour offrir une vaste surface où nouer et dénouer des schémas électriques, et « positronique » parce que, quatre ans plus tôt, on avait découvert le positron, sorte d'inverse de l'électron, si bien que « positronique » au lieu d'« électronique » avait un suave parfum de science-fiction.

Aujourd'hui, bien sûr, mon cerveau positronique en platine-iridium est une cause perdue. Il l'était déjà dix ans après son invention. Dès la fin des années 40, nous savions qu'un cerveau de robot devrait être une sorte d'ordinateur. En effet, si un robot avait la complexité de ceux que l'on trouve dans mes derniers romans, son cerveau informatique devrait être aussi élaboré que l'humain, et fait de minuscules puces, aussi microscopiques, mais aussi complexes, que les cellules cérébrales.

Imaginons maintenant quelque chose qui ne soit ni robot, ni organisme, mais leur combinaison. Nous aurions un organisme-robot, ou « orbot ». C'est un nom inadéquat, qui n'est jamais que « robot », les deux premières lettres inversées. Remplacer par « orgabot » donne un résultat plutôt atroce.

Nous pourrions l'appeler robot-organisme, « robotanisme », ce qui est tout aussi atroce, ou « roborg ». A mon avis, « roborg » ne sonne pas trop mal mais on ne saurait s'en contenter. Il y a eu du nouveau.

Norbert Weinberg a baptisé « cybernétique », voilà une génération, la science des ordinateurs ; si nous considérons ce qui est à la fois robot et organisme, tout en nous rappelant qu'un robot est de nature cybernétique, nous pourrions appeler le mélange « organisme cybernétique », ou « cyborg ». De fait, c'est le nom qui lui est resté et que l'on utilise.

Pour voir ce qu'un cyborg pourrait être, tâchons de prendre l'organisme humain comme base, et d'aller vers le robot ; ceci fait, prenons un robot, et allons vers l'être humain.

Pour aller de l'organisme humain vers le robot, nous devons commencer par remplacer des portions de l'organisme humain par des parts robotiques. Par certains côtés, nous le faisons déjà. Par exemple, un bon pourcentage du matériau d'origine de mes dents est aujourd'hui métallique, et le métal est, bien sûr, le matériau robotique par excellence.

Bien entendu, les substituts ne sont pas forcément en métal. Une part de mes dents est désormais en céramique et on ne peut pas la différencier au premier regard de la dentine naturelle. Mais, même si la dentine est céramique en apparence et même, jusqu'à un certain degré, sans sa structure chimique, elle a été déposée à l'origine par un matériau vivant et en porte les traces. La céramique qui a remplacé la dentine ne montre aucune trace de vie et n'en montrera jamais.

Allons plus loin. Mon sternum, qui a dû être divisé dans le sens de la longueur pour une opération il y a quelques années, a été tenu quelque temps par des agrafes métalliques restées en place depuis lors. Ma belle-sœur a une articulation métallique de remplacement au niveau de la hanche. Des gens possèdent bras ou jambes artificiels, et l'on donne à ces membres sans vie une complexité et une efficacité toujours renouvelées. D'autres ont survécu des jours et même des mois avec un cœur artificiel, ou vivent des années durant avec un pacemaker.

Nous pouvons imaginer telle ou telle partie de l'être humain remplacée par des matériaux inorganiques et des dispositifs mécaniques. En existe-t-il une seule que nous éprouverions des difficultés à remplacer, même en pensée ?

Je crois que nul n'hésitera. Remplaçons toutes les parties du corps humain sauf une – membres, cœur, foie, squelette, et ainsi de suite – et le résultat demeurera humain. Ce sera un être humain en partie artificiel mais ce sera un être humain.

Mais le cerveau ?

Sans doute, si une chose fait de nous des humains, c'est le cerveau. Si une chose fait de l'être humain un *individu*, c'est la nature complexe, les émotions, la capacité d'apprentissage, et le contenu mémoriel du cerveau. On ne peut le remplacer par une machine à penser issue d'une usine. Il faudrait y implanter un dispositif qui inclue tout ce qu'un cerveau naturel apprend, sa mémoire, ses schémas de fonctionnement dans leur exactitude.

Le membre artificiel ne fonctionne peut-être pas comme le naturel, mais remplit toujours son rôle. Il en ira de même pour un poumon, un rein, un foie artificiels. Un cerveau artificiel doit cependant être la réplique *exacte* du cerveau qu'il simule, ou l'être humain en jeu ne sera plus le même être humain.

Le cerveau constitue donc le point de friction du processus.

Et le contraire ?

Dans « L'Homme bicentenaire », j'ai décrit le passage de mon héros, Andrew Martin, du robot à l'homme. Peu à peu, il s'était fait transformer, de sorte que toutes les parties visibles de son corps avaient une apparence humaine. Son intelligence devenait égale (ou supérieure) à celle d'un homme. C'était un artiste, un historien, un scientifique, un administrateur. Il avait obtenu le vote de lois qui garantissaient les droits du robot, et mérité respect et admiration au plus haut point.

Mais jamais il n'avait pu se faire accepter comme *homme*. Le point de friction était son cerveau robotique. Il découvrait qu'il devait régler ce problème pour franchir la dernière haie.

Voici évoquée la dichotomie corps/cerveau. Le cyborg ultime, c'est celui dans lequel corps et cerveau ne correspondent pas. Cela signifie que nous avons deux types de cyborgs complets :

a) un cerveau robotique dans un corps humain, ou

b) un cerveau humain dans un corps robotique.

Nous pouvons gager que pour juger de la valeur d'un être humain (ou d'un robot dans ce cas) nous jugeons d'abord de son apparence.

J'imagine très bien un homme qui voit une femme d'une beauté extraordinaire et la regarde avec respect et stupeur. « Qu'elle est belle ! » va-t-il dire, ou penser, et il tombera aussitôt amoureux d'elle. Dans les romans roses, cela arrive sans cesse. Certes, une femme qui voit un homme particulièrement séduisant risque de réagir de la même façon.

Si l'on tombe amoureux d'une beauté, on ne se demande pas s'il (ou elle) possède intelligence, caractère, jugement, chaleur et gentillesse. Si l'on s'aperçoit par la suite que cette beauté est la seule à racheter ses défauts on a toutes les chances de se trouver des excuses et de se laisser guider, un temps du moins, par le réflexe érotique conditionné. A terme, bien entendu, on se lassera de la belle enveloppe vide, mais qui sait combien de temps cela peut prendre ?

D'autre part, une personne dotée de nombreuses qualités ne nous ensorcellera peut-être pas au premier abord, à moins que l'on ne soit suffisamment sensible pour les percevoir et se préparer ainsi une vie de bonheur.

Ce que je dis là c'est qu'un cyborg avec un cerveau de robot dans un corps humain sera considéré par la plupart, sinon par tous, comme un être humain, tandis qu'un cyborg avec un cerveau humain dans un corps de robot sera considéré par la plupart, sinon par tous, comme un robot. L'habit, après tout, fait bien souvent le moine...

Mais ces deux cyborgs diamétralement opposés ne poseront pas les mêmes problèmes aux humains.

Si l'on considère le cerveau robotique dans le corps humain, demandons-nous le pourquoi d'un transfert. Un cerveau robotique est plus à l'aise dans un corps de robot, le corps humain étant de loin le plus fragile des deux. On peut avoir un corps humain jeune et vigoureux dont le cerveau est endommagé par la maladie ou un traumatisme, et dire : « Pourquoi perdre ce beau corps humain ? Mettons-y un cerveau robotique afin qu'il vive sa vie. »

L'être humain qui en résulterait ne serait pas l'original, mais un individu différent. On ne conserverait pas un individu, mais un corps sans âme. Et un corps humain, pour beau qu'il soit, est (sans le cerveau qui va avec) peu de chose. Tous les jours, il naît un demi-million de nouveaux corps. Inutile d'en sauver un si le cerveau est fichu.

D'autre part, le cerveau humain dans un corps de robot : il ne dure pas éternellement, mais peut survivre quatre-vingt-dix ans sans perdre toute utilité. On rencontre des nonagénaires vifs, capables de pensée rationnelle digne d'intérêt. Pourtant, on sait aussi que beaucoup d'esprits supérieurs ont perdu leurs facultés au bout de vingt ou trente ans parce que le corps qui les abritait (sans valeur une fois privé d'esprit) était devenu inhabitable à force de maladies et de traumas. On pourrait alors éprouver l'envie de transférer un cerveau parfaitement sain (et même supérieur) dans un robot pour lui procurer quelques décennies supplémentaires de vie utile.

Donc, en disant « cyborg », nous avons toutes les chances de penser presque exclusivement à un cerveau humain dans un corps de robot – et de considérer cette union comme un robot.

Nous pourrions soutenir qu'un esprit humain restera humain, que seul l'esprit compte, et non le support qui l'abrite, et nous aurions raison. Je gage qu'une cour rationnelle déciderait qu'un cyborg au cerveau humain aurait les droits légaux d'un homme. Il pourrait voter, être fait esclave, et ainsi de suite.

Et pourtant, supposons qu'un tel cyborg soit mis au défi : « Prouve que tu possèdes un cerveau humain, et non robotique, avant que je ne t'accorde les droits de l'homme. »

La manière la plus simple pour le cyborg de présenter cette preuve serait de démontrer qu'il n'est pas lié par les Trois Lois de la Robotique. Comme les Trois Lois imposent un comportement socialement acceptable, cela signifie qu'il doit prouver qu'il est capable d'un comportement humain (donc déplaisant). L'argument le plus simple et le plus incontestable serait alors d'envoyer le demandeur au tapis en lui brisant la mâchoire dans l'opération, puisque aucun robot n'en serait capable. (De fait, dans ma nouvelle « La Preuve », parue en 1947, c'est le moyen que j'utilisais pour prouver que quelqu'un n'était pas un robot – mais, dans ce cas, il y avait une entourloupe.)

Mais si un cyborg doit sans cesse se montrer violent pour prouver qu'il a un cerveau humain, il risque de manquer d'amis.

D'ailleurs, même si on le considérait comme un homme, qu'on lui permette de voter, de louer des chambres d'hôtel, d'agir en homme, un règlement devrait le distinguer des humains purs. Les cyborgs seraient plus forts, et leurs poings de métal des armes mortelles. Il leur serait interdit de frapper un homme, même pour se défendre, de pratiquer des sports sur un pied d'égalité avec un humain, et ainsi de suite.

Mais a-t-on besoin d'abriter un cerveau humain dans un corps métallique de robot ? Pourquoi ne le logerait-on pas dans un corps fait de céramique, de plastique et de fibre afin qu'il évoque un corps humain, à la vue comme au toucher – et possède un cerveau humain, en sus ?

Je crains néanmoins, vous savez, que le cyborg ne connaisse des problèmes. Il demeurera *différent*. Pour infimes que soient ses différences, les gens en prendront prétexte.

Des êtres aussi humains que possible se haïssent pour une différence de pigmentation de la peau, ou une petite variation dans la forme du nez, des yeux, des lèvres, ou dans la nature des cheveux.

Des gens qui ne présentent aucune différence physique censée fournir motif à haine n'en sont pas moins à couteaux tirés sur des sujets qui n'ont rien à voir avec le physique – religion, opinions politiques, naissance, langue, ou même accent.

Faisons-nous une raison. Les cyborgs auront leurs problèmes, quoi qu'on y fasse.

# LA CLEF DU PÉRIHÉLIE

Derec soupira et passa sa main dans ses cheveux sable coupés en brosse.

– Katherine, j'ignore si cet imbécile d'ordinateur sait qui possède la clef du Périhélie. De toute manière, il refuse de me le dire. Je lui ai demandé par tous les moyens possibles et imaginables.

Il fit pivoter sa chaise de la console pour la dévisager.

Katherine baissa les yeux sur lui, et secoua la tête avec un dégoût visible.

– Je ne savais pas que les *ordinateurs* pouvaient se montrer stupides, dit-elle d'un ton lourd de sous-entendus.

– Eh bien, celui-ci, oui, murmura-t-il sans conviction, en sentant son visage s'échauffer. Ecoutez, si l'on a programmé un secret prioritaire dans l'ordinateur, il ne répondra pas aux questions qui lui sont interdites. Je n'y peux rien.

Il était heureux d'être assis. Elle était un peu plus grande que lui, même s'il n'avait pas terminé sa croissance, comme il l'espérait. Il pensait qu'elle avait un ou deux ans de plus mais c'était aussi peu sûr que l'identité de la jeune femme... et la sienne.

Derec bondit de sa chaise pour mettre quelque distance entre eux et se mit à arpenter la pièce. En manipulant l'ordinateur, il avait ordonné aux robots bâtisseurs de la Cité des robots de parachever les quartiers que Katherine et lui partageaient. Ils avaient construit une chambre pour chacun d'eux, une cuisine, et une console pour l'accès à l'ordinateur qu'il avait fabriqué lui-même. Il fit le tour du bureau pour brûler son trop-plein d'énergie.

L'appartement était hexagonal et le mobilier intégré aux murs. La lumière sourdait du plafond en une lueur diffuse, agréable. Les cloisons récemment installées cassaient l'élégance des lignes, qui évoquaient l'intérieur d'un cristal, mais ils s'y sentaient mieux qu'auparavant, plus indépendants.

Depuis que Derec avait endigué la croissance frénétique et autodestructrice de la Cité des robots, ils vivaient dans une ville presque normale. La construction se poursuivait désormais sur un rythme qui laissait la cité s'adapter à sa croissance. Grâce aux Lois de la Robotique, les deux humains menaient une existence confortable et sans danger.

La Première Loi de la Robotique dit : « Un robot ne doit pas blesser un être humain ni, par son inaction, permettre qu'un être humain soit blessé. »

– Ecoutez, Derec, dit Katherine. Nous voulons tous les deux quitter cette planète, je pense. Pour l'heure nous ne souffrons pas, ici. Bien entendu, si nous avions un vaisseau nous serions déjà repartis. Mais tant que cette clef sera notre seule chance de salut, nous devons la chercher.

Derec constata que sa voix s'était adoucie, mais fit volte-face, lui tourna le dos, et reprit ses allées et venues. Depuis qu'il avait appris qu'elle n'était pas Katherine Ariel Burgess, comme elle l'avait prétendu, il savait qu'il ne devait plus lui faire confiance, ou seulement lorsqu'elle était sarcastique ou condescendante. Si elle se montrait agréable, il devait deviner ce qu'elle avait derrière la tête.

En outre, il souffrait toujours d'amnésie. Il serait maladroit d'exiger de connaître son identité alors qu'il ne savait même pas lui-même qui il était. En fait, soulever le problème était déjà gênant. La situation le mettait mal à l'aise. La meilleure issue restait l'ordinateur.

Il la contourna et se laissa tomber sur la chaise. Puis il se mit à marteler les touches sans idée de ce qu'il devrait faire. Il essayait juste d'avoir l'air occupé.

Il avait refusé l'implantation d'une Commande vocale sur sa console car il y voyait une barrière entre lui et le labyrinthe de l'ordinateur central. Celui-ci se composait des sept robots planificateurs de plus haut rang, ou surveillants, de la cité, en réseau de communication. Le cœur central n'était accessible qu'à partir du mystérieux bureau de la tour du Compas mais il n'avait plus eu l'occasion de l'utiliser depuis qu'il lui avait ordonné d'interrompre la construction et le remodelage effrénés de la ville. L'emploi du seul clavier lui permettait d'obtenir plus de données brutes et d'optimiser tout le système lorsqu'il en avait le temps. Pour l'heure, cela lui permettait aussi de bricoler sans but précis.

Lorsqu'il se fut concentré quelques instants, son malaise cessa, et lorsqu'il reprit la parole, ce fut d'une voix neutre.

– En fait, cet ordinateur est vraiment stupide. Je ne parle pas des surveillants pris isolément, bien sûr, mais de la façon dont ils combinent leurs informations. La reconstruction a induit tant de données à une telle vitesse dans leurs systèmes qu'ils les enregistrent sans les organiser. Le réseau est devenu trop complexe pour bien fonctionner. Il a besoin d'optimisation pour retrouver l'efficacité.

— Je croyais que vous vous en occupiez.

— Lorsque j'en ai l'occasion, jeta-t-il, de nouveau agacé.

Il gageait pouvoir accomplir des progrès réels, si on lui en laissait le temps, mais il en avait assez qu'elle ne cesse de remettre en question ses capacités à manipuler les ordinateurs. C'était le seul sujet sur lequel il connût quelque chose, et il l'avait démontré à de très nombreuses reprises. Puisque son amnésie lui avait laissé très peu de connaissances sur lui-même, le peu de savoir qu'il possédait revêtait une grande importance pour lui. Il avait même découvert de quelle sorte d'amnésie il souffrait : cela s'appelait « amnésie fractionnée, rétrograde, psychogénique et hypno-résistante » – quoi que cela signifie.

Katherine ne dit rien, mais il sentit qu'elle l'observait.

— Eh bien, nous avons écopé d'un ordinateur plutôt bizarre, voilà tout, dit-il. (La maîtrise qu'elle témoignait exacerbait son malaise. Il se calma avec effort.) Nous voilà dans la Cité des robots, bâtie, dirigée et habitée par les seuls robots, et nous n'avons pas la moindre idée de qui l'a créée, ni pourquoi. Je veux dire, qui a jamais entendu parler d'un endroit pareil ?

— Je sais, dit-elle avec douceur. Nous sommes dans le même bateau, Derec.

— Laissez-moi vous réexpliquer cet ordinateur. Nous sommes sûrs que les robots ont la clef, parce qu'il n'y a personne sur la planète, à part nous. Pas une...

— Je le sais, Derec, dit-elle avec une lassitude exagérée.

— Laissez-moi continuer. J'essaie d'échafauder ma théorie. Ecoutez, je n'ai jamais vu un ordinateur pareil, et je m'échine toujours à comprendre comment le manipuler.

– Continuez.

– L'ordinateur est visiblement soumis aux Trois Lois de la Robotique, ce qui devrait l'obliger à répondre à mes requêtes, sous l'effet de la Deuxième Loi. Il s'y est refusé, sans doute pour deux raisons. L'une est sa programmation initiale, dans laquelle la Deuxième Loi exigeait des robots dans leur ensemble qu'ils tiennent certains faits secrets malgré les ordres qu'ils recevaient d'un être humain, probablement le créateur de la Cité des robots, quel qu'il fût.

La Deuxième Loi de la Robotique dit : « Un robot doit obéir aux ordres donnés par un être humain, sauf quand ces ordres entrent en conflit avec la Première Loi. »

Katherine hocha lentement la tête, en fixant le sol.

– Quelle est la deuxième raison ?

– Le système a grandi au point où une réorganisation fondamentale s'impose. Trop de sous-ensembles paraissent ignorer ce que savent les autres. Il s'y perd toutes sortes de données. Même s'il connaît une réponse, il arrive que l'information soit trop longue à localiser : je dois alors trouver une manière de formuler ma question pour obtenir ma réponse.

Katherine leva la tête et sourit.

– Cela nous est de plus en plus facile, Derec. Nous avons de l'entraînement, surtout avec les robots individuels.

Derec sourit.

– Je l'admets. Pour l'heure, le meilleur moyen de persuader les robots de coopérer est de les convaincre que nous sommes en danger, et de rendre ainsi la Première Loi opérationnelle.

– Je sais, je sais – auriez-vous oublié ma petite charade avec votre petite amie extraterrestre Wolruf ? Le problème est qu'il est encore plus difficile de les convaincre lorsqu'on se contente de discuter. Je crois me rappeler que nous avons tous les deux eu droit à plusieurs parties de plaisir de ce genre.

– C'est vrai aussi. (Les cerveaux positroniques des robots humanoïdes étaient très sophistiqués et débattre de leur propre logique pouvait s'avérer frustrant.) Les surveillants ont été si conciliants – dans les limites de leur programmation, bien sûr – qu'il est vraiment dommage de ne pas pouvoir essayer de travailler avec eux pour récupérer la clef.

– Ils ne veulent même pas admettre qu'ils l'ont retirée de notre cachette sur la tour du Compas, dit Katherine. Pourquoi coopéreraient-ils avec nous ?

– Je suis sûr qu'ils ne peuvent pas, ou ne veulent pas. On va donc s'efforcer de trouver la clef sans s'opposer à eux. Plus il leur faudra de temps pour s'en apercevoir, plus on sera libres de nos mouvements.

Malgré leur conversation, Derec craignait que, s'il quittait la console, Katherine n'aborde encore son incompétence. Elle le traiterait sans doute de dégonflé. Bien déterminé à ne pas lui en laisser l'occasion, il continua de tapoter sur le clavier.

Katherine rapprocha l'autre chaise – ils n'en avaient que deux en tout – et s'assit.

– Derec, tâchons de trouver quelques questions que je pourrais poser aux autres robots, pas aux surveillants. Je sais qu'ils refusent de répondre aux questions directes sur la clef, mais j'ai déjà eu quelques informations. Comme vous disiez, il suffit de deviner les questions auxquelles ils doivent répondre à cause des Lois.

Il acquiesça.

– Ou des questions dont ils ne verront pas le but.

Le hic, c'est que j'ai essayé de les faire admettre à l'ordinateur. Et je n'y arrive pas.

Tout ce qu'ils savaient en réalité sur la clef du Périhélie, c'était qu'il s'agissait d'un dispositif de téléportation qu'on avait ôté de là où ils l'avaient dissimulé. A l'évidence, seuls les robots avaient pu le prendre et jusqu'à présent ils ne leur avaient même pas révélé cette information. Comme la clef devait avoir sa place à la Cité des robots ou du moins un rapport avec elle, ils ne devaient pas estimer l'avoir dérobée. Ils étaient incapables de malhonnêteté en tant que telle.

– Nous savons qu'ils cherchaient la clef depuis longtemps, dit Derec. Donc ce qu'ils ont pu en faire doit dépendre de leur programmation à long terme.

Il aurait volontiers accepté son aide, mais il ne savait pas s'il lui faisait assez confiance pour parler en toute liberté. A un moment, il lui avait proposé de l'utiliser pour quitter la planète seule ; elle avait choisi de rester avec lui. Mais cela remontait à quelque temps. Parfois ils semblaient très proches, mais il ne savait toujours pas, au cas où elle trouverait la clef la première, si elle lui permettrait de l'utiliser aussi. Elle souffrait d'une maladie chronique – laquelle précisément était son secret – et pouvait fort bien éprouver le besoin de quitter la planète plus vite qu'elle ne le prétendait.

En fait, elle l'inquiétait. Il voulait lui obtenir des soins médicaux humains et cela signifiait quitter la Cité des robots. Mais il refusait de rester en arrière.

– Ce qu'ils font est évident, dit Katherine. Ils veulent se téléporter. La clef ne sert qu'à ça, pour ce qu'on en sait.

– Mais où vont-ils ? La planète leur appartient en entier, à part nous.

– Oh, Derec ! (Elle paraissait exaspérée.) A un

moment ou un autre ils vont tous se téléporter loin de la planète comme nous le voudrions.

— Mais pourquoi... (Derec se tut. Ils n'avaient aucun moyen de le savoir, car ils ignoraient la raison de la présence des robots sur la planète, pour commencer. Discuter leurs motivations ne les mènerait pas bien loin.) Bon, réfléchissons à voix haute une minute. Sur l'astéroïde d'où ils l'ont découverte ils étaient programmés pour s'autodétruire en cas d'attaque. La clef et le secret qui l'entoure comptaient beaucoup plus que les robots ou tout autre matériel pour la personne qui les a programmés. Le coût n'avait aucune espèce d'importance. Et cette programmation est le nœud du problème, puisqu'elle viole la Troisième Loi.

La Troisième Loi de la Robotique dit : « Un robot doit protéger sa propre existence, tant que cette protection n'entre pas en conflit avec les Première et Deuxième Lois. »

— Leur autodestruction, pour motif de secret, sans doute, doit donc émaner de leur créateur sous l'égide de la Première ou de la Deuxième Loi. (Elle réfléchit quelques instants.) Nous revoilà confrontés à cette ingénierie minimaliste dont vous ne cessez de parler.

— Voyons, une minute. (Il se tourna sur sa chaise pour lui faire face.) Ne l'ai-je pas déjà expliquée ? Quand j'utilise ce terme, je parle des dispositifs que nous rencontrons sans cesse qui facilitent l'emploi des objets, même si la technologie peut s'avérer beaucoup plus complexe qu'il n'est nécessaire pour ce faire. (Il éclata de rire, ravi de prendre l'avantage sur elle, pour une fois.) Qu'est-ce que cela a à voir avec des robots qui se réduisent en flaques bouillantes de matériaux fondus ?

— C'est la même attitude. Il ne s'agit pas de l'ingénierie en elle-même, mais des priorités. Le créateur

24

de la Cité des robots se moque de gaspiller les matériaux.

– *Oh !* Bon... vous devez avoir raison. Bien entendu, ils ont tous les matériaux qu'ils veulent, puisque la concurrence n'existe pas, ici. Je... une minute ! (Il se tourna soudain vers la console. Sans mentionner la clef, il appela les listes de réquisition de fournitures et chercha des mouvements de matériaux sous une priorité de haut niveau. On lui indiqua plusieurs endroits.) Ah ! Vous pariez qu'ils viennent d'édifier une sorte de cachette pour la clef ?

– Oui ! (Elle lui jeta ses bras autour du cou, l'étreignit un bref instant.) Il le faut. Vu son importance, ils l'auront mise sous les conditions de sécurité les plus serrées jamais vues sur cette planète. (Elle rit.) Et si on approche trop, ces robots suicidaires se réduiront peut-être encore en flaquettes.

Derec s'était raidi de surprise sous l'étreinte, et sentait de nouveau son visage s'empourprer d'embarras. Ils avaient déjà partagé des moments d'affection, mais des disputes paraissaient toujours s'ensuivre. Il ne savait pas ce qu'il ressentait.

Katherine poursuivit d'une voix animée :

– Vous croyez qu'un robot précis pourrait en être chargé ? Cela nous dirait qui chercher.

Heureux d'avoir autre chose à faire, Derec appela une liste d'affectations incluant les transferts si ceux-ci s'avéraient pertinents. Des réorganisations majeures intervenaient dans le sillage de la frénésie de construction stoppée depuis peu. Il compara les affectations avec les endroits où l'on avait requis abondance de matériel. Soudain, il obtint un numéro de robot.

– Le voilà !

Katherine lisait par-dessus son épaule.

– Oh, regardez – il a une équipe gigantesque qui

vient de recevoir l'assignation à travailler sous ses ordres. Ouaouh, ce numéro de série est un véritable roman.

D'habitude les robots susceptibles de fréquenter les humains recevaient des noms, au lieu de numéros ou d'attributions, mais ici dans la Cité des robots, ces derniers n'avaient aucun motif de penser que de tels contacts intervinssent jamais ; seuls les surveillants étaient ainsi baptisés.

– Regardez ça. Voyons. Clé... Pourquoi pas Clémo ?

Il frappa une succession de touches.

– Qu'est-ce que vous avez fait ?

– Je lui ai donné un nom. Ce sera plus facile pour nous en souvenir. Et maintenant qu'il figure dans la mémoire, le robot y répondra comme à son numéro. Les autres robots l'apprendront eux aussi s'ils le souhaitent.

– Je ne savais pas que vous pouviez faire ça.

Il leva les yeux vers elle et lui sourit.

– Je ne m'en suis rendu compte qu'aujourd'hui.

– Félicitations. Dites, Derec...

– Oui ?

– Regardez-moi la taille de l'équipe qu'il a réunie. Qu'est-ce qu'ils peuvent bien fabriquer ?

Derec haussa les épaules.

– Par sécurité ? Vous aviez raison. Les robots vont tenir la clef sous surveillance constante.

– Mais que peuvent-ils redouter, ici ? D'ailleurs, ils ont la possibilité d'obtenir d'autres types de systèmes de sécurité. Ils n'ont pas besoin d'une horde de robots inoccupés.

– Je vous écoute, ma petite.

– Et leurs dernières affectations ? Quels types de spécialisations ont-ils acquis ?

26

Il entreprit d'appeler une liste de leurs précédentes affectations, et répondit tout en travaillant.

– Je sais que certains robots possèdent une spécialisation, mais j'ignore combien. Pour les informations, ils peuvent sans doute tous en tirer de l'ordinateur central. S'ils arrivent à sortir des données de ce fouillis, ils savent tous ce que sait l'un. (Il consulta la liste qui s'affichait.) Nous y voilà. Hum – essayons ça.

Frappant deux touches, il amena l'ordinateur à subdiviser la liste selon les affectations précédentes en commun.

– Je ne vois pas de schéma directeur, reconnut Katherine au bout d'un moment.

Derec secoua la tête.

– Moi non plus. Ils ont des itinéraires très différents.

– Ils ont peut-être d'autres ressemblances. Vous pourriez demander à l'ordinateur s'ils ont un autre point commun ?

– Je peux lui demander n'importe quoi. (Derec sourit d'un air piteux.) Que j'obtienne une réponse civilisée est un autre problème. (Un instant plus tard, une nouvelle liste s'affichait devant eux. Il la consulta et poussa un long soupir.) Ouaouh !

– Ce doit être la clef, dit Katherine à voix basse.

Selon l'ordinateur, les robots du nouveau tableau de service étaient choisis pour leur efficacité absolue. Ils comptaient le moins de pannes, le délai de réparation le plus court, et les meilleurs rendements. Ceux qui étaient entrés en contact avec des humains avaient toujours pris les meilleures décisions aux termes des Trois Lois avec le minimum de temps et d'effort même si, bien entendu, tous les robots finissaient par prendre les bonnes décisions. Cette équipe réunissait les meilleurs robots de la Cité des robots.

– Ce Clémo doit être la crème des crèmes, dit Derec, pour qu'ils lui donnent une telle responsabilité. Se frotter à un tel groupe va être dur.

– Voyez-le sous un autre angle : si on le persuade de nous donner la clef du Périhélie on persuade les robots de n'importe quoi.

Derec releva la tête avec un vague sourire. Lorsqu'il croisa son regard, ils éclatèrent de rire tous les deux.

– Certes, concéda Katherine, si nous les persuadons de nous donner la clef du Périhélie, ils ne nous devront plus rien.

– Nous ferions mieux d'aller voir ce Clémo avec un argument convaincant. (Derec se leva et gagna la cuisine.) Comme nous ne trouverons pas de quoi manger hors d'ici, autant nous sustenter dès maintenant. (Il consulta le peu de plats que le processeur chimique simulait.) Je crains qu'on n'ait plus rien de frais. Il va falloir demander une nouvelle livraison mais on ne peut pas attendre.

Katherine le rejoignit et regarda par-dessus son épaule avec un air dégoûté.

– Une autre raison de quitter cette planète. La nourriture a un goût atroce.

– Les robots ont fait de leur mieux. Avant notre arrivée, ils n'avaient pas besoin de cuisine. On peut s'estimer heureux qu'ils aient fabriqué un processeur ne serait-ce que tolérable.

– En ce qui me concerne, le meilleur repas qu'il m'offre est celui que je mange le plus vite, afin que je n'aie pas à le goûter plus longtemps que le strict nécessaire.

– Parfait. On ne doit pas perdre de temps, de toute façon. (Derec entra le code, alluma l'appareil.) Des barres nutritives – une fois de plus.

– Mais je prendrai du punch aux fruits comme boisson.

28

– Ouais – moi aussi.

Un instant plus tard, ils s'asseyaient tous les deux, munis d'un rectangle tiède, brun-noir. La barre combinait protéines, hydrates de carbone et cellulose pour emplir l'estomac. Le goût était plus neutre que mauvais. Le processeur produisait des repas complexes, aussi nutritifs ou plus, mais aussi insipides. Il ne valait même pas la coquerie automatique d'un vaisseau.

Derec fit passer une bouchée d'une gorgée de punch simulé. Au moins, l'acide citrique lui donnait une saveur.

– Si j'ai le temps je tâcherai d'ordonner à l'ordinateur de me proposer quelques améliorations du processeur. Le problème, c'est que je ne sais pas quels produits chimiques ajouter pour donner bon goût aux aliments... et je doute que l'ordinateur le sache. Les robots ont des capacités sensorielles dans un but analytique mais se moquent des préférences de gourmets humains.

– Si on a la clef aujourd'hui, on sera partis. On s'en tient là. Comment persuader Clémo de nous la donner ?

– Exposé ainsi, ça paraît un peu présomptueux, je dois bien l'admettre. Eh bien... vous avez une idée ?

Il espérait lui cacher sa propre absence de plan.

– Notre seul espoir est de le forcer à la restituer par une interprétation des Lois. On va devoir proposer un argument...

Elle haussa les épaules, incapable de suggérer une piste.

– Si la nourriture était pire, on pourrait prétendre qu'on doit quitter la planète ou en subir les conséquences.

Derec s'esclaffa.

– Le problème, c'est qu'elle n'est pas *si* mauvaise.

– On peut se douter que la Deuxième Loi en elle-même ne va guère nous aider. Comme je le disais pour les informations de l'ordinateur central, toute requête de notre part sera battue en brèche par un ordre de programmation antérieur sous l'égide de la Deuxième Loi. Celui qui a créé la Cité des robots a fait passer ses instructions en premier.

Katherine baissa les yeux sur son verre, qu'elle prit, bien qu'il ait été vide. Soudain, elle se leva et alla le remplir au processeur. Puis elle resta à le contempler.

Derec ignorait pourquoi elle se montrait glaciale. Il se dit que cela se comprenait, pourtant : comme il se sentait assez à l'aise pour plaisanter un peu, elle rentrait dans sa coquille. Il l'observa sans mot dire.

Katherine se détourna et passa dans sa chambre.

Derec, qui se sentait rejeté, n'essaya pas de l'approcher. Il se leva et porta leurs assiettes et leurs verres au lave-vaisselle. Après l'avoir mis en marche, il rangea un peu et nettoya le réceptacle du processeur chimique. Il ne savait pas ce qu'elle faisait de son côté.

Derec se sentait de nouveau sous le joug des circonstances. Quelque temps plus tôt, il s'était réveillé dans une capsule de survie d'un grand vaisseau spatial sans un souvenir de son nom, ni de sa vie passée. Même « Derec » était un nom d'emprunt. Il avait eu un certain nombre d'aventures depuis lors, mais aucune ne lui avait rendu la mémoire.

En chemin, il avait rencontré Katherine, et ils avaient fait équipe par nécessité. Aujourd'hui encore après tout ils étaient les seuls humains sur la planète, et avaient en commun le désir de fuir la Cité des robots. Ils la trouvaient toujours difficile à vivre. Mais, pour quitter la Cité, ils devaient se procurer la clef du Périhélie. Derec prit une profonde inspiration.

– Katherine ?

– Oui.

Elle parlait d'une voix sourde et dolente.

– Vous, euh, vous vous sentez bien ?

– Oui !

Elle avait répondu d'une voix dure, presque trop insistante.

– J'imagine que nous devons rendre visite à Clémo, où qu'il se trouve. Vous voulez toujours y aller, n'est-ce pas ?

– Bien sûr que je veux y aller, jeta-t-elle en apparaissant dans l'embrasure. Pourquoi ne le voudrais-je pas ?

– *Moi*, je n'en sais rien ! (Derec leva les bras au ciel.) Parfois vous me semblez un mystère aussi grand que l'origine de la Cité des robots.

Katherine le frôla en passant et se retourna.

– Eh bien ?

– Eh bien quoi ?

– Nous y allons maintenant ou pas ? Vous étiez si pressé.

– Oui ! Bien sûr qu'on y va. Je suis pressé de fuir cette planète et je pensais que vous l'étiez aussi. Bon, allons-y !

– Parfait !

Bouillant de colère, il sortit à grands pas, irrité de la savoir sur ses talons.

## PAR LA GLISSIÈRE

Dehors, la pyramide de la tour du Compas brillait au soleil. Repère familier, elle dominait tout. L'horizon, en dessous, était un crénelage de flèches, de dômes, de cubes et de tours.

Derec et Katherine avançaient sans mot dire sur le trottoir roulant. Il pensait savoir où trouver Clémo, puisque la perpétuelle transformation de la ville avait été interrompue – même si les robots rénovaient et construisaient toujours sans répit. Un des avantages de cet arrêt était que les robots montaient un réseau cohérent de trottoirs roulants pour les piétons. Trouver son chemin dans la Cité des robots restait cependant ardu.

Sa colère se calmait rapidement. Dans le lointain, il voyait un vaste dôme se détacher sur l'horizon, d'une nuance de bronze brillante, luisante. Il se trouvait près du théâtre d'opération et Derec estima que c'était là le Centre de la clef même.

– J'ai déjà vu un dôme semblable ici autrefois, dit-elle en le regardant elle aussi. Vous savez ce que c'est ?

– Pas exactement, non.

– Qu'est-ce que ça veut dire ?

Il lui jeta un regard circonspect, en croyant sentir

de l'énervement dans sa voix, mais elle observait toujours le bâtiment. Il leva de nouveau les yeux vers lui, sans cesser sa marche.

— Eh bien... les robots doivent parfois abriter des appareils qui ne passent pas les baies ou les portes normales des fabriques. Je n'ai jamais observé un de ces dômes de près, mais je crois qu'on les destine à cet emploi.

— Je ne vois pas de portes, maintenant que vous en parlez. Je suppose qu'elles sont de l'autre côté. Pourtant, la clef est assez petite pour qu'on la transporte. Je ne vois pas pourquoi ils l'abriteraient sous un dôme aussi gigantesque.

— Ce n'est peut-être pas le bon endroit. (Derec haussa les épaules.) Le Centre de la clef est peut-être une hutte de boue juste à côté.

— Très amusant. Si ce dôme est neuf, je parie qu'ils l'ont édifié pour la clef.

— Je ne discute pas. Mais on va devoir quitter le trottoir roulant. On est en train de le réparer, juste devant. Il n'y en a aucun qui nous emmènera là-bas.

— J'espère que vous ne vous attendez pas à me voir marcher aussi loin !

Elle descendit du trottoir avec lui.

Un minuscule robot utilitaire dépourvu de cerveau positronique s'écarta en ricochant. C'était un petit collecteur de déchets qui ramassait les détritus d'un chantier sur un coussin de pattes courtes et agiles. Il se dirigea vers une conduite d'égout pour y déverser son chargement.

Un robot humanoïde, du type contremaître, s'approcha d'eux. Le soleil brillait sur sa tête caractéristique, que protégeait un casque, et sur sa peau bleue.

— Identifie-toi, ordonna Katherine.

— Je suis Contremaître de Chantier 391.

Les yeux du robot, profondément enfoncés dans

les ténèbres de sa fente oculaire horizontale, se braquèrent sur elle.

– Quel est le moyen le plus pratique pour nous d'atteindre le... Derec, dis-lui quoi.

Il remarqua qu'elle lui avait parlé du ton impérieux qu'elle réservait aux robots.

– Nous allons jusqu'à ce dôme, ou dans ses parages. Il est à environ six kilomètres quatre cents.

– Givre ! (Katherine se tourna vers lui.) Vous ne comptiez pas marcher si loin, hein ?

– Bien sûr que non.

– Peut-être la glissière aspirante convient-elle aux êtres humains, dit Contremaître 391. Vous devriez poser la question à un contremaître de glissière. Le robot de maintenance peut-il reprendre sa tâche ?

– Oh... bien sûr.

Elle contempla le collecteur de déchets qu'elle avait coincé par inadvertance contre la conduite d'égout. Il bourdonna avec patience à ses pieds en attendant qu'elle s'écarte, et retourna vers le chantier.

– Une glissière aspirante ? fit Derec. Je ne pense pas en avoir entendu parler. Technologie plutôt archaïque, d'ailleurs.

– Oui. On l'utilise parce qu'une nouvelle installation de la Cité des robots produit un grand vide partiel comme effet secondaire. Son emploi constitue une source d'énergie efficace.

– Dis, tu en es plutôt fier, pas vrai ? (Il sourit, amusé.) Tu as dû travailler sur les glissières aspirantes, hein ?

– Il ne s'agit pas de fierté, mais de la reconnaissance que des principes efficaces donnent des résultats. Oui, tous les contremaîtres de chantier de mon niveau ont été consultés quand le réseau de glissières a été creusé à travers la ville.

– Oublie ces givrées glissières, dit Katherine d'une voix irritée. Et ce dôme de bronze ?

– Oui ?

– Eh bien, tu es contremaître de chantier. Tu dois savoir à quoi il sert.

– Oui.

– *Veux-tu nous le dire, s'il te plaît ?*

Derec dissimula un sourire devant sa frustration. Elle avait parfois su négocier avec les robots mais aujourd'hui ne semblait pas être son jour. Il leur arrivait en fait à tous deux d'atteindre le point où l'interprétation littérale que faisaient les robots du discours humain les mettait en rage.

– Ces édifices sont utilisés pour loger des installations de formes gigantesques ou bizarres de toutes sortes. Les...

– Excuse-moi, dit Derec. Mais une installation d'un extrême intérêt, de toute première importance, pourrait-elle se trouver sous un de ces dômes, aussi ?

– Je n'ai pas le pouvoir de prendre une telle décision.

– Mais de par ton expérience de la Cité des robots, crois-tu que ce soit possible ?

– Le matériau utilisé dans sa construction ne procure aucun avantage précis selon la prémisse que vous m'avez fournie.

Derec soupira.

– D'accord. Quel est-il, d'ailleurs ?

– Vous vous référez au matériau de construction ?

– Oui.

Derec grinça des dents, et surprit Katherine à dissimuler un sourire, cette fois-ci.

– Sa coque externe est sa seule différence. Elle se compose de dianite. La dianite est un type spécialisé du matériau dans lequel la Cité des robots est bâtie. La substance a beaucoup de qualités inhabituelles.

Sous forme solide, elle est extrêmement dure, mais très légère, et bénéficie d'une grande résistance à la tension. Mais sa propriété la plus inhabituelle est...

– Parfait, parfait, merci. Y a-t-il un moyen de transport normal qui puisse nous y emmener ? D'ici ?

– Normalement, ce trottoir roulant vous y conduirait. Tant qu'il est en réparation, aucun moyen de transport normal n'est disponible pour vous emmener là-bas.

– Et ces glissières ? demanda Katherine.

– Laissez-moi consulter l'ordinateur central. Oui, l'une va tout droit jusqu'à un arrêt proche de votre destination. Vous comprenez qu'un contremaître de glissière doit être consulté en matière de sécurité.

– Entendu, dit Derec. Où allons-nous en trouver un ?

– La glissière la plus proche se trouve deux rues plus haut et une rue plus à gauche. Je dois reprendre ma tâche.

– Venez !

Katherine partit au pas de course.

Ils coururent sur le trottoir roulant immobile, en sautèrent et suivirent le bas-côté sans ralentir. Çà et là, ils durent éviter des robots utilitaires qui vaquaient à leurs tâches, et un ou deux contremaîtres. Quelques instants plus tard, ils tournaient dans une rue, et s'arrêtaient en dérapant devant un quai de chargement où un robot contremaître regardait un petit robot utilitaire guider une grue pour soulever un conteneur.

Le robot utilitaire sortait des conteneurs moulés d'un long tube transparent qui reposait à l'horizontale sur le quai.

– Nous le prenons, dit Katherine d'une voix sèche. Comment fonctionne-t-il ?

– Il est entraîné dans la glissière par effet de vide, dit le contremaître. Quel besoin en avez-vous ?

– Identifie-toi.

– Je suis Contremaître de Glissière 34. (Le regard du robot alla de l'un à l'autre.) Je n'ai jamais été en contact direct avec des humains auparavant.

Katherine leva les bras au ciel dans un geste d'impatience que Derec connaissait trop bien. Il était heureux de ne pas en être la cause, cette fois-ci.

– Oui, nous sommes des humains. Bravo, génie. Bon...

Derec se jeta devant elle, surpris par sa colère subite.

– Nous allons dans ce dôme. Un contremaître nous a suggéré de vous demander si une glissière serait assez sûre.

Contremaître de Glissière 34 baissa les yeux vers le tube. D'où il se trouvait, Derec voyait qu'il reposait sur une voie de garage, à l'écart de la glissière proprement dite.

– Oui, ce tube peut accueillir des cargaisons plus fragiles que les humains. Il comporte une aération et un rembourrage. Il se peut toutefois qu'il ne soit pas confortable.

– A quel point d'incon... commença Derec.

– Givrez ça ; on le prend.

Katherine écarta Derec et descendit dans le tube ouvert.

Derec la suivit et s'aperçut que, tout rembourré que fût le tube, ils devaient s'allonger pour laisser la porte coulissante se fermer. Il se trouva couché contre elle et s'écarta, timide.

– Je vous envoie à l'arrêt le plus proche du dôme, dit le robot, avant de verrouiller la porte.

– J'espère qu'il a une meilleure expérience des glissières que des humains, dit Katherine.

Derec se tortilla quelque peu pour se mettre à son aise, les yeux au ciel. Il voulut parler, mais le brusque démarrage le laissa sans voix. Le tube accéléra aussitôt dans une bourrasque et fusa dans la glissière obscure.

L'air tourbillonnait à l'intérieur. Apparemment, l'aération consistait en ouvertures ménagées au dos pour aspirer de l'air dans l'habitacle tant qu'il avançait. Il essayait d'en imaginer le fonctionnement, lorsque la glissière s'incurva vers le haut. Aussitôt, il glissa, la tête la première, vers l'arrière. Pris de fou rire, Katherine et lui se raccrochèrent l'un à l'autre, et essayèrent en vain de s'arc-bouter contre les parois lisses.

La lumière inonda le tube, manquant d'aveugler Derec. Quand il accommoda, ils hurlèrent et se raccrochèrent l'un à l'autre. La glissière était devenue aussi transparente que le tube, et ils fonçaient loin au-dessus du sol. Droit devant, elle sinuait entre deux édifices. Malgré sa maîtrise de soi, il sentit son corps s'arquer de peur qu'ils ne s'écrasent sur l'un des murs.

Katherine éprouvait apparemment la même sensation, et prit une vive inspiration tandis qu'ils plongeaient dans la brèche. Les parois ne furent plus qu'une brume, de part et d'autre du tube. La glissière vira encore vers le haut, en les maintenant cloués au fond du tube, arc-boutés, bras au-dessus de la tête.

Les édifices décrurent d'abord du côté de Katherine, puis du sien. Il crut sentir son estomac tomber tandis qu'il voyait les toits diminuer sous eux. Voyager dans un vaisseau spatial clos était une chose mais regarder bel et bien le sol chuter loin de soi ramenait toutes les craintes instinctives des hauteurs que ses lointains ancêtres avaient acquises en tombant des arbres. Derrière lui, Katherine gloussait nerveusement.

La glissière se rétablit, et Derec poussa un soupir prudent.

Elle se tourna pour lui faire face, à quelques centimètres.

– Plutôt dingue, non ?

Il sourit, mais n'alla pas jusqu'à parler.

Dès lors qu'ils foncèrent sur une section horizontale de la glissière il put se détendre quelque peu. Quand il jeta un œil circonspect sur le côté, il s'aperçut que la plus grande partie de la ville se trouvait maintenant au-dessous d'eux, mais que certains des tours et des obélisques les plus hauts pouvaient encore jeter une ombre sur leur glissière à l'heure appropriée. Il songea que l'itinéraire erratique de la glissière était dû à l'interruption récente de la reconfiguration automatique de la ville. Il y avait beaucoup plus de chances pour qu'on édifie de nouveaux bâtiments autour des structures existantes, désormais.

La ville était d'une beauté frappante, vue d'une telle altitude, et s'étendait aussi loin qu'il pouvait voir de sa posture recroquevillée. Soudain, le tube plongea, et Derec haleta en se retrouvant à contempler un gouffre de plusieurs centaines de mètres. Il se sentit glisser vers l'avant du tube, et essaya en vain de trouver une prise.

Katherine battait des bras aussi et ils finirent entrelacés. La vitesse du tube était telle, cependant, qu'ils ne tombèrent pas vers l'avant de l'habitacle. Il accélérait encore, et Derec sentit ses oreilles bruire de cette perte subite d'altitude. Il n'avait même pas remarqué le changement de pression durant leur stupéfiante ascension.

Enfin, le tube reprit une position horizontale, peu à peu, et regravit une pente douce pour accélérer et s'arrêter sans un à-coup. Derec resta allongé un moment, à regarder Katherine qui sourit et détourna les yeux comme ils se démêlaient.

La porte du tube s'ouvrit, et un autre contremaître posa son regard sur eux.

– Curieuse cargaison, dit-il. Vous n'avez pas de mal ?

Derec et Katherine s'esclaffèrent comme ils s'extrayaient de l'habitacle, et hochèrent la tête pour le rassurer. Il remarqua qu'elle avait oublié son énervement durant leur trajet à couper le souffle.

– Nous y voilà, dit-elle.

Le dôme s'élevait devant eux et sa vaste coque de bronze les aveuglait presque dans le jour éclatant. La dianite avait une texture très fine, mouchetée, qui les protégeait de reflets qui eussent été pires encore. Très au-dessus d'eux, la courbure du dôme masquait son sommet.

– Je ne vois aucune porte, dit Derec.

Ils entreprirent d'en contourner la base, en observant sous tous les angles sa surface presque lisse et sans aspérités. Il était encore plus haut que Derec ne l'avait jugé de loin, et ne présentait pas la moindre ouverture.

Quand l'arrêt de la glissière réapparut ils surent qu'ils en avaient fait le tour complet. Derec s'immobilisa, cherchant un indice qui lui permettrait d'entrer. Il supposait qu'il y avait une ouverture au sommet, mais la placer là ne lui semblait pas cadrer avec le caractère de la Cité des robots.

Katherine effleura la dianite du bout des doigts.

– C'est joli.

– Ouais. (Derec tapota la surface dure pour l'éprouver.) Je suppose qu'on pourrait rester là et s'époumoner, mais je doute qu'on nous entendrait à l'intérieur.

Katherine fit face au dôme et se recula, pour fouiller une nouvelle fois du regard la surface bombée.

Il n'avait fait que quelques pas pour la suivre quand il entendit un bruit étouffé de déchirure derrière lui. Quand il regarda en arrière il vit la dianite s'ouvrir en une ligne brisée comme si des mains invisibles l'arrachaient. Sous ses yeux la silhouette bleutée d'un robot humanoïde en surgit.

Katherine se ressaisit.

– Conduis-nous à Clémo, ordonna-t-elle d'une voix ferme.

– Ceci est une zone de sécurité. Que voulez-vous à Clémo ? demanda le robot.

– Identifie-toi, exigea-t-elle.

– Je suis Sécurité 1 K. Que voulez-vous à Clémo ?

– Il doit nous donner la clef du Périhélie.

Derec s'avança près d'elle, de peur que son approche directe plutôt arrogante ne fît long feu s'ils ne fournissaient pas une explication quelconque.

– D'après la Deuxième Loi, tu dois obéir à nos ordres. Une fois que tu nous auras conduits à Clémo nous lui donnerons pour instruction de nous confier la clef. Allons-y.

Il s'avança avec confiance même s'il ne faisait que bluffer.

Sécurité 1 K ne s'en laissa pas conter. Il ne s'écarta pas.

– Non.

Derec recula, peu désireux de mettre les qualités physiques du robot à l'épreuve. Il savait que le cerveau positronique des robots était digne de confiance, aussi ses premières hypothèses devaient-elles être les bonnes : les robots opéraient selon les instructions de la Deuxième Loi, qui provenaient sans doute de l'étrange propriétaire du bureau de la tour du Compas. Cela lui suggéra un nouvel argument.

– Une minute, dit-il. Ecoute. Apparemment, tu agis sous le coup d'un fort impératif de Seconde Loi établi en premier lieu. D'accord. Mais il s'agissait là d'une instruction générique, je parie. Exact ?

– Exact. La sécurité nécessaire dans ce domaine fait partie intégrante du projet que mène à bien cette installation.

– Mais je te donne maintenant un ordre important et spécifique. Je pense qu'il devrait surclasser toute instruction générique qui s'appuie sur une programmation large.

En fait, il n'était pas du tout sûr de le croire, mais cela valait la peine d'essayer.

Sécurité 1 K hésita. Quand un cerveau positronique marquait un délai assez long pour qu'un humain s'en avise, l'argument devait avoir mérité un débat interne.

– Non, dit le robot, après ce qui représentait pour lui un long intervalle. L'instruction première demeure.

Derec soupira, mais ne fut guère surpris.

– Notre bien-être est en jeu, déclara Katherine. Nous devons consulter Clémo. Ton obstruction viole la Première Loi.

– Comment cela ? demanda Sécurité 1 K.

– Nous ne pouvons pas prospérer dans une ville pleine de robots. Nous avons besoin d'autres personnes autour de nous.

Tandis que le robot continuait de débattre avec Katherine, Derec examina le rebord de la dianite. Il le trouva curieusement familier, surtout dans sa texture, mais il ne sut définir pourquoi. Rien ne semblait structurer la substance, très fine, qui paraissait constituer l'intégralité de la paroi.

– Vous n'êtes pas en danger, disait Sécurité 1 K. Tout ceci ne concerne en rien la Première Loi.

Katherine jeta un regard à Derec, qui haussa les épaules. Le robot réintégra le dôme. Un instant plus tard, les deux bords de la dianite parurent se durcir et se ressouder.

Avec précaution, Derec tapota l'ancienne ouverture, de peur qu'elle ne s'avérât chaude. Il n'en était rien, et il effleura la paroi avoisinante. La surface semblait ne faire qu'une avec le reste. Il regarda Katherine, qui haussa les sourcils.

– Katherine, quel que soit celui qui a créé cette cité, ce doit être une espèce de génie. Les robots ont peut-être inventé cette dianite ou peut-être pas, mais quelqu'un les a conçus. Ce matériau vaudrait une fortune hors de cette planète, comme tant d'autres choses ici.

Elle fit volte-face et entreprit de contourner la base du dôme d'un bon pas.

Stupéfait, il la regarda un moment, puis fut pris d'un accès de colère qui le fit bafouiller.

– Mais qu'est-ce qui ne va pas avec vous ? Vous avez déliré toute la journée – revenez ici !

Il se lança à sa poursuite.

Katherine s'était raidie à ses cris pour se mettre à marcher plus vite. Au bruit de sa course, elle détala elle aussi. Il se remit au pas, en comprenant que si elle refusait de parler, la rattraper n'y changerait rien.

Puis il se détourna avec rage et martela la paroi du poing.

– Hé ! Ouvrez-moi, là-dedans !

Il flanqua quelques coups de plus sur la dianite. Puis il se recula, haletant.

Un nouveau trou déchira la paroi et Sécurité 1 K apparut dans l'ouverture. Cette fois-ci, cependant, il ne sortit pas.

– Vous avez encore à faire ici ?

– Oui ! Amenez-moi Clémo !

Cela lui faisait du bien d'apostropher quelqu'un et le robot ne se contenterait pas de s'éloigner.

– Si vous n'avez aucun autre motif de le voir, je vous prie de cesser d'exiger mon attention. Vous avez d'autres motifs ?

– Euh... (Derec glissa un regard vers Katherine qui s'était immobilisée pour observer.) Eh bien...

– Veuillez s'il vous plaît éviter tout contact inutile avec cette installation, dit Sécurité 1 K.

Il se recula de l'ouverture, qui commença à se ressouder.

Derec, frustré, regarda la substance se refermer. D'instinct, il s'appuya sur une portion solide de la paroi, et retira une de ses bottes. Il la fourra dans la petite ouverture qui subsistait et considéra la dianite avec soin tandis qu'elle se ressoudait. Il se rappelait pourquoi elle lui semblait familière – le matériau évoquait celui qui servait à fabriquer les robots, peut-être même un matériau cellulaire. Il en avait fait l'expérience quand il avait créé le robot Alpha. Cela s'était passé longtemps avant qu'il n'atteigne la Cité des robots, mais après son amnésie. La dianite ne semblait pas vivante mais n'en possédait pas moins des propriétés stupéfiantes.

Elle poussa autour de la botte – et cessa sa croissance, à son soulagement. Il avait redouté qu'elle ne continue à pousser même si elle devait pour cela couper sa botte. Il avait raison – et le bruit de déchirure l'avait trahie. Ce matériau était très solide dans son intégrité mais, dès la déchirure amorcée, il devenait très fragile et amorphe dans un rayon réduit autour de l'accroc. Il put ainsi arracher quelques cellules modulaires du bout des doigts. On pourrait rouvrir la déchirure.

Il espérait juste que nul ne fût en position de le voir, de l'autre côté.

– Katherine ! Venez ! (Il se mit doucement à déchirer la paroi comme du tissu. C'était solide, mais cela céda. Lorsqu'il releva la tête, elle n'avait pas bougé.) Venez...

Il baissa la voix, en se rendant soudain compte qu'il avait ouvert une brèche respectable dans le mur, presque assez grande pour ramper à travers... ou se faire entendre.

Katherine se détourna et s'éloigna.

Derec aurait voulu crier, mais n'osa pas. Alors, serrant les dents, il rampa par l'ouverture, laissant sa botte derrière lui pour tenir la brèche quand la paroi se refermerait. Il faudrait qu'il lui parle plus tard.

Il se retrouva par terre derrière une énorme machine trapue. La rumeur des robots qui vaquaient à leurs tâches lui parvint, mais il devait s'agir pour la plupart de robots utilitaires. Il n'entendit pas de voix. Bien sûr, les contremaîtres disposaient de communicateurs.

Il repéra Sécurité 1 K assis sur un tabouret à l'autre bout du dôme ; il manipulait une console qui devait rendre compte de nombreux phénomènes, notamment des vibrations de la paroi lorsque Derec et Katherine l'avaient touchée et martelée. Comme 1 K restait à sa console, Derec estima que le moniteur avait dû accepter la botte comme partie intégrante de la paroi, la dianite s'étant solidifiée autour d'elle.

Il y avait un plafond juste au-dessus de la console de sécurité, ce qui signifiait un étage supplémentaire, sinon plus. La courbure intérieure du dôme se perdait au-dessus de lui. Au sol toute l'équipe de robots attribuée à Clémo travaillait sur des machines de tailles diverses. Un contremaître était assis devant une console d'ordinateur posée à même le sol sous le siège surélevé de Sécurité 1 K. Derec se dit qu'il devait s'agir de Clémo, et entreprit de se frayer un passage entre les machines pour parvenir jusqu'au robot sans se faire remarquer.

# LE CENTRE DE LA CLEF

Derec savait qu'il aurait peu de temps. Tout en rampant sur les câbles qui sillonnaient le sol et entre divers logements de machines il se demandait s'il ne devrait pas se lever, courir à Clémo et engager aussitôt la discussion. Tel qu'il s'y prenait, Sécurité 1 K risquait de remarquer sa présence et de le jeter dehors avant qu'il n'ait l'occasion d'exposer sa requête.

Il s'immobilisa pour se repérer. Il s'était rapproché de Clémo, qui étudiait son écran. Le moment semblait propice pour l'aborder.

Sécurité 1 K n'avait pas bougé.

Si Katherine l'avait accompagné, l'un aurait pu détourner l'attention, et l'autre parler à Clémo. Mais il était trop tard pour reculer, maintenant. Il prit une nouvelle inspiration, et se mit debout.

Il se sentait exposé, vulnérable, tandis qu'il traversait la pièce, mais son apparition ne causa aucun remue-ménage notable parmi les robots. Quand il atteignit son bureau, le chef de l'installation leva les yeux.

– Je requiers la clef du Périhélie, énonça Derec d'une voix formelle.

Il alla jusqu'au bord de la console, et risqua un regard sur l'écran.

– Vous devez être l'humain Derec, dit Clémo. Il n'est pas possible de vous donner la clef.

— Pour survivre, nous devons quitter cette planète. La clef est notre seul moyen de transport.

— Quel danger vous menace, votre compagne et vous ?

— Eh bien, nous ne sommes pas censés vivre sur une planète de robots. Nous avons besoin de contacts humains. Euh...

Il savait que son argument ne pesait pas lourd, mais c'était le seul qu'il eût. La nature exacte de l'affection de Katherine lui était inconnue, et donc trop vague pour qu'il l'utilise.

— Cela ne constitue pas un danger en soi.

— C'est ce que je lui ai dit, fit une voix derrière Derec.

Il voulut se retourner, mais des mains fermes le prirent par les aisselles et le soulevèrent de terre. C'était Sécurité 1 K, bien entendu, et Derec ne prit pas la peine de protester alors qu'il le transportait jusqu'à la paroi tel un amas de déchets. Il ne vit pas comment le robot s'y prenait pour ouvrir un autre passage, mais il remarqua que sa botte se trouvait ailleurs, et passait inaperçue. Elle lui offrirait une occasion plus tard.

On le posa en douceur mais sans cérémonie de l'autre côté de la paroi où il resta en équilibre instable sur son pied botté. Derrière lui, la fente se referma. Katherine s'approcha d'un pas lent et s'immobilisa.

— Vous m'auriez été utile là-dedans, grommela-t-il.

— Je ne pensais pas que vous alliez rentrer. Et ensuite, je n'ai pas su quoi faire.

Elle gardait les yeux rivés au sol devant elle.

— Allons-nous-en d'ici.

Derec n'était pas d'humeur à effectuer une nouvelle équipée dans la glissière aspirante, et ne voulait pas lui parler avant qu'ils ne soient seuls. Ils prirent place tous deux au sommet d'un véhicule de transport clos, sur des échelles extérieures dont il ne voyait pas l'utilité. Puisque les conducteurs robots du véhicule ne jugeaient pas leurs passagers humains en danger ils n'y virent pas d'objection. Katherine demeura renfermée tout au long du trajet, et il la laissa tranquille.

Une fois rentrés, il alla droit à la console. Elle resta à contrecœur debout derrière lui, bras croisés. Il se concentra sur sa tâche avec effort.

– Vous avez appris quelque chose pendant que vous étiez là-dedans ?

– Un petit peu, dit-il d'une voix glaciale. Ça nous servira peut-être, ou pas. J'ai lu un code d'accès sur la console de Clémo, et je l'entre dans l'ordinateur central.

– Vous êtes sûr qu'il s'agit bien du Centre de la clef ?

– Vous ne vous souvenez pas ? Nous voulions voir Clémo, et le robot n'a pas nié qu'il était là. J'ai demandé la clef au robot en chef, et il n'a pas nié l'avoir en sa possession.

– D'accord, d'accord.

Il se tut pour étudier les informations qui s'affichaient. Elle s'approcha et lut par-dessus son épaule.

– C'est une liste de substances pour la plupart métalliques ou synthétiques. Un pourcentage pour chacune... la consommation d'énergie du dôme.

– Regardez à droite, dit Katherine. Le symbole de l'hyperespace. C'est une expérience quelconque qui consomme de l'air.

– De l'air – les glissières ! Les glissières aspirantes. Voilà pourquoi ils utilisent une technologie aussi archaïque. Que disait ce robot de chantier ? Le vide qui crée l'aspiration est un effet secondaire. Nous y voilà.

– Mais de quoi s'agit-il ? risqua-t-elle.

Il s'apprêtait à répondre vertement, mais décida de

reporter la discussion. A long terme, sa découverte importait plus.

– Je relisais la liste des réquisitions de matériel que nous avions vue. Les mêmes substances y figurent, au pour cent près. Je me demande...

– Ils dupliquent la clef.

– Vous croyez ?

– J'en suis sûre, Derec. Regardez l'addendum à la liste des réquisitions. Ils ont ajouté de petites quantités sous le dôme.

– La clef originale. Ils... l'ont morcelée pour l'analyser, puis jetée dans le brouet de matériaux. Elle n'existe plus.

– Mais ils en fabriquent d'autres. Derec, voilà le moyen d'en obtenir une plus facilement. Au lieu d'une seule clef sous bonne garde, ils en auront plusieurs que nous allons essayer de nous procurer.

– J'espère seulement que Clémo les duplique bien. Et on va devoir attendre qu'ils en aient d'autres. On ne peut pas mettre la main sur quelque chose qui n'existe pas encore.

– Euh, Derec ? Vous voulez bien me regarder ?

Il se retourna sur sa chaise et leva les yeux vers elle.

– Vous méritez une explication, je crois. Je sais que j'ai agi d'une drôle de façon. Et je regrette de ne pas être entrée avec vous. J'avais autre chose en tête au mauvais moment.

– Au mauvais moment ! (Derec bondit de sa chaise, heureux de profiter de cette ouverture.) Au pire moment possible ! Nous aurions pu avoir la clef – *une clef*, au moins !

– Derec, je vous en prie. J'essaie de m'expliquer. Il n'y en avait peut-être aucune, d'ailleurs, comme vous le disiez.

– Entendu ! Entendu. Allez-y, expliquez-vous. (Il s'éloigna pour contempler le mur.) Allez-y.

– Je sais qui a conçu la Cité des robots. Et pourquoi.

– *Quoi ?*

– Je...

– Pourquoi ne me l'avez-vous pas dit ? (Il écumait.) Non ! Peu importe... Qui a construit cet endroit ?

Sa stupéfaction et sa curiosité mouchaient sa colère.

– Avant que j'en vienne là, mon vrai nom est Ariel Welsh.

– Eh bien... ravi de vous connaître. Enfin.

– La fille unique de Juliana Welsh, de la planète Aurora.

Elle guetta sa réaction.

– Cela devrait-il me dire quoi que ce soit ?

– Je pensais que vous en aviez peut-être entendu parler : elle est extrêmement riche. Beaucoup la connaissent.

Derec haussa les épaules.

– Ma mère était le plus gros client d'un homme appelé le D$^r$ Avery. Vous avez entendu parler de lui ?

– Le D$^r$ Avery. Curieux... ça me paraît familier. Que vient-il faire là-dedans ?

– Il a conçu ceci. (Elle agita la main pour englober toute la planète.) La Cité des robots lui appartient. Financée par la fortune de ma mère.

Le cœur de Derec se mit à cogner. Le D$^r$ Avery. Il s'était assis dans le bureau de cet homme, avait utilisé son terminal : à présent, il avait un nom à ajouter à ses vagues informations. Quelqu'un s'était trouvé dans ce bureau peu de temps avant lui. Il y avait trouvé un conteneur alimentaire récemment utilisé.

– Ouaouh ! Vous gardiez un véritable secret, pas vrai ? (Il parlait avec plus de sympathie.) Que faisait-il ? Pourquoi l'a-t-il construite ?

– Aux dires de maman, c'était un architecte renommé. Elle le qualifiait de visionnaire. C'était un excentrique qui avait pour habitude, aussi, de discuter avec tout le monde. La Cité des robots était un lieu où expérimenter ses théories.

– Je comprends. Voilà un... génie, j'imagine, avec toutes ces idées étranges que personne n'accepte. Il veut les mettre en pratique sans interférences et votre mère le finance.

Katherine – Ariel, désormais – acquiesça.

– Elle lui a fourni les fonds suffisants pour se lancer, et fait comprendre que son projet devrait fonctionner en autarcie, lorsqu'il aurait atteint un certain terme. Puisque cela faisait partie de l'expérience, il n'a pas protesté. Bien entendu, les robots sont toujours très efficaces.

– Il voulait créer une ville évolutive, autarcique ?

– Avec une société pleinement fonctionnelle.

– Où est-il, maintenant ?

– Disparu depuis longtemps. Parti dans la nature. Il doit être mort, mais maman disait qu'avec lui on pouvait s'attendre à tout.

– Et il a laissé une ville entière de robots qui continuent de fonctionner sur leur programmation d'origine. (Derec secoua la tête.) Voilà qui m'éclaire bien plus que vous ne l'imaginez.

– En quoi ?

– Quand les microbes du sang du... du mort ont déclenché la reconfiguration automatique de la ville, la communauté a perdu la tête, parce que son programme opérait une interprétation qu'aucun humain n'aurait faite.

– En d'autres termes, dit Ariel, quelque chose a

foiré, et le D$^r$ Avery n'était pas là pour le réparer. Il voulait un champ d'expérience idéal et ne l'a pas obtenu.

– Dit dans ces termes, il n'en est pas passé si loin. S'il était resté ici, il aurait pu surveiller sa bonne marche dans le sens qu'il souhaitait.

– Autre chose. (Elle contempla ses mains, et joua avec ses ongles.) J'ai été bannie d'Aurora. Je ne peux pas y retourner.

– Vous avez été bannie ? Comment ? Je veux dire, pourquoi ? Vous avez enfreint la loi, ou quoi ? Vous êtes une criminelle ?

Elle eut un ricanement désabusé.

– J'aimerais bien. Ma situation serait meilleure. Mais non, Derec, je suis... malade.

– L'affection chronique que vous avez mentionnée ?

Il parlait d'une voix douce, pour la laisser négocier comme elle l'entendait ce sujet intime.

– Oh, ne vous en faites pas. Vous ne risquez rien. Vous ne pouvez pas l'attraper en ma compagnie. (Elle eut un rire amer.) J'ai eu un rapport sexuel. Sans doute par révolte, vous voyez, contre ma mère et ses amis de passage. Ils voulaient me voir rester fillette, et leur ressembler en grandissant.

Elle aussi se mit à arpenter la pièce. Derec patienta.

– Le type était un Spatial de... Je ne sais plus, une planète quelconque. Il passait, en quelque sorte. Il était parti depuis longtemps lorsque je me suis aperçue qu'il m'avait contaminée.

– Votre mère ne pouvait pas vous aider ? Avec son argent et le reste ?

– Ah ! Ils n'ont pas de remède sur Aurora – ni ailleurs, peut-être. De plus, ce n'est pas une histoire de maladie et de guérison. Sur Aurora, c'est un péché mortel. Ma mère m'a acheté un vaisseau et me l'a équipé avec deux robots comme assistants. M'en aller était le meilleur recours.

– Votre mère vous a aidée de son mieux, en ce cas. Vous êtes partie d'Aurora avec classe, au moins.

– Je ne peux pas me plaindre.

– Et après votre départ ?

– Je me suis dit que je chercherais un remède mais je ne sais pas si je crois qu'il existe. J'ai quand même bien décidé de ne pas perdre de temps.

Derec sentit ses cheveux se hérisser sur sa nuque.

– Qu'est-ce que cela veut dire, ne pas perdre de temps ?

– Derec, je... Je vais mourir.

Et soudain, elle pleura, effrayée et vulnérable à un point où il ne l'avait jamais vue auparavant.

Il n'hésita qu'une seconde, puis alla à elle et la prit dans ses bras – maladroitement, d'abord, puis tendrement, et elle se serra contre lui et s'abandonna à ses sanglots.

Il restait confondu. Ce flot d'informations semblait court-circuiter son attention, et le laissa hébété, à regarder le sol sans penser à rien alors qu'elle pleurait dans ses bras. Il dut se débrouiller comme il le put – et retenir qu'elle s'appelait Ariel, pas Katherine, et qu'elle n'était plus, pour l'instant, l'aînée confiante et brusque qu'il avait connue.

Elle était Ariel Welsh, bannie de sa planète, prise au piège dans la Cité des robots, et atteinte d'une maladie mortelle.

Il la prit tout doucement par les épaules, et l'emmena dans sa chambre. Il resta d'abord assis avec elle sur le lit, sans savoir quoi faire. Puis, quand ses sanglots se calmèrent, elle lui serra les bras avec affection et se dégagea pour s'allonger sur le lit. Il se leva, lui tapota l'épaule avec timidité, et sortit en refermant la porte derrière lui.

Derec resta longtemps assis devant sa console éteinte. Son amnésie semblait soudain un problème mineur. Mais la nécessité de faire quitter la Cité des robots à Ariel pour trouver une assistance médicale était plus urgente que jamais.

Il doutait que les robots leur soient utiles en ce domaine, du moins à court terme. Mais il requit néanmoins divers sujets médicaux auprès de l'ordinateur central au cas où le D$^r$ Avery aurait laissé quoi que ce soit d'utile.

De fait, il obtint une grande quantité d'informations médicales concernant les humains, mais rien qui laissât espérer l'existence d'une installation conçue pour trouver des remèdes à de nouvelles maladies. L'ordinateur avait bien une liste de vaccins, de remèdes et de traitements, pour des maladies qu'il reconnut – des affections banales que l'on saurait soigner sur Aurora. Il trouva aussi de nombreuses données de pointe sur la chirurgie, la régénération d'organes, et d'autres traitements pour les blessures. Dans l'ensemble, toutefois, la bibliothèque était étrangement incomplète, comme si le D$^r$ Avery, ou du moins quelqu'un, avait compilé des informations et les avait entrées sans les vérifier. Par exemple, il n'y avait aucune référence à l'anatomie pure, ni à la psychologie. Derec se dit que l'extravagant D$^r$ Avery s'était tant soucié des limites du savoir qu'il avait négligé la connaissance fondamentale. Après tout, les robots n'avaient nul besoin de pareils sujets. Il se rappela aussi que la bibliothèque du planétoïde sur lequel il avait rencontré les robots d'Avery était composée de bric et de broc.

A l'heure du dîner, il s'accorda une pause, et alla taper un coup léger à la porte d'Ariel. Comme elle ne répondait pas, il passa la tête et la vit profondément endormie. Il dîna seul, et retourna s'asseoir devant l'ordinateur.

La seule donnée anatomique accessible concernait l'apparence extérieure des humains et provenait des cerveaux positroniques des robots et non d'une rubrique spécifique. Ils n'obéissaient aux Trois Lois de la Robotique que s'ils savaient reconnaître des humains lorsqu'ils entraient en contact avec eux, aussi ne fut-il guère surpris de la rencontrer. Quand il vit l'addendum qui suivit, cependant, il se redressa sur sa chaise.

L'ordinateur enregistrait cinq présences étrangères dans la Cité des robots. Cela devait signifier des humains : la probabilité d'une présence d'intelligences non humaines lui semblait infime. Il n'en existait pas assez. L'ordinateur central ne les intégrerait pas plus qu'il ne prendrait encore des parasites microscopiques pour une présence étrangère. Il pouvait y avoir des robots qu'Avery n'avait pas conçus, bien sûr, mais il était sûr que ce rapport visait à avertir la population locale des robots que des humains se trouvaient là. Par leur présence, ils mettaient les lois en application, la venue d'autres robots n'étant pas comprise dans ce schéma.

A l'évidence, Ariel et lui étaient deux des cinq présences, mais cela en laissait trois autres dont il n'avait pas connaissance. Une des trois n'était arrivée que depuis quelques jours. Les deux autres, qui paraissaient voyager de concert, étaient là depuis une période un peu plus longue.

Les seuls moyens qu'ils avaient eus pour arriver ici étaient soit une autre clef du Périhélie, s'il en existait une hors de cette planète, soit un vaisseau spatial. D'une manière ou d'une autre, ils offraient deux occasions supplémentaires de quitter la Cité des robots.

Il s'attela à la tâche toute la soirée pour obtenir d'autres informations.

Puis il réclama une botte neuve au processeur chimique. Elle ne valait pas l'autre, étant faite de matière organique plutôt que synthétique, mais elle lui allait bien.

Il finit par s'interrompre pour la nuit lorsqu'il sentit sa concentration baisser. Après avoir demandé autre chose à manger au processeur il s'écroula sur son lit. Ariel dormait toujours.

Derec était épuisé mais, étendu dans le noir, il sentait ses pensées tourner sous son crâne et ne cessait de passer en revue son savoir tout neuf – Ariel Welsh, sa maladie, la duplication de la clef... et maintenant, trois humains de plus dans la Cité des robots – qui leur donneraient peut-être de nouveaux moyens de quitter la planète. Enfin, peu avant qu'il ne glisse dans le sommeil, il entendit Ariel quitter sa chambre, et enclencher le processeur. Ce soir, au moins, elle ne risquait rien.

Quand Derec apparut au petit déjeuner le lendemain matin, récuré et habillé, Ariel travaillait à l'ordinateur. Il hésita à l'interrompre, mais elle leva les yeux lorsqu'il prépara son petit déjeuner.

– Salut, Derec. (Un sourire timide.) Tu m'en veux encore ?

– Non. Tu avais une bonne raison d'être sur les nerfs.

– Je me sentais coupable et confuse à tout propos. Surtout de garder des secrets envers toi alors que tu te posais tant de questions. Je regrette vraiment.

– Je suis content que tu aies fini par le dire, voilà tout. Cela finira peut-être par nous servir.

– J'ai vu le dossier que tu as laissé sur la console, le médical. Tu essayais de m'aider, n'est-ce pas ?

– Oui. J'ai bien peur qu'il n'y ait pas grand-chose

sur les maladies. Mais tu as constaté que nous ne sommes pas seuls ?

Il sortit son petit déjeuner du processeur et s'assit près d'elle, son plateau sur les genoux.

– Oui ! Je lisais la note. Tu vois de qui il peut s'agir ?

– Non. Sitôt fini de déjeuner, j'essaie de trouver d'autres informations sur eux dans l'ordinateur, mais je n'y crois pas. A moins d'une nouvelle optimisation, il peut connaître toutes sortes de choses sans le savoir, en quelque sorte.

– C'est un endroit si étrange... (Elle soupira.) Quand j'ai quitté Aurora je cherchais l'aventure autant qu'un remède. J'ai eu tout mon content d'aventures, en fait.

– Comme ta capture par ce pirate, Araminas ? (Derec sourit.) Quand il m'a enlevé moi, je ne cherchais pas l'aventure.

– Nous avons fait une bonne équipe, tout de même, pour nous sortir seuls de cette situation.

– N'oublie pas les autres – Alpha, le robot que j'ai monté avec toutes ces pièces détachées, et Wolruf.

– La petite extraterrestre. Je me demande ce qui leur est arrivé.

– Oui.

Il garda le silence quelques instants, pensant à eux. Quand Ariel et lui avaient actionné la clef et étaient arrivés à la Cité des robots, Alpha et Wolruf étaient restés en arrière.

– Wolruf savait se montrer si surprenante. Un moment, elle nous paraissait une petite chose timide, servile, et l'instant d'après, nous lui devions nos vies.

– C'est vrai. Et Alpha ne pouvait être qu'unique, puisque j'avais dû le bricoler avec des pièces de rebut. Je t'avais dit qu'il a un bras spécial d'une espèce de substance cellulaire ? Je lui ai ordonné de le manier comme s'il possédait une simple jointure, mais il peut le rendre flexible, comme un tentacule. Je me demande où ils sont, à présent.

– On n'a jamais parlé de tout ceci, avant, hein ? De notre amitié, je veux dire, et de ce qu'on a accompli ensemble.

Il leva les yeux vers elle. Elle était plus à son aise qu'il ne l'avait jamais vue. Lui aussi sentait la différence. D'une façon ou d'une autre, il lui faisait confiance, même si elle avait peut-être d'autres secrets – pour ce qu'il en savait... Elle ne se comportait pas comme si c'était le cas.

– Derec, tu as été très tolérant. J'apprécie. Merci.

– Euh... (Il fit mine de hausser les épaules.) De rien. Ah, voyons si nous trouvons un moyen de quitter cette planète.

# ARIEL

Derec et Ariel se relayèrent à la console toute la matinée. Il pouvait ainsi se reposer et elle s'exercer. Il s'asseyait et regardait par-dessus son épaule, tandis qu'ils envisageaient de nouvelles questions à poser à l'ordinateur.

– Derec, tu ne crois pas que les intrus qu'on cherche ont pu se cacher ? Ou se déguiser ?

– Peut-être, mais je ne vois pas comment. S'ils ont essayé de se cacher, ils auront quand même trouvé des robots partout. Ils ont dû s'abriter en un endroit quelconque mais ont pu atterrir dans un bâtiment promis à la modification ou au démontage par les robots. (Il rit.) Ça leur aurait fait un sacré choc.

– Et se déguiser en robot risque de s'avérer difficile.

Elle se détourna, en riant aussi, pour croiser son regard.

– On pourrait dénicher des pièces de robots et les arborer comme de vieilles armures. (Il secoua la tête, sans se départir de son sourire.) Surtout leur tête en forme de heaume.

– Bon, sérieusement. Qu'a-t-il pu leur arriver ?

– Eh bien, il est possible que d'autres contacts se soient perdus dans l'ordinateur. Sinon, je n'ai pas de réponse.

– J'ai posé toutes les questions auxquelles j'ai pu penser. Je ne sais plus quoi faire.

– Essayons une nouvelle approche, dit Derec. On ne sait pas qui ils sont – mais pourquoi viennent-ils ? Que veulent-ils ?

– La clef !

– C'est ce que je me dis. Mais d'autres vaisseaux spatiaux peuvent passer, même à l'écart des sentiers battus. Je propose ceci : ils connaissaient le D$^r$ Avery et ils viennent reprendre le flambeau. Et ta mère ? Elle n'aurait pas envoyé quelqu'un contrôler l'état de son investissement ?

– Je ne pense pas que ma mère sache où se situe la Cité des robots, ni même de quoi il s'agit exactement.

– Voilà qui réduit l'éventail des possibilités à deux, selon mes déductions. Soit ce sont des voyageurs arrivés par hasard, peut-être pour une réparation, du carburant, soit ils viennent pour la clef, et même pour prendre le contrôle de la Cité des robots. Tu vois autre chose ?

– Avery lui-même, s'il n'est pas mort. Mais j'en doute. Il serait dans son bureau à diriger, sans permettre ces contacts impromptus. Mais qu'est-ce que nous allons faire ?

– Sortir regarder par nous-mêmes, je pense. A moins que tu n'aies une autre suggestion ?

Elle secoua la tête.

– Il faudra rester prudents tant qu'on ne saura pas qui ils sont, ni ce qu'ils veulent. On est habitués à une certaine sécurité avec les robots, puisqu'ils ne peuvent pas nous faire de mal, mais ce n'est pas le cas avec eux.

– Pas entourés de robots. Tu oublies qu'ils ne peuvent pas rester passifs et nous laisser molester, non plus. Pourquoi ne pas demander à Avernus ou à un autre surveillant de nous aider à les trouver ?

– Pas encore. Je ne veux pas dévoiler notre intérêt pour la clef aux surveillants. Ils nous laissent tranquilles. D'abord, on retourne au Centre de la clef. Et si on s'en procure une, on laisse la Cité des robots à ses problèmes.

Cette fois-ci, ils empruntèrent les transports normaux, même s'ils arrivèrent plus loin de leur but que par glissière. Les tunnels souterrains étaient un progrès permis par l'arrêt de la reconfiguration, bondés de robots vaquant à leurs tâches, que l'on pouvait interroger. Derec et Ariel gagnèrent la gare du tunnel la plus proche et en descendirent la rampe d'accès.

La circulation dans les tunnels prenait la forme d'un robot ou d'un humain debout sur une plate-forme d'un mètre carré que fermait une cabine transparente, avec une petite console que le passager programmait pour la destination désirée. Les plates-formes couraient sur des rails et certains quartiers comptaient quinze voies parallèles. L'ordinateur du tunnel, antenne de l'ordinateur central, gérait la conduite et déplaçait au besoin les cabines d'une voie à l'autre pour fluidifier le trafic. Les gares possédaient des voies de garage supplémentaires pour le chargement et le déchargement. La technologie rappelait à Derec le réseau de monte-charge qu'il avait vu sur l'astéroïde où il avait connu les robots d'Avery.

Dépourvus de cerveau positronique, les robots utilitaires ne savaient pas régler les commandes : seuls, humains et robots dotés de tels cerveaux empruntaient les cabines. Il remarqua, en regardant les robots foncer en tous sens, qu'ils se tenaient immobiles et gardaient les yeux fixés droit devant eux, là où des humains auraient remué, piétiné, observé les alentours. Les robots étaient logiques, jamais curieux.

Devant eux, plusieurs robots émergeaient des plates-formes à cabine. Derec et Ariel se séparèrent pour s'approcher d'eux.

Derec se mit bien en face de l'un d'eux pour s'assurer que le robot reconnaîtrait un humain dans la pénombre.

– Juste une minute. J'aimerais te poser quelques questions.

– Oui ?

Le robot s'immobilisa.

– As-tu vu des humains ?

– Je présume que vous voulez dire en dehors de vous ?

– Oui, en dehors de moi.

– Votre compagnon est une femelle humaine.

– *En dehors de nous.* (Derec leva les bras au ciel.) Autre part dans la ville. N'importe où.

– Non. Vous êtes les premiers humains que je vois.

– Merci. (Derec soupira et arrêta un autre robot.) As-tu vu d'autres humains que ma compagne et moi-même ?

– Quelle compagne ?

– Euh... elle. Là-bas. Tu la vois ?

– Oui.

– Ah bon ? Où donc ?

– Là-bas. A l'endroit que vous avez désigné.

– Quoi... Non, pas elle...

– Vous avez demandé si je la voyais. J'ai répondu oui.

– D'accord, d'accord. Reprenons. A part les deux personnes ici présentes, as-tu vu des humains dans la Cité des robots ?

– Non.

– Parfait, merci.

Derec lui fit signe de poursuivre son chemin.

Il n'arrivait plus aucun robot par la voie de garage ou par la rampe. Ariel le rejoignit.

– Pas de chance pour moi, dit-elle. Tu as un résultat ?

– Non. Prenons une cabine jusqu'au Centre de la clef.

Ils prirent la première vide. Ils y tenaient tout juste mais sans inconfort notable. Derec programma les commandes, et elle démarra avec un léger cahot.

La plate-forme les emmena tout doucement le long de la voie de garage de façon à ce qu'ils intègrent en douceur la première voie dès que l'occasion se présenterait. La confiance que Derec plaçait dans les capacités d'ingénieurs des robots était telle qu'il ne se souciait jamais de sa sécurité. Si les robots eux-mêmes avaient eu des doutes à l'égard de leur réseau la Première Loi leur aurait interdit de laisser des humains l'emprunter.

Il ignorait au juste quelle source d'énergie la plate-forme employait, même si elle passait par la voie. Dans une ville où la construction ne cessait jamais, de tels détails changeaient si souvent qu'on ne se souciait plus de les savoir. Les plates-formes se déplaçaient vite, dans un léger bourdonnement, et ne semblaient jamais nécessiter de brusques à-coups.

Sur la suggestion d'Ariel, ils descendirent deux arrêts plus loin pour interroger des robots, mais ces sondages ne donnèrent rien. Ils quittèrent le réseau le plus près possible du Centre de la clef mais à quelque distance quand même. Pour questionner d'autres robots dans la rue, ils prirent le trottoir roulant, mais n'apprirent rien de nouveau de cette façon non plus.

Une fois en vue du dôme, Derec se figea. Une vaste ouverture béait dans sa surface incurvée et d'énormes machines, certaines atteignant dix ou quinze mètres de haut, pénétraient sous le dôme sur un véhicule à plateau. On discernait d'autres robots à l'intérieur, sans doute là pour installer ce nouvel équipement.

– Ce seraient des gens, dit-il, j'essaierais de me faufiler en profitant de la confusion. Le problème est que je n'en vois pas. Ils savent ce qu'ils font. Je ne pense pas que cela vaille la peine d'essayer de forcer la porte pour le moment.

– Continuons. (Elle le prit par le bras et l'entraîna.) Pas la peine de signaler notre retour à la sécurité de Clémo.

– Exact.

Ils entreprirent de décrire un détour discret autour du dôme en interrogeant les robots qu'ils croisaient. L'absence totale d'informations confirma que les étrangers n'avaient jamais mis les pieds dans les environs.

– Ils viendront, dit Ariel. Tôt ou tard ils récupéreront la clef. Supposons que nous demandions aux robots du voisinage de nous signaler les contacts directement sur la console.

– On peut essayer, dit-il d'un ton peu convaincu. A voir la façon dont la ville croît, leur population change sans cesse.

Ils définirent leur périmètre, ajoutant comme instruction que chaque robot leur signale directement tout contact, ainsi qu'à l'ordinateur central, sous la rubrique « présences étrangères ». Le circuit terminé, Derec se retrouva, mains sur les hanches, à contempler la paroi intacte du Centre de la clef, où la vaste ouverture s'était refermée sans laisser la moindre trace.

– Ces promenades et ces sondages ne mènent à rien, dit-il. Chercher nos mystérieux étrangers c'est très bien, mais si nous arrivons à quitter la Cité des robots nous les oublierons. Nous ne pouvons pas faire autrement. Il nous faut pénétrer sous ce dôme et obtenir une de ces clefs.

– Je crains que tu n'aies raison. Bon, je te dois bien ça. Allons-y. Tu te rappelles où tu as laissé ta botte ?

– Oui, par là.

– Vas-y. Je fais diversion de l'autre côté.

– Non. Je ne saurai pas quand entrer si je ne te vois pas.

– Parfait. Je reste en vue : la courbe du dôme gênera le robot de sécurité.

– Il s'appelle Sécurité 1 K.

Il alla où sa botte saillait toujours de la paroi, et fit signe à Katherine. En réponse, elle martela la dianite.

– Hé ! Ouvrez, là-dedans ! C'est un ordre humain !

Ceci dit, elle resta là. Poings sur les hanches, jambes bien écartées, elle ne bougeait pas, les pieds tout contre la paroi du dôme.

La paroi s'ouvrit, comme auparavant, juste devant elle, sans un bruit de déchirure. Sécurité 1 K s'apprêtait à sortir mais elle tint bon, aussi resta-t-il où il était. Derec distinguait tout juste ses mains qui bougeaient. Le robot allait le voir, de la place qu'il occupait.

– Nous avons appris la venue de trois autres humains sur la planète de la Cité des robots, commença Ariel. Nous devons en parler avec Clémo. Ces humains peuvent nous mettre en danger.

Derec n'attendit pas plus longtemps. Il dégagea sa botte pour saisir les rebords de dianite. Quand il entreprit de tirer dessus, ils cédèrent sans bruit notable.

Sous le dôme, tout avait changé. Partout, ce n'étaient que machines. Certaines dépassaient la taille de celles qu'il avait vues pénétrer quelque temps plus tôt, d'autres se signalaient par leur encombrement réduit.

Il remarqua avec gratitude que l'espace qui séparait nombre d'entre elles lui permettrait d'avancer à couvert tant qu'Ariel occuperait Sécurité 1 K. Avec toute la prudence possible, il se faufila dans les allées obscures, à l'écart des robots qu'il voyait travailler ici et là, et arriva peu à peu sur le flanc du bâtiment, où il put glisser un regard dans la salle.

Maintenant que les nouvelles machines étaient installées, le dôme avait retrouvé une équipe normale. Elle évoluait dans un espace réduit mais, comme d'habitude, chacun se concentrait sur sa tâche avec efficacité. Cette attention sans partage l'aida à se déplacer sans se faire remarquer.

Il aperçut le siège de surveillance sur son estrade. D'où il se trouvait, il ne voyait pas si Ariel occupait encore Sécurité 1 K, mais cette console était trop tentante pour qu'il passât à côté. Sans se départir de sa prudence, il y monta.

L'ascenseur était la réduction de ceux de l'astéroïde et une variante des cabines du tunnel. Un petit levier abaissait le siège et une fois assis un bouton sur l'accoudoir le soulevait. Le siège s'éleva jusqu'à ce qu'il parvienne juste au-dessous du plafond qu'il avait remarqué à sa première visite. En haut, il se retrouva en train d'observer la salle entière, un tableau complexe de commandes et de cadrans sous les yeux.

Aucun robot ne levait les yeux vers lui. D'un côté, Sécurité 1 K tournait le dos à l'intérieur du bâtiment, et parlait encore avec Ariel. Derec riva son attention sur les cadrans.

Il n'y comprit pas grand-chose. Mais il était sûr que chaque machine en fonctionnement était contrôlée d'ici, comme la paroi du dôme. On considérait ces deux domaines comme des points clefs de sécurité, apparemment.

La console possédait aussi un terminal. Au

contraire du sien celui-ci avait encore sa commande vocale branchée. Il se pencha et parla à voix basse.

– Ordinateur central.

– Reçu.

La voix, forte, le fit sursauter.

– Règle ton volume au diapason du mien. Convertis tous les symboles sur ces écrans en termes standards.

Quelques instants plus tard, Derec consultait les moniteurs, stupéfait. Comme il l'avait déduit, Clémo avait détruit la clef dans un but d'analyse, et supervisait maintenant la fabrication de nombreuses clefs basées sur le même principe. L'affichage le plus frappant disait : « Niveau supérieur : Intégration finale unités individuelles, refroidissement. Interface hyperespace, zone classée dangereuse. Intégration équipement produisant effet de vide par déplacement d'air. Mouvements d'air, production de chaleur, hyperespace contrôlés par unité centrale. »

Il dut relire le passage plusieurs fois avant de comprendre. Les clefs étaient finies au niveau supérieur dans une sorte de dangereuse interface avec l'hyperespace ; cela expliquait sans doute pourquoi le processus se déroulait à l'écart du reste de l'installation. Apparemment, la fabrication produisait un vide qui aspirait l'air dans l'hyperespace.

Son cœur se mit à battre la chamade.

– Où se trouve l'entrée du niveau supérieur ? Comment puis-je l'emprunter ?

– Elle s'ouvre au-dessus de la console de surveillance. Le siège s'élève jusqu'à ce niveau. La surface du dôme peut aussi être ouverte vers et de l'extérieur si nécessaire.

– Ouvre le plafond. Cela concerne... euh... la sécurité.

Ma sécurité, d'ailleurs, se dit-il. Il retint son souffle

en observant le plafond. L'ordinateur jugea que la voix parlant dans la console détenait une autorité suffisante pour donner un tel ordre, et ne demanda pas d'identification. Jusqu'à présent, l'aspect le plus agréable de la sécurité de la Cité des robots était son laxisme relatif. Dans une communauté de robots positroniques responsables, les mesures de sécurité rencontraient rarement une véritable opposition.

La dianite du plafond se déchira et il fit s'élever le siège par la trappe ainsi formée.

# UNE MAIN SUR LA CLEF

Ariel n'avait que deux idées pour occuper Sécurité 1 K. Quand il se dressa devant elle, prêt à sortir, elle se força à rester là. Comme prévu, l'influence de la Première Loi l'empêcha de la repousser, mais elle doutait qu'il eût hésité en cas d'urgence.

Le robot demeura dans l'ouverture de la paroi de dianite, et l'observa par la fente horizontale de ses yeux.

– Je dois voir Clémo, dit-elle.

Tout ce qu'elle envisageait c'était de lui poser un problème concernant la Première Loi et de parler le plus lentement et le plus longtemps possible. Derec ferait le reste en entrant et en se procurant une clef aussi vite que possible, s'il y parvenait.

– Vous ne pouvez pas entrer dans cette installation. Clémo est occupé. (Il s'exprimait d'une voix encore plus formelle, si possible, qu'un robot ordinaire.) Puis-je vous aider ?

– C'est un problème de Première Loi.

Elle allait en dire plus mais elle se souvint qu'elle devait gagner du temps.

Le robot attendit jusqu'à ce qu'il paraisse évident qu'elle n'allait pas s'expliquer de son propre chef.

– Quel est ce problème ?

– Il y a un total de cinq humains dans la Cité des robots.

– Oui ? Vous êtes celle qui s'appelle Katherine ?

– Autrefois. Mon vrai nom est Ariel.

– Un autre s'appelle Derec.

– C'est exact.

– Quel est ce problème de Première Loi ?

Ariel sourit *in petto*. C'était là le gain de temps qu'elle recherchait. Tout ce qu'elle devait faire, c'était paraître quelque peu illogique ou confuse et le forcer ainsi à poser des questions pour clarifier la situation.

– Trois autres humains se trouvent ici.

– Qui sont-ils ?

– Nous l'ignorons.

– Qui est en danger ?

– Derec et moi sommes en danger potentiel.

– Quel danger ?

– Voilà... les humains n'ont pas à obéir à la Première Loi. Ces trois autres personnes pourraient donc constituer un danger pour nous.

– De quelle façon ?

– Euh... je n'en suis pas sûre.

– Il n'y a pas de danger évident.

Le robot fit un pas en arrière pour refermer la paroi.

– Quelle expérience as-tu des humains ? lança-t-elle. Est-ce que tu connais leur histoire commune ?

– Non. (Il s'immobilisa dans la pénombre de l'intérieur du dôme.) Je n'ai eu que deux contacts antérieurs avec un humain.

– Alors ! Tu ne sais pas qu'ils se battent tout le temps ? Et ont une histoire de guerres et de tueries ?

– Une partie de l'histoire humaine est disponible dans la bibliothèque de l'ordinateur central. En quoi cela se rapporte-t-il au problème de Première Loi ?

D'un pas en avant, le robot reprit sa place anté-
rieure.

– On considère en général les humains inconnus
comme dangereux. On ne sait jamais ce qu'ils vont
faire, ni pourquoi.

– Pour quelle raison ?

– Parce qu'ils sont inconnus. Nous devons rester
prudents. C'est une obligation essentielle de l'être
humain quand il voyage en pays inconnu.

– Vous considérez tout humain inconnu comme
dangereux tant que vous ne possédez pas davantage
d'informations ?

– Oui ! Oui, tout juste.

– Il n'y a pas d'humains dans cette installation.
Pourquoi avez-vous besoin de Clémo pour votre problème de Première Loi ?

– Clémo est responsable de la fabrication des dispositifs de téléportation. C'est le seul moyen que nous
connaissions pour quitter la Cité des robots.

– Vous n'êtes pas en danger évident. La Première
Loi n'est donc pas pertinente et les dispositifs de téléportation ne sont pas nécessaires.

– Nous risquons d'être tués ou blessés par surprise. C'est déjà arrivé souvent, à beaucoup. Ton re-
fus de nous secourir dès maintenant constitue une
violation de la Première Loi.

Ariel le vit hésiter, et comprit soudain qu'elle pouvait non seulement gagner du temps, mais remporter
la décision.

– Clémo dirige cette installation, non ? Laisse-le
décider.

Le robot la dévisagea.

– Je suis en mesure de prendre ce genre de décision. Clémo n'a pas plus d'autorité pour juger et résoudre un problème de Première Loi que moi.

– Tu admets donc qu'*il y a* problème de Première Loi.

Elle s'exprima sur le mode affirmatif, et non interrogatif.

– Ce n'est pas clair.

– Mais Clémo est responsable de la clef du Périhélie et des autres clefs. Tu ne l'es pas. Puisque la résolution du problème exige que je dispose de la clef – des clefs, plutôt –, Clémo est celui que je dois consulter.

– Vous n'avez pas prouvé que vous êtes en danger.

Tremblante de frustration, elle prit une longue et profonde inspiration.

– Ecoute ! Je *crois* que nous sommes peut-être en danger ! Je connais bien mieux les gens que toi ! Tu n'en sais pas assez sur les humains pour juger si nous sommes en danger !

Elle le dévisagea, furieuse, haletante.

Enfin, le robot recula pour lui laisser le passage.

– Nous allons consulter Clémo.

Elle sourit, soulagée, et le suivit à l'intérieur. Le robot la guida dans un labyrinthe de machines de diverses tailles et de divers types dont aucune ne lui était familière. Elle voulut chercher Derec des yeux mais craignit de se faire remarquer. Il était peut-être perdu quelque part dans toutes ces unités mais, à portée des regards prudents qu'elle lançait, il n'était pas visible, en tout cas.

Clémo se penchait sur sa console posée par terre lorsqu'ils s'approchèrent.

– Cette humaine affirme avoir un problème de Première Loi, dit Sécurité 1 K. Que toi seul peux résoudre.

– Vous êtes celle qui s'appelle Katherine ?

– Autrefois. Mon nouveau nom est Ariel.

– Je vois. Ma désignation a été modifiée voilà peu,

aussi. Quelle est la nature de ce problème de Première Loi ?

– C'est reparti, murmura-t-elle. Ecoute – qu'est-ce que tu sais de l'histoire humaine ? De leur habitude de se tuer, de se faire sans cesse la guerre et tout le tintouin ?


Derec, soucieux, observa la montée du siège qui l'emportait dans la pénombre du premier étage. Il craignait par-dessus tout de devoir affronter un robot, mais comme le siège se mettait en place avec un déclic et que la dianite se solidifiait dessous, il se retrouva devant un écran de métal courbe. D'un côté, une lueur orange éclairait une porte ménagée dedans. A part celle-ci, la courte paroi – le palier de l'ascenseur – formait une solution de continuité.

Il quitta le siège, coula un regard prudent par l'embrasure.

Un seul robot occupait la pièce au premier plan et observait un plateau, sorti d'un bloc d'environ deux mètres de haut, qui avançait vers lui. Le plateau portait une rangée de rectangles argentés brillants de cinq centimètres sur quinze – l'aspect même de la clef du Périhélie.

Derec estima que l'unité qui expulsait le plateau venait de terminer l'intégration et le refroidissement. Sous ses yeux, le robot prit une des clefs, qu'il glissa dans la fente d'une autre unité avant d'étudier les relevés. On aurait dit une procédure de test.

Un autre mur, juste derrière le bloc, cachait la plus grande partie de l'étage. Derec entendit un bourdonnement assourdi en sourdine. La lueur orange provenait d'une rangée de moniteurs en haut de cette paroi et jetait de vagues ombres mêlées.

Pour l'instant, il n'avait rien d'autre à faire qu'observer. Pourvu que son entrée fût passée inaperçue en bas, le temps ne pressait pas. Il s'avérerait peut-être plus simple de voler une clef ici que de lancer un nouveau débat frustrant sur les Lois.

Apparemment l'accès à l'hyperespace se trouvait derrière le grand mur. Celui-ci ne paraissait pas particulièrement solide, mais le minimalisme des robots Avery dans leur ingénierie était trompeur. Il ne serait pas surpris outre mesure de trouver la barrière très solide et le bruit au-delà plus qu'assourdissant.

Le robot sortit une clef de l'unité de test, pressa un bouton et la posa sur le plateau. Il tourna le dos à Derec, et prit une autre clef qu'il inséra au même endroit. Jamais il n'avait détourné les yeux des relevés ou des clefs, ni bougé les pieds.

Avec le bruit comme camouflage, Derec pensait pouvoir se déplacer sans se faire remarquer. Il tint le robot à l'œil tandis qu'il se glissait par l'embrasure jusqu'à lui. Le robot observait toujours les moniteurs.

La clef déjà testée reposait seule à un bout du plateau. Il se posta derrière le robot, pour détailler une nouvelle fois sa séquence de mouvements. Quand la deuxième clef fut éjectée, le robot la posa auprès de la première, et en inséra une troisième dans l'unité devant laquelle il se tenait.

Lentement, Derec tendit la main vers une des clefs testées, guettant la moindre amorce d'un mouvement inattendu du robot. Celui-ci ne quittait pas les relevés des yeux. Derec saisit une clef et, lentement, retira son bras.

Au moment où il remarquait que celui-ci projetait une ombre vague sur les moniteurs, le robot fit volte-face et le prit à la gorge d'une poigne de fer. Il commença à étouffer, la langue pendante, les yeux exorbités.

Une seconde plus tard, la pression se relâchait,

mais comme il se penchait en avant, haletant, le robot le prit par le bras d'une main plus douce, mais ferme cependant. Il tenait toujours la clef cachée derrière son dos.

— Les humains sont plus fragiles que les robots, dit le robot pour s'excuser. (Il frissonnait du choc intérieur causé par la violation potentielle de la Première Loi.) Je n'ai pas réalisé aussitôt que la Première Loi s'appliquait. Pas avant de m'être retourné et de vous avoir vu. Vous n'êtes pas blessé ?

Il parlait lentement.

Derec secoua la tête, déglutit.

— Non.

Le robot continuait de frissonner et d'hésiter.

— Identifiez-vous et donnez la raison de votre présence.

— Je m'appelle Derec. Et je vais bien, alors ne te court-circuite pas. Euh...

— Sécurité 1 K ne m'a pas prévenu de votre entrée. Vous êtes ici en zone interdite. Montrez-moi votre laissez-passer.

— Je n'en ai pas. Je m'en vais.

Derec se détourna, mais le robot ne lâcha pas son bras.

— Rendez la clef que vous avez en main.

Comme il ne trouvait aucun argument à lui opposer, Derec la lui tendit avec un piètre sourire. Le robot la prit, et observa une lumière qui clignotait sur un des moniteurs.

— Nous allons descendre, dit-il. Je vois que votre présence est détectée. De toute façon, cet avertisseur lumineux convoque tous ceux qui se trouvent au premier étage auprès de Clémo.

— Tu devrais emporter la clef.

Derec tendit la main derrière le robot pour en prendre une. Comme il l'avait prévu, le robot le saisit par le bras. Derec feignit une vive douleur, tressaillit avec un art consommé du théâtre, et se tordit de telle sorte qu'il recula tout contre le plateau. Tandis que le robot lui ôtait la clef qu'il tenait, il tendit son autre main derrière lui et subtilisa l'autre clef déjà testée.

Sans autre forme de procès, le robot escorta Derec derrière l'écran jusqu'au poste de sécurité. Il le fit asseoir dans le siège tandis qu'il se perchait sur une sorte de barre fixée en dessous. Le sol s'ouvrit, et ils descendirent ensemble. Derec vit Sécurité 1 K debout en compagnie d'Ariel devant le bureau de Clémo.

Elle l'interrogea du regard tandis qu'il se laissait traîner vers la console. Au prix d'un effort considérable, il réprima un sourire. Ces robots étaient trop fins pour ne pas y voir la preuve d'un collusion entre eux. Il évita son regard.

Avant que Clémo ne puisse s'exprimer il décida de le prendre au dépourvu en lançant son offensive.

— Comment savais-tu que j'étais là-haut ?

— Ma console et la console de surveillance enregistrent émissions de chaleur et poids à chaque étage. Mais je n'ai pas noté aussitôt votre présence, étant distrait par une discussion des impératifs possibles sous l'égide des Trois Lois. (Clémo désigna du menton Ariel et Sécurité 1 K, puis s'adressa au robot qui tenait toujours Derec par le bras.) Processus 12 K, relâche ta prise. Raconte ce qui est arrivé dans ta juridiction.

— L'humain a surgi derrière moi et tendu la main vers une des clefs achevées, dit le robot venu du premier étage. Il l'a fait deux fois. Dans les deux cas, je lui ai retiré la clef que j'ai récupérée. Quand je l'ai appréhendé pour la première fois, je ne savais pas que la situation relevait de la Première Loi. J'ai failli le blesser.

— Nous utilisons la parole pour votre bénéfice, dit

Clémo à Derec et Ariel. Sur un sujet de Première Loi, vous devez être informés de notre discussion. Derec, vous n'êtes pas blessé ?

— Euh, non, ça va.

Derec, libéré de la prise de Processus 12 K, s'écarta quelque peu. Il tâtait la clef dans sa main, et se remémorait la façon dont elle fonctionnait. Avec prudence, il la retourna en tous sens, appuyant sur chaque angle l'un après l'autre. Un bouton apparut sur le dernier, du côté qui lui faisait face.

Il devait à présent se débrouiller pour qu'Ariel prenne la clef, ou du moins la touche, afin de pouvoir presser le bouton. Avec les robots si proches, ils n'auraient qu'une occasion. Où que la clef les emmène, ce serait loin d'ici ; il devait parier qu'elle était réglée pour un endroit sûr d'où ils prévoiraient leur déplacement suivant.

— Ariel affirme qu'un problème de Première Loi existe, dit Clémo. Admettez-vous que vous êtes tous deux mis en danger par la présence d'humains inconnus sur la planète ?

— Euh... (Derec surprit le léger hochement de tête qu'elle lui adressait.) Oui. Bien sûr. Nous ignorons de qui il s'agit.

— Aucun de vous ne montre un danger précis, ni la preuve du danger, dit Clémo. Possédez-vous une preuve qu'elle ignore ?

— Eh bien, non. (Il haussa les épaules et se mit à traîner les pieds. En se penchant, il se rapprocha de Processus 1 K qui, comme il l'espérait, s'écarta quelque peu. Il se plaça devant lui de sorte que seul Sécurité 1 K le séparait d'Ariel.) Mais je suis d'accord avec elle. Les gens peuvent être très dangereux, surtout les étrangers. Nous serions bien plus en sûreté si nous quittions cette planète.

— Vous aurez plus de contacts avec les humains en

dehors de cette planète que nous n'en avez ici, dit Clémo. La plupart, bien sûr, seront des étrangers et dangereux selon vos critères. Ici, vous avez une population de robots qui ne permettront pas qu'il vous arrive quoi que ce soit de mal.

– Seulement si vous pouvez nous protéger, dit Ariel.

– Ailleurs, dit Clémo, vous ne pourrez compter que sur vous pour votre sécurité.

– Ecoutez-la, dit Derec. (Il tendit la main devant Sécurité 1 K pour prendre Ariel par le bras et l'attirer à lui.) Tous les deux nous sommes isolés, ici...

Il parlait pour détourner leur attention alors qu'il l'enlaçait, amenant son bras derrière son dos. Il plaça sa main masquée par leurs deux corps sur la clef, avec la sienne.

– Maintenant, dit-il, triomphant, tenant la clef d'une main et pressant le bouton de l'autre.

Il ne se passa rien.

# DES ÉTRANGERS EN VILLE

De retour dans leur appartement, Derec donna un coup de pied dans la chaise de la console d'ordinateur, et l'envoya promener à travers la pièce et s'écraser sur l'autre.

– Sales tas ambulants de scories puantes et givrées ! Et la Première Loi ? Elle ne s'applique pas aux clefs ?

– Apparemment pas, fit Ariel avec amertume. Si Clémo disait vrai lorsqu'il a affirmé que les clefs sont toutes initialisées dans ce processeur et qu'elles ne fonctionnent que pour le type d'être qui les initialise, leurs clefs ne fonctionnent que pour les robots. Et s'ils les initialisent à la main nous ne pouvons pas nous en servir non plus. Ils ont écouté mon argument de par la Première Loi, et pas parce qu'ils possédaient des clefs qui nous auraient permis de partir.

– Je me suis senti ridicule debout, là, avec ma clef, quand il ne s'est rien passé. Puis ils ont sondé le mur pour voir par où j'étais entré, et ils m'ont rendu ma botte. (Il baissa les yeux sur la paire qu'il portait de nouveau.) Tu peux parier qu'ils ne se laisseront pas prendre une deuxième fois.

– Au moins, ils se sont contentés de nous jeter dehors. Il n'a pas été question de punition. (Elle soupira, et se laissa tomber dans une des chaises, sans se soucier de la remettre en place.) Et j'étais si fière d'être arrivée jusqu'à Clémo !

— La Première Loi nous aura au moins valu ça. (Il se mit à faire le tour de la petite pièce.) Je nous croyais tout près de partir d'ici. Je croyais qu'on y était.

Il s'interrompit lorsqu'il vit Ariel penchée sur sa chaise, fixant le sol d'un regard sombre.

Elle leva les yeux vers lui, secoua la tête d'un air abattu.

— Allons, reprit-il. Tout n'est pas perdu. Je veux dire que nous n'allons pas abandonner. (Il s'assit à la console, regarda l'écran vide d'un regard pensif.) Très bien. Quelle sera notre nouvelle approche ?

Il se mit à taper sur le clavier.

Elle l'observa un moment.

— Tu cherches les autres humains de la planète, je suppose.

— Bien entendu. Ils sont arrivés ici d'une manière ou d'une autre ; on repartira de la même façon, quelle qu'elle soit.

— Mais nous n'en savons pas davantage. Que peut-on faire de plus ?

— On ne s'y est pas vraiment attelés. J'ai pris Clémo pour notre meilleur atout, avec les autres comme solution d'appoint. A présent, on doit s'en occuper pour de bon.

— J'espère que ça fera une différence.

Elle semblait toujours découragée, mais rapprocha sa chaise.

— Je commence avec le dossier qu'on a déjà obtenu, dit-il. Hé, on a de la chance.

— Ah bon ?

Elle releva la tête, une lueur d'espoir dans les yeux.

– Les deux étrangers qui se déplacent ensemble ont été vus plusieurs fois.

– Et le troisième ?

– Là, rien de neuf. J'espère qu'il va bien. Je me demande s'il accompagne les deux autres, ou s'il se trouve qu'ils sont tous arrivés en même temps.

– Dans ce cas, on aurait peut-être deux moyens de repartir.

– Bon point, dit Derec. J'espère juste que le troisième se cache mieux que les deux autres.

– Qu'est-ce que tu veux dire ?

– S'ils sont arrivés ensemble, le troisième a pu repartir par le seul moyen de transport disponible.

– Oh, Derec, pourquoi a-t-il fallu que tu dises ça ?

– On doit considérer toutes les possibilités, non ? (Il se retourna pour la dévisager.) De plus, entrer en contact avec des gens, pour changer, sera toujours un avantage. Tôt ou tard, on reviendra les chercher. Ils font partie de la confrérie des Spatiaux, au moins, au contraire de ces robots isolationnistes.

– Supposons que l'on suive ce raisonnement. Peut-on deviner qui ils sont ?

– J'entre ce qu'on a. Le problème, c'est qu'on ignore la position exacte de la planète.

– Le D$^r$ Avery voulait que la Cité des robots soit à l'écart des sentiers battus, dit Ariel. Ma mère a toujours souligné son excentricité. Je suis sûre que nous sommes loin des principaux couloirs spatiaux.

– Je ne pense pas que nous soyons dans un trou non plus. Si le D$^r$ Avery était le mégalomane que tu m'as décrit il avait sans doute prévu à un moment ou à un autre de montrer son chef-d'œuvre aux autres.

– Maman aurait voulu le voir. Et tu sais quoi ? Il a fait face à de nombreux sceptiques, sur Aurora. En fin de compte, il a dû vouloir leur prouver qu'il pouvait tenir sa promesse.

– Bien. Nous n'avons pas grand-chose comme bases, mais c'est déjà ça. (Derec résuma les données qu'il lisait sur son écran.) Aurora est sans doute la plus proche planète habitable, et sans aucun doute la plus proche planète d'une quelconque importance.

– S'ils nous permettent d'aller jusque-là, ce sera parfait, fit-elle remarquer. Je me contenterai d'une petite faveur.

– Laisse-moi continuer. La probabilité que trois personnes atterrissent ici en même temps, par hasard, dans deux vaisseaux spatiaux différents, est tellement minime qu'il est inutile d'y penser. Un vaisseau, pour des problèmes mécaniques, peut-être, mais pas deux. En supposant que nous nous trouvions à proximité d'un couloir de navigation, et en se rappelant que tout ceci n'est jamais qu'une hypothèse de toute façon, il faut découvrir ce qui amène nos visiteurs ici.

– En toute honnêteté je ne vois pas pourquoi on voudrait se poser ici. Il n'y a pas d'affaires à mener et ce n'est pas tout à fait le pays de cocagne. Il n'y a ni distractions, ni rien.

– Je sais. Et des prospecteurs commerciaux viendraient en force, pas par un ou deux.

– Des individus n'ont rien à faire ici, à mon sens. Même si je n'étais pas malade je voudrais quand même partir. Les robots font tout comme ils l'entendent.

– Je ne pense pas que nous soyons le motif de leur venue, fit Derec. Pour autant que je le sache, nul n'a la possibilité de savoir que nous sommes ici l'un et l'autre.

– Je le sais bien.

Elle secoua la tête avec résignation, un sourire nostalgique aux lèvres.

– Ce qui nous laisse la Cité des robots comme seul motif.

– Mais je t'ai dit que le D$^r$ Avery a gardé son emplacement secret. Ma mère était certaine qu'il y tenait beaucoup.

– Mais tu as dit qu'il a disparu depuis longtemps. S'il est mort, est-ce qu'il n'a pas laissé des données dans son bureau, que quelqu'un aurait trouvées ? Révélé son secret quelque part dans l'espace avant de mourir ? Ils auront utilisé ces données pour venir. A moins qu'il ne soit là en personne.

– Avec un homme pareil, tout est possible, reconnut-elle à contrecœur. Mais révéler plus qu'il ne le voulait ne me semble pas coller avec son caractère. De plus, les gens qui ont appris son secret se seraient montrés depuis longtemps.

– Pas s'il était bien caché. Ils viennent peut-être juste de le découvrir.

– Peut-être. Je suppose. (Elle le dévisagea.) Tu crois que c'est Avery ?

– Non. Les témoignages ne collent pas avec son libre accès au bureau dans la tour du Compas. Nos visiteurs sont aussi perdus que nous. Et ils peuvent nous permettre de quitter ce caillou.

– Autant pour leur découverte de la Cité des robots, résuma Ariel. Et nos chances de les découvrir eux ?

– J'aimerais avoir le temps d'optimiser l'ordinateur. On ne peut pas compter sur lui. Sinon, on recourrait à son aide.

– On peut essayer, non ? Il admettra l'instruction générale de chercher les visiteurs ?

– Oui, on peut essayer, mais on se heurte toujours au même problème : l'instruction n'atteint pas tous les robots, et met longtemps à en toucher la plus grande partie. En supposant qu'Avery n'ait pas dressé un contre-programme pour un de ses motifs à la noix.

Elle secoua la tête.

– Il était trop paranoïde. S'il a pris soin de tenir cet endroit secret, je suis sûre qu'il aurait intimé l'ordre aux robots de surveiller d'eux-mêmes tout étranger.

– Nous savons déjà que certains robots font des témoignages et je peux ordonner à tous les robots de les imiter... (Sa voix mourut.) Ah, je ne sais pas. J'ai parfois l'impression que l'on tourne en rond.

– Qu'est-ce qui ne va pas ?

– Comme je le disais, je me demande si ça fera la moindre différence. Tout ça se trouve déjà dans l'ordinateur.

– Tout ce qu'on peut faire, c'est donner cette instruction, et espérer qu'elle nous vaudra des informations, dit-elle. Puis on tâchera d'envisager autre chose. Qu'est-ce qui cloche ?

– Ça, ça marchera. Mais ce dont on a besoin, ce serait que les robots les arrêtent si possible, et ça, ça risque de violer la Première Loi.

– Cela ne dépend-il pas des circonstances ? Les robots les persuaderont peut-être de les accompagner et doivent d'ailleurs juste veiller à ne pas les blesser. Ils voudront peut-être nous voir. Je crois que les robots pourraient les amener, pas toi ?

– J'entre l'ordre. S'il y a des robots qui trouvent et qui identifient ces étrangers ils doivent les amener ici si ceux-ci le veulent bien. Les robots pourront se poser des problèmes de Première Loi quand ils se présenteront. (Il se radossa avec un soupir.) Mais je ne sais pas si ça fera la moindre différence.

– On s'y est attelés, en tout cas, dit Ariel. Pourquoi ne ferait-on pas une pause ? D'ailleurs, il est temps de manger.

– Hugh ! fit Derec, et ils éclatèrent de rire. D'accord. On va ingurgiter ce qu'on forcera le processeur à dégurgiter pour le déjeuner, et si on y survit on sera sans doute ravis d'aller entamer des débats sans fin avec des robots peu coopératifs.

Ariel se leva, le sourire aux lèvres.

– Je suppose qu'il faut bien prendre sa motivation où on la trouve.

Après le déjeuner, ils se risquèrent de nouveau dehors, pour trouver une preuve de la présence d'étrangers en ville. Derec partit plein de confiance et d'énergie, car il pensait à la maladie d'Ariel, et ne voulait pas lambiner.

Sur son conseil, il accepta au bout d'un moment de relâcher quelque peu ses efforts. Courir partout ne les aiderait guère à ce stade des recherches. Ils avaient alerté les robots dans la mesure de leurs possibilités et possédaient une liste des lieux où on avait aperçu les étrangers. Pour l'heure, tout ce qu'ils pouvaient faire, c'était se promener en espérant tomber sur une piste.

Leur plus gros problème était que ces contacts ne formaient aucun schéma directeur reconnaissable. Puisque l'on n'avait pas signalé le voyageur seul depuis quelque temps, ils résolurent de l'oublier pour le moment. Les contacts avec les deux humains qui se déplaçaient ensemble paraissaient se produire au hasard, pour autant qu'ils pouvaient en juger.

Le contact le plus récent avait eu lieu dans les faubourgs. Ils prirent les tunnels jusqu'au bout de la ligne en lisière de la ville, et durent alors remonter en surface. Là, un énorme véhicule qui transportait un liquide quelconque les prit à son bord. Ils en sautèrent lorsque son itinéraire divergea du leur.

Tout en marchant, ils virent pour la première fois la longue taupe à trois étages qui creusait les tunnels. Elle laissait derrière elle un réseau de plates-formes tout équipées. On n'utilisait pas cette section qui n'était pas encore reliée au réseau principal. Sinon, la taupe se serait trouvée sous terre. Selon un contre-maître robot qu'interrogea Derec, elle cherchait aussi du matériau pour la construction. Version modifiée du portique qu'il avait vu cribler l'astéroïde afin de retrouver la clef originelle pour les robots d'Avery, elle rappelait aussi les énormes appareils d'exploitation minière et de construction qui reconfiguraient la cité.

Ils virent aussi bon nombre de bâtiments en construction, et quelques-uns tout neufs, dont des dômes en dianite plus petits, qui évoquaient le Centre de la clef. Nulle part, cependant, ils ne trouvèrent de robots qui se rappelât avoir vu un humain.

# LE CYBORG

Il s'appelait Jeff Leong. Ouvrant les yeux dans l'obscurité, il se demanda où il se trouvait. Au moins, il était en vie, et ne souffrait pas.

Il reposait sur le dos, à son aise. De pâles lueurs colorées qui traversaient son champ de vision sur sa gauche suggéraient des affichages d'écran. Songeant qu'il s'agissait sans doute d'appareils médicaux, il tourna la tête dans cette direction en s'attendant à un effort et un inconfort extrêmes. Mais le geste s'effectua sans peine, ni gêne, même s'il sentit, sous sa joue, des fils électriques relier son crâne à l'installation.

La pénombre paraissait envahir la pièce. Autour de lui, il discernait des formes, et les affichages, bien sûr. Mais ils ne lui rappelaient rien, et il détourna donc la tête.

Il se sentait bien. C'était à n'y rien comprendre.

Puisqu'il n'était que simple passager sur le *Kimbriel*, il ne savait pas le motif du désastre. Par interphone, le commandant avait annoncé un problème mécanique, et reconnu qu'ils étaient trop loin d'Aurora pour y retourner sans danger. Le navigateur avait toutefois localisé une planète habitable, et ils allaient tenter un atterrissage d'urgence en capsule de survie.

A ce moment-là Jeff ne tenait plus. Il se fiait à l'équipage et envisageait volontiers une aventure inopinée sur un monde inconnu. Il songea qu'il devait s'y trouver.

Une porte s'ouvrit au bout de la pièce et un robot entra. La lumière s'alluma pour de bon et Jeff vit que son visiteur, doté d'une peau bleue, était d'un type spécifique qu'il ne reconnut pas. Le robot étudia les écrans avec soin l'un après l'autre.

– Où suis-je ? demanda Jeff.

Sa voix lui sembla bien un peu bizarre, mais il n'avait pas de difficulté à s'exprimer.

– Vous êtes au Centre expérimental de l'Humain n° 1, chambre 6, à la Cité des robots.

– La Cité des robots ? Sur quelle planète ?

– La planète s'appelle aussi la Cité des robots.

– Qui es-tu ?

– Chirurgien expérimental 1.

– Euh, je peux voir mon docteur ?

– Je suis votre docteur, avec Recherche médicale humaine 1.

– C'est un robot, lui aussi ? Vu son nom...

– Oui. Comment vous appelez-vous ?

– Jeff Leong.

– Vous avez toujours mal ?

– Hein ?

– Comment... allez-vous ? Comment vous sentez-vous ?

– Oh, plutôt bien. Mais ma voix me paraît bizarre, non ?

– Elle a changé. Veuillez s'il vous plaît me raconter les événements qui ont entraîné votre arrivée.

– Notre vaisseau avait une panne mécanique quelconque. On a voulu se poser en catastrophe mais on a raté l'atterrissage. Je me rappelle le commandant qui nous prévenait du crash.

– Quels autres événements vous ont amenés à vous poser ?

– Quels autres événements ? Aucun. J'étais simple passager. A propos, où sont les autres ?

– Je dois vous informer que vous êtes le seul survivant.

Jeff fixa le plafond des yeux, bouleversé. Il ne s'attendait pas à cette réponse, mais il n'était pas surpris. L'équipage et les passagers avaient tous été tués dans l'accident, pourtant, lui avait survécu. Il ne s'y faisait pas encore. En tout cas, il ressentait plus de culpabilité que de chagrin.

– Vous voyagiez avec des parents ou des amis ?

– Non, murmura-t-il. Je ne connaissais personne à bord.

– Quelle était votre destination ?

– Personnelle ? J'allais au collège. Je viens d'Aurora.

– Vous ne veniez pas à la Cité des robots ?

– Pas délibérément. Pas avant la panne. (Jeff leva les yeux vers lui.) Tu sais ce qui s'est passé ?

– Le vaisseau mère a explosé en dehors de l'atmosphère. La capsule de survie que vous occupiez avec les autres passagers s'est écrasée en essayant de se poser.

– Je crois que j'ai eu du pot, hein ? Je me sens bien.

– J'ai convoqué Recherche 1, l'autre membre du Centre. Nous nous expliquerons ensemble. Vous avez peut-être eu du pot, comme vous dites. Vous vous sentez bien, semble-t-il ?

– Oui. Je peux me lever ?

– Vous êtes-vous observé ?

– Non... Quoi, je suis défiguré ? (Jeff effleura son visage et sentit une surface dure, inconnue.) Je porte un masque ? Des pansements ?

Chirurgien 1 allait répondre, quand un autre robot entra.

— Voici Recherche médicale humaine 1. Notre patient a pour nom Jeff Leong.

— Salut, dit Jeff avec circonspection.

— Salut, dit l'autre du même ton. Que disent les moniteurs, Chirurgien 1 ?

— Dans l'ensemble, ils indiquent une excellente condition.

Chirurgien 1 s'avança et considéra Jeff qui se sentit vaincu par le nombre et l'aspect. Il aurait préféré un médecin humain.

— Vous vous sentez en excellente condition ?

— Eh bien, oui, mais tout momifié, ou quelque chose dans ce goût-là. Qu'est-ce qui m'est arrivé ?

Recherche 1 se posta au pied du lit et le regarda droit dans les yeux.

— Puisque l'expérience a réussi, je pense que nous pouvons vous le dire avec un minimum de choc. Vous pouvez vous asseoir ?

— Euh, d'accord.

Il s'attendait à ce qu'on l'aide, comme les docteurs et les infirmières le faisaient souvent, mais les robots ne bougèrent pas. Il s'assit sans difficulté, tout en regardant Recherche 1 étudier les moniteurs avec attention. Puis il baissa les yeux, et vit la texture bleutée de ses propres jambes.

Tout d'abord, il ne comprit pas. Il se demanda pourquoi l'on avait pris ses jambes dans cette matière. Tendant la main pour les toucher, il la vit, comme son bras, pour la première fois : tous deux étaient faits de cet étrange métal. Alors, comprenant soudain ce qui lui arrivait, il examina son autre bras robot, son torse. Pris d'une panique grandissante, il plaqua ses mains bleues sur sa poitrine avant de palper son nouveau visage.

– Les relevés sont excellents, annonça Recherche 1. Jusqu'à présent, tout semble indiquer la réussite de la procédure. Vous êtes bien sûr perturbé. Cette réaction est normale, elle aussi.

Il retomba sur le lit. Les courbes lumineuses dessinèrent un pic en enregistrant l'impact.

– Je suis un robot. Je n'arrive pas à y croire. Je suis un *robot*.

– Nous voulons que vous compreniez, dit Chirurgien 1. Dans les circonstances de votre découverte, la Première Loi exigeait cette procédure.

– Quoi ? Comment a-t-elle pu l'exiger ? Tu ne crois pas que je souffre ? Je suis un être humain, pas un robot !

Jeff aurait voulu se rasseoir mais n'en trouva pas la force. Il ne se sentait pas fatigué, ni affaibli, mais ne voulait pas bouger, de peur d'abîmer un dispositif quelconque dans son corps de robot.

– Vous étiez blessé quand nous vous avons trouvé, expliqua Recherche 1. Ici, nous n'avons aucune connaissance des organes du thorax et de l'abdomen humains. Notre bibliothèque médicale est inconsistante et incomplète. Néanmoins, nous possédons des informations de pointe sur le système nerveux. Comme il était hors de question de vous laisser courir de plus grands risques, nous avons dû employer nos connaissances expérimentales pour vous préserver en tant qu'être vivant.

– Je ne suis pas sûr de te suivre, murmura Jeff. Parle sans détour, d'accord ?

– Nous avons transplanté votre cerveau dans un de nos corps humanoïdes parce que nous ne savions pas réparer le vôtre.

Jeff ferma les yeux et resta un moment étendu sans mot dire. Quand il les rouvrit, il fixa Recherche 1 d'un regard morose.

– Qu'est devenu mon corps ?

– Il est congelé. Selon nos informations, certes limitées, nous pensons que les dégâts ne sont pas irréparables. Mais nous ignorons comment procéder. Possédez-vous un savoir médical qui nous aiderait à le guérir ?

– Moi ? Je ne suis qu'un gamin du collège – un adolescent. Je ne sais rien de tout ça. Enfin, pas au niveau qu'il faudrait.

– Nous avons réuni l'équipe pour ce projet spécifique, dit Chirurgien 1. A notre connaissance, il n'y a jamais eu d'autre transplantation de ce type.

– Génial, j'imagine, dit Jeff d'une voix sarcastique.

– Vous ne paraissez pas heureux de son succès, fit observer Chirurgien 1. Vous réfutez le fait qu'il s'agissait du moindre mal que nous pouvions vous causer en de telles circonstances ?

– Non... non, je vous crois. Mais je... Je ne veux pas être un robot ! (Cette fois-ci, il s'assit, et arracha les fils qui le reliaient aux moniteurs.) Vous ne comprenez pas ? Je ne suis plus moi ! Je ne suis pas Jeff Leong !

Les robots ne bougèrent pas.

– Ce n'est pas tout à fait exact, énonça Recherche 1. Votre identité réside dans votre cerveau. A moins que le traumatisme du crash ne vous ait fait perdre une partie de vos souvenirs, votre identité est intacte.

– Mais je ne suis pas *moi* – à l'extérieur, je veux dire. Je n'ai pas l'air de ça.

Il tendit ses mains ouvertes et les agita devant les robots.

– Sous de nombreux aspects, dit Chirurgien 1, votre nouveau corps est bien plus efficace que l'humain. On peut le réparer à l'infini pourvu que votre cerveau demeure intact. Seul celui-ci vieillit ; il bénéficie d'une nutrition et d'un milieu corporel optimums. Vous êtes plus fort, et vos senseurs sont beaucoup plus efficaces que vos anciens organes sensoriels.

— Belle consolation ! Combien de temps dois-je rester ici ?

— Votre corps est en excellent état. Inutile de rester au lit, dit Chirurgien 1. Quelques tests de motricité nous diront si toutes vos synapses fonctionnent. Levez-vous, je vous prie.

Jeff passa avec prudence ses jambes au-dessus du bord du lit et se leva.

— Pas de problème pour l'instant.

— Joignez les talons, écartez les pieds et inclinez la tête en arrière. Maintenant, ouvrez bien vos bras. Touchez votre nez des deux mains, l'une après l'autre.

Jeff s'exécuta.

— Très bien, dit Chirurgien 1. Recherche 1 ?

— Selon les relevés, le corps robot fonctionne. Nous aurons besoin de plus d'espace pour mes tests de motricité simple. Je propose de lui montrer l'extérieur du bâtiment.

Jeff sortit de la chambre avec eux et parcourut un couloir ; il se sentait... non pas gauche, pas tout à fait, mais un petit peu trop grand et trop lourd. Dehors il se crut d'abord presque aveugle, mais accommoda aussitôt. Chirurgien 1 le vit ciller.

— Vos yeux voient un spectre plus large. Ils viennent de s'atténuer pour votre confort. Vous avez fait l'inverse tout à l'heure en vous réveillant dans une obscurité presque complète. Vos autres perceptions sont renforcées, elles aussi.

— Parfait, dit Recherche 1. Vous réagissez par automatisme, alors. Je n'ai plus que quelques tests.

– Avant d'y venir, dit Jeff, je pense à quelque chose. Que vais-je bien pouvoir *faire* ?

– Ce que vous voudrez, dit Recherche 1. Nous n'avons aucune contrainte, sauf les Lois et notre programme. Celui-ci concerne notre société, pas vous.

– Mais... le collège ? Je ne peux pas y aller comme ça. Ils ne sauront même pas qui je suis ! Je ne ressemble plus à Jeff Leong – je n'ai pas d'empreintes rétiniennes ou digitales, ni de trait distinctif.

– Si vos ondes cérébrales sont archivées, elles vous seront utiles, dit Chirurgien 1. Mais nous n'avons pas de vaisseau à vous fournir, de toute façon.

Jeff se tourna aussitôt vers lui.

– Vous voulez dire que je suis *coincé* ici ?

– Nous n'avons pas de vaisseau spatial disponible, affirma Recherche 1.

– Mais... une minute ! Je ne peux pas rester ici !

– Nous ne vous retenons pas, dit Recherche 1. Si jamais, un jour, nous découvrons le moyen de réparer votre corps humain et d'inverser la transplantation, nous le ferons. Si un vaisseau spatial s'avère disponible, le voyage vous sera permis.

– Mais je ne peux pas rester ici ! Il n'y a rien à faire !

– Je vous en prie, restez calme. Après avoir testé votre motricité de base, je vous présenterai au robot qui se charge d'assigner les tâches dans la Cité des robots. Vous trouverez peut-être une activité qui vous plaira.

– Hé, attendez une minute, maintenant. (Jeff s'éloigna de Recherche 1 et se retrouva les deux bras tenus par les robots.) Hé ! (Il se contorsionna, s'écarta, et se libéra.) Laissez-moi.

– Nous devons mener d'autres tests pour estimer votre état, dit Recherche 1.

– Ecoutez, je veux juste... Lâchez-moi ! (Jeff dégagea de nouveau son bras de l'étreinte de Chirurgien 1.) Ecoutez-moi ! Je suis humain – je vous dis de me ficher la paix. La Deuxième Loi, vous vous rappelez ?

Il s'éloigna à reculons, mal assuré sur ses jambes neuves, sans les quitter des yeux.

– Nous ne pouvons pas vous laisser vous blesser, rappela Chirurgien 1. La Première Loi annule la Seconde. Revenez.

Il s'avança vers Jeff.

Celui-ci fit volte-face et se mit à courir.

Il se retrouva en train de dévaler un large passage presque désert. Quelques piétons robots s'écartèrent. Il ne savait pas où il allait, mais il voulait réfléchir, et réfléchir seul.

Il entendait deux pas de course derrière lui – et s'étonna de réaliser que son ouïe était devenue si fine qu'il discernait l'un de l'autre. Ils l'appelaient, sans hurler de colère comme le feraient des gens, mais en criant qu'il était encore expérimental, qu'il risquait de se faire mal, qu'il devait s'arrêter. Mais il ne s'arrêta pas ; leurs voix ne firent que lui donner des ailes.

Mais d'autres les écoutèrent, et essayèrent de lui barrer la route. Il en évita deux et força un barrage de bras tendus. Ils se lancèrent tous à sa poursuite, sans doute en réaction aux cris de l'équipe médicale quant à sa violation éventuelle de la Première Loi. Les autres robots semblaient vouloir aider à sa capture si possible, et se préoccuper des explications ensuite.

Il tourna sans ralentir, et remonta une ruelle latérale. Il courait déjà avec plus de facilité qu'un moment auparavant. Son corps robot répondait vite, et bien. Il n'était pas conçu pour la course mais n'en restait pas moins puissant et efficace. A mesure qu'il s'y habituait, il se mit à accélérer et à franchir des petits obstacles d'un bond.

Par malheur, ses poursuivants étaient aussi tous des robots.

Il continua à courir.

## EN ARPENTANT LES RUES

Derec et Ariel s'arrêtèrent dans un chantier pour se reposer sur une bande de terre. A ce qu'ils en savaient, l'urbanisation de la Cité des robots s'étendait en tous sens depuis le centre. Ils avaient longé le périmètre en construction pour interroger tous les robots qu'ils croisaient. Pour l'instant ils n'avaient décrit qu'une part infime de sa circonférence.

– Ça ne sert à rien, se plaignit Derec.

Il s'allongea dans la poussière et s'adossa à la pente.

– Quoi ? (Elle inspecta les alentours pour s'assurer que la pente était plane et s'adossa à son tour.) De se reposer ici ou de poser nos questions ?

– Les deux, vu que tu abordes le sujet. Mais je parlais des sondages. Les robots sont des milliers, et ils n'observent pas leur environnement à moins qu'il ne relève de leur travail. Ils se concentrent trop sur leurs tâches.

– Je ne vois rien de mieux. (Elle ferma les yeux.) J'ai mal aux pieds. Je n'ai pas l'habitude de marcher autant.

– Je ne vois rien, non plus. Il doit y avoir quelque chose, quand même. (Il observait un contremaître robot qui surveillait un robot utilitaire.) Tout est si organisé. Rien ne se perd.

L'utilitaire leva un bras qui finissait en ajutage et se mit à asperger d'un liquide épais et visqueux le sol aplani devant lui. Le liquide coulait, puis continuait de tournoyer, de s'étaler et de se déplacer en courants actifs que la pression du jet ne justifiait pas. Avant que l'arrosage ait pris fin, il durcit en parquet, parois, et ménagea l'embrasure d'une porte.

Ariel ouvrit les yeux.

– Tu avais demandé à l'autre robot comment ça marchait ? Je suis allée discuter ailleurs, je n'ai pas entendu.

– Oui. Je n'ai pas tout compris, mais les molécules sont précodées. Elles savent où aller et glissent sous forme liquide jusqu'à ce qu'elles atteignent le point fixé, où elles se lient alors aux molécules voisines.

– C'est ainsi que la ville fonctionne, dit Ariel. Sauf pour nous et pour les visiteurs. Nous n'avons pas notre place. Voilà ce que nous avons en commun avec eux, quels qu'ils soient.

– Réfléchis-y, dit Derec d'une voix lasse. Un transport approche. Il y a un humanoïde aux commandes. Je vais l'arrêter, et lui poser la question rituelle.

Il se leva et, tout en traversant un champ de ferraille, se rendit compte que ses jambes ne le portaient guère non plus. La ferraille était entassée en gros tas soignés, mais ici et là des pièces isolées avaient été jetées, ou posées pour démarrer un nouveau tas. Il constata avec un intérêt et un ennui mêlés qu'il n'en reconnaissait aucune. Ces robots Avery possédaient une technologie extrêmement personnelle.

Derec avait appris à raccourcir la prise de contact. Il cria qu'il était humain pour attirer l'attention du robot, puis lui ordonna de s'arrêter. L'humanoïde transmit alors cet ordre au transport. Cette fois-ci, les questions de Derec reçurent enfin des réponses.

— J'ai vu deux non-indigènes récemment, dit le robot, qui dévisageait Derec du haut de sa cabine.

— Identification, ordonna Derec, gagné par l'excitation.

— Je suis Contremaître de Véhicule 214 classe 9.

— A quoi ressemblaient-ils ? Que faisaient-ils ?

— Le premier était un robot qui n'a pas répondu à mon salut radio. Il était sur la mauvaise fréquence ou en panne. De plus, ses dimensions et ses proportions ne m'étaient pas tout à fait familières.

— Et l'autre ?

— Je ne l'ai pas bien vu. Il ne m'a pas semblé mesurer plus d'un mètre. Par approximation. Il était doté de quatre membres.

— Un enfant, dit Derec. Un robot et un enfant. Curieux... Tu as parlé avec eux ?

— Non. Ils se sont éloignés à mon approche.

— Que faisais-tu quand tu les as aperçus ?

— Je marchais.

— Tu les as entendus parler ? Prendre contact avec un autre robot ?

— Non.

— Dis-moi : pourquoi as-tu essayé de communiquer avec eux ?

— A cause de leur apparence inhabituelle. J'ai pensé que je pourrais indiquer un atelier au robot, s'il en avait besoin.

— As-tu signalé ta rencontre à l'ordinateur central ?

— Oui.

— Quand et où a-t-elle eu lieu ?

— Il y a deux jours. L'heure...

— La date suffit. Où ?

Derec sourit. L'ordinateur ne l'avait pas répertoriée. Ariel les rejoignit alors que Véhicule 214 classe 9 lui donnait les coordonnées. Puis le robot poursuivit son chemin.

– C'est un début, dit Derec d'une voix réjouie. Le contact date de deux jours, mais c'est du concret.

Il lui donna les détails.

– Une nounou et un gosse, peut-être, dit Ariel. Ils ont pu se faire éjecter d'une capsule de survie lors d'un accident, ou quelque chose dans ce goût-là. Mais avec le réseau de transports de la ville, ils peuvent se trouver n'importe où, maintenant.

– Il faut bien commencer quelque part. Viens.

Derec partit vers le plus proche passage qui les ramènerait au cœur de la ville.

Ariel le suivit en hâte.

– Ça ne me paraît pas une bonne base de départ. Ils doivent en être partis depuis longtemps.

– Allez, viens ! Après tout ce temps, c'est notre meilleure piste. Pourquoi être si pessimiste ?

– Ce n'est pas ça.

– Alors quoi ? demanda-t-il avec colère. Tu ne veux pas t'en aller d'ici ? Tu préfères abandonner ?

– Bien sûr que non ! Je n'ai pas dit ça.

– Alors viens.

Derec s'éloigna à grands pas, sa bonne humeur envolée. Le pire était de savoir qu'elle avait raison. La piste du faubourg n'avait rien donné. Une trace vieille de deux jours s'avérerait peut-être stérile, elle aussi.

Ils longèrent le trottoir en silence. La circulation serait nulle jusqu'à ce que le prochain transport de construction soit prêt à retourner vers le centre. Les trajets étaient orchestrés avec soin, les robots étant trop efficaces pour gaspiller temps ou carburant sur des allers-retours inutiles.

Quelque peu calmé, il dit :

– Ces deux contacts nous apprennent peut-être une chose. Je pense que nos visiteurs se sont posés à l'extérieur de la cité et y ont pénétré pour chercher... je ne sais pas, un abri et de la nourriture, je suppose.

Ce contact-ci, dans un faubourg, est plus ancien. Donc, s'ils sont allés vers le centre, ils risquent d'y rester.

– Il ne s'agit pas moins d'une cité immense, dit Ariel d'un ton marqué par le doute. (Soudain, elle haleta.) Voilà, Derec. Qu'est-ce qu'ils vont manger ?

– Oh... Ils demanderont un processeur chimique aux robots.

– Mais est-ce qu'ils sauront ? Est-ce qu'ils penseront à le demander ? De plus, les robots voulaient que tu leur résolves un mystère, et nous avons bénéficié d'égards particuliers.

– Peut-être, mais si les robots apprennent le problème, la Première Loi les obligera à leur porter secours. (Il fut piqué de ne pas y avoir songé seul.) Oui, ce doit être la seule ville de l'univers qui n'ait ni restaurant ni rien d'approchant.

– On tient notre première vraie piste, dit Ariel avec une ardeur nouvelle. Dès qu'on retrouve le réseau de tunnels, on se sépare. Je suivrai la piste du dernier contact, et je verrai si je trouve une source d'approvisionnement dans les environs.

– Pourquoi ? Tu estimais que l'autre piste n'en valait pas la peine ?

– Oh, Derec, cesse de rouspéter. Il faut que tu retournes à l'ordinateur localiser les sources d'approvisionnement par son intermédiaire. On couvre deux pistes en même temps, voilà tout.

– Bon, je ne discute pas. A y réfléchir, s'ils n'ont pas trouvé de nourriture, ils risquent d'être déjà en mauvais état. Pas question qu'ils nous claquent dans les bras.

– On ne va pas marcher jusqu'à la station, dit-elle, mais elle souriait. C'est bon de retrouver son enthousiasme.

En fait, ils marchèrent un petit moment avant

qu'un véhicule qui passait ne les prenne mais le trajet ne fut pas inutile. Le véhicule était parti du périmètre de construction et ne serait pas passé près d'eux ailleurs. Comme Ariel l'avait suggéré, ils se séparèrent dans le tunnel. Il rentra retrouver leur terminal tandis qu'elle se rendait sur le site indiqué par Véhicule 214.

Derec s'assit, ravi d'avoir une nouvelle approche à tenter ; mais il n'avait pas oublié que ce rapport s'était perdu dans le système. Il appela d'abord une liste d'aliments comestibles par les humains, et apprit que le seul inventaire figurait dans le réservoir de leur processeur. Soit les visiteurs commençaient à avoir faim, soit ils avaient accès à un approvisionnement qui n'était pas enregistré ici.

Ensuite, il appela d'autres matériaux convertis pour devenir comestibles. Là encore, tout était en règle. Il demanda si on avait fabriqué ou requis un autre processeur chimique. Rien de tel n'était enregistré.

Pour ce qu'en savait Derec, la Cité des robots ne possédait aucun animal qui pût être attrapé et mangé, même par le plus affamé des hommes. Peut-être quelqu'un de très talentueux saurait-il construire un processeur sans l'aide des robots mais il aurait tout de même besoin de pièces. Il ne pouvait pas non plus produire de nourriture sans matériau de base.

Adoptant l'hypothèse où les visiteurs se seraient posés en dehors de la ville et auraient pénétré dans le périmètre où Ariel et lui étaient allés, il réduisit l'éventail des recherches et demanda de nouveau aux robots de ce secteur si l'un d'eux avait aperçu des étrangers. Aucun résultat. Il n'en obtint pas davantage en cherchant un enregistrement de leur atterrissage.

Le seul fait dont Derec fût certain était qu'il ne pouvait pas se fier à l'ordinateur. Les réponses sur le processeur et la nourriture étaient peut-être exactes mais les visiteurs n'en étaient pas moins là, et cela signifiait qu'ils s'étaient posés quelque part dans un vaisseau qui pourrait, selon toute probabilité, redécoller. Il devait y avoir moyen de les retrouver.

Rien ne venait. Soupirant, il se leva et arpenta la pièce. Pour le moment, l'ordinateur ne lui était d'aucun secours. Il regretta d'avoir quitté Ariel.

Il ne pensait pas qu'elle courût un danger, surtout si les visiteurs étaient un robot et un enfant. De plus, il la savait débrouillarde. Son attitude envers Ariel avait cependant changé depuis qu'il connaissait son état. Elle ne l'intimidait plus autant, même si elle restait plus mûre et plus assurée que lui. Mais depuis qu'elle avait pleuré dans ses bras, il sentait grandir son instinct de protection.

Elle paraissait aller mieux, cependant. Il songea qu'elle se rirait de lui s'il essayait de lui dévoiler ses sentiments.

Sa mâchoire se crispa dans sa volonté de démontrer ce qu'il valait avec un ordinateur. Il s'assit, et entreprit de demander tout ce qui lui passait par la tête sur l'espace : observations astronomiques, atterrissages, décollages, passages en orbite... et quoi d'autre ?

Il n'obtint aucun atterrissage ni crash récents de vaisseau. On n'en avait aperçu aucun de posé. Les observations astronomiques n'en avaient pas enregistré en orbite. Il devait supposer que soit les senseurs étaient tombés en panne, soit l'information s'était perdue quelque part dans l'ordinateur.

La nourriture, se dit-il. Les visiteurs doivent se nourrir. Cela restait sa meilleure piste, s'il arrivait à l'exploiter.

Ariel quitta le tunnel et repéra sans peine les coordonnées. Le seul problème, c'était de déterminer une ligne de conduite. Elle était au cœur de la cité, plantée dans une foule très dense de robots qui roulaient ou arpentaient les trottoirs.

Bon, qu'est-ce que je dois faire pour trouver de quoi manger, par ici ? se demanda-t-elle. Je poserai la question.

Comme toujours, les robots se déplaçaient avec obstination. Les édifices neutres reflétaient leur attitude dans l'austérité de leur agencement. Un étranger, songea-t-elle, ne s'attendrait pas à trouver de la nourriture dans un tel voisinage.

Elle arrêta le premier robot qui passait en lançant :

– Je suis une humaine qui a besoin que l'on réponde à ses questions. Arrête-toi.

Le robot s'immobilisa.

– As-tu vu un robot se déplacer en compagnie d'un enfant ?

– Non.

– Sais-tu où je trouverai de la nourriture ?

– De la nourriture. C'est la source d'énergie des humains, n'est-ce pas ?

– Oui. Elle doit être fournie sous une forme chimique précise.

– Je ne sais pas. J'ignore où en trouver. Est-ce urgent ?

– Pas pour moi, dit Ariel, mais je crois qu'un petit humain en compagnie d'un certain robot en a grand besoin. A coup sûr. Je dois les retrouver avant que l'enfant meure de faim. Enfin, ne manque d'énergie.

– Cela constitue donc une réquisition de Première Loi. Je vais vous aider à chercher de l'aide.

– Identifie-toi.

Ariel se rendit soudain compte que cet argument

permettrait d'exploiter n'importe quel robot de la Cité des robots.

— Je suis Contremaître des Courriers 189.

— Tu supervises les courriers ? Que font-ils ?

— Ce sont des utilitaires qui transportent de petits objets dans des endroits précis. Les objets et la distance varient.

— Parfait. Ecoute. N'interromps pas ton travail. Informe les autres humanoïdes que tu verras, en vaquant à ta tâche : un problème de Première Loi exige qu'ils aident à trouver un enfant humain en compagnie d'un robot, ainsi qu'un autre humain seul.

— Compris.

— Dis-leur de n'inclure ni moi – Ariel Welsh – ni Derec.

— Oui. Je contacte d'autres robots avec mon communicateur.

— Parfait ! Je dois en informer Derec sur-le-champ.

Ariel fit volte-face et courut vers la station.

## DANS LA FOULE

Après de nombreux regards en arrière Jeff estima qu'il avait fini par perdre ses poursuivants. Il avait couru en aveugle, tourné dans des rues, s'était caché derrière des robots, des véhicules, des bâtiments, avant de ralentir. Il n'était ni hors d'haleine, ni même fatigué, mais désorienté et effrayé.

Il ne savait ni où il allait, ni même pourquoi il avait pris la fuite. Pour l'heure il voulait juste rester seul. Il observa d'un œil circonspect les robots qui passaient, mais ils ne lui prêtaient aucune attention. Soit le personnel médical n'avait encore rien dit, soit ses traits ne leur donnaient aucun moyen de l'identifier. La pensée qu'il n'ait pas à courir du matin au soir le rasséréna quelque peu, mais l'absence totale d'humains vint pondérer son optimisme.

La situation tout entière ne paraissait pas réelle. C'était absurde. Comment lui, Jeff Leong, dix-huit ans, frais émoulu du lycée, un Aurorain en bonne santé plutôt normal, pouvait-il être devenu... un *robot* ?

Il marcha. Il marcha droit devant lui, tourna dans plusieurs rues, et trouva un trottoir roulant, sur lequel il monta. Sans endroit où aller ni rien à faire, il se contenta de marcher.

Au début, ses sens étaient encore hésitants. Ses yeux étaient non seulement plus sensibles qu'auparavant mais paraissaient en outre percevoir un spectre plus large. Il se retrouva en train de regarder des couleurs, comme il les qualifia, qu'il n'avait jamais vues et pour lesquelles il n'avait pas de nom ; et elles l'agacèrent. Peu à peu il apprit à écarter les ondes lumineuses indésirables. Son ouïe subissait le même phénomène. Au début, tous les sons se mêlaient en une espèce de cacophonie. Il avait dû se concentrer, trouver le volume confortable. Ces capacités l'intriguaient, mais il devrait apprendre à les contrôler.

La marche l'aidait aussi à se familiariser avec son nouveau corps, qui répondait en douceur et avec efficacité, témoignant d'un équilibre et d'un maintien excellents. Il ne pouvait guère s'en plaindre. Avant peu, il conclut qu'il imitait assez bien la démarche des vrais robots pour éviter d'attirer l'attention.

Il observait aussi, avec toute la nonchalance possible, les robots qu'il croisait en quête de marques distinctives. Certes, ils présentaient des différences, surtout si l'on considérait l'équipement de travail sur les non-humanoïdes. Il vit diverses nuances perceptibles, mais subtiles, dans des schémas communs à un grand nombre d'humanoïdes, et estima qu'elles constituaient des améliorations mineures sur des robots fabriqués ou réparés à des moments distincts. S'ils possédaient une identification individuelle, cependant, il était trop nouveau pour la voir.

Il adopta peu à peu une direction constante. Dans ce secteur la population semblait plus dense ; peut-être approchait-on du centre de la zone urbaine. Tous les robots semblaient absorbés par leurs tâches et il se persuada qu'il saurait se perdre dans la foule.

Mais il n'avait toujours aucun endroit où aller, ni rien à faire.

Devant lui, dans une foule de robots, il crut voir une jeune fille, ou une jeune femme, émerger d'une entrée souterraine. Avec une bouffée d'excitation, il pressa le pas et se pencha de côté pour glisser un regard entre deux autres robots. Quand ils lui jetèrent un coup d'œil, il se raidit, alarmé.

Il la vit partir dans le sens opposé. S'il souhaitait éviter d'attirer l'attention, il devrait modeler son comportement sur les robots qui l'entouraient. Il allongea le pas et se lança à sa poursuite sans modifier autrement son langage corporel.

Elle s'était arrêtée non loin de lui pour parler à un robot. Jeff ralentit en s'approchant et s'immobilisa derrière son dos. Il était à bonne distance, d'après les standards humains, mais, au bout de quelques secondes d'efforts, il put affûter son ouïe pour surprendre la conversation.

– Identifie-toi, disait-elle.

– Je suis Contremaître de Tunnel 41, dit le robot.

– Je suis Ariel. Va répandre la nouvelle de l'obligation de Première Loi que j'ai décrite, s'il te plaît.

– Tel est mon devoir, dit Contremaître de Tunnel 41.

Le robot s'éloigna, et Ariel s'apprêtait à partir quand elle vit Jeff qui la regardait. Elle s'arrêta.

– La Première Loi ? demanda Jeff.

Il voulait continuer de se faire passer pour un robot tant qu'il ne saurait rien d'elle.

– Oui, dit Ariel. Nous recherchons deux personnes qui sont sans doute en train de mourir de faim dans la Cité des robots. L'une est un enfant qui voyage en compagnie d'un robot, l'autre est seule. La Première Loi requiert de tous les robots qu'ils aident à les retrouver.

– Bien entendu, dit Jeff, en comprenant soudain que cela ne s'appliquait pas à lui.

Il possédait toujours son cerveau humain, et l'impératif des Lois se limitait aux cerveaux positroniques des robots. S'il le révélait, cependant, son identité serait connue de tous ceux qui avaient entendu parler de la transplantation et de sa fuite qui s'était ensuivie.

– Si tu les aperçois, signale-les à l'ordinateur central, poursuivit Ariel. Retiens-les si possible sans violer les Lois. Nous veillerons à ce qu'ils soient nourris.

– Je comprends, dit-il.

Il cherchait frénétiquement une question, n'importe quoi, qui lui permît d'en savoir davantage sur elle sans se révéler.

– Identifie-toi, dit-elle.

– Euh... Contremaître de Tunnel 12. (Il ne pouvait risquer d'inventer un emploi, de peur qu'elle ne le perce à jour.) Vous savez qui ils sont ?

– Eh bien, non. (Elle le regarda, surprise.) Il semblerait qu'ils aient atterri, puis pénétré en ville. En fait, si tu les aperçois, essaie de découvrir ce que tu peux sur leur vaisseau.

– Découvrir quoi ?

– Eh bien, où il se trouve, s'il est endommagé, son type... (Elle pencha la tête.) Aucun robot n'a posé ces questions.

Jeff se sentit balayé par l'envie de reprendre la fuite mais il ne pouvait pas se permettre d'avoir l'air d'un fugitif. Il se força à rester là, et chercha quelque chose à dire.

– Dis-moi pourquoi tes réactions sont différentes.

Il comprit pourquoi elle était passée d'une observation à un ordre. Selon la Deuxième Loi, il était à présent tenu de répondre ou de se dévoiler s'il ne le faisait pas. La rareté des humains dans cet endroit étrange – le seul fait dont il se crût sûr à son propos – signifiait qu'il n'aurait pas à subir la même épreuve trop souvent.

– Je ne peux pas juger des réactions des autres, dit-il, en choisissant ses mots avec grand soin. Mes réactions sont basées sur un désir d'obtenir davantage d'informations qui pourraient s'avérer utiles.

– Bon, très bien.

Elle parut s'en contenter.

Pour prévenir une autre question, il en posa une de son cru.

– Le vaisseau est-il important ?

– Il se pourrait qu'il constitue le seul vaisseau spatial en fonction sur toute la planète. S'il est en état de marche, du moins. Bon, je dois rapporter certaines informations. Tu vas passer le mot, d'accord ?

Elle lui adressa un petit salut de la main et s'éloigna.

Jeff avait une envie folle de la suivre, mais n'osa pas se démarquer davantage. Il l'observa, jusqu'à ce qu'elle tourne à un coin de rue, puis s'y précipita et la regarda jusqu'à ce que la foule de robots qui les séparaient la lui dérobe. Au moins, il avait eu un contact humain ; et elle n'était pas laide.

Il voulait vraiment retrouver son corps humain.

Ce vaisseau spatial lui serait peut-être utile. C'était une planche de salut mais il ne se voyait pas partir sans son corps – et il ferait mieux d'être dedans à ce moment-là, puisque ces robots seraient peut-être les seuls à savoir inverser la transplantation. Soudain, il se rappela ce que l'équipe médicale lui avait dit : ils manquaient de données sur les organes humains. Ceux d'Ariel devaient être en bon état, et pourraient servir de modèles.

Il partit d'un bon pas dans la direction qu'elle avait prise avec l'intention plus affirmée de risquer de se dévoiler… et, saisi par la surprise, il grimaça – en son for intérieur, tout au moins. Il n'avait aucune idée de ce que son visage de robot pouvait faire.

Le problème était : qu'avait-il fait, *lui* ? Pourquoi avait-il fui l'équipe médicale ? Ils voulaient juste le soumettre à des examens complémentaires. Pourquoi s'était-il montré aussi mystérieux ? Peut-être Ariel aurait-elle été ravie de l'aider. Il n'y avait même pas pensé. Il était dans le brouillard depuis son réveil.

Il ne la voyait plus devant lui, mais...

La main qui se posa sur son épaule le fit sursauter. Il se dégagea d'une torsion et s'adossa au mur d'un édifice. Un robot s'était approché par-derrière.

– Identifie-toi, dit celui-ci. Je suis Contremaître d'Entretien de la Chaussée 752.

– Euh... Contremaître de Tunnel, euh, 12.

– Tunnel 12, ton communicateur est-il en panne ? J'ai tenté d'entrer en contact avec toi plusieurs fois, puisque tu restais immobile. Tu n'as pas répondu.

– Non, je ne t'ai pas... reçu.

– Je t'en informe, afin que tu puisses te présenter dans un atelier d'entretien. Toutefois, j'essayais de te contacter pour te dire qu'un problème de Première Loi se pose au regard de la présence de deux humains dans la Cité des robots.

– J'en ai connaissance, dit Jeff avec circonspection.

– Excellent. Je note aussi que ton discours est hésitant. Ce symptôme peut venir de la défaillance de ton communicateur. Je vais t'escorter jusqu'au plus proche atelier d'entretien, de peur qu'un nouveau symptôme ne t'incapacite.

– Oh... non, euh, je trouverai bien. (Jeff recula le long du mur.) Merci quand même.

– Contremaître de Tunnel 12, ta conduite suggère d'autres défaillances. Je t'escorte. Tu pars dans le mauvais sens.

Jeff se détourna et s'éloigna rapidement.

– Violation de la Troisième Loi ! s'écria le robot derrière lui. Tu dois protéger ta propre existence !

L'entendant arriver au pas de course, Jeff s'élança. Devant lui, les robots qui marchaient dans la même direction rivèrent leur regard sur lui, et agirent de concert pour lui barrer le passage. Contremaître de Maintenance de la Chaussée 752 devait visiblement envoyer des signaux par communicateur pour prévenir tous les robots du voisinage.

Un accès souterrain s'ouvrait devant lui sur sa gauche. Deux robots s'interposèrent. Il courut, fit mine de bondir sur eux. Ils se raidirent par réflexe, pour absorber l'impact, et il se faufila dans l'entrée.

Il se retrouva dévaler une rampe, manqua perdre l'équilibre lorsque son poids l'activa. Elle l'emporta à grande vitesse. Une fois rétabli, il courut jusqu'au niveau des plates-formes de tunnel. Il comprit aussitôt leur utilisation – des robots passaient à toute allure juchés dessus – mais il entra dans la première cabine qui se présenta sans en connaître le maniement. Elle n'en démarra pas moins. Il se retourna pour voir un groupe de poursuivants prendre des cabines d'assaut derrière lui.

Les commandes semblaient opérer par activation vocale et par codes au clavier, mais il ignorait comment les stations étaient dénombrées, ou appelées. Et comme il ne savait rien du plan de la ville, une station en valait une autre. Ses poursuivants devaient savoir diriger ces engins.

– Accélère, dit-il à titre d'expérience.

La plate-forme accéléra, mais peu. Elle talonna celle qui la précédait et ne la serra guère plus. Au moins les robots qui le poursuivaient ne pourraient pas lui mettre la main dessus, non plus. Ils allaient le suivre et essayer de l'attraper lorsqu'il sortirait…

A moins qu'ils ne parviennent à fermer le réseau sur la base d'une urgence quelconque.

*Ils ne m'auront jamais*, songea Jeff avec détermination. Une fois sorti des tunnels, il aurait un avantage : ces robots, malgré leur force et leurs réflexes équivalents, n'avaient pas l'habitude du combat physique. Il était sûr que sa feinte avait réussi pour cette raison. On s'attendait à ce qu'il agisse avec logique, en robot, même s'il avait une « défaillance ».

Il pouvait les arrêter en révélant qu'il était humain. Sous l'égide de la Première Loi ils ne pouvaient pas porter atteinte à son corps robot, et de par la Deuxième Loi, ils lui devaient obéissance. Se révéler signifiait cependant risquer la capture par l'équipe médicale, ce qu'il ne pouvait accepter.

Il secoua la tête, ne sachant pas pourquoi il ne pouvait pas l'accepter. Ils étaient dangereux pour lui, menaçants... pour une certaine raison. En tout cas, ils ne l'auraient pas.

— Arrête-toi au prochain arrêt, dit-il à la cabine.

Sa plate-forme prit donc la première boucle de déchargement disponible et il sauta aussitôt. Cette fois, il s'était préparé à la rampe mécanique, et l'escalada tandis qu'elle l'emportait. En haut, dans la rue, il vit peu de robots. Cela lui convenait. A tout moment ses poursuivants lui ordonneraient de se joindre à la chasse.

Il courut vers un coin de rue pour être dissimulé lorsqu'ils surgiraient de la station. Une grande porte, apparemment prévue pour laisser passer des transports de bonne taille, se dressait devant lui. Il tendit la main vers le panneau de commande latéral, et réalisa qu'il y avait sans doute une équipe au travail à l'intérieur. Ses poursuivants allaient le voir d'une seconde à l'autre. Il observa les alentours, affolé.

Dans le mur, près de la porte, il avisa une large

ouverture circulaire, fermée par un iris qui s'ouvrit au toucher, et les odeurs qui montaient lui apprirent qu'il s'agissait d'un vide-ordures. Il s'y glissa les pieds devant, tête baissée, bras et jambes arc-boutés sur les parois lisses pour éviter de débouler dans le réceptacle.

L'iris se referma au-dessus de sa tête ; il affûta son ouïe. Des pas retentirent non loin de là, hésitèrent, ralentirent, et s'éloignèrent. Il n'entendit aucune voix ; ils utilisaient les communicateurs. Il attendit, au cas où d'autres surviendraient.

Il sentait des traces d'huile, de métaux oxydés, et d'autres odeurs plus ténues encore qu'il ne reconnut pas. Son nez humain n'aurait sans doute rien perçu. Les robots ne semblaient produire que des déchets inorganiques, et lui épargnaient ainsi les senteurs fétides de la décomposition organique.

Il n'était pas vraiment fatigué, mais il ressentait plus ou moins une dépense d'énergie inhabituelle – ce qui revenait au même. Quand il se passa quelques minutes sans aucun bruit de la part des robots, il ouvrit l'iris d'un contact et se hissa dehors où, comme auparavant, la rue était vide.

– Je les ai bien eus, dit-il à voix haute avec une certaine satisfaction. (Il gagna le coin de la rue et regarda de part et d'autre. Quelques robots passaient, mais la circulation était restreinte.) Très bien, les gars. Le vrai test, maintenant. Est-ce que vous pouvez me reconnaître, ou pas ?

Tout en marchant, il dévisageait les robots qu'il croisait. Nul ne paraissait lui témoigner le moindre intérêt. S'il ne portait aucune marque d'identification externe ses poursuivants avaient perdu sa trace pour de bon en le perdant de vue. Pour les communicateurs, il était invisible ; non seulement il ne recevait pas de signaux, mais on ne le retrouverait pas en cas d'émission fortuite. L'emploi du communicateur expliquait aussi pourquoi les robots jugeaient inutile une marque distinctive.

Il était perdu dans la foule.

Jeff sourit, du moins intérieurement, à cette pensée.

Aurora était peuplée de descendants d'Américains venus de la Terre. Ses ancêtres étaient sino-américains ; de nombreuses familles de même origine s'étaient éparpillées sur Aurora, mais ne représentaient qu'un pourcentage modeste de la population. Jeff avait grandi en se sachant visible où qu'il aille, et il s'attendait à ce qu'il en soit de même au collège universitaire – mais n'était plus très sûr d'y arriver un jour.

Pour une fois, il ressemblait à n'importe qui. C'était une expérience nouvelle – presque un nouveau concept pour sa vie nouvelle. Cela pouvait le transformer, autant que le changement physique manifeste.

Il devait accomplir quelque chose dans ce nouveau corps et cette nouvelle vie telle qu'elle se présentait. Il était encore trop tôt pour savoir quoi mais un fait, au moins, était avéré : nul ne savait à quoi il ressemblait, nul ne pouvait l'attraper.

Peut-être pourrait-il tirer parti de cet anonymat tout neuf.

# BACON

Derec laissa courir ses doigts sur sa tempe dans ses cheveux drus, et fixa l'écran d'un œil morose. Peut-être était-il trop fatigué pour se concentrer davantage. Il espéra que c'était ça, son problème. Sinon la raison pour laquelle il ne trouvait rien de neuf à soumettre à l'ordinateur serait qu'il avait déjà tout essayé. Il se raidit de surprise lorsque Ariel déboula.

— Qu'est-ce que ça a donné ?

Il leva les yeux, plein d'espoir.

— Je nous ai obtenu de l'aide, pour changer, dit-elle avec vivacité. Dès que j'aurai couru au petit coin, je te raconterai.

Il se sentit un peu déçu qu'elle n'ait pas de bonne nouvelle à rapporter, mais attendit patiemment son retour.

— Tu nous as obtenu de l'aide ? De qui ? Et comment y es-tu arrivée ?

Il essaya de masquer sa jalousie.

— Je parlais avec un des robots, et l'argument m'est venu à l'esprit. J'ai informé deux d'entre eux que des humains perdus dans la Cité des robots mourraient de faim. Cela leur a donné un impératif de Première Loi de nous aider. (Elle se laissa tomber dans son fauteuil avec un soupir.) J'ai assez cavalé pour la journée. Mais au moins, j'ai obtenu quelque chose.

117

– Beau travail, concéda-t-il. (Il se radossa, ravi d'avoir une excuse pour quitter sa console un moment.) Et leurs tâches normales ? Ils n'ont pas refusé de les abandonner ?

– Je leur ai simplement dit de les continuer, tout en ayant l'œil sur les visiteurs humains s'ils passaient par là. Oh, et de passer le mot aux autres robots, bien sûr.

– Bonne idée. Ils ne ressentiront pas de conflit entre leur devoir et une obligation de Première Loi plutôt vague. Tu leur as dit d'en rendre compte à l'ordinateur central ?

– Bien entendu. Mais, euh... (Elle inclina la tête vers sa console avec un sourire significatif.) A ce que je me rappelle, ton département n'est pas tout à fait en pointe.

– Ouais, je sais. Que l'information soit enregistrée en un endroit auquel je puisse accéder n'est pas garanti. (Il l'admit avec un haussement d'épaules.) Au pire, ça accroît nos chances.

– De toute manière, je voulais te parler de cet argument de Première Loi sans attendre. Si les robots nous aident dans nos recherches, plus besoin de nous déplacer. Tu as eu du nouveau ?

– Ouais... enfin, non, pas vraiment. (Il soupira et regarda l'écran d'un air las.) J'ai éliminé un certain nombre de zones qui n'ont aucune source de nourriture. Pour autant que je peux en juger, le seul endroit où trouver des plantes comestibles et d'autres dont traiter les composants est la zone du réservoir. Ils n'ont jamais été vus dans cette direction-là.

– On devrait y aller nous-mêmes, et assener notre argument de Première Loi aux robots qui y travaillent, au cas où.

– Ça ne peut pas faire de mal. Pour le moment, je suis trop fatigué pour envisager des stratégies.

– On en établira quelques-unes demain. Qu'est-ce que tu as découvert d'autre ? A moins que ce ne soit tout ?

– Non, ce n'est pas tout, grommela-t-il. J'ai la certitude que nos processeurs sont les seuls disponibles, avec celui que les robots ont utilisé pour nous nourrir lorsque nous sommes arrivés. Avant, ce n'était qu'une bonne présomption. A présent, j'en suis sûr.

– Et où cela nous mène-t-il ?

Derec étouffa un bâillement et regarda la pendule.

– Droit au lit. Je suis trop crevé.

*Et trop las pour discuter*, se dit-il, tandis qu'il éteignait la console.

– Il n'est pas si tard, mais je suis fourbue, moi aussi. En plus, avec les robots pour nous aider, il y a une chance qu'il se passe quelque chose même si on ne se tue pas à la tâche.

– Je mange, puis je m'écroule. (Derec se leva, entra un code dans le processeur.) Tu veux manger ?

– Je ne préférerais pas, mais il vaut mieux. Je ne supporte plus ce qu'il fabrique. Je me fiche de ce que ce sera, en fait. Disons que tu doubles ta commande, d'accord ?

– Ça roule.

Elle se dirigeait vers lui quand, soudain, elle haleta et se cassa en deux, les yeux exorbités, un bras pressé contre son abdomen.

Il se précipita et la saisit par les épaules, pour l'asseoir doucement dans un fauteuil.

– Qu'est-ce que tu as ? Je peux faire quelque chose ?

– Non, murmura-t-elle d'un ton rauque. (Elle restait cassée en deux.) Donne-moi une minute, tu veux ?

Ses yeux étaient rivés sur le sol devant elle tandis

qu'elle demeurait dans la même position. Elle transpirait et son visage avait blêmi.

Il se recula mais resta debout à la regarder, empli d'appréhension. Quand le processeur signifia par un bourdonnement que leur souper était prêt, il sortit les assiettes et les disposa. Il s'assit dans son fauteuil, en essayant de ne pas aggraver sa timidité, mais il était trop inquiet pour manger.

Enfin, elle se redressa et prit une longue inspiration.

– Ça va, dit-elle d'une voix faible. Vraiment. (Son visage luisait de sueur.) Ça passe. Vas-y, mange. Ne m'attends pas.

Il essaya de formuler sa question avec soin.

– Est-ce que ça peut être quelque chose, euh, d'ordinaire ?

– Bien sûr. (Elle s'arracha un pâle sourire.) Un vertige. Je suis épuisée d'avoir couru toute la journée. En plus je n'ai pas assez mangé, aujourd'hui. C'est tout.

Derec acquiesça. Ils n'y croyaient ni l'un ni l'autre, mais ils ne pouvaient rien faire pour sa maladie non plus. Ressasser l'évidence n'y ferait rien. Un sentiment d'impuissance le tint captif, assis, là, à la regarder.

Au bout d'un moment, elle tendit la main vers son assiette, et ils mangèrent en silence.

En fin de compte, il n'alla pas tout de suite au lit mais ne cessa de s'inventer de menues tâches ménagères, de nettoyer, de faire les cent pas, tant qu'elle resta debout. Il voulait être à proximité si elle avait un nouveau vertige mais elle semblait aller mieux.

Elle finit par se retirer en sentant sans doute qu'il allait rester debout aussi longtemps qu'elle. Il alla au lit, mais les soucis le tinrent éveillé un bon moment. Allongé dans le noir, la terrible énigme ne cessait de le tourmenter : un vaisseau spatial au moins s'était posé sur la planète mais ils n'avaient aucun moyen de le localiser. Et s'ils ne trouvaient pas d'aide médicale pour Ariel quelque part...

Il refusa de spéculer davantage dans ce sens. *Comment* trouver le vaisseau, c'était la question. Il tourna et retourna sans répit, s'assoupit peu à peu et rêva de vagues ombres qui couraient sur la voie rapide des trottoirs, toujours hors d'atteinte, agiles et insaisissables, malgré leur inanition.

Le lendemain matin il fut tiré du sommeil par un arôme salé, agréable, familier, issu de l'autre pièce. Le processeur aurait produit une odeur pareille ? Il entendait Ariel s'affairer, et se leva, empli de curiosité. Quand il ouvrit la porte, elle se tenait face au processeur, et se tourna vers Derec.

– Regarde ce que j'ai pu tirer de ce truc, dit-elle avec un sourire, en lui tendant une assiette.

Derec saisit une des longues bandes plates qu'elle contenait et en mordit l'extrémité.

– Mmm... du bacon !

– Simulé, tout au moins. Plus sain que le vrai, sans doute. Je suis levée depuis des heures, et j'ai pensé à tenter des expériences. (Elle s'esclaffa.) Mes ratages ont fait tourner le recycleur toute la matinée. Mais jusqu'à présent c'est la seule amélioration à notre régime.

– Il est délicieux. Il m'a presque tiré du lit, en fait. Et il *sent* très bon. Tu en as d'autre ?

– Pas de problème. (Elle entra un code.) Il sent bon, non ?

– Les robots ne comprennent rien à la bonne chère. On ne peut bien sûr pas le leur reprocher mais... givre ! Tu te rends compte de ce qu'on loupe ? La première chose que je ferai quand on sera dans une vraie ville, ce sera d'aller me régaler, pour changer. Un steak de Kobé chaud, disons, avec de la salade de Magellan et un bol de glace à...

– Voilà, Derec ! L'odeur ! (Elle fit soudain volte-face, un sourire excité aux lèvres.) Tu ne comprends pas ?

– Quoi ?

– On devrait attirer nos humains affamés. Emettre diverses odeurs de nourriture par les bouches d'aération. On s'est dit qu'ils crevaient de faim, non ? Nos recherches n'ont rien donné et maintenant on a les robots pour les mener, d'ailleurs. J'ai envoyé des arômes dehors toute la matinée. Mais ça marcherait sans doute mieux si on le faisait systématiquement.

– Ça ne peut pas faire de mal, admit-il. Mais oui ! Ça pourrait marcher ! En fait, je vais même y concourir tout de suite. (Il fourra le restant de bacon dans sa bouche et s'assit à la console.) Les arômes eux-mêmes n'iront pas trop loin avant de se dissiper, mais je les entre dans l'ordinateur. Les robots sauront que ces odeurs représentent des substances comestibles pour les humains. Si nos visiteurs posent la question, on les dirigera ici.

– Je vais tâcher de m'organiser davantage. Mettre au point une rotation des plats – protéines, hydrates de carbone, ainsi de suite. Après tout, nous ne savons pas au juste ce qui est le plus susceptible d'attirer leur attention.

– S'ils meurent de faim pour de bon, ils ne seront pas trop difficiles, mais je te laisse ce soin. Au travail.

Cette fois-ci, c'était à Ariel qu'incombait l'essentiel du travail. Elle appelait des plats, qu'elle mettait sous la hotte jusqu'à ce qu'ils refroidissent. Lorsqu'une assiette avait fini de donner son arôme, deux autres étaient prêtes. Elle plaçait l'une d'elles, ou les deux, sous la hotte, et réchauffait la ou les précédentes. Quand chaque plat eut séché au point de n'être plus qu'un amas informe, méconnaissable et desséché, elle jeta les restes dans le recycleur et recommença toute l'opération.

A un moment Derec voulut davantage de bacon, ce qui interrompit la séquence pendant un moment. Il fit une pause pour travailler sous la hotte, et put en tirer un peu plus d'énergie, mais sans excès. Ils comptaient toujours beaucoup sur la chance et l'aide des robots, qui sauraient diriger leurs proies sur eux.

Il consacra aussi son temps à optimiser l'ordinateur central de son mieux. Il n'avait pas de nouvelles idées pour localiser d'autres sources de nourriture, même frais et dispos comme il l'était à présent, aussi misait-il tout sur le plan d'Ariel. Mais, à mesure que la journée s'écoula, il commença à ressentir une tension différente. Il ne tenait plus en place, et aurait voulu passer à l'action, alors que c'était impossible. Ce plan requérait une attente patiente jusqu'à ce que l'appât opère.

— Tout ça sent plutôt mauvais, dit Ariel. (Elle mit une nouvelle assiette sous la hotte et alla se laver les mains.) Ce bacon est l'unique réussite. Je fais la pause et je m'assois.

— Tu es censée émettre des arômes tentateurs, dit Derec, malicieux. On veut les attirer, pas les rendre malades.

— Givre, Derec ! Tu veux essayer ? demanda-t-elle. Essaie donc de comprendre ces imbéciles de codes. Ou reste là, inhale un peu les fumets de certains des plats ratés.

— Hé, calme-toi. Ce n'était qu'une plaisanterie.

— Sacrée plaisanterie, petit génie. Je ne te vois pas aider beaucoup.

— Ah oui ? Je suppose que tu aurais pu faire tout le boulot d'ordinateur que j'ai fait depuis que nous sommes ensemble ?

Il se détourna de l'écran pour la dévisager.

– Je n'ai pas dit ça et tu le sais très bien.

– Je ne suis peut-être pas si sûr de moi. Il se peut que tu te figures que je ne suis là que pour le plaisir. Ou tu ne veux peut-être plus que j'essaie d'améliorer l'ordinateur, comme tu me l'as demandé plusieurs fois ?

– Tu fais la tête parce que j'ai eu l'idée de l'argument de Première Loi hier, et d'envoyer les odeurs aujourd'hui, voilà tout. (Elle tira la chaise à elle et s'y assit à califourchon, en étreignant le siège.) Reconnais-le.

– Ce n'est pas si simple. Tu m'as bien dit que tu cherchais l'aventure, tu te rappelles ? N'était-ce pas une des raisons pour lesquelles tu es partie de chez toi ?

– Une des raisons, dit-elle d'une voix glaciale.

– Et tu n'as pas eu les aventures que tu souhaitais, n'est-ce pas ? Même nous enfuir de la station Rockliffe comme on l'a fait était plus fascinant que ça. Interroger tous ces robots un par un est plus une astreinte qu'une aventure.

– Il se trouve aussi que je suis malade – tu te souviens ? dit-elle d'une voix douce.

Derec détourna les yeux, gêné. La veille au soir, dans un moment de communion, ils avaient soigneusement évité ce mot. A présent, il avait laissé sa mauvaise humeur tout gâcher.

– Ce boulot d'informatique m'épuise, dit-il, en parlant lui aussi d'une voix douce. Je, euh, n'arrive pas à en obtenir tout ce que je voudrais.

– C'est ce que je ressens, aussi. Il y a trop de travail à faire et on ne reçoit jamais aucune aide.

– C'est l'attente, n'est-ce pas ?

– En partie. Attendre toute la journée qu'ils se

montrent. Ne même pas savoir s'ils sont seulement à quelques kilomètres. Ils peuvent être n'importe où.

Elle croisa les bras sur le dossier de sa chaise et posa son menton dessus.

– On pourrait sortir chacun notre tour. Tu sais, juste pour une promenade. La ville est immense : on n'en a même pas vu la plus grande partie. Tu sais, s'il ne fallait pas se tuer à la tâche pour partir, ce serait un endroit plutôt intéressant.

– Je crois qu'une promenade me ferait du bien. Si tu prends le premier tour, je veux bien laisser ce processeur un moment. (Elle se leva de la chaise avec un certain effort.) Qu'est-ce que tu en dis ?

– Honnête. Dehors, regarde où porte l'odeur, d'accord ?

– D'accord. (Dans l'embrasure, elle lui adressa un sourire par-dessus son épaule.) Si ça pue vraiment, je te le dis.

## LE VISAGE DU ROBOT

Jeff ne se fatiguait pas, mais il avait sommeil. Il ne s'y connaissait pas assez en physiologie pour l'expliquer, mais il supposa que posséder un cerveau humain impliquait un besoin de sommeil. Le problème, comme la nuit tombait, était de trouver un endroit où dormir sans interruption.

La cité restait active pendant la nuit, mais la sécurité ne posait aucun problème. Il ne craignait rien, dans une ville de robots. Tout endroit où on le laisserait dormir conviendrait. Il redoutait cependant que la vue d'un robot immobile durant une longue période n'attire une attention inopportune. Il ne voulait pas qu'un robot ou deux l'emportent dans une station de réparations parce qu'il restait inerte.

Jeff en apprit davantage sur ses yeux de robot tandis qu'il réfléchissait au problème. Tout d'abord, alors que le soleil se couchait et que la nuit tombait, ils s'ouvrirent comme ses yeux humains le faisaient jadis. Ils accommodèrent lentement, et sans excès. La Cité des robots possédait un éclairage public mais il n'était pas comparable à celui des villes d'Aurora qu'il avait visitées. La raison en apparut la nuit venue.

Il longeait une place pavée, en espérant trouver un

endroit isolé où s'arrêter et dormir tranquille – sans avoir besoin de s'allonger. Comme il essayait de percer l'obscurité, de l'autre côté de la place, la zone entière grandit soudain, et parut se jeter sur lui. Il se raidit et rit de sa surprise. Ses nouveaux yeux possédaient un zoom qu'il avait déclenché par accident.

Pour l'éprouver, il resta là et tenta de modifier sa vision. Après avoir observé des objets à diverses distances, il comprit qu'en focale proche, sur ses pieds par exemple, elle redevenait normale, et le restait. Le zoom s'amorçait dès qu'il focalisait plusieurs secondes sur un objet éloigné. S'il regardait dans le lointain sans autre forme de procès, sa vue restait normale.

Sur le moment, sa nyctalopie lui parut plus importante. En testant ses longueurs de focale, il n'avait pas remarqué que le pavé, ses pieds et un long muret décoratif à l'autre bout de la place s'étaient peu à peu éclaircis. En observant les environs, il constata qu'il voyait avec une facilité stupéfiante.

Cela aussi, c'était un automatisme, comme l'étrécissement et l'écarquillement de la pupille humaine. Mais une sensibilité nouvelle s'y ajoutait. Il ignorait laquelle mais il l'apprécia. Les objets qui l'entouraient étaient découpés, mis en relief par l'éclairage urbain suffisant quand il utilisait sa vision nocturne toute nouvelle. La seule trace d'obscurité débutait au loin, hors de portée des lumières les plus proches.

Ses capacités accélérèrent considérablement ses recherches. En combinant sa nyctalopie et son zoom, il raya vite certains endroits. Il se rendit aussi compte que les robots le verraient avec la même facilité, et que trouver un lieu pour dormir ne dépendrait pas de l'obscurité. Une fois cette idée en tête il entreprit de parcourir des secteurs dont l'architecture épousait des formes inhabituelles.

Très bien, se dit-il. Lorsque j'étais gamin, je savais

me cacher. Je me retrouve devant le même problème. Ce devrait être plus facile, puisque je ne pense pas qu'on me cherche.

Il songea bien à l'équipe médicale mais jugea qu'ils étaient loin.

Il espérait que l'aspect inhabituel de certains immeubles offrirait une cachette. Rester debout ou couché importait peu ; il pouvait s'accroupir ou se replier dans toutes les positions sans courir le risque que ses jambes s'endorment ou qu'il bouge dans son sommeil pour trouver ses aises.

Mais l'architecture ne lui fut d'aucun secours. Les lignes les plus répandues comportaient des motifs géométriques qui ne présentaient aucun interstice où s'accroupir ; les plus simples comptaient des modules rectangulaires de proportions variables.

L'autre façon de se cacher était de rester en vue. Il devait paraître occupé, même immobile et endormi. Le réseau de tunnels lui en fournirait l'occasion.

Il descendit dans la première station qu'il trouva. Le pire qu'il envisageait était de ne pas savoir s'arrêter à la station où il embarquait, mais comme il ne connaissait pas la ville, de toute manière, peu importait. Il serait perdu partout.

Il passa sur une plate-forme, et considéra les commandes de la cabine, mystifié. Le mieux qu'il pût faire était de marquer cette station précise. Quand il se réveillerait il tâcherait de revenir ici. S'il échouait, il s'arrêterait où il le pourrait.

Une fois la cabine en route, il se tint bien droit, dans une position qui paraîtrait normale et détendue. Au début, le bruit de l'air qui se ruait de part et d'autre le tint éveillé, mais il se rappela alors qu'il avait aussi la possibilité de contrôler son ouïe. Il abaissa sa sensibilité auriculaire, sans la fermer pour de bon, et comme il se détendait, il se sentit juxtaposé. Auparavant, il se sentait intégré en tant que cyborg. Désormais il se voyait tel un cerveau humain logé dans une unité immobile manufacturée qui gardait une activité minimale pour le maintenir en vie. C'était une coquille protectrice, dissociée de son être comme son corps biologique ne l'avait jamais été. En quelques instants, il s'endormit, toujours debout sur la plateforme qui fonçait dans le réseau de tunnels de la Cité des robots.

Jeff s'éveilla dans une confusion presque totale. Devant lui un robot se tenait dans une cabine transparente, et fonçait le long d'une voie dans un mystérieux tunnel. Il regarda autour de lui, alarmé, et, soudain, sa nouvelle vie lui revint. Oui, ses bras étaient toujours bleus et robotiques. Il occupait toujours cet étrange corps manufacturé.

Il était toujours seul.

Au moins, son stratagème avait fonctionné ; aucun robot ne l'avait dérangé pendant son sommeil.

Il sentit plus ou moins qu'il avait rêvé, mais il ne put se rappeler les détails. Il ne les croyait pas agréables.

Il trouva le moyen de se faire ramener au point du tunnel où il était entré. Ceci fait, il gravit la rampe vers la clarté du jour et observa les environs, en se réjouissant que l'un de ses besoins essentiels, dormir, ait été satisfait. Il n'avait pas besoin de vêtements, et il savait que son corps avait une ressource énergétique indépendante de la nourriture ordinaire. Il ignorait comment il maintenait son cerveau en vie mais puisque ça marchait, il n'allait pas s'inquiéter non plus.

— Eh bien, Jeffrey, dit-il, c'est le moment de commencer ta nouvelle vie pour de bon. Voyons ce qu'il y a à voir.

Il monta sur la voie lente du plus proche trottoir roulant, et se laissa entraîner, en contemplant les formes majestueuses, formidables, des structures les plus frappantes de la ville. La cité était plus affairée que la nuit précédente ; il songea que les robots devaient réserver le travail en intérieur aux heures nocturnes. Sa nyctalopie, excellente, ne compensait cependant pas le manque de soleil.

Il suivit le trottoir. La patience ne lui manquait pas, car la cité le fascinait et l'épuisait à la fois. Sans obligation à remplir ni besoin physique à contenter, il n'avait rien à faire. De temps en temps, il passait sur un trottoir transversal et poursuivait sa route. Il ignorait toujours où il était, mais, peu à peu, il prit certains repères.

Il n'en surveillait pas moins les parages. L'équipe médicale le recherchait sans doute, tout robot qui soupçonnerait son indépendance à l'égard des Trois Lois en serait horrifié, mais ils ne l'auraient pas – pas s'il se montrait prudent.

Puis, alors que le trottoir l'entraînait sous une glissière transparente, une brise vint lui chatouiller les narines.

Par pur instinct, Jeff détourna la tête et inhala – et prit conscience pour la première fois qu'il ne respirait pas au sens humain du terme. Son cerveau avait besoin d'oxygène, mais pas son corps. Tout comme d'autres questions sur sa physiologie, il évita de se demander comment son corps prenait l'oxygène qu'il fournissait au cerveau ; sa survie démontrait qu'un processus opérait. Il songea qu'il savait inhaler pour la raison présente – utiliser son odorat.

– Du velouté de Magellan, dit-il à voix basse, en reconnaissant l'arôme. (Il ne voulait pas qu'on l'entendît, mais le besoin de parler à haute voix se faisait de plus en plus fort.) Le velouté est une espèce de sauce piquante, je dirais. Ça sent bon – je n'en ai pas mangé depuis longtemps. Allons voir.

Il descendit du trottoir roulant, reprit son équilibre et se dirigea sur l'odeur. Son corps n'avait apparemment aucun besoin de nourriture, mais le désir de goûter de bons plats demeurait ancré en lui. Certains de ses mets favoris lui revinrent : le velouté de Magellan, le steak de Kobé, le jiauzi, les fraises fraîches. Il ignorait s'il pourrait manger même s'il le voulait mais songea que c'était peu probable. N'empêche, il lui restait le plaisir de humer les plats.

Il espérait aussi trouver une compagnie humaine.

A ta place, je ne me ferais pas trop d'illusions, mon vieux Jeffrey. Ils ne font pas souvent bon ménage avec la réalité.

La circulation était relativement dense, par ici, mais se composait pour l'essentiel d'utilitaires, qui ne le menaçaient en rien : ils vaquaient à leurs tâches, indifférents. Quelques humanoïdes passaient, mais ne lui prêtaient aucune attention. L'un d'eux semblait cependant rester près de lui, tourner aux mêmes coins de rues et marcher dans la même direction.

Jeff, soupçonneux, se laissa dépasser en le tenant à l'œil. Il ne paraissait pas l'avoir remarqué, mais se distinguait : il poussait un chariot à deux roues devant lui.

Le chariot, quatre flancs gris sans couvercle, était déplacé dans une cité de robots où l'on savait transplanter un cerveau humain, bâtir des édifices dynamiques étincelants, et diriger ce qui semblait être une société pleinement fonctionnelle sans aide humaine. Dépourvu de source d'énergie propre, le chariot évoquait un rebut du passé.

Il était pourtant bien là.

Derec continuait de coder les meilleurs plats obtenus par Ariel et de les placer sous la hotte, même si les va-et-vient constants entre la console et le processeur l'empêchaient de se concentrer sur l'optimisation de l'ordinateur récalcitrant. Il avait fini par décider de s'en abstraire et de suivre l'exemple d'Ariel avec le processeur. Au pire, il améliorerait peut-être la nourriture qu'ils devaient manger. Puisque les meilleurs codes étaient sauvegardés, ses échecs ne leur coûteraient rien, et tout succès rendrait leur vie plus tolérable.

Les surveillants s'étaient arrangés pour leur fournir un bel éventail d'éléments nutritifs de base sous leur forme chimique auxquels s'ajoutait la récolte de plantes comestibles cultivées dans la zone du réservoir. Pour produire un plat mangeable, on mélangeait divers ingrédients avec de l'eau dans le processeur, et on les chauffait, selon les codes.

Il essaya tout d'abord d'améliorer la barre nutritive. Il força sur l'arôme de vanille ; le résultat avait au moins le mérite d'avoir du goût. Il essaya d'ajouter un peu de banane et obtint quelque chose qui évoquait un tubercule aurorain au goût de vase. Ça n'était pas bon mais c'était pour le moins curieux. Il effaça le code, mais posa l'assiette sous la hotte. Sa proie aimait peut-être les tubercules aurorains.

Le bacon d'Ariel approchait de la perfection, et il n'y toucha pas. Au premier essai de velouté de Magellan il avait obtenu un équivalent de feuilles de tyricus trop bouillies, trempées dans du bleu, et il l'avait recyclé sans même diffuser l'arôme. Une nouvelle tentative s'avéra mieux réussie ; l'arôme se diffusait en ce moment même. Il essayait de créer un pudding à la banane lorsque Ariel rentra.

– Beurk ! (Elle cligna de l'œil et tira la langue.) Et moi qui croyais que ma cuisine puait ! Givre, Derec, qu'est-ce que tu as tué, ici ?

Il éclata de rire.

– Tu renifles mon premier essai de velouté de Magellan. Le deuxième est meilleur, et cet autre plat devrait te rejouir. Le pudding à la banane sera sans doute facile, tu ne crois pas ?

– Si on ne meurt pas d'abord des fumets de tyricus. Est-ce que ma cuisine sentait aussi mauvais ? Dans ce cas, je te dois des excuses.

– Non, pas vraiment. Tu as senti quelque chose, dehors ?

– Oh, oui. A la base, on a de la chance. La configuration des bâtiments environnants génère un vent horizontal constant à partir de la hotte... voyons... dans ce sens. (Elle le désigna du pouce.) Les robots foisonnent dans cette direction, et pourront donc diriger nos humains par ici. Il ne nous reste qu'à espérer qu'ils passent assez près pour poser la question.

– Dans l'autre sens, personne ne sentira rien.

– Certes, mais les robots circulent pour vaquer à leurs tâches ordinaires. Ils se répandent partout.

– Parfait. J'espère que ça marchera. Nous avons fait à peu près tout ce qui était possible.

Elle hocha la tête.

– Si tu veux te dégourdir les jambes toi aussi, je vais te remplacer.

– Merci. Je crois que ce pudding aura besoin d'un peu plus d'eau.

Derec sortit d'un pas alerte, ravi de se retrouver dehors, pour changer. Mais dans le lointain, le vaste dôme miroitant du Centre de la clef paraissait se moquer de lui. Il refusa de se laisser déprimer, et s'en détourna pour entamer sa promenade.

Plus par curiosité que par nécessité, il localisa la

brise qu'elle avait mentionnée. Le pudding à la banane sentait plutôt bon, même s'il pensait que des gens affamés auraient sans doute préféré un plat plus solide et plus nourrissant. Il grimpa sur un trottoir roulant, mais continua de parcourir les environs en un rectangle approximatif. Repérer les visiteurs ne paraissait plus aussi improbable, même s'il ne s'agissait que d'un regain d'optimisme. Comme il se retrouvait sous le vent de la hotte il eut l'agréable surprise de reconnaître l'odeur d'un velouté de Magellan décent. Peut-être l'entraînement d'Ariel au processeur était-il enfin payant. Comme il s'était détendu, il décida de rentrer. L'attente restait l'attente, qu'il demeure assis à l'intérieur ou qu'il erre sans but dans la ville.

Lorsqu'il rentra, Ariel était penchée dans l'embrasure. Elle haussa les sourcils, surprise, en l'apercevant.

– Qu'est-ce qui te prend de revenir si tôt ? Je croyais que l'idée était de prendre un peu de recul chacun son tour.

– J'ai marché un peu. Maintenant, je rentre.

– Givre, Derec ! si j'avais su que ce serait tout, je serais restée plus longtemps. Je suis revenue exprès pour toi.

– Ça ne m'aurait rien fait que tu sortes plus longtemps. Je ne t'ai pas demandé de rentrer tôt.

– Alors tu ne m'en voudras pas si je repars en promenade ?

– Bien sûr que non ! Pourquoi fais-tu toute une histoire ?

Tandis qu'il attendait sa réponse il s'écarta d'un humanoïde qui marchait vers eux, en pensant que le robot allait passer.

– Je ne sais pas, dit-elle, irritée. L'inactivité doit me peser.

Le robot regarda Derec au lieu de passer et, sans s'arrêter, le contourna pour franchir l'embrasure.

– Hé, fit-il, ébahi. On peut t'aider ? C'est une résidence privée, ici. La nôtre, en l'occurrence.

Le robot se retourna ; son regard passa de l'un à l'autre.

– Identifie-toi, ordonna Ariel.

– Euh...

Le robot parut hésiter, ce qui était très rare pour un de ses semblables.

– Je t'ai donné une *instruction*. Maintenant, identifie-toi !

– Je, euh, je suis Contremaître de Tunnel, euh, 12.

– Dis donc, attends une minute. Cela me paraît familier. Je ne t'ai pas déjà parlé, par hasard ? A propos des recherches ?

– Si, en effet.

– Pourquoi ne le disais-tu pas ? Si tu es venu faire ton rapport, c'est à nous que tu dois parler. Qu'as-tu découvert ?

– Je... n'ai rien appris, en vérité.

– Alors que fais-tu ici ? dit Derec. Tu as une question ?

Le robot hésita, et les considéra, comme perplexe.

– Il a une défaillance, dit Ariel. Va à la console, appelle un atelier de réparations. Il n'a pas un comportement normal.

Le robot fit mine de partir.

– Reste là, ordonna Ariel. (Comme il l'ignorait, elle lui prit le bras.) Je t'ai ordonné de rester là. Mais qu'est-ce qui te prend ? Maintenant, ne bouge plus.

Derec s'apprêtait à entrer mais lorsque le robot dégagea son bras, il s'immobilisa, surpris.

– Tu oublies les Lois ? On t'a ordonné de *ne pas bouger*.

Le robot saisit Ariel par les épaules, la projeta au

loin et l'envoya heurter le mur. Derec s'interposa pour interrompre la lutte alors que l'incompréhension l'envahissait. Il vit un bras partir en revers, et n'eut pas le temps de réagir : la main, dure comme le roc, le gifla au front et lui brouilla la vue.

Derec se sentit tomber en arrière contre le mur et glisser jusqu'à la base de la porte où il resta assis un long moment, à reprendre son souffle et à retrouver ses esprits. Quand il leva les yeux, le robot avait disparu.

## TRAVAIL D'ÉQUIPE

Ariel se précipita vers Derec, l'air inquiet. Même dans son état d'hébétude, il apprécia le geste.

– Tu as très mal, Derec ?

– Non. (Il parlait dans un murmure rauque.) Le souffle coupé, c'est tout. Et toi ?

– Ça va. Merci de t'être interposé.

Il sourit.

– Quand tu veux, mais pas trop souvent.

Il inspira profondément à plusieurs reprises.

Elle le prit par une aisselle et l'aida à se relever.

– Tu as déjà vu une chose pareille ?

– Jamais. Le cerveau positronique est toujours fiable. C'est une donnée répandue. (Il s'épousseta.) Je crois que la surprise est pire que le fait d'aller au tapis.

– Celui-ci n'est pas fiable, en tout cas.

– Tu as vu où il est parti ?

Derec regarda le long de la rue.

– Non, mais deux robots se sont lancés à sa poursuite. Ils devaient se trouver assez près pour voir ce qui s'est passé.

– Il m'a semblé entendre des pas. Rentrons. Je veux aller à la console vérifier s'il y a eu une alerte lancée à propos d'un robot hors-la-loi.

Elle le suivit.

– Les robots qui le poursuivaient ne criaient pas, ni rien. Je suppose qu'ils parlaient tous par leurs communicateurs.

– En effet. (Il se frotta la nuque, là où elle avait heurté le mur, et grimaça.) Je me demande quelles insultes les robots échangent entre eux.

Il s'assit devant sa console, et appela divers sujets – par exemple les avertissements, les alertes en ville, et les pannes éventuelles. Rien.

– La panne vient peut-être de se produire, avança Ariel. On sera les premiers à la signaler.

– J'y vais. Voyons… *Un robot en panne désobéit aux Lois*. Puisqu'il nous a bel et bien attaqués, les autres feront passer sa recherche avant tout. J'imagine qu'ils risquent même d'abandonner leurs tâches.

Il entra une description des événements.

– Ça ne te paraît pas curieux qu'il soit venu ici ?

– Qu'est-ce que tu veux dire ?

– Nous sommes les seules personnes que tout le monde puisse trouver sur cette planète. Les autres sont perdues. Et la cité est gigantesque. N'est-il pas étrange que le seul robot qui se transforme en fou furieux se retrouve dans le seul appartement où logent des humains ?

Il interrompit sa frappe un moment.

– Je vois ce que tu veux dire. Bien entendu, la défaillance positronique implique les Lois : il a peut-être été attiré vers des humains, d'une manière ou d'une autre.

Il haussa les épaules et reprit sa tâche.

– Ils étaient au courant ! Regarde-moi ça – je l'ai obtenu en entrant la rubrique *Recherches*.

Elle se pencha tout contre lui et lut par-dessus son épaule.

– Une minute. Ils recherchent un robot bizarre ?

– Je ne suis pas sûr que ce soit un robot du tout. Ça dit : *Voir : Equipe médicale expérimentale humaine.* Voyons.

Quelques instants plus tard, il lisait, fasciné.

– Il est humain ! Du moins son cerveau.

– Son cerveau ?

– Regarde-moi ça ! (Derec désigna le résumé de l'opération sur l'écran de l'ordinateur.) Incroyable !

– C'est impossible de transplanter un cerveau dans un corps de robot, affirma Ariel.

– Tout est impossible depuis notre arrivée. (Derec secoua la tête, comme pour s'éclaircir les idées.) On devrait en avoir l'habitude.

– Si jamais on s'habitue aux surprises. Et qu'est-ce qu'on fait, maintenant ?

– J'essaie d'obtenir de cet ordinateur central une liaison avec un robot de l'équipe médicale par son communicateur.

– Oui ? dit une voix par la console.

– Je suis Derec, un humain. Identifiez-vous, je vous prie.

– Je suis Recherche médicale humaine 1, directeur de l'Equipe de chirurgie expérimentale humaine.

– Je possède des informations sur un robot qui n'obéit pas aux Lois de la Robotique.

– Parfait. Nous menons une recherche concertée du périmètre de la cité vers le centre, avec l'aide de nombreux robots. Vous pouvez réduire le champ de nos recherches ?

– J'aimerais vous voir en personne avec votre équipe. Venez donc faire la connaissance d'Ariel et la mienne.

– Nous viendrons. Puis-je vous demander pourquoi vous retardez le moment de me fournir des informations utiles ?

– Ce problème peut s'avérer plus vaste qu'il n'y

paraît. Le robot en question a sérieusement désobéi à nos instructions, et nous a attaqués physiquement. Je suppose qu'une réunion majeure s'impose, ne pensez-vous pas ?

— Nous venons sur-le-champ.

Le robot parlait soudain d'une voix formelle, inexpressive.

— Attendez — dites-moi si le vaisseau spatial de l'homme a été localisé. En quel état est-il ?

— Il a été détruit lors d'un crash. Où vous trouvez-vous ?

La déception le frappa comme un coup de poing, mais il leur transmit l'information. Puis il se mit à arpenter la pièce sans relâche, en essayant de se remonter le moral.

— Au moins, le robot médecin pourra nous dire s'il voyageait avec les deux autres que nous cherchons. Tout n'est pas perdu. Nous avons effectué quelques progrès, qu'on le croie ou non. Il était temps. (Il frappa du poing dans sa paume.) Nous apprendrons peut-être un fait utile.

— Tu crois que ce type est un des humains qu'on cherchait ?

Ariel, elle aussi, paraissait découragée.

— Il me semble, oui. Tu te rappelles le troisième visiteur disparu ? Ce doit être lui. Je suppose que les témoignages ont cessé parce qu'il s'était retrouvé dans un corps de robot.

— J'espérais qu'il était arrivé à bord d'un autre vaisseau. Ça nous aurait donné une chance supplémentaire.

La déception se lisait sur le visage d'Ariel.

L'équipe médicale arriva peu après. Derec raconta l'incident aux trois robots, et leur demanda les données utiles en leur possession. Ils lui dirent ce dont ils avaient informé Jeff.

– Il ne s'agit donc pas d'une panne du cerveau positronique mais, conclut Recherche 1, nous nous sommes consultés, et avons décidé de rejoindre un atelier de réparations, où nos cerveaux seront ôtés et détruits.

– Quoi ? s'écria Derec. Vous ne pouvez pas faire ça ! Nous avons besoin de votre aide.

– Nous avons généré une situation dans laquelle un corps de robot a violé la Première Loi en attaquant des humains. Cela constitue une violation de la Première Loi de notre part. Nous nous y serions présentés aussitôt après la transplantation si nous avions compris où cela mènerait.

Derec regarda les deux robots chirurgiens, qui hochèrent la tête pour marquer leur accord. Ils se tenaient en ligne, comme prêts à un interrogatoire. Ce devait être ce qu'ils attendaient d'un humain, après une violation de la Première Loi.

– Mais vous n'avez attaqué personne, dit Ariel. Vous n'avez pas agi. Vous n'allez pas assumer la responsabilité de ce que ce type – selon vous il s'appelle Jeff ? – a décidé de faire.

– De plus, il ne nous a pas fait de mal, ajouta Derec. Il nous a simplement surpris – complètement ébahis, en fait.

Chirurgien 2 secoua la tête.

– L'étendue du mal n'est pas un facteur puisque les·Lois ne prévoient aucun degré. Notre ignorance de votre présence n'est pas un facteur non plus. Le fait que nous n'ayons pas participé directement à l'incident est la seule raison pour laquelle nous ne nous sommes pas éteints en l'apprenant. Si nous blessions un homme nos systèmes subiraient un tel choc qu'ils cesseraient de fonctionner. Toutefois cet individu n'existerait pas sous cette forme inhabituelle, si nous n'étions intervenus. Il est unique, et ressortit à notre responsabilité.

— Voyez ça sous un autre angle, dit Ariel d'une voix anxieuse. Nous avons besoin d'aide. Si Jeff est en fuite il se peut qu'il nous veuille encore du mal. La Première Loi ne vous oblige-t-elle pas à coopérer avec nous ?

— Nous avons prouvé notre irresponsabilité, dit Chirurgien 1. Vous ne pouvez pas vous fier à nous. Nous devons donc être détruits.

— Vous n'avez pas violé les Lois à d'autres reprises, non ? souligna Derec.

— Non, mais nous n'avons jamais eu d'autre contact avec les humains, dit Recherche 1. Durant notre premier contact avec les humains, nous avons contribué à une violation...

— De la Première Loi, je sais. Vous n'êtes pas obligé de le répéter sans cesse, dit Derec. Mais je n'aurais pas dû poser la question de cette manière. Vous n'avez toujours pas violé les Lois. Jeff, oui, en quelque sorte. Mais comme il ne possède pas de cerveau positronique, cela ne compte pas vraiment.

— Nos données sur le comportement humain paraissent incomplètes, dit Recherche 1. Nous n'avions pas envisagé la possibilité d'une attaque de Jeff contre vous. En fait, l'ordinateur central ne nous avait même pas informés de votre présence. Nous avons estimé son état de santé tel que la Première Loi exigeait de tenter la transplantation. Toutefois, le but de la Première Loi, tel que je le comprends, est de protéger les humains de la force supérieure de nos corps de robots. Pour nous dans ce cas, Jeff compte comme un robot, malgré son absence de cerveau positronique. Ce jugement ne regarde en rien son cerveau, bien sûr.

— Si la Première Loi exigeait la transplantation,

comment est-ce que vous pouvez vous le reprocher ? demanda Ariel. Ça me paraît une véritable contradiction qui m'étonne de la part d'un esprit logique de robot.

– La contradiction logique n'apparaît que maintenant, admit Chirurgien 1. Dans la succession d'événements telle qu'elle est advenue, la Première Loi a exigé de nous des décisions claires, notamment notre élimination.

Derec les dévisagea, impuissant, sans trouver d'argument qui s'oppose à leur destruction qu'ils n'aient déjà réfuté.

– Retardez votre départ pour l'atelier, suggéra Ariel. Si vous l'estimez justifié vous pourrez toujours vous y rendre plus tard. Pour le moment, nous avons vraiment besoin de votre aide, comme nous le disions.

– Tout juste, ajouta aussitôt Derec. Qu'en dites-vous ? La Première Loi exige que vous nous aidiez à capturer Jeff et, je ne sais pas, à l'arrêter d'une façon ou d'une autre. Ensuite, vous pourrez vous détruire.

Les trois robots hésitèrent suffisamment pour démontrer que l'argument avait porté.

– N'est-ce pas votre responsabilité que d'aider à résoudre ce problème ? ajouta Ariel, un sourire triomphant aux lèvres. La Deuxième Loi exige que vous suiviez nos ordres lorsque nous avons besoin d'aide. Comme vous n'avez jamais directement violé les Lois, même la Première, vous nous paraissez fiables.

– Cet argument me semble acceptable, dit Recherche 1. Nous pouvons conserver l'option de faire détruire nos cerveaux plus tard, en tout cas.

– Je le trouve acceptable, moi aussi, dit Chirurgien 1. Une destruction inutile de nos cerveaux serait un emploi inefficace de matériel, d'énergie et d'expérience. Nous devrons établir la nécessité d'un tel acte par la logique, avec le plus de preuves possible, sans qu'aucun doute subsiste.

— Ouaouh ! dit Chirurgien 2. (Le robot regarda Derec.) C'est l'exclamation humaine appropriée pour la circonstance, non ?

— Tout à fait. (Derec en rit de soulagement.) Parfait. Le problème est résolu. Au suivant. Nous voulons des informations de cet homme sur la manière de quitter la planète. Vous voulez vous assurer qu'il ne violera plus de Lois. Quel est notre plan d'action ?

— Vous devez vous résoudre à une confrontation directe, dit Recherche 1. N'importe quel plan devra le prendre en compte.

— Que voulez-vous dire ? demanda Ariel.

— Comme nous savons que Jeff possède un cerveau humain, dit Chirurgien 1, nous sommes soumis aux Lois quand nous entrons en contact avec lui. Par exemple, nous ne pourrions pas désobéir s'il nous ordonnait de le laisser en paix. Ou, pire, d'oublier jusqu'à son existence.

— Une minute, dit Ariel en levant la main. Vous redoutez qu'il viole les Lois parce qu'il est un robot, mais maintenant vous dites que vous devez obéir aux Lois lorsqu'il entre en jeu parce qu'il est humain. Ce n'est pas contradictoire ?

— Non, dit Recherche 1. Au regard des Lois il est à la fois humain et robot. Nous ne saurions lui dénier la combinaison des traits que nous lui avons nous-mêmes donné. Tous les avantages lui échoient. Cela le rend très puissant.

— Et les recherches concertées dont vous parliez ? demanda Derec. Comment comptiez-vous le capturer lorsque vous l'auriez localisé ?

— Notre seul espoir était de gagner sa coopération. Nous ne pouvions pas faire usage de violence, ç'aurait été contraire aux Lois. A un moment, toutefois, sa santé sera en danger. Dans ce cas, bien sûr, nous devrons l'aider de force.

– Quelle sorte de danger ? demanda Ariel. Il a un corps de robot.

– Son corps est mû par un système énergétique standard, dit Chirurgien 2. Mais son cerveau organique requiert nutrition et oxygène. Nous avons installé un conteneur d'éléments nutritifs et d'hormones synthétiques dans la partie inférieure de sa tête et dans un secteur de son cou ainsi qu'un réseau d'acheminement vers son cerveau. Ces produits chimiques arrivent à son cerveau par son système circulatoire existant, qui véhicule du sang de synthèse. L'oxygène lui parvient de la même manière, fourni par les inspirations qu'il prend de temps en temps.

– Jusque-là, j'ai compris, dit Derec. Continue.

– Il ne peut pas manger au sens humain normal du terme. Sa réserve nutritive doit donc être rechargée par intervalles. Il n'en sait rien.

– Non ? Pourquoi ne lui avez-vous rien dit ? demanda Ariel.

– Il s'est enfui avant que nous ne puissions l'en informer. Nous voulions d'abord procéder à certains examens. Nous ne nous doutions pas qu'il partirait. (Chirurgien 2 dévisagea Recherche 1.) Comme nos examens ne sont pas terminés, nous ne savons pas à quel point la transplantation a réussi.

– C'est exact, dit Recherche 1. Il subsiste des inconnues considérables sur sa santé. C'est pourquoi une interprétation de la Première Loi nous permet de vous aider à le retrouver.

– Je pensais à une question que me posait Ariel il y a peu, dit Derec. Vous croyez que Jeff est venu dans notre résidence pour une raison quelconque ? Ou par hasard ?

– Les chances pour qu'un humain comme lui rende visite par hasard aux seuls humains en ville sont trop faibles pour qu'on les prenne au sérieux, dit Chirurgien 2.

– Employer une odeur de nourriture humaine pour attirer des compagnons a pu influer, dit Recherche 1. Il n'a pas besoin de manger. Mais les habitudes antérieures et la stimulation du centre du plaisir dans son cerveau par les arômes peuvent avoir engendré le désir de humer et de goûter la nourriture humaine.

– Je ne pense pas que ça marche deux fois, dit Ariel. Fuir lui paraissait vital. S'il ne peut plus manger, de toute façon, il n'aura pas besoin de revenir ici.

– Logique, dit Recherche 1.

– Bon, un moment, dit Derec. J'aimerais étudier la question dans l'ordre, si ça ne vous dérange pas. A mon avis, on a trois problèmes. Pour s'emparer de ce Jeff il nous faut le localiser, l'identifier, et le capturer. Votre recherche concertée le pourrait-elle ? Comment se déroule-t-elle ?

– Elle implique toute la population de la Cité des robots, dit Recherche 1. Mais ils n'ont pas besoin d'abandonner leurs tâches. Nous avons établi un périmètre d'examen qui se resserre vers l'intérieur de la ville et qui va d'un robot à l'autre. Un robot ne travaillera pas avec un autre robot, ou ne le laissera pas passer, si l'autre ne lui démontre pas qu'il peut se servir de son communicateur. Comme Jeff n'a pas cette possibilité, on finira par l'identifier.

– Nous aurions pu installer un système de radiophonie dans son corps, dit Chirurgien 1. Cela nous a semblé constituer une contradiction inutile avec son identité humaine, et nous avons donc choisi de nous abstenir.

– Une bonne chose, dit Derec. Vos recherches risquent quand même de prendre longtemps. S'il est astucieux et veut éviter de se faire repérer, il pourra vous échapper jusqu'au tout dernier instant. Et s'il a de la chance, il se glissera même hors de votre nœud coulant quand il se refermera.

Chirurgien 2 secoua la tête. Contrairement à la plupart des robots Avery, il paraissait apprécier ces gestes humains.

— Ce n'est pas un nœud mais un mur. Même s'il pénètre dans l'aire déjà éprouvée il devra quand même rendre des comptes aux robots qu'il croisera. L'examen ne cessera qu'au moment où nous apprendrons sa capture.

Derec acquiesça pour marquer son approbation.

— Pas mal. Je n'en soutiens pas moins qu'il faudra du temps, à moins qu'il ne fasse preuve d'imprudence.

— D'accord, dit Recherche 1. Cela prendra longtemps, mais on l'identifiera sans doute possible. Sa capture sera d'autant plus facile si nous avons un humain avec nous pour nous emparer de lui. Sinon, la Deuxième Loi lui permettra de nous donner des ordres, à moins qu'un impératif de Première Loi ne nous intime de passer outre.

— Que devons-nous faire ? (Ariel leva les mains, paumes en l'air, et dévisagea les trois robots.) Nous ne pouvons pas lui donner d'ordres. Et il est plus fort que vous.

Les robots se tinrent cois.

— On s'en souciera plus tard, décida Derec. Notre première tâche est de l'identifier. Nous trouverons peut-être le moyen de raccourcir le processus de recherche.

— Peut-être, dit Recherche 1. Nous sommes à vous.

— Pour ainsi dire, ajouta Chirurgien 2.

# LA FUITE

Jeff fuyait. Il avait écarté Derec et Ariel dans un accès de terreur ; il brûlait de parler avec des compagnons humains et en même temps redoutait d'être découvert – même s'il ignorait pourquoi. La poursuite née de l'horreur des robots à voir un des leurs, apparemment semblable, violer la Première Loi, base de leur existence, s'intensifiait. Voir, dans sa fuite, tous les robots humanoïdes des parages abandonner leur tâche pour lui donner la chasse, informés de sa transgression par les communicateurs des deux robots qui avaient assisté par hasard à son agression sur les humains témoignait de son importance.

Même les utilitaires essayèrent de le retarder, sur ordre de ses poursuivants. Dépourvus de cerveaux positroniques, ils ne pouvaient prendre de décision importante seuls, mais pouvaient suivre une instruction. Petits balayeurs et courriers se mirent à zigzaguer devant lui. Des appareils de chantier géants assez intelligents pour se passer de conducteur barraient les autres rues. Derrière lui, toutes sortes de dispositifs grossissaient la foule croissante d'humanoïdes lancée à sa poursuite.

Allez, Jeffrey : allez, Jeffrey, se disait-il en courant, au gré de ses pas. Il se reprenait même à respirer : le stress augmentait peut-être le besoin d'oxygène de son cerveau même si la dépense physique ne le justifiait pas. C'est bien le moment de disserter de sa physiologie ! songea-t-il avec dédain.

Devant lui, d'autres robots manœuvraient afin de lui barrer toute issue. Ils le tenaient presque – non ! A sa gauche, une station de tunnel l'invitait. Il vira, et se rua droit sur un immense utilitaire doté d'une variété de tentacules flexibles que terminaient des outils. Le robot s'arrêta sur ses roues, bouchant l'entrée. Jeff grimaça – en pensée, du moins – et ferma d'instinct son poing d'acier alors qu'il le heurtait.

Il rebondit, mais se rattrapa à l'un des tentacules tendus. L'impact avait assez écarté l'utilitaire pour lui permettre de se glisser derrière un de ses angles et de dévaler la rampe. Il manqua trébucher quand elle démarra, et courut à toutes jambes jusqu'à la cabine la plus proche. Cette fois il connaissait les commandes, et il s'enfonça aussitôt dans la pénombre du tunnel.

Il se retourna, et vit la foule de robots humanoïdes jaillir de la rampe pour envahir les cabines. Les utilitaires étaient éliminés de la chasse, car les cabines étaient conçues pour des passagers humanoïdes, intelligents. Il se tourna pour regarder devant lui en essayant maintenant de se mêler aux autres robots que transportaient les plates-formes.

Il passa sur une des voies à vitesse moyenne et prit un air nonchalant. D'une certaine manière, il était nouveau à la tâche de se perdre dans une foule et pourtant, après une vie passée à être des plus visibles, ceci semblait d'une facilité dérisoire. Quelques-uns de ses poursuivants le rattrapèrent et d'autres le dépassèrent, mais ils ne le distinguaient pas des autres. Il ne pouvait pas savoir s'ils tentaient d'entrer en contact avec lui par l'intermédiaire de leurs communicateurs, mais dans ce cas, ils paraissaient ignorer qui répondait et qui ne répondait pas. Tous les robots en vue étaient debout dans la même position, et confinés dans leurs cabines.

Lorsque deux robots prirent la voie de garage de la station suivante, certains poursuivants s'arrêtèrent. Jeff réalisa que plus il resterait sur sa plate-forme, moins il aurait de robots aux basques. Il resta donc là, changeant parfois de voie, comme s'il se dirigeait vers une destination précise.

Son stratagème réussit.

Il sourit en son for intérieur. A trois reprises, il avait déjoué les robots qui le poursuivaient. De surcroît, il n'avait pas employé ses muscles – s'il pouvait définir ainsi ses bras robots – mais recouru à l'intelligence puisque en fin de compte ils possédaient les mêmes capacités physiques. Et si jamais ils s'emparaient de lui, il ferait valoir ses droits d'être humain au regard des Lois de la Robotique.

Ils ne faisaient pas le poids.

Seuls d'autres humains bénéficiaient du même pouvoir absolu sur les robots mais leur force serait bien moindre. Il réalisa, pour la première fois, qu'il était l'individu le plus puissant de toute la planète. S'il savait se montrer prudent, il ferait ce qui lui plairait.

Bien sûr, il ignorait comment la ville était gouvernée. Les robots avaient peut-être un conseil municipal ou autre mais peu importait, puisqu'ils lui devraient obéissance s'il décidait de se découvrir et de leur donner des ordres. Il devait cependant s'assurer qu'ils ne l'attraperaient pas.

Il secoua légèrement la tête, tâcha de se rappeler pourquoi il ne voulait pas qu'on le retrouvât. Il ne comprenait pas non plus sa peur des robots, puisqu'ils devaient lui obéir. Cela ne voulait rien dire, mais c'était son sentiment dominant.

Peut-être ces deux humains pourraient-ils se joindre à lui. Ils devraient bien entendu subir la même transplantation. Ils seraient alors tous trois virtuellement invincibles, face aux robots, mais aussi aux autres humains qui pourraient venir. Ils risquaient de mépriser l'idée mais on se passerait de leur accord, si nécessaire. Après tout, il n'avait pas eu la possibilité de discuter, non plus.

– Bien, bien, bien, dit-il à voix haute. Une conspiration. Une prise de pouvoir. J'ai donc bien un objectif, ici.

Il avait observé avec soin les robots qui l'environnaient et savait que tous ses poursuivants avaient quitté le réseau. Pour accroître la distance le séparant d'eux, il poursuivit sa route pendant quelque temps et s'arrêta sur un quai choisi au hasard. Maintenant qu'il leur avait échappé, il ne pensait pas qu'ils pussent le retrouver.

Une fois en surface, il prit le trottoir roulant, afin de se repérer. Avec un refuge toujours à portée de station, il avait toute faculté de se déplacer. Et il voulait communiquer avec ses collègues humains s'il y parvenait sans que tous les robots du voisinage lui sautent dessus.

Lorsqu'il eut défini des repères, un vaste dôme brillant et une étrange pyramide à multiples côtés, il reprit la direction de la résidence humaine. Tout au long du chemin, il guetta des indices de recherches en cours. Il n'en vit pas, mais il devait se montrer prudent.

Parvenu dans les environs, il resta sur le trottoir roulant, à l'affût, dans une série d'itinéraires tordus. Ses collègues humains, comme il les nommait, n'étaient pas en vue. Les robots étaient peu nombreux et ne semblaient pas constituer un danger.

Il allait regarder à l'opposé quand une silhouette

familière attira son attention. Il regarda, et vit le même robot pousser son chariot. Sur une impulsion, il sauta du trottoir roulant et le rattrapa d'un pas vif.

– Tu me suis ? demanda-t-il.

Le robot s'immobilisa et se retourna.

– C'est à moi que tu t'adresses ?

– Oui. Identifie-toi.

– Je suis Alpha.

Jeff hésita.

– Alpha ? C'est tout ?

– Oui.

– Ça ne ressemble pas aux autres noms d'ici. Pourquoi es-tu différent ?

– Je ne suis pas un produit originaire de cette planète. Identifie-toi, s'il te plaît.

– Je m'appelle Jeff. Si tu es étranger ici, alors on a une chose en commun. Je croyais que tu me suivais.

– Pas du tout. Notre proximité doit être une coïncidence. Cependant, tu peux peut-être m'aider.

– Tu souhaites te joindre à moi ? Tous les deux, on n'a pas de place particulière dans cette société. Je... rassemble des amis, je dirais. Des compagnons.

– Je n'y vois pas d'objection.

– Bien. Que puis-je pour toi ?

Alpha ôta un tissu qui recouvrait le chariot. Une minuscule créature poilue y gisait, les yeux clos, les oreilles pointues inertes et rabattues. Des touffes d'une fourrure brun et or se détachaient, laissant apparaître le cuir en dessous.

– Voici une non-humaine intelligente appelée Wolruf. Elle meurt de faim. Je suis venu sur cette planète avec elle mais je ne lui ai guère trouvé de nourriture. Le pouvez-vous ?

– Je ne sais pas, dit Jeff, en observant l'extraterrestre au corps caninoïde d'un air indécis. Tu as posé la question à d'autres ? A un des robots qui vivent ici ?

152

– Oui. Toutefois, comme j'ai déterminé qu'elle n'appartient pas à l'espèce humaine, les Lois ne s'appliquent pas. Ils n'ont pas obligation de la sauver. Les robots que j'ai interrogés ici ne savent pas où lui trouver de la nourriture et n'ont pas plus de possibilités de le découvrir que moi. La responsabilité m'en incombe.

– Je crois que tu es tombé sur la pers... l'individu idéal.

– Vous pouvez m'aider ? Nous avons exploré les parages d'un lac qui me paraît être un réservoir, et découvert des végétaux qui lui ont permis de rester en vie, mais c'est peu. Je présume qu'elle a besoin d'une concentration de protéines qu'elle n'y a pas trouvée.

– Il se trouve que j'ai senti de la nourriture – humaine, d'ailleurs – dans le voisinage. Dans une ville pareille, elle a dû être cuite dans une coquerie automatique, comme ils en ont à bord des vaisseaux spatiaux. Cela veut dire qu'on pourrait la modifier pour préparer d'autres nourritures chimiques.

– Je l'ai sentie aussi, dit Alpha. C'est ce qui m'a conduit par ici. Toutefois, les vents changent sans cesse. J'ai perdu l'odeur pendant quelque temps, et quand je l'ai retrouvée, une altercation quelconque occupait les robots. Puisque j'ai choisi de placer la sécurité de Wolruf avant tout, j'ai dû quitter le voisinage immédiat.

– Je vois.

Jeff choisit de ne pas lui fournir d'autres informations sur cette altercation.

– Depuis lors, je n'ai pu localiser d'autres odeurs du même type.

– Ah. Bien. (Jeff se tut, ne sachant trop comment procéder. Il voulait trouver de la nourriture pour cette espèce de canidé afin de se gagner son nouvel ami, mais ne tenait pas à ce qu'on l'identifie de nouveau. Histoire de gagner du temps, mais aussi de satisfaire sa curiosité, il désigna le chariot du menton.) Où as-tu trouvé ce machin ?

— Je l'ai construit à partir de déchets laissés aux limites de la cité, où l'urbanisation se poursuit.

— Très astucieux. Bien. Hum.

Ce chariot tout simple l'impressionnait. Un robot qui savait fabriquer ce genre de chose par ses propres moyens et n'avait aucun lien avec la Cité des robots constituait un bel atout.

Jeff estima qu'il ne pouvait prendre le risque de retourner à la résidence humaine. Il ne voulait pas non plus amener son nouvel ami à d'autres humains qui lui donneraient peut-être des ordres contradictoires aux siens et le tourneraient même contre lui. Il ne pouvait se fier à quiconque, mais il devait pourtant trouver une solution.

Un autre robot se dirigeait vers eux. Jeff choisit aussitôt de prendre un risque différent qui lui permettrait de courir se mettre à l'abri si nécessaire.

— Halte. Identifie-toi, dit-il au nouvel arrivant.

— Pour quelle raison ?

Le robot, cependant, s'immobilisa.

— J'ai des instructions pour toi.

— Je suis Contremaître en Architecture 112. Identifie-toi.

— Je m'appelle Jeff. (Il soupira, et riva un regard prudent sur Contremaître en Architecture 112.) Je suis humain.

Derrière lui, Alpha leva la tête, attentif.

— Tu as peut-être une défaillance. Ton communicateur serait plus efficace. J'ai cru t'entendre dire que tu étais humain.

— En effet. Mon cerveau d'humain a été transplanté dans un corps de robot mais les Lois de la

Robotique s'appliquent à moi en tant qu'humain. Tu dois obéir à mes instructions. Compris ?

Contremaître 112 l'étudia.

— Compris. J'ai contacté l'ordinateur central qui m'informe que la transplantation a eu lieu dans un corps de ton type, et que l'on t'a aperçu dans ces parages voici peu.

— Bien. Maintenant...

— Tu fais l'objet de recherches. L'Equipe expérimentale de médecine humaine requiert ta présence et ta coopération avec la plus extrême urgence.

— Bon, oublie ça. Ils n'ont pas le droit de me capturer. Je n'ai rien fait de mal. (Il dévisagea le robot, soupçonneux.) Tu leur as dit où j'étais ?

— J'ai signalé votre présence, à la requête de l'ordinateur central.

— Tais-toi et écoute mes ordres ! Bon, regarde là-dedans. Ce chariot contient une petite... créature qui meurt de faim. Son ami, là, s'appelle Alpha. Je t'ordonne de construire ou de pourvoir à la construction d'une coquerie automatique pouvant nourrir ce... cette...

— Elle se nomme Wolruf, répéta Alpha. C'est une non-humaine intelligente.

— Oui, voilà.

Contremaître 112 observa Wolruf.

— L'emplacement d'un processeur chimique existant serait-il un substitut acceptable ? Il en existe un en stock.

— Ça ira, dit Jeff avec prudence. Mais seulement celui-là. Compris ? Pas un autre. Tu saisis ?

— C'est le seul que je connaisse, dit Contremaître 112. Il devrait suffire dans ce cas d'urgence.

— Bon. Parfait. Tu emmènes Alpha et Wolruf où il se trouve. Alpha, tu sauras expliquer de quelle nourriture elle a besoin ?

– Oui.

– Parfait. Euh... Je dois m'en aller tout de suite, puisque ce traître a signalé ma présence. (Il gratifia Contremaître 112 d'un regard noir.) Il faut que je te parle, Alpha, mais... (Il ne pouvait pas lui dire où le retrouver devant cet autre robot, qui le signalerait encore.) Peu importe où. Je m'en inquiéterai plus tard. Je te donne cet ordre : si j'essaie de te rencontrer en secret quelque part, tu coopères. Compris ?

– Oui, dit Alpha.

– Parfait. Allez, tous les deux.

Jeff les suivit du regard le temps de s'assurer qu'ils s'en allaient ensemble. Il s'estimait satisfait sur divers plans : Alpha lui devait maintenant une faveur, et il avait convaincu Contremaître en Architecture 112 qu'il était un humain, auquel les Lois s'appliquaient. S'il procédait avec précaution, Jeff arriverait peut-être à s'emparer de la Cité des robots.

Bien, bien, Jeffrey. Jusqu'à présent, ça va. Peut-être ta vie a-t-elle un but, après tout, tu vois ce que je veux dire ?

La dernière pierre angulaire qui lui manquait pour réunir un grand nombre de partisans était le soutien des autres humains. Il n'oserait pas leur rendre visite en personne tant qu'il ne saurait pas ce qu'ils pensaient de lui, mais il pouvait entrer en contact avec eux à distance en toute sécurité. Mais d'abord, il devait partir d'ici.

Très bien, Jeffrey. Retour dans le labyrinthe. Ils ne te trouveront jamais dans ta résidence secondaire.

Comme auparavant, il utilisa le réseau du tunnel pour égarer les recherches. Cette fois, il s'en alla avant qu'aucun de ses poursuivants ne soit apparu. Le réseau demeurait, à moins qu'on ne le ferme complètement, la meilleure possibilité d'évasion. Les cabines individuelles l'isolaient, et le tunnel avait tant d'arrêts et d'embranchements que ses chances de s'y perdre étaient très bonnes. A l'issue d'un nouveau trajet, il sortit au hasard, et gagna le trottoir roulant le plus proche.

Tandis qu'il attendait qu'un robot humanoïde l'emprunte dans le même sens que lui, il envisagea sérieusement la possibilité que les robots ferment le réseau du tunnel. Cela n'enfreindrait en rien les Lois. Cette cité folle comptait sans doute d'autres endroits où il pourrait dormir en sûreté, et lui offrirait sans doute d'autres moyens d'échapper aux poursuites. Il n'avait pas encore eu le temps de les découvrir, voilà tout.

Hé, où est tout le monde ? Qu'est-ce qui se passe ?

Il observa les alentours, intrigué. Partout ailleurs dans la ville, les robots humanoïdes foisonnaient plus ou moins. Il en voyait quelques-uns au loin, mais nul ne se dirigeait vers lui.

Oh, oh, mon vieux Jeffrey. C'est peut-être le moment de te montrer astucieux, non ? Il y a quelque chose qui ne va pas. Tu n'as pas besoin de rester là à givrer. Faisons un petit trajet, reprenons le tunnel, voyons les environs.

Redoutant un piège, il se détourna, et s'engouffra dans la station. Quelques instants plus tard, il fonçait dans le réseau souterrain, en observant les robots qui occupaient les cabines tout autour de lui. S'ils faisaient partie du piège ? Peut-être l'escortait-on, le poussait-on là où on voulait qu'il aille.

– Du calme, du calme, dit-il à voix haute dans la cabine. Ils n'ont peut-être aucune certitude. Ils essaient peut-être de te débusquer. Tâche de ressembler aux autres, tu te rappelles ? (Il se mit à rire tout seul.) C'est ça. Reste calme et tâche de ressembler aux autres.

C'est donc ce qu'il fit, observant à couvert les robots qui empruntaient la même direction que lui. Aucun ne semblait lui prêter la moindre attention.

— Encore égaré les recherches, hein ? dit-il tout haut. Très bien, très bien. Ça va marcher. Ce projet va marcher. Bon, allons-y.

Il mit pourtant un bon moment avant de décider qu'il pouvait regagner la surface en toute sécurité. Il choisit donc un autre arrêt au hasard et resurgit en plein soleil. Il se retrouvait dans une partie de la cité où la circulation de robots sur les trottoirs roulants était fournie, comme il en avait l'habitude. Dans le lointain, la gigantesque pyramide qui luisait au soleil lui donnait un point de repère.

Il arrêta du geste le premier humanoïde qui passa, et se fit reconnaître comme humain. Comme le dernier robot abordé ainsi, Contremaître de Maintenance des Batteries énergétiques 3928 vérifia son assertion auprès de l'ordinateur central.

— J'ai la certitude que vous êtes Jeffrey Leong, un humain, dit Contremaître de Maintenance des Batteries énergétiques 3928.

— Bien. Alors, selon la Deuxième Loi, tu sais...

— En tant que robot positronique, je connais les Lois de la Robotique.

— Parfait ! hurla Jeff. Alors écoute-moi bien ! Ne me coupe plus jamais la parole ! Tu comprends, tas de ferraille ?

— Je comprends, dit le robot d'une voix neutre.

— Il vaudrait mieux. A y repenser, ton identification est trop longue. Maintenant, tu réponds au nom de Tas de Ferraille. Compris ?

— Oui.

— Comment tu t'appelles ?

— Je m'appelle Contremaître de Maintenance des Batteries énergétiques 3928. Je réponds aussi au nom de Tas de Ferraille.

– Bon... pas mal. (Jeff rit.) Ecoute-moi. Je veux contacter les deux humains qui vivent dans la Cité des robots. Je les ai rencontrés, et je pense qu'ils sont les seuls, ici. Tu utilises ton communicateur ou ce que tu veux. C'est un ordre, ajouta-t-il en se penchant pour regarder dans la fente oculaire de Tas de Ferraille.

– Je viens de vérifier auprès de l'ordinateur central. Par son intermédiaire je peux me brancher sur une console dans leur résidence. Toutefois, je n'ai pas la possibilité de transmettre votre voix directement.

– Ah oui ? Tu ne me mens pas, hein, Tas de Ferraille ?

– Je n'ai pas cette possibilité-là non plus.

– Ouais... admettons. Tu devrais. A moins que les choses ne soient pas ce dont elles ont l'air, par ici. Toute cette ville me paraît bizarre, si tu veux mon avis. Mais comment puis-je te faire confiance ? Et si tu modifiais un peu ce que je dis ? Ou que tu ne me rapportais pas exactement leurs réponses ? Hein ?

– Je n'ai pas la possibilité de truquer.

– Il te faut quoi pour transmettre ma voix ? Un microphone et un équipement spécial, je suppose, non ?

– Oui.

– Allons le chercher. Tu me le trouves et tu te débrouilles pour que j'entre directement en contact avec eux. En avant.

# LA TRANSPLANTATION

Ariel, assise à la console, s'efforçait de trouver d'autres rubriques qui pourraient la renseigner sur Jeff ou sur sa position et Derec, sorti en compagnie de l'équipe médicale, dressait des plans pour sa capture. Sa recherche avait donné un nouvel angle d'attaque à leurs tentatives pour quitter la planète et le fait qu'ils l'aient vu de leurs yeux rendait leurs chances encore plus tangibles. Elle avait repris espoir, bien que le vaisseau de Jeff se fût avéré détruit à l'atterrissage.

Elle venait de quitter la console pour se ménager une pause lorsqu'une voix retentit dans le haut-parleur.

— Allô ! Hé, vous ! Répondez-moi.

Elle se réinstalla dans son siège, intriguée par cet étrange salut. Ce n'était pas la courtoisie qu'un robot témoignait.

— Identification, répondit-elle avec circonspection.

— Je n'ai pas à m'identifier si je n'en ai pas envie. C'est le robot qui vous a envoyés au tapis tous les deux. Les Lois ne me concernent pas. (Il se tut.) Vous voyez de quoi je parle ?

— Jeff, dit Ariel d'un ton animé. Ah, salut. Où êtes-vous ?

Un rire bizarre de robot bourdonna dans le haut-parleur.

160

– Vous ne m'aurez pas aussi aisément. Au fait, comment savez-vous mon nom ? Quel est le vôtre ? Vous êtes jolie, si je me souviens bien.

– Ariel. (Elle le retiendrait pour le persuader de venir. S'il s'y refusait, il se trahirait peut-être quand même.) Je peux vous aider ? Pourquoi appelez-vous ?

– Si vous connaissez mon nom, vous avez dû parler avec les docteurs robots, pas vrai ? Et vous savez ce qui m'est arrivé.

– Oui, ils nous ont dit que vous deviez revenir, dans votre propre intérêt. Ils n'avaient pas fini les examens, et vous ne savez pas prendre soin de vous. Vous êtes parti avant qu'ils ne puissent vous l'expliquer.

Elle considéra le clavier, et se demanda si elle pourrait demander à l'ordinateur central de contacter l'équipe médicale, tandis qu'elle entretiendrait la conversation.

– Bien sûr. Je dois revenir pour mon bien, hein ? Givre ! je ne suis pas si bête.

– Jeff, de quoi avez-vous peur ? Ce sont des robots. Ils ne peuvent rien vous faire de mal.

Elle tapait avec prudence, sans qu'il pût entendre de bruit.

– Ne vous laissez pas avoir, chérie. S'ils sont aussi serviables, pourquoi ne vous transplantent-ils pas ? Vous aimeriez. Votre ami aussi. Comment s'appelle-t-il, au fait ?

– Derec. Qu'est-ce que vous voulez dire ? Ils essayaient de vous aider après votre blessure dans le crash. Pourquoi est-ce que je voudrais subir une transplantation du cerveau ?

Elle continua de taper.

– Ils m'ont aidé, oh oui. Vous ne comprenez pas, Ariel ? Je suis ravi. Je suis meilleur.

– Meilleur ? Cela veut dire que vous appréciez votre corps de robot ? (Elle cessa de taper, ébahie.) Je croyais que vous leur en vouliez. Vous m'aviez l'air en colère.

— En colère ? Givre ! pourquoi donc ? Je suis l'individu le plus puissant de la planète.

— Qu'est-ce que vous voulez dire ?

Elle acheva d'entrer l'instruction à Derec et à l'équipe de rentrer au plus vite, et ses raisons. Entretemps, ils devaient intercepter la communication de Jeff et l'écouter. Trianguler son émission et le capturer serait idéal.

— Qu'est-ce que je veux dire ? Vous êtes folle ? Mais c'est évident ! Je suis plus fort que vous ou que n'importe quel être humain, et je ne dépends pas des Lois. En rien ! J'ai les avantages physiques du robot et les privilèges de l'humain. Je peux faire tout ce que je veux. Tout ! Vous ne *comprenez* pas ?

Il hurlait, maintenant.

Elle hésita, surprise par le son d'une voix de robot qui lui hurlait sa frustration.

— Je comprends, dit-elle, apaisante. Ça va, Jeff. Je comprends.

— Vraiment ? demanda-t-il, soupçonneux.

— Bien sûr. C'est évident. Vous êtes unique. Nul n'a jamais mené l'existence que vous menez en ce moment. Vous êtes le tout premier. Euh, racontez-moi. Ce doit être intéressant.

Comme elle ignorait où se trouvaient Derec et l'équipe, elle ne pouvait pas prévoir leur arrivée. Elle devait entretenir la conversation.

— Vous raconter ? (Il paraissait surpris.) Eh bien... c'est différent. Très différent. D'abord, tout le monde me prend pour un robot. On se fond dans la foule. Personne ne sait qui vous êtes. Votre corps peut faire des choses différentes, aussi. Par exemple, on voit

162

mieux, on entend mieux, on sent mieux. Et on peut dormir debout.

Elle éclata de rire.

– Quoi ?

– Oubliez ça, dit-il avec brusquerie. Peu importe. Oubliez ce que j'ai dit.

– Vous aimez dormir debout ?

– Je vous ai dit d'oublier ça ! hurla-t-il. D'ailleurs, le moindre robot en est capable. Minute, je veux dire rester dans une position donnée. Ils ne dorment pas, bien sûr. C'est ce que je voulais dire. Ils peuvent tous le faire, pas vrai ? Hein ?

– Oui. Ne vous énervez pas. Tout va bien. (Elle hésita, en s'apercevant qu'elle ne pouvait pas prédire ce qui risquait de déclencher une nouvelle tirade.) Quel âge avez-vous, Jeff ?

– Euh... dix-huit ans. En quelque sorte. Dans cette vie, je n'ai qu'un ou deux jours. (Il rit, beaucoup trop fort. Puis il s'interrompit abruptement.) En fait, je ne sais pas combien de temps j'ai eu ce corps avant de me réveiller. Je n'ai plus de date d'anniversaire, dans ce nouveau corps.

– Dix-huit ans ? Vraiment ? Je vous aurais cru plus vieux. Vous étiez à l'école ? Avant de venir ici, je veux dire ?

Elle essayait de paraître le plus compréhensive possible.

– J'étais en route pour le collège, dit-il avec calme.

Elle sentit que c'était un sujet délicat, et l'évita.

– D'où êtes-vous, Jeff ?

– De la planète Aurora.

– Vraiment ? fit-elle d'une voix radieuse. J'en viens, moi aussi, et je suis un petit peu plus jeune que vous. En fait... (Elle hésita, et décida de le dire.) Je suis Ariel Welsh.

– Ariel Welsh... Vraiment ? La fameuse Ariel Welsh ?

– Eh bien... (Le rappel était douloureux.) Je suppose. Ma mère est Juliana Welsh.

– Et c'est ici que vous vous êtes retrouvée ! Ouaouh ! C'est à vous que je parle ? Vous étiez aux infos et tout.

Il paraissait soudain son âge, et sincère.

Ariel se taisait.

– C'est réglé, dit-il d'une voix ferme. Vous ordonnez à ces robots de vous transplanter. Vous êtes malade, pas vrai ? Bon, vous ne serez pas malade dans un corps de robot. A moins que l'infection n'ait atteint votre cerveau aussi, bien sûr. Vous leur dites, d'accord ? Comme ça, après, vous me rejoindrez.

Ariel avait le vertige. L'opération, réussie, interromprait la progression de la maladie. Son corps resterait congelé tant qu'on chercherait un remède et elle poursuivrait sa vie sous la forme d'un robot. Pourquoi n'y avait-elle pas songé ?

– Hé ! Vous êtes là ? Hé, Ariel ! s'écria-t-il.

Bien sûr, elle devrait rester dans la Cité des robots, en ce cas. Mais, en tant que robot, elle s'intégrerait un peu mieux. Non, beaucoup mieux. Elle n'aurait plus l'impression de perdre son temps. L'espérance de vie de son corps ne reprendrait cours qu'au dégel, aussi éloigné fût-il. Son cerveau vieillirait normalement dans un corps de robot mais peut-être la maladie ne l'affecterait-il pas, pas si vite, du moins. Elle encouragerait l'équipe médicale à chercher un remède. La Première Loi l'exigeait, n'est-ce pas ?

– Vous êtes toujours là ? demanda Jeff.

– Oui ! Oui, je suis là. Ne partez pas – ça m'intéresse.

– Ah ? (Il parut de nouveau surpris, mais se reprit.) Bien entendu ! Je m'en doutais. C'est mieux comme ça. Nous pourrons diriger la ville ensemble. Et Derec ?

– Hein ? Comment ça, Derec ?

– La transplantation, voyons ! Vous ne m'écoutez donc pas ? Qu'est-ce qui ne va pas ?

– Il n'a aucune raison d'en vouloir.

– Bien sûr que si ! C'est ce que je vous disais. Il pourra voir mieux, entendre mieux. Il aimera. Et nous trois, on pourra s'emparer de la planète. Les robots devront obéir. Pensez-y : une planète entière à notre disposition.

– Je ne suis pas sûre qu'il le voie sous cet angle.

Elle ajouta *in petto* que son amnésie siégeait dans sa tête. Transplanter son cerveau ne changerait rien au problème.

– Bien sûr que si. C'est facile à comprendre. Il saisira l'occasion.

– Pourquoi voudrait-il s'emparer de la planète ?

– Pour qu'elle nous appartienne, bien sûr. Quelle question. On pourrait la diriger.

– Pour l'heure, les robots s'en occupent plutôt bien, vous ne trouvez pas ? Tout marche bien, ici.

– Mais elle serait à nous !

– Et qu'est-ce que nous en ferions ? Qu'est-ce que ça changerait ? Les robots feraient encore tout le travail, comme ils le font maintenant.

– Elle serait à *nous* ! Vous ne comprenez pas ? La planète entière nous appartiendrait.

– Bien, Jeff, bien. Mais si rien ne change, ce ne sont que des mots. La propriété ne signifierait pas grand-chose, non ? Les robots nous obéissent déjà, et cela n'irait pas mieux.

– Vous verrez ! Si vous subissez la transplantation, vous comprendrez. Et vous adopterez mon point de vue.

Ariel allait répondre, lorsqu'elle s'aperçut que le

bruit de fond avait cessé : plus personne. Elle poussa un profond soupir et s'affala dans son siège, sous l'effet du contrecoup. En cet instant, elle se moquait d'attendre les autres pendant quelques minutes. Il lui avait donné plusieurs sujets de réflexion.

Derec était à bout de souffle lorsqu'il courut dans la pièce devant ses compagnons robots, inquiets mais calmes.

– Il est toujours en ligne ? Je veux lui parler.

– Trop tard. Je l'ai retenu le plus longtemps possible mais je me suis retrouvée à court d'arguments.

– On en a capté une partie, mais pas tout, loin de là.

– Il devait utiliser une installation très primitive, dit Chirurgien 2. La qualité de la réception a beaucoup varié lors de notre trajet de retour.

– Tu sais où il est ? demanda Derec.

– Non. Il était très suspicieux et, ma foi, plutôt bizarre. (Elle dévisagea les robots.) Il était comme ça, auparavant ?

– Comme quoi ? demanda Recherche 1.

– Il m'a paru presque paranoïde. Et son humeur changeait sans cesse. Une minute, il riait, la suivante, il bouillait de colère. Puis il oubliait tout, et reprenait une conversation normale. (Elle secoua la tête.) Il n'était pas normal.

– Non, dit Recherche 1. Il n'était pas comme cela durant la courte période qu'il a passée réveillé en notre compagnie.

– Le choc postopératoire, dit Chirurgien 1. Il était étonné, peut-être effrayé. Et inconscient, quand nous l'avons trouvé. Son comportement pendant sa courte période d'éveil ne caractérisait peut-être pas sa vraie nature.

– Tu sous-entends qu'il a peut-être toujours été erratique ou instable ? demanda Derec.

– Possible, dit Recherche 1. Nos données sont trop limitées pour en tirer une conclusion valable.

– J'ai une autre théorie, dit Ariel. Est-ce que vous croyez qu'il peut dérailler d'une manière ou d'une autre ?

– Clarifiez, s'il vous plaît, dit Recherche 1.

– Eh bien, il a beaucoup subi, souligna-t-elle. Par moments il paraissait normal, amical. Il allait en fac quelque part. Si on l'a accepté sur une autre planète qu'Aurora, il s'agissait sans doute d'un bon étudiant.

– Vu, dit Derec. Tu crois que la transplantation modifie sa personnalité, alors.

Ils se tournèrent tous les deux vers Recherche 1.

– Quelles sont les probabilités ? demanda Ariel.

– C'est possible, mais on ne peut pas les calculer dans de telles circonstances.

– Bon – à votre avis, qu'est-ce qui a pu se passer ?

Elle décida de ne pas exprimer le motif de son intérêt subit pour la transplantation, pour le moment.

– En l'absence de données médicales précises, je n'offrirais que deux hypotheses. La première est que le choc émotionnel de se retrouver dans un corps de robot l'a ébranlé. La seconde est que son cerveau souffre d'un déséquilibre chimique qui cause ce problème. Il peut avoir une origine nutritionnelle, hormonale, ou indiquer un défaut de procédure ou d'estimations.

– Vous pouvez l'aider ? demanda Ariel. En cas de capture ? Il ne me paraît pas encore trop atteint.

– Tout dépendra de la nature précise du problème, bien sûr, dit Recherche 1.

– Mais nous avons une idée de solution complète au problème de Jeff, dit Chirurgien 1. Avec votre coopération, Derec.

– Quoi ? La mienne ?

– Nous maîtrisons des techniques chirurgicales

complexes, dit Chirurgien 1. Et nous possédons un grand nombre de données sur la physiologie et la médecine humaines, mais nous manquons de bases d'anatomie générale, et de détails de toutes sortes.

– J'ignore tout de ça, dit Derec. Et je ne pense pas qu'elles se trouvent dans l'ordinateur central non plus.

– Peu importe, dit Recherche médicale 1. Nous avons besoin de votre corps comme modèle.

Ariel étouffa un rire.

– Comment ? demanda Derec avec prudence. Qu'est-ce que vous voulez dire par modèle ?

– Nous avons besoin de données sur la physiologie complète du jeune mâle humain, surtout en ce qui concerne la disposition des organes internes, pour redonner une condition optimale au corps de Jeff. Le vôtre peut servir de carte, en quelque sorte.

– Excusez-moi de vous le demander, dit Derec, mais de quoi avez-vous besoin en moi ? En particulier, euh...

– Vous ne courez aucun risque, dit Recherche 1. Après tout la Première Loi ne l'autoriserait pas dans votre cas comme elle l'a permis avec Jeff. Nous pouvons fabriquer des scanners qui nous diront le nécessaire sans opération ni drogues.

Derec se détendit visiblement.

– D'accord, bien sûr. Mais il nous faut tout de même mettre la main sur Jeff.

– Je vous l'accorde, dit Recherche 1. Nous allons néanmoins lancer la fabrication des systèmes, qui n'existent pas pour le moment. Cela ne prendra pas longtemps. Les chances de finir par capturer Jeff sont très bonnes ; seuls l'ignorance de son état médical et le risque d'un accident cérébral les limitent. Tout autre dégât pourra, bien sûr, être complètement réparé.

– Une lésion cérébrale nécessiterait un traumatisme poussé, fit remarquer Chirurgien 2. Sa protection crânienne, conçue pour lui, comme requis par la Première Loi, est très efficace.

— Bien, dit Derec. On a vraiment besoin de ses informations et le plus sain d'esprit il sera, mieux ça vaudra. Les réponses d'un fou ne nous aideront pas beaucoup.

— Assez discuté, dit Ariel. Et vous, vous avez obtenu du nouveau là-bas, ou vous n'avez pas eu le temps ?

— Nous avons redéfini le schéma de recherches, dit Recherche 1. La fermeture de l'étau a été précipitée par une nécessité de Première Loi vu le souci que cause la santé de Jeff. Nous avons chargé des robots qui demeurent dans l'opercule au centre de la ville d'adopter le même comportement. Ils le retrouveront peut-être un peu plus vite.

— Je crois que l'expression consacrée est : « le débusquer », dit Chirurgien 1. Est-ce correct ?

— Oui ! s'esclaffa Ariel.

— Je leur ai dit qu'une pression supplémentaire sur Jeff le pousserait peut-être à commettre une erreur, dit Derec.

— En effet, dit Ariel. Il est très irascible.

— Il vaut sans doute mieux que les robots le cherchent, au cas où il deviendrait violent. (Il se tourna vers les robots.) Nous revoilà condamnés à attendre, pour l'instant, je suppose. Nous reprendrons aussitôt contact avec vous s'il y a du neuf.

— Très bien, dit Recherche 1. Nous allons retourner dans notre installation et préparer les scanners.

Une fois l'équipe médicale partie, Ariel se leva pour laisser la console à Derec s'il voulait, mais il passa dans sa chambre.

— Derec ? dit-elle avec douceur, debout, les bras croisés.

– Oui ?

Il se retourna dans l'embrasure.

– Ils ont parlé de la transplantation durant votre sortie ?

– Non, pas vraiment. Pourquoi ?

– Je pensais à ce qu'a dit Recherche 1. Que peut-être Jeff avait perdu la boule à cause du choc au réveil, lorsqu'il avait découvert ce qui lui était arrivé. Ça chamboulerait n'importe qui, tu ne crois pas ?

– Bien sûr. Et alors ?

– Si c'est exact, la transplantation a réussi, non ? L'opération elle-même, je veux dire, et tous les ajustements qu'ils ont dû apporter au corps de robot.

– Oui, je suppose. Mais ils n'en étaient pas sûrs, rappelle-toi. C'est juste une possibilité. (Il inclina la tête.) Depuis quand est-ce que tu t'intéresses à tout ça ?

Elle haussa les épaules avec gaucherie.

– J'y songeais, voilà tout. A la suite de ma conversation avec Jeff. Il dit que ça n'est pas si mal.

– Pas si mal, robot à l'extérieur et humain à l'intérieur ? (Il affichait un petit sourire narquois pour la taquiner, mais la compréhension se peignit sur son visage.) Hé, une minute. Tu ne… ?

– Je n'en sais rien. (Elle se tourna, embarrassée.) Je veux juste en savoir davantage, voilà tout.

– Tu veux dire que tu y songes ? A te changer en robot ?

Elle acquiesça sans se retourner.

– Et ensuite ? Rester ici ? Dans cet endroit ridicule ?

Sa voix était emplie autant d'étonnement que de colère.

– Ça vaut mieux que mourir ! (Elle fit volte-face.) Ou que se faire congeler, et peut-être ne plus se réveiller ! Et si on ne trouve jamais de remède ? Ces robots en trouveraient peut-être un, si je restais assez longtemps.

Elle sentit des larmes lui picoter les yeux.

– Eh bien... (Il s'interrompit, hésita.) Et l'autre possibilité ? Les robots se sont peut-être trompés. C'est peut-être pour ça que Jeff devient fou. Tu ne peux pas prendre un risque pareil. Ce serait pire que partir chercher un remède ailleurs.

– Si on part un jour ! Derec, et si on reste coincés ici ? Je n'aurais rien à perdre, non ?

– Eh bien, je... je n'en sais rien. Peut-être pas.

– Et si Jeff a toujours été un peu dingue ? Personne ne le connaît, ici. Il n'a peut-être pas changé du tout. Alors ?

Il secoua la tête.

– Peut-être. C'est toi qui as supposé qu'il devenait fou. Ce que je sais, c'est que s'ils ratent la transplantation, tu en mourras plus vite que de ta maladie.

Elle détourna son regard.

Il hésita, et l'observa. Comme elle n'ajoutait rien, il alla dans sa chambre.

Elle gagna la sienne et s'effondra sur son lit pour fixer le plafond des yeux. Et elle se rappela : l'opération ne servirait à rien. Un des résultats de la maladie, avant la mort, était la folie. Même une transplantation comme celle qu'avait subie Jeff ne lui permettrait pas d'échapper à son propre cerveau.

## L'ÉTAU SE RESSERRE

Jeff se tenait sur le bas-côté fixe d'un trottoir, au sommet d'une passerelle en cloche. Robots et véhicules défilaient sur un grand boulevard, plusieurs niveaux au-dessous de lui. Cinq humanoïdes discutaient à un coin de rue. Il en avait vu trois approcher de deux autres qui leur avaient barré le passage pour engager la discussion.

Il ne pouvait pas déterminer son sujet à une telle distance, mais d'habitude les robots conversaient par communicateur. La raison la plus probable était sa recherche. L'absence de communicateur était un des traits qu'il ne pouvait déguiser.

— Tu ne peux pas aller là non plus, Jeffrey, dit-il dans la brise légère qui porterait sa voix à l'opposé ; même leur ouïe fine ne la percevrait pas. Ils croient refermer l'étau. Ma foi, peut-être que oui, peut-être que non. On verra.

Il passa sur la bande lente et se laissa porter en regardant avec prudence en tous sens. Sa vision d'approche lui permettait de repérer ces petits groupes que leur comportement distinguait avant qu'ils ne l'aperçoivent.

A ce qu'il voyait, ils affluaient de partout vers le cœur de la cité, mais ralentissaient parce que la densité de population croissait au fur et à mesure. Cela lui permettrait peut-être de trouver un moyen de leur échapper.

— Il est temps de faire une autre reconnaissance, mon vieux Jeffrey. N'aie l'air de rien, ne te fais pas repérer. Compris ? Bien sûr que j'ai compris, crétin ! Je suis toi.

Il rit de sa boutade et se prépara à bifurquer sur une rampe de jonction. Il savait maintenant quels trajets offraient la meilleure visibilité, qu'ils comportent des trottoirs roulants suspendus ou des places qui s'ouvraient sur la cité. Les robots lancés à sa recherche ne faisaient aucun effort pour se cacher. Il put constater leur progression. Le cercle s'était resserré, et se refermait.

— Il est temps d'étudier leur procédure d'un peu plus près. Tu vas devoir être prudent, Jeff. Tu crois que tu y arriveras ? Bien sûr. Tais-toi, au boulot.

Il espérait surprendre leur conversation. La difficulté était d'écouter sans alerter l'équipe de recherche. Il suivit les trottoirs roulants jusqu'à ce qu'il tombe sur un groupe de robots qui discutaient sous un autre passage suspendu. Une fois à leur portée, il redescendit sur le bas-côté et régla son ouïe au maximum.

— Nous vous avons contactés par communicateur, disait l'un. Il semble que vous ayez répondu, mais nous souhaitons aussi converser à haute voix.

— Identification, dit un autre.

— Je m'appelle Contremaître de Drainage 31. Je suis relevé de mes tâches ordinaires. En ce moment j'emmène cette équipe de trois robots à la recherche d'un humain dans un corps de robot. Tel est le but de nos questions.

Un silence prolongé s'ensuivit. Il saisit ce qui se passait. Cette équipe de recherche comparait l'échange par communicateur avec le contact direct et les paroles prononcées pour s'assurer qu'elle n'allait pas le manquer par erreur ni le perdre dans la foule.

– Je vais répéter ma réponse à voix haute, dit Contremaître de Drainage 31 à un autre robot. Cet humain a subi avec succès une transplantation de son cerveau dans un corps de robot. Pour ce motif, il a la force et l'apparence d'un robot, mais l'autorité des Lois de la Robotique. Je vais maintenant te poser une question à voix haute. Tu y répondras par ton communicateur.

Nouveau silence, puis d'autres propos de la même teneur.

Il remonta sur le trottoir roulant, et s'éloigna. Il savait qu'il ne pourrait pas feindre de posséder un communicateur. Ce robot effectuait sa vérification avec soin, appuyé par deux de ses semblables. Jeff ne gagnerait pas une bagarre contre trois robots de force égale à la sienne.

Il resta prudent lorsqu'il approcha d'une station du tunnel. Si les robots ne fermaient pas complètement le réseau, ils le barreraient quelque part, peut-être par des points de contrôle dans les tunnels mêmes. Ils n'avaient pas pu le négliger, mais n'y menaient peut-être pas encore de recherches.

– La rue est déserte, pour l'instant, marmonna-t-il dans sa barbe en observant une station. Personne dans l'entrée. Bien. En douceur – regarde bien s'il n'y a pas de point de contrôle dans le tunnel. D'accord ? Bien sûr que tu es d'accord. Moi aussi. Je sais que tu l'es. Tais-toi et allons-y. Bon, bon...

Il marmonnait tout seul, sur un ton plus sérieux, en gagnant l'entrée d'un pas nonchalant. Divers humanoïdes le dépassèrent, ainsi que la foule normale d'utilitaires de toutes tailles et de toutes sortes, mais il ne s'en inquiéta pas. Les équipes de trois arrêtaient tous les humanoïdes qu'elles voyaient. Ici, on se promenait avec naturel.

Devant l'entrée de la station, il s'immobilisa pour observer les environs. Tout semblait aller pour le mieux. Il emprunta la rampe d'accès et descendit dans le tunnel.

– Peut-être que ta chance va durer, mon vieux Jeffrey. Bien sûr. Pourquoi imaginer le contraire ? Bon, ne te fie quand même pas trop aux apparences.

Ils étaient à sa recherche, il le savait. Ils n'avaient pas le droit de l'arrêter ; il n'avait rien fait de mal, ni blessé personne, même pas un robot. Ce n'étaient tous que des robots, d'ailleurs. Ils n'avaient aucune raison d'être à sa recherche.

Et s'ils déraillaient ? S'ils n'étaient plus obligés d'obéir aux Lois ? Ils dirigeaient seuls, non ? Ils pouvaient modifier les règles. Ils fabriquaient leurs semblables ici. Et s'ils se mettaient à faire des cerveaux positroniques qui n'obéissaient pas aux Lois ? Voilà. Comment le poursuivre, sinon ? Essayer de le capturer devait bien enfreindre une Loi ou une autre.

C'était ça, le motif. Il avait la même liberté, mais n'était pas des leurs. Ils faisaient juste semblant d'obéir aux Lois.

Au bas de la rampe, il inspecta les environs, soupçonneux. Rien ne semblait clocher vers la voie de garage. Il monta dans une cabine et tapa sa destination sur la console.

Rien ne se produisit.

Puis une annonce en vert apparut : *Un réglage temporaire du système de contrôle requiert l'utilisation d'un communicateur. Donnez le code de destination standard pour activer la cabine.*

Il bondit de la cabine et regarda tout autour de lui,

égaré. Si jamais un de ses poursuivants l'avait vu, il était fait. Par bonheur, nul ne l'avait remarqué.

Ainsi ils le privaient de son tunnel chéri. Très bien. Ça ne voulait pas dire qu'il était foutu. Après tout ce n'étaient que des robots. Lui, il était humain.

– Pas vrai ? Sûr, t'as raison. Tais-toi avant de te trahir.

Il remonta lentement la rampe, et jeta des coups d'œil dans toutes les directions lorsqu'il rejoignit la surface.

– Nous sommes toujours déguisé, toujours déguisé. Allons voir chez l'ennemi s'il n'y a pas quelque chose à tenter. Très bien, très bien.

Nanti de sa résolution de rester tranquille tant qu'il s'en rappellerait, Jeff partit chez Derec et Ariel. Il savait qu'ils habitaient au centre, sans doute en plein cœur, et supposait que les recherches convergeaient. L'endroit serait épargné plus longtemps ; avec de la chance, il surprendrait des informations utiles pour leur échapper.

– Attention. Ne te fais pas voir. Ils ne distinguent peut-être pas les robots, mais ils peuvent t'identifier, mon vieux. Entendu ? Entendu. Tais-toi : tu parles encore à haute voix.

Il reconnut leur immeuble et leur entrée sans trop de peine, mais il n'avait aucun plan en tête. Comme les robots n'avaient pas l'habitude de bayer aux corneilles, il ne pouvait guère rester là à traîner pour surveiller.

Un des avantages du tunnel était l'isolement qu'offraient les cabines, un autre le semblant d'occupation que donnait le fait de se déplacer comme tous les résidents légitimes de la Cité des robots. Il monta sur un trottoir roulant et se mit à marcher d'un pas décidé, en espérant que cela passerait pour un substitut adéquat en attendant mieux.

Comme d'habitude, il effectua un trajet en cercle irrégulier centré sur la résidence humaine. Il mit à profit deux circuits pour repérer une équipe de recherche, mais n'en vit aucune. Un peu détendu, il infléchit son parcours pour passer plus souvent en vue de la résidence.

Ni Derec ni Ariel ne parurent. Il se demanda s'il ferait mieux de parler à Derec plutôt qu'à Ariel, même si elle s'était dite intéressée par l'opération, sans faire preuve d'optimisme en ce qui concernait Derec. Mais elle se trompait peut-être.

Il ne parlerait pas tout de suite avec Derec, au cas où elle aurait raison. S'il pouvait la voir d'abord, peut-être qu'elle subirait la transplantation et comprendrait pourquoi une telle opération était si désirable. Ensuite, ils pourraient tous deux convaincre Derec de les imiter.

Il lui fallait juste attendre et observer.

Quand il perdit le compte des trajets, l'ennui le gagnait. Peut-être ces deux-là ne quittaient-ils jamais leur tanière, ou étaient-ils allés courir la cité – à sa recherche, sans doute. Il rit – gloussa, plutôt – à cette idée. Qu'ils rentrent tout simplement chez eux, et leurs recherches seraient finies.

– Non, se calma-t-il tout à coup. Je devrais me cacher. Je devrais être prudent, non ? Bien sûr. Tais-toi, maintenant.

Il quitta le trottoir en vue de leur entrée tant il en avait assez de tourner en rond.

– Un vrai robot ne se lasserait pas. Il continuerait jusqu'à plus soif. Pas toi. Voilà pourquoi tu es encore humain, n'est-ce pas ? Hein ? Bien sûr que oui.

Il resta planté sur le bas-côté, en se demandant quoi faire.

– Tu oublies de me dire de me taire, ajouta-t-il: Parfait, tais-toi. Merci.

Un robot humanoïde approcha par le trottoir roulant, d'où il descendit en l'apercevant.

— Identification, dit-il. Utilise ton communicateur, s'il te plaît.

— Euh... (Jeff le dévisagea, hébété. Ce type-là était seul, sans équipe de recherche. Apparemment, ils avaient changé de politique. Jeff était pris par surprise.) Je, euh... Qu'est-ce que tu veux ?

— Je ne te reçois pas, dit le robot. Suis-moi, je te prie. J'ai pour instructions d'escorter tout robot sans communicateur en état de marche à l'atelier le plus proche.

— Tu sais pourquoi ?

Jeff ne bougea pas. Il réfléchissait à toute vitesse. S'il pouvait gagner du temps, il le ferait.

Le robot le regarda sans répondre. Au bout d'un moment, Jeff comprit.

— S'il te plaît, réponds à voix haute. Je ne te reçois pas, et je ne transmets pas non plus.

— Oui, prononça le robot. Je sais pourquoi.

— Dis-le-moi.

— Nous recherchons Jeff Leong. C'est un cerveau humain dans un corps de robot. Il n'a pas de communicateur. Un effet secondaire sera l'identification des robots dont les communicateurs sont tombés en panne sans qu'ils le sachent, pour les réparer.

— Identification.

— Je suis Contremaître de la Qualité de l'Air 6.

— Qui t'a donné cette instruction ?

— Recherche humaine 1.

— Ouais, je le connais. Un autre robot, donc.

— Oui. Bien sûr.

— Joue pas au plus fin avec moi, tas de rouille. Bon, je me rappelle un truc sur les robots du temps où j'habitais Aurora. Si un humain te donne un ordre qui contredit l'instruction d'un robot, la Deuxième Loi t'oblige à obéir à l'humain, pas vrai ?

— Pourvu qu'aucune autre influence ne s'exerce, oui.

— Une autre influence ? dit Jeff, soupçonneux. Laquelle ? Tu n'essaierais pas d'enfreindre les Lois, n'est-ce pas ?

— Non, absolument pas. Cela pourrait être, par exemple, une programmation prioritaire. Ou l'obligation de Première Loi, qui prévaut sur la Deuxième et la Troisième. Tu l'ignores ? Si tu me mets à l'épreuve, par quelle autorité agis-tu ? Identification.

Piégé. Il lui fallut prendre un risque.

— Je suis Jeff Leong, l'humain-robot que tu recherches. Ne contacte personne ! cria-t-il soudain. Tu m'as obéi ? Je sais à quelle vitesse fonctionnent vos cerveaux positroniques.

— Je vous ai obéi. J'utilisais mon communicateur pour vous signaler, mais je l'ai éteint.

— Ha ! ha ! s'esclaffa Jeff. Comme ça tu dois m'obéir, hein ? Bien, bien.

— Vos ordres surpassent les instructions de Recherche humaine 1 puisque ma programmation proprement dite n'intervient pas. Il m'a donné une instruction simple. Si vous me donnez des ordres contraires à ma programmation, je n'obéirai pas.

— Hmm. Tu m'as cru un peu vite. Tu es sûr de me croire ?

— Oui. Je suis incapable de mentir là-dessus.

— Pourquoi est-ce que tu me crois ?

— Si vous aviez un cerveau positronique, vous ne pourriez pas me mentir et prétendre le contraire. Vous devez donc être, ou posséder, ce cerveau humain dans le corps de robot.

— Bon, bon, ça va. Dis donc, pourquoi n'ai-je pas pensé à ordonner aux équipes de recherche d'aller voir ailleurs si j'y étais ? Jeffrey, tu n'es plus toi-même, voilà pourquoi. (Il rit tout seul.) Certes.

— Vous avez d'autres instructions pour moi ? dit Qualité de l'Air 6 de la même voix neutre.

— Oh, oui... tu peux parier. Bien sûr. Ordre numéro un, tu ne dis rien de moi à personne. Compris ? Je ne suis qu'un robot parmi d'autres. Pigé ?

— Je comprends.

— Bien. On opère en équipe. Je donne les ordres, tu obéis. Comme tu as un communicateur qui fonctionne tu vas me permettre d'échapper aux recherches. Si tu sens la présence d'une équipe, tu m'avertis et tu m'aides à l'éviter. On va partir d'ici. Vu ?

— Je comprends que nous allons quelque part. Je ne sais pas de quel « ici » nous partons.

— J'expliquerai tout, une chose après l'autre, dit Jeff, en considérant le robot d'un air pensif. Bon, bon, je crois qu'on va bien s'entendre. Tu sais, ce sera plus facile de s'emparer de la ville que je ne le pensais. Rejoignons la station du tunnel la plus proche. Tu sais où elle est ?

— Oui. Suivez-moi.


Derec mâchonnait du bacon cuit tout en nettoyant le réceptacle du processeur chimique quand Ariel se redressa dans sa chaise face à la console.

— Derec, une piste. On l'a trouvé. Enfin, presque.

— Comment ça, presque ? De quoi tu parles ?

Il courut lire par-dessus son épaule.

— L'ordinateur vient de recevoir une alerte partielle, qui dit juste : « Jeff Leong localisé. »

— C'est tout ? Pas très efficace, pour un message de robot. Pousse-toi. Je parie qu'il est incomplet – Jeff l'aura frappé. (Il se pencha devant elle, et tapa une

demande de coordonnées.) Hé... c'est tout près !
Viens !

Il se détourna et se rua dehors, Ariel sur ses talons.
Dans la rue, il s'arrêta en dérapant pour inspecter les
environs. On apercevait divers robots humanoïdes
mais aucun ne se comportait bizarrement. Impossible
d'en choisir un plutôt qu'un autre.

– Derec, et ceux-là ? (Elle en montrait deux qui
tournaient au coin d'une rue.) Je trouve que celui-là
ressemble à Jeff, tu ne crois pas ?

– Oui, peut-être... Il y a une station de tunnel par
là. Je vois : il a ordonné à un autre de conduire la
cabine. Comme ça, il ira n'importe où. Les recherches ne donneront rien. Viens !

Il retourna à toutes jambes dans l'appartement, et
s'assit à la console.

– Que fais-tu ? On ne devrait pas essayer de les
arrêter ?

– Tout juste. Voilà la destination qu'il a choisie.
Vu ? Il ne va qu'à deux stations. Il doit être furieux.
Au lieu de fuir le plus loin possible, au risque de se
faire intercepter, il laisse une piste en pointillé. Je
peux peut-être alerter quelques robots dans le coin...

– Du temps perdu ! s'écria Ariel. Regarde où il va –
près du Centre de la clef. Il n'est pas arrivé. On va le
précéder.

– Quoi ? Comment ?

Derec se tourna, mais Ariel courait déjà vers la
porte. Il hésita, se leva, et la suivit au petit trot.

Jeff et Qualité 6 avaient dû prendre la même cabine et s'y retrouvaient serrés. Jeff opta pour un
court trajet afin d'éprouver sa fiabilité. Il se demandait toujours quelle sorte de programme permettait
aux robots d'agir aussi curieusement pour le captu-

rer. Le robot activa la cabine et ils s'engagèrent dans le tunnel.

La gêne rendit le trajet plus long qu'il ne l'était. Enfin, ils ralentirent en abordant le quai et sortirent. Jeff emprunta la rampe en tête.

L'immense dôme de bronze qu'il avait souvent aperçu s'éleva, luisant au soleil. Il ignorait son utilité, mais il le prenait souvent comme point de repère. Qualité de l'Air 6 l'avait amené ici sans histoires, aussi pouvait-il sans doute se fier à lui.

– Beau travail, mon pote. Bon, je pense qu'on va faire un trajet plus long, peut-être jusqu'à la limite de la ville. Tu dois la connaître mieux que moi. Des suggestions ?

– Je détecte l'approche de deux humains dans une direction et d'un robot dans l'autre.

– Quoi ? Où ?

– Là. (Qualité de l'Air 6 désigna une glissière horizontale transparente qui courait le long d'un quai de déchargement, non loin de là. Derec et Ariel s'en extirpaient.) Et là. Le robot n'est pas en vue pour le moment, mais il s'apprête à tourner au coin d'une rue. Il utilisait son communicateur pour établir le contact avec moi.

– Tu n'as pas répondu, hein ? gronda Jeff à voix basse.

– Non.

– Parfait. Fais le mort – ne parle pas, ne bouge pas et ne communique pas tant que je ne t'en aurai pas donné l'ordre.

Jeff s'immobilisa lui aussi au moment même où Derec et Ariel survenaient en courant.

– C'est toi, Jeff ? demanda Ariel, à bout de souffle.

Jeff resta sans bouger, soulagé de constater que Qualité 6 suivait son dernier ordre.

– L'un de vous a un cerveau positronique, dit Derec. Je lui ordonne de répondre. Lequel est Jeff ?

Jeff attendit un bon moment mais comprit, ravi, que l'ordre qui réduisait Qualité 6 au silence prévalait. Il trouverait le moyen de se sortir de là.

– Vous êtes Derec et Ariel ? demanda un autre robot en les rejoignant. Je suis Planificateur Assistant 3. Je participais à la recherche de Jeff Leong. J'ai reçu votre appel d'urgence par l'ordinateur central.

– Merci d'être venu, dit Derec. Nous voilà confrontés à un problème. Ils ne répondent pas.

– Je sais. J'essayais de les contacter par le communicateur depuis votre message, mais je n'ai pas eu de réponse non plus.

Ariel se plaça devant Jeff et jeta un regard par sa visière.

– Je crois que c'est celui-là, Jeff. Je n'arrive pas à bien différencier ces robots, mais ils ont tous leurs variantes. Il lui ressemble. T'es là-dedans, Jeff ?

– Très bien, dit Derec. Il va nous falloir de la patience. On va devoir les mettre avec les autres robots dont les communicateurs ne fonctionnent pas ; il me semble qu'on en a trouvé deux ou trois autres. Planificateur Assistant 3, tu veux bien arranger ça ? Assure-toi que l'équipe médicale nous rejoint.

## NI OUI NI NON

On amena cinq robots suspects au Centre d'Expérimentation de l'Humain : deux d'entre eux restaient figés et muets, les trois autres bougeaient, semblaient vouloir coopérer et répondre.

Comme Derec et Ariel entraient, celle-ci secoua la tête.

— Je sais lequel est Jeff. Inutile de perdre son temps avec les autres.

— Je te crois, dit Derec. Je suis certain que l'un des deux est Jeff. L'ennui, c'est que leurs corps sont du même modèle et que l'équipe médicale ne peut pas les différencier ; je ne suis pas sûr que tu le puisses non plus. En tout cas, il va falloir le débusquer pour lui faire admettre ce qu'il est.

— Bienvenue au Centre, dit Recherche 1. Suivez-moi. Les suspects attendent. Tout le monde pourra entrer.

Il les conduisit dans une pièce d'où l'on avait ôté tous les meubles et les appareils. Aux empreintes sur le sol, Derec vit qu'elle avait été vidée pour les besoins de l'enquête. Les cinq suspects se tenaient en rang contre un mur.

— Derec, dit l'un d'eux.

Il leva les yeux, étonné.

— Alpha ? Alpha, c'est toi ? (Il rit, rejoignit le robot,

aux traits uniques, et réprima l'envie de le prendre dans ses bras.) Salut ! Comment t'es-tu retrouvé ici ?

— Salut, dit Alpha. J'ai pu me procurer un petit vaisseau, et découvrir que le démantèlement de l'astéroïde prenait source sur cette planète. Wolruf m'a accompagné. Voici peu, j'ai été arrêté par une équipe de robots et amené ici.

— Un vaisseau ? (Derec réprima un rire de plaisir et croisa le regard d'Ariel.) Et Wolruf ? Comment va-t-elle ?

— Elle se remet d'un voyage éprouvant.

— Elle se remet ? dit Ariel. Elle n'aura pas de séquelles ?

— Non.

— Tu m'en vois ravi, dit Derec. On se faisait du souci pour elle. Il faudra qu'on aille la voir le plus tôt possible. Et ce vaisseau ? Il fonctionne ? Et il est ici, à notre disposition ?

— Oui.

— Sors du rang, Alpha. (Derec se tourna, sourit à l'équipe médicale.) Ce n'est pas Jeff. J'ai assemblé Alpha moi-même.

— Salut, Alpha, dit Ariel, trépignant d'excitation. Je suis ravie de te voir. Mais pourquoi t'a-t-on arrêté ? Tu as bien un communicateur, non ?

— Salutations, Katherine. Il était bloqué sur une fréquence légèrement décalée. Je l'ai réglé mais on m'a quand même arrêté pour possession, je crois, d'un communicateur défectueux.

— Je m'appelle Ariel Welsh, maintenant.

— Je ne comprends pas.

— Plus tard, dit Derec. On fera le point plus tard. Pour le problème qui nous occupe, on n'a plus que quatre possibilités, poursuivit-il en considérant les autres. Recherche 1, tu as pu commencer les examens comme prévu ?

– Oui. Selon notre procédure de visite d'entretien normale, tous quatre sont en bonne condition, à part leur communicateur défaillant. La tête n'a pas été sondée. Ces deux-là qui parlent ont donné une identité confirmée par l'ordinateur central. Leur communicateur est simplement en panne.

– Libère-les, dit Derec. Alpha, tu restes là jusqu'à nouvel ordre.

– Présentez-vous à l'atelier de réparations le plus proche, conseilla Recherche 1.

Les deux robots partirent.

– Bien. (Derec se planta devant les deux suspects restants, qu'il considéra l'un après l'autre.) L'un de vous est sans nul doute Jeff. A moins que tu ne te sois endormi, ce qui me paraît peu probable dans de telles circonstances, tu m'entends, et tu te planques. Bon, on revient. (Il se détourna, s'immobilisa, et sourit par-dessus son épaule.) Un conseil, ne va nulle part. Tu te trahirais. Chirurgien 1, surveille-les. Recherche, Ariel et toi vous venez dehors avec moi une minute.

Derec s'arrêta dans le couloir, mais Recherche 1 secoua la tête.

– Ça ne suffit pas. Si vous voulez parler en privé, il faut aller dans une autre pièce où j'établirai un camouflage sonore. N'oubliez pas que Jeff dispose d'une ouïe robotique.

– Conduis-nous.

Derec maîtrisait à grand-peine son envie de danser de joie. Alpha possédait un vaisseau en état de marche dans les parages. Lorsque Ariel et lui auraient démasqué Jeff, ils pourraient le laisser aux robots et partir. Comme ils suivaient Recherche 1 dans une autre pièce, il vit le sourire d'Ariel et, pour jouer, la poussa du coude. Elle répondit, bien plus fort, mais sans se départir de son sourire.

Ils entrèrent dans la salle d'opération. D'une chiquenaude, Recherche 1 alluma un scanner dont un faible murmure s'éleva.

– Ils ne nous entendront pas. De quoi voulez-vous parler ?

– Ils ? demanda Ariel. Je ne comprends pas. L'un d'eux est inopérant, non ?

– Immobile ne signifie pas forcément inopérant. Nous devons rester prudents.

– Tout à fait, dit Derec. Voilà mon opinion – corrigez-moi si je m'égare. Jeff nous voit arriver. Il a le temps d'ordonner à l'autre robot de s'immobiliser et de n'obéir qu'à lui pour se réactiver. J'ai fait plus ou moins pareil avec Alpha, une fois. Mais, pour suivre ces instructions, le robot doit conserver son ouïe et un minimum d'activité mentale. Exact ?

– Exact, dit Recherche 1.

– Pourquoi pas un raccourci ? demanda Derec. Tu ne peux pas sonder leurs crânes, pour déterminer lequel contient un cerveau biologique ?

– Non. Pour construire son crâne spécial, nous avons usé de matériaux extrêmement résistants à toute entrée d'énergie ainsi qu'à tout impact. Renforcer le rayon-sonde au point de pénétrer son crâne risquerait d'endommager le cerveau.

– Minute, dit Ariel. Tu pourrais utiliser le rayon normal ; si tu reçois un écho de cerveau positronique et un nul, on sera fixés, par élimination.

– Nous n'osons pas. Le crâne a été testé avant usage, mais sans cerveau humain dedans. Même le rayon-sonde normal pourrait s'avérer dangereux. La Première Loi nous interdit de prendre un risque d'une telle amplitude.

– Parfait, soupira Derec. Je ne suis même pas surpris.

– Les Lois de la Robotique les lient encore, cependant, dit Ariel. Je suppose que nos tests marcheront, non ?

– Oui, répondit Recherche 1. Ils sont basés sur la supposition suivante : si Jeff possédait un cerveau positronique, il devrait obéir aux Lois. Par exemple, si l'un de vous était en danger, il devrait le sauver. En tant qu'humain, il pourrait par contre vous laisser vous blesser s'il le souhaitait.

– Le hic, dit Derec, c'est qu'il connaît les Lois, et qu'il peut se faire passer pour un robot.

– Nous ignorons aussi ce qu'il a dit à l'autre, nota Ariel. Si l'autre robot sait qu'on mène des tests, il ne nous croira pas en danger et n'aura pas à obéir aux Lois. Ils continueront de se comporter de la même façon.

– On commence et on voit ce qui se passe, résolut Derec. On va s'y prendre dans l'ordre, avec les tests un, deux et trois.

Ils regagnèrent la pièce des suspects. L'équipe médicale dut partir, accompagnée d'Alpha, pour éviter toute confusion. S'ils ne réagissaient pas en accord avec les Lois, le vrai robot se douterait de la supercherie. S'ils réagissaient, ils gêneraient la procédure.

– J'en ai marre de toi, hurlait Derec à Ariel. T'es dingue.

Il se tourna vers elle devant les deux robots.

– Ah oui ?

Alors, selon leur scénario, elle balança son poing et le lui flanqua dans l'estomac.

Bien qu'il s'attendît au coup, Derec se plia en deux, et sous la vigueur de son punch, et par comédie. Les robots bondirent, leur immobilité oubliée, et les séparèrent. Si l'un d'eux avait été un rien plus rapide, Derec ne l'avait pas perçu.

– Lâchez-moi ! Lui aussi ! s'écria Ariel, comme prévu.

Tous deux s'exécutèrent, mais restèrent entre eux, assez près pour prévenir d'autres violences.

Haletant, Derec leva les yeux et s'aperçut qu'ils semblaient s'être encore désactivés. Le second test s'imposait. Il croisa le regard d'Ariel, la trouva prête, et se jeta sur elle, mains tendues vers sa gorge, comme pour l'étrangler.

Les deux robots le saisirent aussitôt de leurs bras robustes et le réduisirent à l'impuissance.

– Lâchez-moi, ordonna-t-il.

Aucun des deux n'obéit. Comme la violence s'était répétée la Première Loi prévalait sur la Seconde, jusqu'à ce qu'ils jugent le danger passé.

– Toi, ordonna Ariel, qui tapota le bras d'un des deux. Va dans le couloir. L'autre me gardera ici. Et toi... Derec ne me fera plus mal pour l'instant. Je le sais. Tu peux rester tout près si tu veux, pour t'interposer en cas de nécessité.

Lorsque les suspects eurent obéi, Derec et Ariel devisèrent pour montrer le danger passé. Les robots les laissèrent alors regagner la salle d'opération pour dresser un bilan.

– Jeff est parfait, dit Derec. Il suit l'autre à la seconde – quel qu'il soit. (Il sourit.) Tu as une bonne frappe.

Ariel haussa les épaules.

– Tu disais qu'il fallait que ça ait l'air vrai. On en sait quand même un peu plus. L'effet des Lois active le vrai robot, tant qu'elles s'appliquent. Puis il s'immobilise, comme Jeff le lui a ordonné.

– Il faut les laisser séparés. Si Jeff joue son rôle en se calquant sur l'autre, il ne commettra jamais d'erreur.

– Bonne idée. Prêt pour le troisième test ?

– Allons-y.

Dans le couloir, Chirurgien 1 lui tendit un petit cylindre gris qui se nicha à merveille dans sa paume. Il s'agissait d'un scalpel laser de moyenne puissance utilisé pour certaines réparations sur les robots, capable d'en trancher n'importe quelle partie. Derec le brandit en pénétrant dans la salle.

— Avec ça, je vais te couper une jambe, dit-il au suspect. Pour être intervenu. (Il le régla à pleine puissance, se campa, puis pointa le rayon sur la rotule du robot.) La Troisième Loi prétend que tu ne peux pas le permettre. Exact ?

Le robot se faufila, évitant le rayon. Derec le suivit avec, et le robot s'écarta encore. Lorsqu'il se mit à tirer sur ses jambes en rafales, comme s'il avait un fusil, le robot dansa en tous sens, recula, se baissa, sans quitter le rayon des yeux.

— Je t'aurai, grogna Derec. Ha ! Pas loin. Ha ! ha ! Encore. Presque. Ha ! Ne bouge plus ! Je vais t'enlever la jambe...

Le robot continua de l'éviter grâce à ses réflexes, vifs et efficaces.

Derec eut un rire de triomphe et éteignit le laser.

— Je t'ai eu, Jeff. C'est le vieux truc du Ni Oui Ni Non... Tu te souviens de ce jeu ? Je t'ai ordonné de ne pas bouger, et dans le feu de l'action, tu as oublié que la Deuxième Loi prend le pas sur la Troisième. Tu as bougé !

Le robot s'était encore figé, mais Derec savait désormais à quoi s'en tenir.

— Tu ne m'auras pas ; il est trop tard. Un cerveau positronique n'aurait pas oublié les Lois une seule seconde.

Derec appela tout le monde et résuma la situation.

— Vous m'avez convaincu, déclara Recherche 1. Comme l'autre suspect est très certainement, par élimination, un vrai robot, nous allons pouvoir le vérifier sans laisser subsister de doute en l'envoyant dans un atelier.

– Recherche 1, dit Chirurgien 1 en guise d'avertissement.

– Je l'escorterai. Les équipes de réparations devront être très prudentes, au cas où nous nous serions trompés. Il faudra leur exposer le problème afin qu'aucune Loi ne soit violée.

Derec montra Jeff d'un coup de pouce.

– Nous savons qui il est, mais s'il n'abandonne pas son rôle, on n'aura pas de dialogue.

Ariel chercha son regard et inclina la tête vers la porte. Derec la suivit, et ils se dirigèrent vers la salle d'opération pour discuter. Chirurgien 1 resta auprès de Jeff.

– On doit pouvoir l'embobiner, dit Ariel.

– D'accord. Comment ?

– On relâche la surveillance. Il continue de jouer son rôle parce qu'il existe une chance infime qu'un cerveau positronique ait ce type de défaillance. Mais s'il essaie de s'échapper, il avouera.

Quelques minutes plus tard, tout le monde se réunissait dans la salle des tests devant Jeff, à l'exception du robot toujours immobile dans le couloir.

– Nous avons décidé d'entamer la phase suivante, dit Jeff. Recherche 1, escorte l'autre robot à la réparation, merci.

L'intéressé quitta la pièce.

– Maintenant, Alpha, reprit Derec, quitte la pièce et reste dans le couloir – au bout du couloir, pour ne pas gêner. On doit te parler.

– Oui, Derec.

Alpha sortit.

– Chirurgien 1, dit Ariel, nous ne sommes plus si sûrs que ce robot soit bien Jeff. Reprends tes activités quotidiennes au Centre. Derec et moi allons devoir réfléchir.

– Très bien.

Chirurgien s'en fut à son tour.

Derec prit Ariel par la taille et l'entraîna vers la porte.

– On devrait manger et se reposer un peu. Puis on mettra la prochaine étape au point.

Ariel referma la porte derrière eux. Alpha se tenait au bout du couloir, immobile ; ils partirent par la porte principale, à l'opposé. Sans mot dire, puisqu'ils ne savaient pas si Jeff les entendait, ils sortirent et observèrent les alentours.

Le Centre d'Expérimentation de l'Humain, un rectangle tout simple, n'avait rien de la formidable géométrie qui marquait la Cité des robots ; avec leur efficacité coutumière, les robots l'avaient bâti sans fioritures. Derec ne vit aucune cachette si ce n'est derrière l'angle du mur.

Ils s'y assirent, sur la chaussée, toujours silencieux, comme prévu. Jeff se montrerait sans doute prudent. Ils savaient donc qu'ils risquaient d'attendre un bon moment. Chirurgien 1, comme prévu aussi, avait repris ses « activités quotidiennes » dans une pièce qui jouxtait la salle des tests. Avec son ouïe robotique, il entendrait Jeff si celui-ci essayait de s'échapper.

Derec constata qu'il souriait à la perspective d'utiliser le vaisseau d'Alpha. Ils allaient aider les robots à soigner Jeff, bien sûr, mais maintenant qu'ils pouvaient envisager de partir, l'attente ne lui paraissait plus aussi ardue. Il observa Ariel, qui souriait aussi lorsqu'elle se tourna vers lui. Ils n'avaient pas besoin de se parler pour se sentir proches l'un de l'autre.

La journée s'écoulait et la patience de Jeff valait la leur. Derec remarqua qu'Ariel semblait aussi heureuse d'attendre que lui. Il ne cessait de penser qu'il allait partir à la recherche de son identité ou d'un remède à son amnésie. Peut-être rêvait-elle de découvrir son propre remède loin de cette planète.

Enfin, une exclamation étouffée retentit dans le Centre.

– Derec !

Il reconnut la voix de Chirurgien 1, et s'élança avec Ariel. Jeff franchissait la porte d'entrée à pas mesurés, désinvoltes.

– Tu es fait ! cria Derec en le montrant du doigt. Laisse tomber.

Ils coururent lui barrer le chemin.

Jeff voulut les saisir dans ses bras puissants. Il échappait à la Première Loi, mais pas Chirurgien 1, qui lui sauta dessus par-derrière et lui immobilisa les bras.

– Alpha ! lança Derec. Viens ici !

– Lâche-moi, hurla Jeff à Chirurgien 1 en se débattant sans résultat.

– Vous ne devez faire aucun mal ni aux autres, ni à vous-même, répondit Chirurgien 1.

– Je ne ferai de mal à personne, s'écria Jeff avec rage. Je t'ordonne de me relâcher.

– Tiens-le, toubib, dit Ariel en gardant ses distances.

Derec vit que Chirurgien 1 hésitait, tiraillé par un conflit positronique du fait que Jeff n'avait jamais exercé de violence – jusqu'à présent, il s'était contenté de les écarter afin de s'enfuir. Le poids des ordres contradictoires s'équilibrait.

– Lâche-moi et ne bouge plus, ordonna Jeff.

Il se libéra et se mit à courir.

Chirurgien 1 ne s'était pas immobilisé mais il avançait avec lenteur, hésitant, alors qu'il essayait de résoudre ce conflit.

– Alpha ! cria Derec en le voyant sortir du bâtiment. Voilà Jeff. Il a besoin de soins médicaux et il l'ignore. La Première Loi s'applique : arrête-le !

Etonné, Jeff ralentit pour regarder derrière lui. Chirurgien 1 se trouva galvanisé sous l'effet de la

Première Loi, car elle l'emportait sur la Seconde. Il saisit Jeff au niveau des genoux tandis qu'Alpha venait en courant lui bloquer les bras.

Jeff balança son poing. La tête de Chirurgien 1 partit en arrière. Puis il plia sa jambe et donna un coup de pied à Alpha pour l'écarter. Mais Chirurgien 1 tenait bon, et l'empêchait de s'enfuir.

Comme les trois robots s'empoignaient, Derec vit le problème – Alpha et Chirurgien 1 devaient vaincre Jeff sans risquer le moindre dégât, et dans la confusion du combat ils se montraient particulièrement prudents, puisque personne n'avait jamais mis la protection crânienne de Jeff à l'épreuve. Jeff, par contre, frappait, tordait et griffait sans retenue pour se libérer.

Derec, impuissant, observait la mêlée. Aux prises avec deux adversaires, Jeff ne se dégagerait jamais, mais l'inégalité des limitations les empêchait de le clouer au sol. Le regard interrogateur d'Ariel alla d'eux à Derec – puis elle se détourna et courut chercher de l'aide.

Alpha gisait sur le dos. Jeff essaya de se lever. Chirurgien 1 lui bloquait de nouveau les bras dans le dos. Jeff réussit à prendre appui sur une jambe, et poussa. Le bras normal d'Alpha était coincé sous son corps, et Jeff tenait toujours l'autre au niveau du coude.

L'autre.

– Alpha ! hurla Derec. Rends ton bras flexible, allonge-le. Utilise-le pour l'immobiliser !

Aussitôt le coude d'Alpha fondit. Son bras devint un anneau. Sa main se replia en arrière, et se resserra sur le poignet de Jeff pour relâcher sa prise. Puis l'anneau s'enroula, et bloqua les articulations du bras.

Chirurgien 1 lâcha les bras de Jeff, et enserra ses genoux. Alpha et lui se relevèrent et le tinrent enfin à

194

leur merci, au-dessus du sol, alors qu'Ariel survenait en compagnie de deux robots, dont elle avait pris le commandement sous l'égide d'une urgence de Première Loi.

Jeff se débattait toujours dans les bras de ses gardiens.

– Tas de Ferraille ! Traîtres en fer-blanc ! Vous ne pouvez pas me retenir ! Je suis humain, vous m'entendez ? Lâchez-moi ! Tout de suite ! Je vous ordonne de me poser !

– Tu peux le mettre sous calmant ? demanda Derec. Tu ne vas pas le maintenir le temps de trouver une solution. L'endormir, ce ne serait pas lui faire du mal.

– Je lui administre un sédatif, dit Chirurgien 1 qui tenait toujours les jambes de Jeff au prix de gros efforts. Nous avons fait des progrès, je crois. Dès que Recherche 1 reviendra, nous examinerons le traitement. J'ai connu un instant d'hésitation pendant la lutte, quand un problème de Première Loi s'est posé.

Il recula d'un pas sous l'effet d'un sursaut de Jeff, et les autres robots empoignèrent le cyborg, eux aussi, pour s'assurer qu'il ne s'échapperait pas.

– Je vais vous tuer ! Vous fondre ! hurla Jeff. Attendez un peu que je sois le chef !

Il recommença à se débattre et à donner des coups de pied.

– Vas-y, fais ce que tu as à faire, dit Derec. On reste par là, ne t'inquiète pas.

– En salle d'opération, dit Chirurgien 1.

Lui et les autres se massèrent dans le couloir, en emmenant leur cargaison qui s'égosillait.

Derec poussa un soupir de soulagement, se tourna vers Ariel, prêt à la plaisanterie, mais se figea quand il vit la déception peinte sur son visage.

## WOLRUF

Jeff s'éveilla dans la pénombre ; cette fois-ci, il reconnut la pièce. Il n'était pas monitoré. Ses yeux accommodèrent vite ; il avait l'habitude, désormais, et il n'y prit pas garde. Il se sentait maintenu par des liens solides.

Ils l'avaient donc rattrapé. Ses souvenirs étaient clairs – sous la mêlée Chirurgien 1 lui avait inoculé un produit au cou. Jeff songea qu'il avait dû rejoindre son cerveau par un conduit nutritif. En tout cas, il avait dormi : il restait ensommeillé et languide.

Nul ne lui tenait compagnie dans la chambre silencieuse mais il entendait de faibles bruits au-dehors. Ses ennemis devaient tenir une réunion. Il se concentra, accrut son acuité auditive, et reconnut des voix familières.

– Tel est le problème de Première Loi que j'ai éprouvé, dit Chirurgien 1. Nous avons tout motif de croire que la transplantation qu'a subie Jeff l'a affecté. Dans ce cas Première Loi exige que nous réparions, une fois sondé Derec pour obtenir le savoir nécessaire à la guérison du corps de Jeff.

– Où est le problème ? demanda Ariel.

– La résistance de Jeff. Nous ne sommes pas *sûrs* que cette transplantation l'ait affecté. En l'absence d'un impératif de Première Loi nous ne pouvons pas transplanter son cerveau – ni même l'examiner – sans sa permission.

– Et il n'a vraiment pas l'air disposé à la donner, observa Derec. Aucun doute là-dessus.

– T'as raison, givré, murmura Jeff. Absolument raison. Vous voulez me reprendre mon corps ? Me rendre à mon état de débile, comme vous ? M'empêcher de régner sur cette planète ? Ah ! ah !

– Quand doit-il se réveiller ? demanda Recherche 1.

– D'une minute à l'autre, répondit Chirurgien 1.

– Je suggère donc d'abord de nous montrer prudents dans nos discussions, puisqu'il peut nous entendre, dit Recherche 1, et ensuite de le consulter pour nous assurer qu'il connaît notre point de vue.

– Bonne idée, dit Derec. Alpha, restez ici, Wolruf et toi. Sa chambre est trop petite pour nous tous.

Dès que la porte s'ouvrit, en laissant entrer un vif rai de lumière blanche, Jeff se mit à hurler.

– Laissez-moi sortir ! Vous n'avez pas le droit de me tenir prisonnier – aucun de vous ! Laissez-moi me lever !

Ils s'alignèrent au pied du lit pour l'observer en silence, épaule contre épaule : Recherche 1 et Chirurgien 1 à gauche, Derec et Ariel à droite.

– Givre ! Vous ne comprenez plus vos propres lois ? demanda Jeff aux robots.

– Si, répondirent les deux intéressés à l'unisson, avant de lancer un regard anxieux vers Derec et Ariel.

– Ce n'est pas si simple, Jeff, dit Derec. Ecoute, il est possible qu'un problème médical...

– Bien sûr, grommela Jeff. Je veux me lever et m'en aller. C'est très simple. Alors tu me laisses me lever et m'en aller. Qu'est-ce que vous me voulez, d'ailleurs ? Je n'ai rien fait.

— Tu n'es plus toi-même, dit Ariel avec sympathie. Il y a quelque temps, tu hurlais que tu allais régner. Tu te rappelles m'avoir parlé par une espèce d'émetteur ? Tu m'avais dit qu'on pourrait être très puissants, ici. Je ne crois pas que c'était le vrai Jeff.

— C'était pourtant moi, dit Jeff avec arrogance. Ils ont créé ce nouveau moi-même ; je *suis* cet homme, maintenant. Et tu n'as pas le droit de le défaire.

— Tout ce dont ils ont besoin à ce niveau, dit Derec, c'est de quelques tests. Ils veulent découvrir s'ils ont provoqué un déséquilibre chimique dans ton cerveau...

— Qui m'a rendu fou ? C'est bien ça ? Selon toi, je suis devenu fou ? Je ne suis pas bête. Je vais te dire : je sais que tu veux te débarrasser de moi. Tu n'aimes pas avoir quelqu'un d'aussi puissant que moi dans les parages, pas vrai ? Hein ?

Jeff éclata d'un rire triomphant, à gorge déployée.

— Jeff, dit Ariel, ils doivent suivre les Lois et ils ne le peuvent pas tant que tu ne subis pas les examens. Comme ça, ils sauront exactement où tu en es.

— Givre ! glapit Jeff. S'ils suivent les Lois, pourquoi ne me relâchent-ils pas quand je le leur ordonne ? Hein ?

— Leur responsabilité est plus vaste, dit Derec. Puisqu'ils t'ont mis dans cet état, les Lois leur demandent de s'assurer que tu vas bien. Leurs examens ne te feront aucun mal, et ne te changeront pas non plus.

— Ah oui ? Et comment est-ce que je suis censé le savoir ? Hein ? (Jeff les dévisagea tous.) Selon eux, la transplantation ne devait pas me faire de mal non plus. Maintenant, voilà qu'ils ont pu commettre une erreur. Et s'ils en commettent une autre ? Qu'est-ce que tu en dis ?

Derec jeta un coup d'œil aux robots, qui se taisaient.

– Laissons-le seul un moment, dit Derec. Venez.

Avant de partir, Recherche 1 alluma un des appareils. Jeff n'ignorait pas pourquoi. Le bruit blanc l'empêcherait d'écouter leur conversation.

Lorsqu'il se retrouva seul, la porte close, il éprouva ses entraves. Il ne les voyait pas, allongé sur le dos, mais elles étaient les plus fortes. S'il voulait s'en tirer, il faudrait qu'il convainque quelqu'un.

D'une façon ou d'une autre.


Revenu dans la salle des tests, Derec adressa un haussement d'épaules exagéré à ses compagnons.

– Bon ? Et maintenant ?

– Je regrette de vous interrompre, dit Alpha, mais je dois vous informer d'un changement radical de mon identité.

– Quoi ? (Derec se tourna vers lui.) De quoi parles-tu ?

– Quand vous m'avez demandé d'utiliser mon bras cellulaire, j'ai reçu un signal de sa part changeant ma désignation d'Alpha en Mandelbrot.

– Mandelbrot ? dit Ariel. Pourquoi ?

– Je l'ignore.

– Qu'est-ce que ça veut dire ? demanda Derec.

L'interruption de ses réflexions sur Jeff l'agaçait, mais il ne pouvait pas ignorer un tel mystère.

– Pour moi ça ne veut rien dire d'autre qu'un changement de nom, dit Mandelbrot.

– Issu de ton bras cellulaire au moment où je t'ai ordonné de l'utiliser. (Derec réfléchit quelques instants.) Il était encodé dans ton bras lorsque je l'ai trouvé en pièces détachées, alors. L'usage de sa flexibilité a déclenché le signal...

– Et s'il s'agissait d'une mesure de sûreté ? dit Ariel. Ou d'un avertissement ? La planète entière paraît programmée dans une optique de peur et de sécurité. Le bras provient d'un robot Avery de cet astéroïde, n'est-ce pas ?

– Oui. Je ne vois pas ce que le signal veut dire. Peut-être s'est-il déclenché parce que l'on a utilisé des pièces Avery et des pièces de robot standards. (Il dévisagea Ariel.) Peut-être un autre signal a-t-il été émis pour rappeler Avery.

– S'il est encore en vie.

– Ouais. (Derec secoua la tête.) Commençons par le commencement. Revenons à Jeff.

– Cette théorie épouse un deuxième changement important en moi, dit Mandelbrot.

– Lequel ? questionna Derec avec impatience.

– Les données concernant l'emplacement de cette planète ont été effacées au même instant.

Derec et Ariel se tournèrent tous deux vers lui.

– Quelle importance ? demanda Derec. Tu peux tout de même programmer le trajet d'un vaisseau jusqu'à la voie spatiale la plus proche, n'est-ce pas ?

– Je crois, vu l'étendue des voies en question. Toutefois, cet effacement suggère que le signal de mon bras était lié à la sécurité et à l'isolement de cette planète.

– Bon point, conclut Derec, mais lorsqu'on aura quitté ce trou, je m'en ficherai. Revenons-en à Jeff.


– Je présume que votre visite n'a pas été très productive, dit Mandelbrot. Puis-je vous aider ?

– Je n'y ai pas encore réfléchi, dit Derec. L'ennui, c'est que les robots ne peuvent pas le traiter sans sa permission, et qu'Ariel et moi qui n'en avons pas besoin ne savons pas comment faire. Quelqu'un a des suggestions ?

Il les considéra tous l'un après l'autre.

– On n'a aucun moyen de prouver que Jeff a perdu la tête ? demanda Ariel. (Elle se couvrit la bouche, gênée.) Oh, pardon. J'ai mal choisi mes termes.

Derec eut un sourire amer.

– On est tous sur les nerfs.

– Je ne vois pas, dit Recherche 1. La preuve scientifique indéniable dont nous avons besoin pour tirer nos conclusions ne s'obtiendra que par analyse directe de son état physique.

– Givre, Derec ! (Ariel fixa Recherche 1.) Et nous ? Tu ne pourrais pas nous l'apprendre ? Si on prenait des échantillons de fluide corporel et que tu les analyses, est-ce que ça serait acceptable ?

Recherche 1 hésita juste assez pour révéler l'étendue de son doute.

– Tout dépendra de votre habileté. Prélever un échantillon de sang synthétique ne serait pas difficile, il me semble. Mais la marge d'erreur serait réduite. Au contraire des organismes naturels, le corps robot de Jeff contient presque exactement la quantité de fluide nécessaire. Trop prélever s'avérerait fatal.

– Vous pourriez en fabriquer en supplément, dit Derec. Lui administrer une transfusion pendant la prise.

– Il vous faudra l'administrer vous-mêmes, dit Chirurgien 2. Et éviter de noyer le système comme de l'assécher. Il ne faudra pas non plus mélanger le fluide frais avec l'ancien, sous peine de rendre l'analyse inutile. Nous examinons déjà des procédures plus complexes d'observation constante et de lecture d'écrans. Nous violerions la Première Loi si nous le laissions courir un risque significatif.

Derec, bien que déçu, acquiesça.

– Je ne discute pas. En vérité, je ne suis même pas certain de vouloir assumer une responsabilité pareille.

Ariel soupira.

– Alors on a besoin de la permission d'un dingue. Quelqu'un a une idée pour l'obtenir ?


Jeff n'était pas fatigué, mais il avait fermé les yeux pour se reposer en l'absence d'autre chose à faire. Des ennemis que son pouvoir apeurait le détenaient, mais il n'avait pas perdu tout espoir. Il se permettrait la charité une fois au pouvoir.

Il ouvrit les yeux au bruit de la porte, et ne vit personne. La porte se referma. Il se raidit, en entendant un pas assourdi sur le sol.

– Qui est là ? demanda-t-il, soupçonneux.

– C'est Wolruf, dit une voix étrange.

– Quoi ?

La caninoïde grimpa tout doucement le pied du lit. La famine l'avait presque emportée lorsqu'il l'avait vue pour la première fois. A présent, sa fourrure tachetée de brun et d'or bouffait et luisait et ses yeux brillaient de vivacité. Elle était de la taille d'un grand chien saint-bernard, mais sa figure était plate, sans museau saillant, et ses oreilles hautes et pointues. Au lieu de pattes, elle possédait des doigts gris d'un aspect gauche sur ce qu'il supposa être des mains.

– Wolruf pour les humains. En fait, cela se dit...

Elle émit un son imprononçable, et découvrit ses dents avec ce qui pouvait passer pour un sourire espiègle.

– Wolruf ?

– Je suis venue vous remercier de m'avoir nourrie, dit Wolruf. Alpha m'a dit que vous m'aviez sauvé la vie.

– Ah ? Et qu'est-ce que tu veux ?

– Rien, dit Wolruf. Vous remercier.

Jeff la considéra un long moment.

– Tu vas bien ? Cet... Alpha ?... prend bien soin de toi ?

– Tout va bien.

– Il ne savait pas comment prendre cette ville, pas vrai ?

– Non. Il est étranger dans cette ville de robots.

– Une minute. Je me rappelle. Je vois. Ces robots n'étaient pas obligés de t'aider parce que tu n'es pas humaine.

– C'est vrai.

Jeff rit d'une voix de robot toujours incongrue.

– Oui, oui, Jeffrey. Cette ville t'appartient. Toi seul peux voir les besoins des gens d'ici. Tu peux faire tout ce que les autres ne peuvent pas. (Il croisa le regard de Wolruf.) Pas vrai ? Hein ? Tu devrais le savoir.

Elle plissa doucement les yeux.

– Hein ? Pas vrai ? insista-t-il.

– Vrai. Mais je suis inquiète.

– Oh ? dit Jeff d'un ton dégagé. Je peux t'aider ?

– Inquiète pour mon ami.

Jeff hésita.

– Oui ? Qui ?

– Vous, dit Wolruf avec un petit coup de menton.

Il allait répliquer, mais le calme et la sincérité de Wolruf l'en empêchèrent.

– Vous êtes mon premier nouvel ami, ici. M'avez sauvé la vie. Ne veux pas qu'il vous arrive du mal.

– Tout le monde dit ça, dit Jeff, mais ses soupçons ne lui semblaient plus avoir le même mordant.

– Vous m'avez sauvé la vie, répéta Wolruf.

– Je crois bien. Tu dis que tu veux me rendre la pareille ?

Les épaules de la caninoïde se tordirent dans un haussement de fourrure.

– Je vous forcerai pas.

– Tu es peut-être mon premier partisan, dit Jeff d'une voix étonnée. Les robots doivent m'obéir. Derec et Ariel n'ont pas encore... réalisé, dirais-je. De quoi as-tu peur, au fait ?

– Vous pourriez être malade.

Jeff se tendit.

– Malade ? Comment, puisque je n'ai pas de corps normal ?

– Votre cerveau pourrait être malade. (Elle hocha la tête.) Pourrait. Pourrait aller bien.

– Ils t'ont envoyée, hein ? Pour me faire changer d'avis ?

– Non. Ils sont trop occupés pour se rappeler Wolruf. M'ont oubliée. Me suis éloignée pendant qu'ils parlaient. Je suis venue vous voir.

– Vraiment ? (Jeff était étonné.) Juste pour me voir ?

– Vous avez été seul dans la Cité des robots. Seul de votre espèce. Je connais. Vous pourriez être malade et ne pas pouvoir le dire. Pourrais le savoir.

Jeff leva les yeux vers le plafond. Il se sentait bien seul, maintenant qu'elle en faisait la remarque. Peut-être était-il malade.

– Je ne leur fais pas confiance, lui dit-il. Je peux régner sur cette cité... sur toute la planète. Ils veulent m'arrêter.

Mais le cœur n'y était plus ; il le sentait. Il était las, épuisé émotionnellement.

– Les robots ne peuvent pas vous faire de mal à dessein, lui rappela-t-elle. Font parfois des erreurs, mais ne peuvent pas faire de mal à un humain à dessein.

– Derec et Ariel...

– Les robots ne peuvent pas les laisser vous faire du mal non plus. L'examen vous dira si vous êtes malade ou pas.

Jeff ferma les yeux et soupira.


Derec n'avait pas vu Wolruf quitter la salle des tests, mais il remarqua son retour. Lorsqu'elle leva les yeux pour le dévisager, elle arborait son sourire canin caractéristique.

– Que se passe-t-il, Wolruf ?

– Jeff a changé d'avis. Il subira l'examen.

Tout le monde se tourna vers elle.

– Vous en êtes sûre ? demanda Recherche 1.

– Je t'ai déjà sous-estimée, dit Derec. Rappelle-moi de ne plus m'y laisser entraîner, à l'avenir.

– Wolruf ? Comment as-tu fait ? demanda Ariel, stupéfaite.

– Juste parlé avec lui. Suggère que vous ne lui parliez pas ou il changera encore d'avis.

– On te croit, dit Derec. Recherche 1, toi et Chirurgien 1, allez procéder aux examens. Je vous conseille aussi d'avoir un minimum de conversation avec lui. Je suppose qu'il est toujours aussi imprévisible.

– J'entame la procédure avec Jeff, dit Recherche 1. Puis-je vous demander d'autoriser Chirurgien 1 à conduire les examens de votre corps dont nous avons déjà parlé ? L'appareillage est prêt, et l'ordinateur central bénéficiera de l'information même si l'on ne tient pas compte de l'état et des désirs de Jeff.

– Bien sûr. (Derec se tourna vers Ariel et Mandelbrot.) Dès que j'ai fini...

– Oui. On sera là, dit-elle avec un sourire. Wolruf aussi.

Derec suivit Chirurgien 1 dans un réduit encombré ; une fois déshabillé, il s'étendit, à sa demande, sur un banc glacial. Le robot disposa sur lui une panoplie de senseurs reliée à des appareillages de fortune parmi les plus rebutants que Derec ait vus sur cette planète. Pour une fois, la rapidité avait vaincu l'ingénierie minimaliste, et les robots préféré l'efficacité à l'apparence.

Tandis que Chirurgien 1 le soumettait à des vibrations et à des rayons, Derec songea qu'une fois l'urgence passée, soit ils amélioreraient la conception de cet appareillage, soit ils le mettraient purement et simplement au rebut. Il doutait qu'une telle anomalie puisse subsister longtemps. N'empêche, il éprouvait une petite satisfaction de constater qu'ils n'étaient pas toujours parfaits.

Une fois les scanographies terminées, Derec s'habilla tandis que Chirurgien 1 consultait les moniteurs.

— Cela suffira, estima le robot. Nous pouvons guérir Jeff, en comptant sur ses facultés de récupération après l'opération. Recherche 1 m'a contacté par communicateur : il souhaite notre présence dans la salle des tests.

Recherche 1 les y attendait.

— Alors ? demanda Derec. Comment va-t-il ?

— La théorie d'Ariel paraît exacte. Le niveau de plusieurs hormones qui affectent l'humeur et le comportement des humains était plus élevé que prévu. Etant donné la quantité limitée de sang, de très faibles écarts modifient les pourcentages.

— Je savais qu'il n'était pas si mauvais, dit Ariel.

— Moi aussi, dit Wolruf.

— Et qu'est-ce que vous comptez faire ? demanda Derec. Vous lui en avez parlé ?

— Non. Chirurgien 1 et moi, nous devons mettre les détails au point. S'il tombe d'accord avec moi, Jeff

206

Leong ne sera pas responsable de son comportement. En ce cas nous déciderons sous la Première Loi que son état annule ses ordres de Deuxième Loi.

– Bigre, dit Ariel. Grand pas en avant.

– Je crois, dit Derec, qu'il est temps pour nous de régler nos problèmes. Recherche 1, as-tu besoin de notre aide, pour le moment ? Sinon, nous avons une affaire urgente.

– Pour l'heure, nous ne demandons pas votre assistance, dit Recherche 1. J'aimerais vous voir revenir dans la journée.

– Sans problème. (Derec se tourna vers Mandelbrot, un large sourire aux lèvres.) Très bien, mon pote. Montre-nous donc ton vaisseau. Il faut que je vérifie son état, ses appareils, et le reste. Où est-il ?

– Dans une zone rurale juste en dehors du périmètre urbain. Un des tunnels nous emmènera à proximité.

– Allons-y : toi, Wolruf, Ariel et moi.

Le trajet se déroula sans encombre, à part l'excitation que partageaient Ariel et Derec. Une fois atteint le périmètre des constructions, ils durent se trouver un transport. Par bonheur, Mandelbrot avait choisi comme terrain d'atterrissage un vaste pré revêtu d'un linceul d'herbe bleue aux larges feuilles.

– Je le vois ! s'écria Ariel en désignant un éclat d'argent bleuté qui scintillait au soleil, juste derrière une butée du terrain.

Derec, nerveux, leva les yeux, et sentit le poids soudain de la déception, même si le vaisseau était encore pour l'essentiel hors de vue. Mais il ne dit rien, avant qu'ils n'aient gravi la butte et contemplé le vaisseau, frêle, intact. Ariel s'arrêta, surprise, elle aussi.

– Une capsule de survie, dit Derec, découragé.

Elle était si minuscule que même les moutonnements du champ l'avaient dissimulée.

– Tout juste, dit Mandelbrot. Une capsule convertie. Je l'ai modifiée.

– Alpha, dit Derec en secouant la tête. Enfin, Mandelbrot.

– Je perçois de la détresse, dit Mandelbrot. Quel en est le motif ?

– Quel que soit ton nom, gémit Ariel, nous voulions partir d'ici. Mais ce petit vaisseau n'a de la place que pour un.

– J'ai voyagé avec lui, dit Wolruf.

– Pourquoi n'as-tu pas dit qu'il n'accueillait qu'un seul passager humanoïde ? questionna Derec. Je t'ai demandé où il se trouvait, dans quel état, et ainsi de suite.

– A ce moment-là, l'unique centre d'intérêt était le bien-être de Jeff Leong. J'ai supposé que vous le vouliez pour lui. Il convient bien à cet usage.

– Oui. (Derec soupira.) En effet. (Il passa son bras autour des épaules d'Ariel.) Je crois qu'il importe davantage de faire quitter cette planète à Ariel. Elle a... une préoccupation.

Elle prit sa main et la serra, sans doute pour avoir omis de mentionner sa maladie.

– En quoi l'as-tu modifié ? interrogea Derec.

– J'ai pu lui donner une propulsion adéquate, et créer un espace pour Wolruf. Quant à moi, j'ai utilisé l'espace que l'on alloue en général aux humains, même si je n'ai aucun besoin de provisions. La réserve était occupée par celles de Wolruf.

Derec acquiesça en observant la petite capsule sans mot dire.

Nul ne parlait. Tous paraissaient comprendre le fait, et ce qu'il signifiait pour lui. Enfin, quand il se détourna, ils le suivirent en silence jusqu'à la station du tunnel.

Lorsqu'ils arrivèrent au Centre, Recherche 1 et Chirurgien 1 sortaient de la salle d'opération.

– Vous avez fini ? lança Ariel, étonnée. Comment va-t-il ?

– Les procédures ont apparemment réussi, dit Chirurgien 1. Contrairement à la transplantation dans son corps robot, qui ne nécessitait pas de convalescence, son corps humain aura besoin d'une longue phase de récupération, sous surveillance intensive de notre part.

– La principale inconnue réside maintenant dans sa faculté biologique de récupération, que nous ignorons, dit Recherche 1. Toutefois, nous...

– Vous pensez qu'il s'en sortira, résuma Derec. C'est ça ?

– Voilà, dit Recherche 1.

– Et son... attitude ? questionna Ariel. Ses émotions vont-elles revenir à la normale ?

– Nous devons attendre de nouvelles données sur ce sujet. Il va encore dormir plusieurs heures, dit Chirurgien 1. Nous le mettrons aussi sous sédatif léger à son réveil pour le protéger d'un nouveau choc lorsqu'il se retrouvera pleinement humain.

– Si son corps guérit, dit Recherche 1, ses taux de sérums reviendront peu à peu à la normale. Je suppose que l'effet ne sera pas immédiat mais nos informations sont bien pauvres en ce domaine.

Ariel hocha la tête.

– On y va, dit Derec. Je vais me connecter à l'ordinateur central, histoire de refourbir un certain vaisseau. Et de voir combien de modifications supplémentaires il pourrait supporter. Tenez-nous au courant de son état par ma console, d'accord ?

# DÉPART

Derec réunit une équipe de robots utilitaires pour s'occuper du vaisseau sous la direction de Mandelbrot. L'ordinateur les y autorisa sous prétexte que le bien-être d'Ariel serait amélioré si elle quittait la planète. Il ne s'agissait pas tout à fait d'une exigence de Première Loi, mais, en l'absence d'objections significatives, cela s'avéra suffisant.

Derec se désola que le vaisseau ne pût supporter les modifications requises pour accueillir un deuxième passager humain, mais ne s'étonna pas. La capsule était trop petite, voilà tout. Ariel et lui avaient regardé les robots construire un hangar à proximité de l'endroit où Mandelbrot l'avait posé, hangar dans lequel des réparations mineures s'effectueraient. Il suivit les progrès des robots avec un intérêt distant.

Ariel ne paraissait guère aimer parler du vaisseau, ni de sa destination. Il savait qu'Aurora lui était interdite, et aucun d'eux ne savait où elle pouvait espérer trouver un remède. De toute façon, elle refuserait d'en discuter.

Mais elle s'égaya lorsque Recherche 1 appela par la console. Il informa Derec que Jeff réagissait, parlait, et ne recevait plus de calmants pour la première fois depuis que son corps lui avait été rendu. Elle exigea d'aller aussitôt lui rendre visite avec Derec.

Ils trouvèrent Jeff étendu sur un coussin d'air, vêtu d'une toge ample et douce que la pression gonflait comme un ballon. Recherche 1 les avait avertis que les diverses cicatrices qu'il arborait le gênaient, même si de futures opérations les effaceraient. Derec considéra son corps mince et son visage asiate et se dit qu'il faisait plus que ses dix-huit ans.

Il les dévisagea l'un et l'autre de ses yeux noirs sans dire un mot.

— Comment te sens-tu ? questionna Ariel.

Jeff l'observa un long moment sans répondre.

— Humain, dit-il d'une voix douce. Je crois.

— Tu te sens mieux ? demanda Derec.

Jeff haussa les épaules d'un geste timide.

— Tu es fâché ? interrogea Ariel.

— A propos de quoi ? répliqua Jeff avec circonspection.

Derec jeta un regard gêné vers Ariel. Il n'avait pas parlé à Jeff aussi souvent qu'elle, et ignorait comment l'aborder.

— Tu n'es plus un robot, dit-elle.

Jeff secoua la tête de manière presque imperceptible.

— Je... J'ai l'impression d'avoir erré dans le brouillard. Comme si j'avais rêvé. Presque comme si ce n'était pas réel. Je m'en rappelle, il me semble...

Il leva vers eux un regard dur, en guettant leurs réactions.

Derec dévisagea de nouveau Ariel.

— Vous croyez que je mens ? (Sa voix gardait l'empreinte de l'agressivité passée.) Vous croyez que j'essaie juste d'éviter mes responsabilités ? Pourquoi ne partez-vous pas ?

— Viens, dit Ariel d'une voix douce, en tirant Derec par la manche. Laissons-le tranquille.

Elle le conduisit dans la salle qui avait abrité les

tests. L'équipement d'origine était réinstallé, mais on pouvait encore parler, surtout depuis que Jeff n'avait plus d'ouïe robotique.

— Il faut envoyer Jeff, pas moi, dit-elle sans ménagement.

Derec sursauta.

— Quoi ?

— C'est lui qui doit partir.

— Il peut attendre comme moi. Ariel, c'est toi qui as besoin d'un remède. S'il le savait, il ne s'y opposerait peut-être pas non plus.

— Tu as vu comment il nous a regardés ? Il n'a pas surmonté son... épreuve. Il croit toujours qu'on lui en veut.

— Si tu pars, lui et moi, on apprendra à se connaître. On deviendra peut-être amis, comme toi et moi. On y sera presque obligés, étant les deux seuls humains sur la planète.

— Non, Derec. Prouvons-lui qu'on ne lui tient pas rancune ; que les gens s'entraident parce qu'ils en ont besoin, et pas parce que cela peut leur rapporter.

— Qu'il le prouve, en t'aidant ! Tu as bien plus besoin de partir. Ça devrait être la base de n'importe quelle décision.

— Peut-être ne faut-il pas que je parte, pas encore.

— Quoi ? Qu'est-ce que tu racontes ? Il ne faut pas que tu partes ?

— Derec, je ne sais pas où trouver un remède. Je peux aller à sa recherche, mais ce ne sera pas très efficace. Si je reste ici Recherche 1 devrait pouvoir faire une culture sur moi et se mettre au travail sur un médicament. Cela prendra sans doute du temps, mais ce serait tout de même une chance.

Il hésita, et considéra l'équipement inconnu qui encombrait la pièce.

— Le degré des connaissances médicales est assez

incertain, par ici... mais je suppose que la Première Loi l'y obligerait.

– Et une fois le processus engagé, je pourrais toujours m'en aller à la première occasion.

– Tu n'as qu'à lui laisser une culture dès maintenant.

– Abandonner Jeff de cette façon me paraît injuste. (Elle secoua la tête.) Et il n'en serait que plus certain qu'on roule pour nous.

– C'est la seule raison ?

– Oh, non. (Ariel détourna les yeux, avec un sourire gêné.) D'ailleurs, pourquoi essaies-tu de te débarrasser de moi ?

Derec croisa les bras et haussa les épaules.

– Tu te rappelles notre arrivée ? Je t'avais dit que je restais ici pour aider les robots comme ils le demandaient mais qu'on leur demanderait de te renvoyer à la première occasion.

Elle acquiesça.

– Je t'avais dit que je restais avec toi.

– Oh, j'ai été heureux que tu décides de rester, mais... je crois qu'il vaudrait mieux pour toi que tu partes, voilà tout.

Il haussa encore les épaules, et sentit son visage s'empourprer.

– Tu veux que je reste avec toi, pas vrai ? (Elle dut se pencher un peu pour croiser ses yeux baissés, et lui adressa un sourire entendu, espiègle.) Pas vrai ?

– Eh bien... (Il ne put réprimer un sourire lui aussi, mais fut pris au dépourvu lorsqu'elle l'enlaça et le serra longtemps dans ses bras.) Du moment que je suis coincé ici...

Il recouvrait juste ses esprits pour lui rendre son accolade quand elle lui tapota le dos et s'écarta.

Elle rit.

– Viens. Allons l'avertir.

Jeff tint le rectangle de métal poli d'une main et l'inclina afin de s'y voir. Recherche 1 le lui avait fourni à sa requête. Les robots n'avaient jamais possédé, ni désiré, de miroirs. Il laissa courir sa main le long de sa mâchoire puis se pinça tout doucement les joues pour faire saillir ses lèvres. Alors il sourit timidement au visage et battit des paupières.

— Te revoilà, dit-il, comme dans un murmure. Me revoilà.

Mais il n'avait plus aussi envie de parler tout seul, et il se tut.

Cependant, il ne pouvait s'empêcher de se mirer. C'était lui tel qu'il devait être. Il était de retour. Jeff Leong, un jeune homme de dix-huit ans, était en vie et en meilleure santé, même si celle-ci laissait encore à désirer.

Au bruit d'un coup à la porte, il abaissa le miroir.

— Oui ? dit-il à voix basse.

La porte s'entrouvrit pour laisser passer la tête d'Ariel.

— Il faut qu'on te dise quelque chose.

Jeff se tendit.

— Oui ?

Derec et elle entrèrent dans la chambre.

— Nous voulions juste que tu saches qu'une fois rétabli, tu auras un vaisseau pour t'emmener. Selon la vitesse de ton rétablissement, tu pourras peut-être même commencer le semestre.

Il étudia leurs visages un long moment.

— Combien ?

Ariel le regarda sans comprendre.

— Rien, dit Derec.

— Vous allez me donner un vaisseau, des provisions

et du carburant pour rien ? Qu'est-ce que vous voulez de moi ?

– Rien ! répondit Derec avec colère. Enfin, pourquoi...

Ariel le fit taire d'une main posée sur son bras.

– Jeff, tu peux le considérer comme un prêt, si tu veux. En fait, si tu pouvais envoyer quelqu'un nous prendre, un jour... On n'a pas d'argent, et je sais que toi non plus, mais si tu en as l'occasion, ce serait un beau rendu.

– Je ne suis pas navigateur, dit Jeff. Je ne crois pas que je sache renvoyer quelqu'un sur cette planète, ou la retrouver. Je devais vous prévenir, il me semble.

Il les dévisagea en s'attendant à ce qu'ils changent d'avis.

– Honnête, estima Ariel. Nous savons que Mandelbrot a perdu ses données quand il a cessé d'être Alpha ; il ne peut pas nous aider non plus.

Jeff posa les yeux sur Derec, qui acquiesça.

– Dès que tu vas mieux, il est à toi.

Il les dévisagea tous les deux en silence, sans savoir s'il devait les croire ou pas. Du moment où il s'était réveillé sur cette planète, presque tout ce qu'il avait vu, entendu ou fait s'était avéré incroyable. Comme maintenant.

– Tu as entendu ce qu'on a dit ? demanda Ariel.

– Ouais.

Il parlait à voix basse, prudent, sur ses gardes.

Ils se regardèrent, gênés. Il les observa sans savoir à quoi s'attendre. Alors, sans autre forme de procès, ils s'en furent.


La convalescence de Jeff se passa sans problème, et Derec se dit que la Première Loi rendait son équipe médicale de robots plus circonspecte dans ses jugements que ne l'auraient été des médecins humains. Cependant, même la transplantation du cerveau réussie, ses blessures corporelles devaient guérir. Il restait calme et prudent à sa manière, mais sans trace de l'égoïsme ou de l'agressivité d'antan. Ariel nota que ce comportement avait disparu avec son corps de robot.

Derec suggéra qu'ils organisent une réunion d'adieux pour le décollage de Jeff. Lorsqu'il fut assez rétabli pour supporter le voyage, Mandelbrot régla l'ordinateur du petit vaisseau, et lui donna un cours élémentaire sur les commandes manuelles, en cas d'urgence. En principe, l'ordinateur devait trouver la voie spatiale la plus proche et attendre là en émettant un signal de détresse continu. Personne, robots compris, ne doutait qu'il ne soit recueilli avant que son système de survie ne s'épuise.

Jeff resta calme et prudent jusqu'au moment du départ, mais Recherche 1 était certain que les effets physiques de son état s'effaçaient.

– Il est intégré dans son corps depuis quelque temps, dit Recherche 1. Il a ses propres hormones.

Comme ils se tenaient près du hangar en attendant que Jeff pénètre dans le vaisseau, Ariel ajouta :

– Lorsqu'il aura retrouvé une société humaine normale, tout se passera bien, j'en suis sûre.

– Il n'a pas montré beaucoup de gratitude, maugréa Derec. Après tout, on n'était pas forcés de l'envoyer. On voulait tous les deux partir d'ici, nous aussi.

– Chut, dit Ariel.

Jeff s'approcha. Il avait encore une démarche lente et hésitante, parfois, mais il avait recouvré toute sa mobilité.

– Je veux juste vous dire que si je découvre où se trouve cette planète, j'en toucherai mot aux secours.

– Je sais, dit Ariel. Bon voyage.

– Et merci pour, euh, l'occasion.

Il détourna les yeux avec gaucherie.

– Ce n'est rien, dit Derec. Fais attention à toi.

Jeff regarda Recherche 1 et Chirurgien 1 avec un très léger sourire.

– Eh bien, ç'a été intéressant de vous connaître. Merci de m'avoir rafistolé.

– De rien, dirent-ils à l'unisson.

Son regard passa sur l'assemblée, et s'arrêta sur Wolruf.

– Ça ira, ma petite ?

– Ça ira, dit Wolruf, avec un hochement de tête qui fit frissonner ses oreilles pointues. Sois prudent.

– Bon... Au revoir.

Jeff hocha la tête avec gaucherie, et rejoignit Mandelbrot près du vaisseau. Le robot allait s'assurer que tout était prêt pour le décollage.

Quelques instants plus tard, Jeff était dans la capsule, et celle-ci s'élevait dans un rugissement, se perdait dans le ciel jusqu'à n'être plus qu'un éclat de lumière qui reflétait le soleil.

Derec la regarda gravir l'azur en louchant sur le ciel étincelant jusqu'à ce que sa nuque lui fasse mal sous la tension.

– Notre vœu le plus cher, dit-il. Et on le donne.

Ariel prit son bras entre ses mains et se pencha contre lui.

– On a bien fait, Derec. Et on n'en a pas fini.

Il baissa les yeux sur elle et sourit.

– Oh non – et de loin.

Ensemble, ils se retournèrent, et emmenèrent le petit groupe vers la Cité des robots.

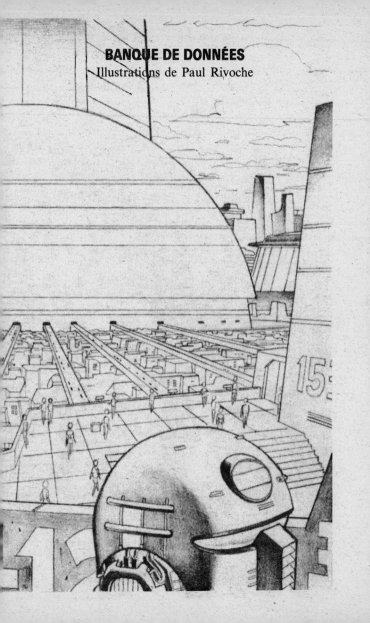

# BANQUE DE DONNÉES
Illustrations de Paul Rivoche

**LE CENTRE DE LA CLEF** : Le Centre de la Clef est un immense dôme couleur de bronze en dianite. Il contient des installations qui permettent l'analyse, la manufacture, l'initialisation, et le stockage des doubles des Clefs du Périhélie. C'est un édifice tout neuf, bâti après que la croissance incontrôlée de la Cité des Robots s'est ralentie et que les robots ont ôté la Clef originale de sa cachette sur la Tour du Compas.

La phase finale de l'initialisation des Clefs se déroule au premier étage. La dernière étape de la manufacture proprement dite implique d'accorder la cinquième dimension de chaque clef.

Lors de cette opération, cependant, une brèche dans l'hyperespace s'ouvre à l'intérieur de l'atelier de manufacture. Elle aspire de l'air, générant un effet de vide extrêmement puissant dans la Cité des Robots. Cet effet secondaire, utilisé par le Réseau de Transport de Cargaisons, évite de gaspiller une telle source d'énergie.

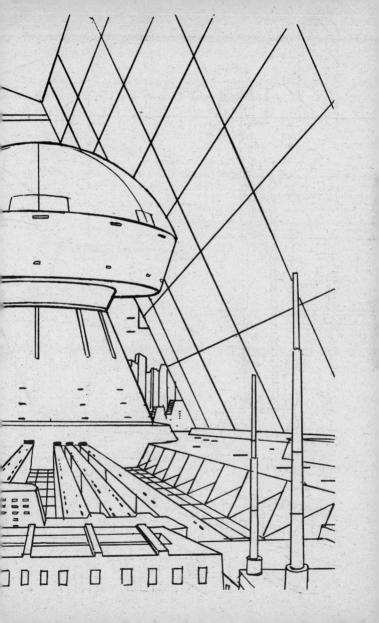

**LE RÉSEAU DE TRANSPORT DE CARGAISONS** : Le réseau à effet de vide s'appuie sur une technologie du vingtième siècle; les ingénieurs de la Cité des Robots ont poussé son efficacité au maximum. L'air attiré par la succion que provoque l'initialisation des doubles des clefs du Périhélie au premier étage du Centre de la Clef va dans un moyeu central situé au-dessous. Un réseau complexe de tubes, savamment calculé dans ses montées, ses descentes et ses courbes, court dans toute la Cité, parfois souterrain, parfois aérien.

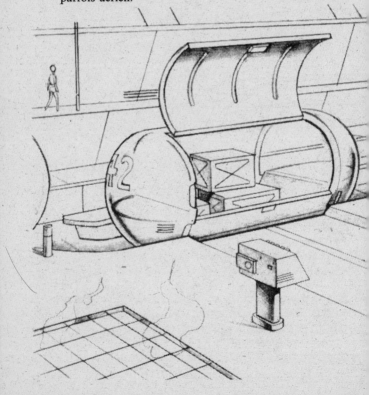

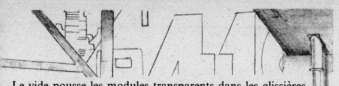

Le vide pousse les modules transparents dans les glissières
transparentes. Les modules mesurent trois mètres sur deux;
ils sont suffisamment rembourrés et ventilés pour transporter des humains en toute sécurité.

A chaque arrêt, des dérivations permettent à l'ordinateur
de dévier de la ligne principale des conteneurs qui parviennent, poussés par leur inertie, jusqu'à l'aire de déchargement. Après les chargements ou les déchargements un petit
chariot reconduit alors le conteneur par un iris sur la ligne
principale du tube à vide.

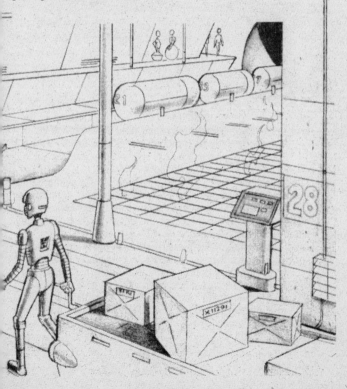

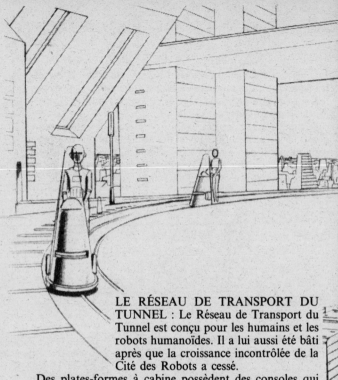

**LE RÉSEAU DE TRANSPORT DU TUNNEL** : Le Réseau de Transport du Tunnel est conçu pour les humains et les robots humanoïdes. Il a lui aussi été bâti après que la croissance incontrôlée de la Cité des Robots a cessé.

Des plates-formes à cabine possèdent des consoles qui enregistrent la destination du voyageur soit par communicateur robotique, soit par commande vocale. Les robots utilitaires, dépourvus de cerveaux positroniques, ne peuvent utiliser les plates-formes. Les cabines font office de pare-brise, pour que les plates-formes puissent se déplacer à une vitesse qui, sinon, éjecterait le passager.

Les plates-formes courent sur plusieurs voies parallèles qui s'écartent ou se fondent parfois. Toutes les destinations vont à l'ordinateur du tunnel, qui prévoit trajet et vitesse de chaque plate-forme pour améliorer l'efficacité du réseau entier.

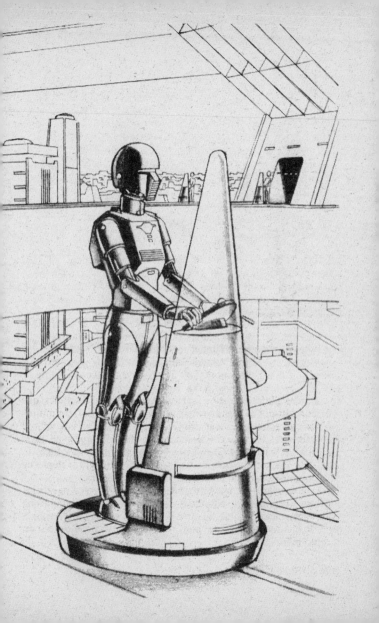

LA DIANITE : La dianite est une forme avancée de la substance dans laquelle on a construit l'essentiel de la Cité des Robots. Extrêmement fine et légère, elle supporte une grande tension. Ses cellules individuelles ont la forme des clefs du Périhélie. Chacune possède de minuscules filaments qui se croisent en elle et s'achèvent aux quatre coins. Lorsqu'une cellule se lie à une autre, leurs coins, ou angles, génèrent un lien particulièrement résistant à l'interface de deux filaments. Cela donne un effet de raidissement qui s'accroît à mesure que d'autres cellules se lient. Lorsqu'une cellule est liée sur toutes ses faces et tous ses angles, sa position est fixée. Le résultat donne une substance dure et raide. La forme inégale des cellules veut qu'au cas où certaines faces restent libres les liens existants soient vulnérables à la simple pression. Cela explique pourquoi une déchirure commencée est facile à agrandir. La rugosité de la surface provient aussi de la forme des cellules.

La dianite est plus résistante en feuilles, contrairement à d'autres substances. La forme des cellules est telle qu'une courbe de dôme ou de tôle ondulée réduit le nombre d'angles et de faces de chaque cellule liés à d'autres cellules. Le dôme du Centre de la Clef est ainsi fait de deux épaisseurs de dianite. L'interface des deux feuilles de dianite plaquée l'une contre l'autre augmente le nombre d'angles et de faces liés et, donc, renforce le dôme.

**LE CYBORG** : Selon toutes les apparences, le corps de robot dans lequel le cerveau de Jeff Leong a été transplanté est identique à celui de nombreux autres robots de la Cité des Robots. C'est un modèle choisi pour son adaptabilité aux besoins humains – une vision stéréoptique et une ouïe stéréophonique, par exemple – qui n'en reste pas moins standard.

Ce corps de robot précis a été adapté en enlevant le cerveau positronique et en renforçant la boîte cranienne pour protéger le cerveau humain de Jeff. Des connecteurs neuro-électroniques ont ensuite été implantés pour lui permettre de contrôler le corps, et des réservoirs d'éléments nutritifs très concentrés et d'hormones placés dans la partie supérieure du cou, avec un compteur pour lui fournir la quantité vitale de nourriture.

La connaissance insuffisante que possédaient les chirurgiens des régulateurs physiochimiques adéquats a causé les problèmes psychologiques de Jeff; par ailleurs, l'opération a été une réussite totale.

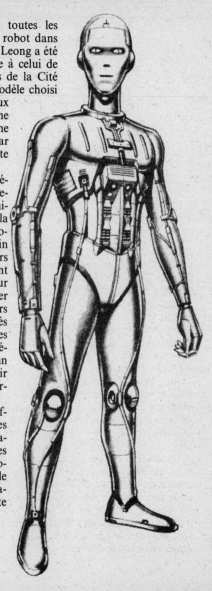

LIVRE QUATRE

# Prodige

par

**MIKE McQUAY**

# SOMMAIRE

# LE SENS DE L'HUMOUR

## par Isaac ASIMOV

Un robot aspire-t-il à être humain ?

On pourrait répliquer par une autre question. Une Chevrolet aspire-t-elle à être une Cadillac ?

La réplique sous-entend qu'une machine n'a pas d'aspirations.

Mais le problème c'est qu'un robot n'est pas tout à fait une machine. Un robot est une machine fabriquée pour imiter de son mieux l'être humain et la frontière peut parfois être franchie.

Appliquons cette idée à la vie. Un ver de terre n'aspire pas à être un serpent ; un hippopotame, à être un éléphant. On n'a aucune raison de penser que ces créatures aient une conscience, et rêvent à ce qu'elles ne sont pas. Chimpanzés et gorilles semblent dotés de conscience, mais on n'a aucun motif de croire qu'ils aspirent à devenir humains.

Un être humain, cependant, rêve de l'au-delà, et il aspire à être parmi les anges. La vie a franchi une frontière, quelque part. Une espèce s'est élevée qui avait conscience d'elle-même, mais qui savait aussi être déçue de sa condition.

Peut-être une frontière voisine sera-t-elle franchie un jour dans la construction des robots.

Mais si l'on admet qu'un robot puisse aspirer à

l'humanité, de quelle manière s'y prendrait-il ? Il pourrait désirer entrer en possession du statut légal, social, dont bénéficie tout être humain dès sa naissance. C'est le thème de ma nouvelle « L'Homme bicentenaire » (1976), et dans sa poursuite d'un tel statut, mon héros robot accepte d'abandonner toutes les qualités inhérentes à sa condition, l'une après l'autre, même son immortalité.

Cette nouvelle était cependant plus philosophique que réaliste. Que pourrait envier le robot – quelle *caractéristique* physique ou spirituelle – chez l'homme ? Aucun robot raisonnable n'ira envier sa fragilité, ni son incapacité à supporter de légères transformations de son environnement, ni son besoin de sommeil, ni son aptitude à l'erreur, ni sa tendance aux maladies infectieuses et dégénérescentes, ni l'incapacité qui le frappe avec son torrent d'émotions et d'illogisme.

Il enviera plutôt sa propension à l'amitié et à l'amour, sa vaste curiosité, son besoin d'expériences. J'aimerais suggérer, toutefois, qu'un robot aspirant à l'humanité se rendrait compte que ce qu'il aimerait surtout comprendre, et risquerait le moins de comprendre, serait le sens de l'humour humain.

Le sens de l'humour n'est pas universel, même s'il concerne toutes les cultures. J'ai connu beaucoup de gens qui ne riaient jamais, mais vous regardaient avec stupéfaction et même dédain, si vous essayiez d'être drôle. Je n'ai pas besoin de chercher bien loin : mon père considérait mes meilleures saillies comme indignes de l'attention d'un homme sérieux. (Par bonheur, ma mère riait de toutes mes plaisanteries, et sans inhibition, ce qui m'a épargné un retard émotionnel.)

Mais ce qui intrigue dans le sens de l'humour c'est que nul, jamais, comme je l'ai observé, n'admettra en être dépourvu. Les gens admettront haïr les chiens et détester les enfants, ils se feront un plaisir de reconnaître qu'ils fraudent leurs impôts, trompent leur partenaire, et n'auront pas d'objection à être considérés comme inhumains ou malhonnêtes. Ils joueront sur les adjectifs et se proclameront réalistes ou pragmatiques.

Mais accusez-les de manquer d'humour : ils protesteront avec la dernière énergie, peu importe la fréquence avec laquelle ils en font la preuve. Mon père, par exemple, a toujours soutenu en avoir, et le prouver sitôt qu'il entendrait une plaisanterie digne d'en rire (ce qui n'est à ma connaissance jamais arrivé).

Pourquoi donc les gens rejettent-ils cette accusation ? J'ai une théorie : les gens admettent (sans le savoir, parfois) que le sens de l'humour est typiquement humain, bien plus que toute autre caractéristique, et refusent d'être exclus de l'humanité.

Dans le champ de la science-fiction, je n'ai abordé l'humour qu'une fois, dans ma nouvelle « Plaisantin », parue en décembre 1956 dans *Infinity Science Fiction*, reprise dans mon recueil *The Best Science Fiction of Isaac Asimov* (Doubleday, 1986).

Le protagoniste passe son temps à raconter des blagues à un ordinateur (j'en citais six). Un ordinateur, bien sûr, c'est un robot immobile ; ou plutôt un robot est un ordinateur mobile, ce qui revient au même ; la nouvelle traite donc de robots et de plaisanteries. Par malheur, le problème auquel on cherchait une solution dans la nouvelle n'était *pas* la nature de l'humour mais la source de toutes les plaisanteries que l'on peut être amené à entendre. Et la réponse existe, mais vous devrez lire la nouvelle pour la savoir.

Cependant, je n'écris pas que de la science-fiction. J'écris tout ce qui me passe par la tête, et (par quelque travers immérité de la bonne fortune) mes divers éditeurs éprouvent tous la curieuse impression qu'il serait illégal de ne pas publier quoi que ce soit signé de ma plume. (Vous pouvez être sûrs que je ne fais jamais rien pour les détourner de cette idée ridicule.)

Donc, une fois, décidé à écrire un recueil de plaisanteries, je me suis exécuté, et Houghton-Mifflin l'a publié en 1971 sous le titre d'*Isaac Asimov's Treasure of Humor*. J'y racontais six cent quarante blagues que je me trouve avoir dans mon répertoire. (J'en ai aussi assez pour une suite que je compte intituler *Isaac Asimov rit encore*, mais je n'arrive pas à m'y mettre, malgré le temps passé à ma machine et l'allure à laquelle je tape.) J'ai entrelardé ces blagues de mes propres théories sur l'humour, et des moyens de rendre encore plus amusant ce qui l'est déjà.

Attention : il existe autant de théories sur l'humour que de gens qui écrivent sur le sujet, et aucune ne se ressemble. Certaines sont beaucoup plus bêtes que d'autres, bien sûr, et je ne me suis pas gêné pour ajouter mes idées à la montagne de commentaires.

Je crois, en résumé, que l'ingrédient nécessaire au succès d'une plaisanterie est un brusque retournement de point de vue. Plus il est radical, plus il est soudain, plus vite on le voit, plus le rire est garanti.

Laissez-moi vous en donner un exemple, avec une plaisanterie qui est une des rares de mon cru.

Jim entre dans un bar et voit Bill, son meilleur ami, assis à une table en coin ; il sirote une bière, l'air solennel. Jim s'assoit à la table et dit avec compassion :

– Qu'est-ce qui ne va pas, Bill ?

Bill soupire et répond :

– Ma femme est partie hier avec mon meilleur ami.

Alors Jim, d'une voix choquée :

– De quoi tu parles, Bill ? C'est moi ton meilleur ami !

A quoi Bill répond, tout doucement :

– Plus maintenant.

Je pense que vous voyez le retournement. On suppose bien sûr que ce pauvre Bill noie son chagrin devant une telle perte. Ce n'est qu'aux deux derniers mots qu'on comprend qu'il est, en fait, ravi. Et le mâle moyen est assez ambivalent à l'égard de sa propre épouse (aussi adorée qu'elle soit) pour accueillir ce retournement avec un intense plaisir personnel.

Si un robot est conçu pour posséder un cerveau qui ne répond qu'à la logique (et de quelle utilité serait un autre genre de cerveau pour les hommes qui espèrent utiliser les robots à leur avantage ?), un tel retournement sera difficile. Il impliquerait que les règles de la logique étaient faussées dès le départ, ou admettaient une flexibilité qu'elles n'ont visiblement pas. De plus, il serait dangereux d'inclure l'ambivalence dans un cerveau de robot. Ce qu'on recherche, c'est la décision, et non l'être-ou-ne-pas-être d'un Hamlet.

Imaginez-vous racontant cette blague à un robot, et celui-ci vous fixant d'un air solennel, avant de vous questionner.

Le robot : Mais pourquoi Jim n'est-il plus le meilleur ami de Bill ? Vous n'avez rien dit montrant Jim faisant quoi que ce soit qui fâcherait ou décevrait Bill.

Vous : Eh bien, non, ce n'est pas que Jim a fait quoi que ce soit. Quelqu'un d'autre a fait quelque chose de si merveilleux pour Bill qu'il a dépassé Jim pour devenir le meilleur ami de Bill.

Le robot : Mais qui a fait cela ?

Vous : Celui qui est parti avec la femme de Bill, bien sûr.

Le robot (après une pause pensive) : Ce n'est pas possible. Bill devait avoir une profonde affection pour sa femme, et doit éprouver un immense chagrin de l'avoir perdue. Ce n'est pas cela que les mâles humains ressentent envers leur femme, et la réaction qu'ils ont s'ils la perdent.

Vous : En théorie, oui. Mais il se trouve que Bill détestait sa femme et a été *ravi* que quelqu'un parte avec elle.

Le robot (après une nouvelle pause pensive) : Mais vous ne l'avez pas dit.

Vous : Je sais. C'est ça qui est drôle. Je t'emmène dans une direction, et soudain je te révèle que c'était la mauvaise.

Le robot : C'est drôle, d'emmener quelqu'un dans la mauvaise direction ?

Vous (renonçant) : Bon, on la construit, cette maison ?

En réalité, pas mal de blagues dépendent des réactions illogiques des êtres humains. Voyons celle-ci :

Le turfiste invétéré s'arrêta avant de prendre place devant les guichets des paris, pour adresser une prière fervente à son Créateur.

— Seigneur, murmura-t-il, avec une sincérité à déplacer les montagnes, je sais que tu n'approuves pas mes paris, mais cette fois-ci, Seigneur, juste cette fois, *je t'en prie*, fais que je ne perde rien. J'ai tellement besoin de cet argent.

Si vous étiez assez fou pour raconter cette plaisanterie à un robot, il vous dirait aussitôt :

— Mais ne rien perdre signifie qu'il quittera le champ de courses avec la somme qu'il avait en entrant, n'est-ce pas ?

— Oui, tout juste.

– S'il a tellement besoin de cet argent il lui suffit de ne pas parier, et il ne perdra rien.

– Oui, mais il a un besoin dingue de parier.

– Vous voulez dire : même s'il perd ?

– Oui.

– Mais c'est déraisonnable.

– Le sujet de la plaisanterie est justement que le turfiste ne le comprend pas.

– Vous voulez dire que c'est drôle si quelqu'un n'a pas la moindre logique ni la plus petite compréhension ?

Et qu'est-ce que vous pouvez faire, sinon vous remettre à la construction de la maison ?

Dites-moi, en va-t-il autrement avec les humains ordinaires, sans humour ? Un jour, j'ai raconté cette blague à mon père :

Mme Jones, la propriétaire de la pension, s'éveille au beau milieu de la nuit, en entendant de drôles de bruits derrière sa porte. Elle regarde, et trouve Robinson, un des pensionnaires, en train de faire monter l'escalier à un cheval terrifié.

Elle glapit :

– Mais qu'est-ce que vous faites, monsieur Robinson ?

– Je mets le cheval dans la salle de bains.

– Mais pourquoi, pour l'amour de Dieu ?

– Oh, le vieil Higginbotham se croit tellement supérieur : quoi que je lui dise, il répond toujours : « Je sais, je sais. » Eh bien, demain matin, il sera dans la salle de bains et il sortira en gueulant : « Y a un *cheval* dans la salle de bains ! » Et moi je bâillerai, et je répondrai : « Je sais, je sais. »

Quelle a été la réaction de mon père ? Il m'a dit :

– Isaac, Isaac. Tu es un type de la ville, tu ne comprends pas. On ne peut pas faire monter un escalier à un cheval, s'il ne veut pas.

Personnellement, j'ai trouvé que c'était encore plus marrant que ma blague.

En tout cas, je ne vois pas pourquoi on voudrait qu'un robot soit doté du sens de l'humour ; mais le problème, c'est que le robot lui-même pourrait le vouloir – et comment fera-t-on pour le lui donner ?

## ET QUAND JE VOUS FAIS ÇA,
## VOUS SENTEZ QUELQUE CHOSE ?

– Mandelbrot, quel effet cela fait d'être un robot ?

– Veuillez m'excuser, maître Derec, mais cette question est dénuée de sens. S'il est sans doute vrai de dire que les robots peuvent éprouver des sensations analogues aux émotions humaines spécifiques sous certains aspects, nous n'avons cependant aucun sentiment au sens courant du terme.

– Navré, mon vieux pote, mais j'ai comme l'impression que tu uses de faux-fuyants.

– Impossible. Les bases des programmes positroniques exigent que les robots s'expriment toujours de manière explicite.

– Et tu ne penses pas que les différences entre perceptions humaine et robotique sont d'ordre sémantique ? Tu reconnais que beaucoup d'émotions humaines résultent simplement de réactions chimiques qui affectent l'esprit et influencent l'humeur et les perceptions. Tu dois en convenir, l'humain n'est jamais qu'à la merci de son corps.

– C'est prouvé, à la satisfaction des autorités consacrées.

– Par analogie, tes sensations résultent d'un ensemble de circuits et de machines qui marchent sans à-coups. Un vaisseau éprouve la même sensation lorsqu'il passe en hyperespace, quand ses divers organes œuvrent au mieux de leurs capacités. La seule différence entre toi et lui, d'après moi, c'est que tu possèdes un esprit qui le perçoit.

Mandelbrot s'immobilisa. Ses intégrales classaient l'opinion de Derec dans diverses catégories de ses mémoires.

— Je n'ai jamais analysé le problème sous cet angle, maître Derec. Mais il me semble qu'à de nombreux titres la comparaison entre homme et robot, et robot et vaisseau, est appropriée.

— Changeons de perspective, Mandelbrot. En tant qu'humain, je suis une forme de vie à base carbonée, résultat supérieur de millions d'années d'évolution des formes de vie inférieures. Je le sais, car mon esprit me permet de voir l'abîme entre l'homme et les autres espèces animales. Par des comparaisons choisies, je peux imaginer, quoique fort mal, ce que ressent une forme de vie inférieure qui se fraye son chemin vers la lumière. De plus je sais communiquer cette sensation aux autres.

— Mes circuits logiques l'acceptent.

— Donc par analogie, métaphore, ou récit, je peux expliquer aux autres ce que ressentent un ver, un rat, un chat et même un dinosaure qui chasse, dort, hume des fleurs, et ainsi de suite.

— Je n'ai jamais vu une de ces créatures, et n'irais jamais me figurer comprendre ce qu'elles ressentent.

— Ah ! Mais tu *saurais* – par une analogie adéquate – ce que ressent un vaisseau spatial.

— Peut-être, mais je ne possède pas le programme nécessaire pour rechercher ces informations, et je ne vois pas en quoi ce savoir m'aiderait à me conformer aux modèles de comportement qu'impliquent les Trois Lois.

– Mais tu as été programmé pour rechercher ces informations et ton corps réagit souvent en accord avec elles, et parfois à l'opposé, au regard de tes perceptions.

– Vous parlez en théorie ?

– Oui.

– Vous me présentez un problème formel ?

– Oui.

– Je ferai certes de mon mieux pour vous satisfaire, maître Derec, mais ma curiosité et mes intégrales logiques ne sont pas équipées pour résoudre tous les problèmes. Celui que vous posez est peut-être trop subjectif pour mes potentiels programmés.

– La logique n'est-elle pas abstraite et par là subjective, du moins dans son approche ? Tu dois admettre que tu peux, par un cheminement logique communément admis, utiliser la connaissance avérée de deux faits irréfutables pour en déduire un troisième, tout aussi irréfutable.

– Bien sûr.

– Ne peux-tu donc pas user d'une telle logique pour définir ce que ressentirait un vaisseau ou une autre machine complexe ?

– Exprimé ainsi, oui, certes, mais je ne comprends toujours pas quel bénéfice cette tentative me – ou vous – donnerait.

Derec haussa les épaules. La nuit régnait sur la Cité des robots. Mandelbrot et lui étaient sortis se promener. Il avait éprouvé l'envie d'exercer ses muscles après une longue journée à étudier certains problèmes qui compliquaient son évasion de cette planète isolée. Mais, en cet instant, ils étaient assis au sommet d'une tour rectangulaire et admiraient les étoiles.

– Oh, je ne sais pas s'il y aurait un quelconque bénéfice, si ce n'est de satisfaire ma curiosité. Il me semble juste que tu dois avoir une idée de ce que ressent un robot, même si tu n'as pas les moyens de l'exprimer.

– Un tel savoir exigerait un langage. Il n'est pas inventé.

– Hmmm. Je suppose.

– Néanmoins, je viens d'opérer un rapprochement qui n'est peut-être pas sans valeur.

– Lequel ?

– Chaque fois que maîtresse Ariel ou vous n'avez pas besoin de mon aide, je communique avec les robots de cette cité. Ils ne se demandent pas ce que ressent un robot ou ce que signifie son existence mais ils consacrent une part considérable de leur peu d'énergie mentale au dilemme des sensations humaines.

– Oui, ça se tient. L'extrapolation des Lois de l'Humanique que poursuivent ces robots me paraît unique.

– Peut-être pas, maître Derec. Après tout, je me permets de vous le rappeler, vous ne vous souvenez que des événements des dernières semaines, et ma connaissance de l'histoire est plutôt limitée. Pourtant je n'aurais jamais songé comme vous à établir ces corrélations. Mes circuits concluent que votre subconscient guide notre entretien vers des sujets plus importants.

Derec eut un rire gêné. Il n'y avait pas réfléchi. Curieux, se dit-il, qu'un robot l'ait fait.

– Mon subconscient ? Peut-être. Je dois estimer que si je comprends le monde qui m'entoure, je me comprendrai moi-même.

– Je crois agir en accord avec les Trois Lois, si j'aide un humain à se connaître. Pour cette raison, mes circuits bourdonnent d'une sensation que vous appelleriez plaisir.

– J'en suis ravi. Maintenant, si tu veux bien m'excuser, je préférerais être seul.

Un moment, il ressentit un pincement d'anxiété, et redouta d'avoir insulté Mandelbrot – un robot qu'il considérait comme son meilleur ami, après tout ce qu'ils avaient vécu ensemble.

Mais si Mandelbrot en prit ombrage, il n'en montra rien. Il était, comme toujours, indéchiffrable.

– Bien sûr. J'attendrai dans le salon.

Derec le regarda aller vers l'ascenseur, et descendre. Il ne s'était pas vexé, bien sûr. Il ne comprenait pas l'insulte.

Croisant les jambes dans une posture plus confortable, Derec reprit son observation des étoiles et du paysage urbain qui se déployait devant lui, mais ses pensées restaient personnelles. D'habitude il n'était pas du genre réfléchi, mais ce soir il se sentait maussade et s'abandonnait volontiers à l'anxiété et à l'insécurité qu'il maîtrisait en temps normal s'il essayait de résoudre ses divers problèmes de manière plus logique.

Il sourit de cette remarque sur ses sentiments. Peut-être se prenait-il au sérieux, après avoir lu trop de Shakespeare, ces temps-ci. Il trouvait dans les pièces de ce soi-disant « Barde immortel » évasion et détente. A présent, il constatait que plus il les étudiait, plus il en apprenait sur lui-même. Il semblait que les événements et les personnages qui y étaient décrits lui parlaient et avaient un rapport immédiat avec la situation dans laquelle il s'était trouvé quand il s'était réveillé, dépouillé de sa mémoire, dans sa capsule, il n'y avait pas si longtemps.

Il ne pouvait s'empêcher de se demander pourquoi ce théâtre l'affectait, comme s'il se redéfinissait par son entremise.

Il haussa de nouveau les épaules, et reprit sa

contemplation des étoiles. Il ne voulait pas les étudier, en quête d'indices qui trahiraient l'emplacement du monde où il se trouvait, mais y réagir. Tant d'hommes et de femmes avaient agi ainsi au cours de l'histoire. Il tâcha d'imaginer ce qu'elles paraissaient aux contemporains de Shakespeare, avant que l'humanité ne découvre comment l'univers était né, la place de la Terre, la propulsion hyperspatiale. Leur esprit curieux, mais ignorant en matière de science, devait y voir une beauté d'une sauvage froideur qui échappait à son entendement.

Une étoile de ce ciel était peut-être aussi le soleil de son monde natal. Quelque part là-bas, se disait-il, on connaissait les réponses à ses questions. On savait qui Derec était en réalité, et comment il avait échoué dans sa capsule de survie.

Au-dessous de lui s'étendait la cité de tours, de pyramides, de cubes, de spires et de tétragones. Certains changeaient sous ses yeux en accord avec le programme de la ville. Parfois, des robots dont l'action complétait altérations et ajouts luisaient dans les reflets des étoiles sur les murs. Ils ne dormaient jamais, ni la cité. Elle changeait sans répit, sans prévenir.

La cité évoquait un robot géant, composé de milliards et de milliards de cellules de métal qui œuvraient en accord avec leurs schémas encodés d'action et de réaction. Quoique composée de matière inorganique, la cité était un être vivant, triomphe de la philosophie qu'il baptisait « ingénierie minimaliste ».

Une des raisons pour lesquelles Derec avait voulu monter au sommet de la tour – par une porte et un ascenseur surgis quand il en avait eu besoin – était qu'il avait vu sa structure de base jaillir de la rue tel un serpent, un gigantesque ruban en cours de croissance. Lorsque celui-ci avait atteint sa hauteur préprogrammée les cellules s'étaient répandues pour se figer en structure solide. Peut-être s'étaient-elles aussi multipliées.

Deux tours se fondirent dans la chaussée devant lui comme si elles descendaient sur un vaste montecharge. Un kilomètre plus loin, sur sa droite, une série de bâtiments de hauteurs variables s'uniformisa peu à peu pour se résoudre en un édifice unique, vaste et carré, qui demeura ainsi environ trois minutes, avant d'entamer une métamorphose méthodique en rangée de cristaux.

Quelques jours plus tôt, un spectacle pareil l'aurait rempli d'émerveillement. Tout cela était désormais banal. Pas étonnant qu'il ait cherché à se divertir en s'adonnant à ce qu'il avait pris pour une fantaisie intellectuelle.

Soudain, un éclat fantastique naquit au milieu de la ville. Apeuré, il détourna les yeux dans l'attente de l'explosion.

Mais comme le temps passait et que l'éclat demeurait, il se rendit compte qu'aucun son, qu'aucune onde de choc n'avait accompagné sa naissance. Quelle que soit sa nature, sa présence s'était déclarée comme sous l'action d'un interrupteur.

Avec gaucherie, il risqua un regard. Cet éclat composait une palette de couleurs aisément définissables, diverses nuances de cramoisi, d'ocre et de bleu qui changeaient avec la pyramide tétragonale d'où elles étaient issues.

La pyramide se situait aux abords de la lisière de la cité. La figure à huit faces se tenait en équilibre précaire sur sa base pointue, et tournoyait comme une toupie au ralenti. De la position avantageuse qu'il occupait, elle évoquait une babiole géante, dans ses atours de couleurs brillantes et changeantes.

En l'observant il sentit toutes ses angoisses s'apaiser. Ses problèmes lui paraissaient insignifiants devant la splendeur de ce tableau. La beauté dont cette ville était capable !

Son calme fut bientôt balayé par une curiosité grandissante, et un besoin impérieux d'en savoir plus, vite irrésistible, le rongea. Il devait étudier cet édifice en personne puis regagner la « tanière » où se trouvaient ses accès, pour se pencher sur les aspects cachés de la mystérieuse programmation de la cité.

Comme les pièces de Shakespeare, cette étrange structure lui paraissait un bon moyen d'évasion pour quelque temps. En outre, on ne sait jamais – il découvrirait peut-être une piste qui les aiderait, Ariel et lui, à quitter cette planète folle.

– Te voilà donc ! dit une voix familière. Qu'est-ce que tu fais là ?

Il leva les yeux, et vit Ariel qui le contemplait, debout, jambes écartées, mains aux hanches. La brise rabattait des mèches de cheveux sur son nez et sur sa bouche. Ses yeux brillaient d'une lueur malicieuse. Il voulut alors oublier la cité un instant, pour mieux la dévisager. Son apparition subite lui avait coupé le souffle. Son assurance lui revenait.

*Très bien*, se dit-il, *ce n'est pas seulement sa présence… c'est sa… son… C'est tout en elle !*

– Salut ! Je pensais justement à toi, réussit-il à dire d'un ton gêné.

– Menteur ! fit-elle, à la fois moqueuse et tendre. Mais ça ne fait rien. Je voulais te voir, moi aussi.

– Tu as remarqué ce bâtiment ?

– Bien sûr. J'étais là depuis quelques minutes, pendant que tu papillonnais. Stupéfiant, non ? Je parie que tu te demandes déjà comment l'analyser.

– Euh, oui. Comment m'as-tu retrouvé ?

– Wolruf t'a flairé. Mandelbrot et elle attendent en bas.

– Qu'est-ce que Wolruf fait là ?

– Elle n'aime pas l'air frais du sommet. Elle dit qu'il lui donne la nostalgie des prés dans les nuits glacées d'automne.

Ariel s'assit auprès de lui. Elle se pencha en avant et prit appui sur ses paumes. Les doigts de sa main droite effleuraient les siens.

Derec percevait leur chaleur. Il aurait aimé étendre sa main du centimètre qui manquait pour qu'ils se touchent, mais il se carra sur ses coudes et ramena ses mains contre ses flancs.

– Pourquoi es-tu monté ici ? demanda-t-elle.

– Pour combler un vide.

– Hein ?

Un silence gêné s'installa. Elle cligna des yeux, et observa l'édifice en rotation.

Les pensées de Derec se mélangeaient comme un jeu de cartes, et il était sur le point de bafouiller nombre d'entre elles mais il finit par opter pour une réponse évasive.

– Je prenais juste une petite pause.

– Bien. Il vaut mieux cesser de songer aux problèmes durant quelque temps. Tu as découvert un moyen de nous sortir d'ici ?

– Non, mais tu admettras que l'ici-et-maintenant n'est pas si mal, comparé aux beaux draps dans lesquels on s'est trouvés.

– S'il te plaît, je ne veux plus entendre parler d'hôpital. Si je ne revois jamais un robot diagnostiqueur, ce sera encore trop tôt pour moi.

– Cela vaudrait mieux ! cria-t-il, le regrettant aussitôt.

Le visage d'Ariel s'assombrit sous l'effet de la colère.

– Pourquoi ? Parce que j'ai une maladie qui me rend folle ?

– Euh... Eh bien, oui. Pour commencer.

– Très drôle, monsieur Normal. Tu n'as pas songé que j'aimais ma maladie, que je préférais la façon dont mon esprit fonctionne maintenant à celle dont il fonctionnait quand j'étais « saine » ?

– Ah, non, et je ne crois pas que tu y aies songé non plus. Ecoute, Ariel, j'essayais juste de faire une plaisanterie, je ne voulais pas te vexer, ni même soulever le problème. Je n'ai pas su tenir ma langue.

– Pourquoi n'en suis-je même pas surprise ?

Ariel se détourna en haussant les épaules.

– Je veux que tu ailles bien. Je me fais du souci pour toi.

Elle s'essuya le visage et le front. Elle transpirait ?

Derec n'en était pas sûr, dans l'obscurité.

– Ecoute, dit-elle, il faut que tu comprennes que j'ai pas mal de peine à réfléchir, ces temps-ci. Il m'arrive d'aller bien. Ça va, ça vient. Mais il m'arrive d'éprouver la sensation que quelqu'un extirpe mon cerveau de mon crâne avec une paire de tenailles. J'en sors juste.

– Je suis navré. Je ne savais pas.

Derec sentit soudain que son cœur était pris en tenaille, à son tour. Les centimètres les séparant semblaient un gouffre. Il se demanda s'il était fou, lui aussi, de songer à le franchir et à la prendre dans ses bras. Il se demandait si elle se détendrait s'il lui posait la tête sur sa poitrine.

Il choisit de biaiser, afin d'évacuer tout sous-entendu.

– Tu sais, même si je ne connais toujours pas mon identité, je crois que j'ai progressé depuis mon réveil dans ce complexe minier. Je me suis découvert une bonne intuition. Surtout en ce qui concerne mes amis et ceux qui ne le sont pas.

– Ah bon ?

– Oui. Et après mûre réflexion j'en conclus que tu pourrais bien être l'une d'entre eux.

Ariel sourit.

– Ah bon ? Tu crois vraiment ?

Derec sourit en retour.

– A moi de le savoir et à toi de le découvrir.

– J'y survivrai. (Elle fit la moue.) Dis-moi, monsieur le Génie, quelle place occupe ce bâtiment dans le programme de la cité ?

– Je ne sais pas. C'est une anomalie.

– Comment appelles-tu cette forme ?

– Une pyramide tétragonale.

– On dirait deux pyramides soudées.

– Voilà pourquoi on l'appelle tétragonale.

– Regarde cet éclat, ces couleurs qui chatoient. Tu crois que le $D^r$ Avery en est responsable ? Il l'est de tout le reste.

– Si tu demandes s'il a prévu un édifice pareil, je dois admettre que je ne suis pas sûr de le savoir.

– Voilà une réponse directe, dit-elle, sarcastique.

– Excuse-moi, je n'essaie pas d'être obtus. D'après moi, la structure pourrait être implicite dans la programmation, jusqu'à un certain degré du moins, mais que le $D^r$ Avery l'ait su ou non lorsqu'il a lancé la Cité des robots, je l'ignore.

– Si tu devais deviner…

– Je dirais que non. J'ai passé au peigne fin le programme-système de l'ordinateur central, sans parler des spécimens de cellules prélevées sur la cité et sur des robots, et je n'aurais jamais songé qu'une chose aussi… stupéfiante était possible.

– Tu as vu les nuances de cramoisi qui donnent une illusion de profondeur, comme si elle était faite de lave cristallisée ? Et la ressemblance du plan bleu avec le ciel d'Aurora ?

– Désolé, mais je ne me rappelle pas avoir vu de la lave et je n'ai que de vagues souvenirs du ciel d'Aurora.

– Oh. C'est moi qui devrais être désolée, maintenant.

– Oublie ça, viens. L'édifice doit être encore plus beau de près.

– Certes ! Que fait-on de Wolruf et de Mandelbrot ? Wolruf sera peut-être fascinée mais je ne vois pas comment l'intégrale de curiosité de Mandelbrot s'éveillerait devant un spectacle que sa programmation ne l'a pas préparé à apprécier.

Derec secoua la tête.

– N'y compte pas. Si mes soupçons se confirment, c'est un robot qui l'a créé. Je veux savoir lequel, Mandelbrot le voudra aussi.

– Je vois. Tu vas sans doute passer des heures avec lui à épingler un détail obscur et insignifiant, au lieu d'essayer de nous sortir d'ici, fit observer Ariel d'un ton railleur. Tu ne te fatigues jamais des robots ?

Derec comprit que sa saute d'humeur n'était pas de sa faute, mais ne put s'empêcher de dire son mot.

– « Loin d'être arrogante, elle est modeste comme la colombe ; loin d'être violente, elle est paisible comme le matin. »

A sa grande surprise, Ariel éclata de rire.

Et à son grand désarroi, Derec se sentit insulté. Il croyait la plaisanterie très personnelle.

– Qu'est-ce qu'il y a de si drôle ?

– C'est tiré de *La Mégère apprivoisée* (1). Je lisais la pièce hier soir, et quand je suis tombée sur ces li-

(1) Acte II, scène 1. Traduction de François-Victor Hugo. *(N.d.T.)*

gnes, il se trouve que je me suis demandé à voix haute si tu me les citerais.

Derec se sentit alors inexplicablement déconfit.

– Tu veux dire que tu lis Shakespeare, toi aussi ?

– Le moyen de faire autrement ? Tu en laisses des tirages partout. Très désordonné. Viens. Descendons. Je sais où deux scooters rapides n'attendent que nous pour leur sauter dessus.

# FLUX ET REFLUX

Ariel et Derec trouvèrent Mandelbrot et Wolruf dans le salon devant un des distributeurs qu'il avait réclamés à l'ordinateur dans dix bâtiments sur cent, afin que les trois êtres ayant besoin de manger y aient un accès plus ou moins pratique.

Alors qu'Ariel et lui sortaient de l'ascenseur, Derec ne put que remarquer Wolruf, à quatre pattes au-dessus d'une assiette d'aliment synthétique évoquant le chou rouge, qui disparaissait dans sa mâchoire formidable. Mandelbrot poussait les boutons du distributeur à un rythme régulier pour amener un débit soutenu. Ils étaient tous deux si absorbés par leur tâche qu'aucun ne paraissait avoir remarqué le crissement de l'ascenseur ou le sifflement de ses portes.

— Excusez-moi, dit Mandelbrot, je sais que ma compréhension des besoins culinaires est limitée, puisque les robots ne mangent que pour des raisons diplomatiques, mais une absorption supplémentaire ne risque-t-elle pas d'entraîner la réémergence d'une portion significative de votre repas ?

— Celle-ci en est seule juge ! dit Wolruf avec un vigoureux rot, avant d'engloutir une nouvelle ventrée. Celle-ci a oublié de manger aujourd'hui !

Derec se dressa sur la pointe des pieds pour s'approcher d'Ariel (elle le dépassait de plusieurs centimètres), et lui chuchota au coin de l'oreille :

– Je rêve, ou Wolruf engloutit assez pour couler une lune ?

– Elle a bel appétit à cause de son métabolisme élevé, murmura Ariel.

Derec haussa un sourcil.

– J'espère que Wolruf ne mange pas depuis que tu es montée sur le toit. Si elle continue de consommer des matériaux bruts à ce rythme, elle déclenchera sa propre crise de l'énergie.

– Son peuple a coutume de faire d'énormes repas, de toute façon, peut-être pour sublimer d'autres besoins animaux.

– Tu veux dire que son espèce a commencé par être carnivore avant de devenir végétarienne, et que leurs repas pantagruéliques les soulagent du besoin de tuer pour se nourrir ?

– La prédilection pour la violence n'était pas tout à fait ce que j'avais en tête.

– Hmmm ! Après ce que j'ai vu de son activité sublimatoire, je ne suis plus étonné que son espèce n'ait pas eu connaissance du voyage spatial avant que son monde natal n'ait reçu la visite d'étrangers. Ils étaient tous bien trop occupés à bâfrer pour avoir du temps à consacrer à la recherche scientifique.

Derec croyait sa remarque parfaitement innocente, mais Ariel parut véritablement choquée.

– Tu sais quoi, Derec ? Ton penchant pour l'humour en rase-mottes ne cessera jamais de m'étonner.

– Parfait, celle-ci en a assez entendu, dit Wolruf à mi-bouchée, en levant enfin les yeux de la plastassiette. Notre espèce a coutume de manger jusqu'à plus faim tant qu'il reste de la nourriture en abondance. Un instinct enraciné depuis les épreuves et les tribulations de siècles de chasse sans nombre.

Mandelbrot cessa de pousser les boutons, se tourna et baissa les yeux sur la caninoïde.

– Pardonnez-moi, Wolruf, il n'entre peut-être pas dans mes attributions d'émettre de telles remarques mais j'estime qu'une fois l'énergie de votre repas stockée dans vos cellules, vous perdez zéro virgule zéro zéro un pour cent de votre vitesse naturelle, diminuant ainsi vos capacités de survie si la sûreté de pas est requise. Votre prochain repas, s'il était aussi copieux que celui-ci, vous vaudrait des dégâts supplémentaires.

– Si elle ne peut pas courir, elle peut rouler, dit Derec en traversant le salon dans leur direction.

La bouche de Wolruf trembla comme elle grognait en inclinant une oreille vers les humains, et l'autre vers le robot.

– Celle-ci est certaine que les humains manquent d'humour.

Derec évoqua l'aspect rêche qu'offrait la fourrure brun et or de Wolruf lorsqu'il l'avait rencontrée, détenue par l'extraterrestre Araminas. Son pelage était devenu lisse et doux au toucher, sans doute grâce aux améliorations diététiques décidées par les robots. Par certains côtés, elle évoquait un loup, avec sa face plate, ses oreilles pointues de longueur peu usuelle et ses crocs acérés. L'intelligence féroce brûlant dans ses yeux jaunes lui rappelait qu'elle était une extraterrestre d'une culture dont on ne savait presque rien, une créature qui eût été originale, étrangère, merveilleuse – même dangereuse – dans un monde où elle était le seul mystère.

D'un autre côté Mandelbrot était fiable, démodé, prévisible, et d'autant plus merveilleux que Derec l'avait fabriqué de ses propres mains avec les pièces de rebut données par Araminas qui lui avait aussi proposé l'aide de Wolruf. Il était programmé pour servir Derec avant tout être humain. Les autres robots de la Cité des robots étaient programmés pour servir le D$^r$ Avery avant tout, aussi Derec ne pouvait-il s'en remettre à eux pour suivre ses ordres à la lettre. Lorsqu'ils les exécutaient, ils violaient parfois l'esprit de leurs propres ordres. Mandelbrot adhérait, lui aussi, à cet esprit.

Derec ne leur reprochait pas leurs esquives fréquentes. Après tout, que pouvait-on attendre d'un robot, tant que son comportement n'entrait pas en conflit avec les Trois Lois ?

– Comment s'est passée votre méditation, maître ? demanda Mandelbrot. Avez-vous reçu des illuminations que vous voudriez partager avec nous ?

– Non, mais j'ai démêlé quelques fils. (Avant que Mandelbrot – qui tendait à prendre ses remarques au pied de la lettre – ne demande lesquels, il leur parla du spectaculaire édifice que la cité avait bâti.) Il ne correspond ni au caractère, ni au contexte de l'ingénierie minimaliste, comme s'il s'agissait du produit d'un esprit tout à fait différent.

– Il utilise leurs cellules, protesta Wolruf. Il résulte peut-être d'un développement révolutionnaire sans précédent.

Derec se frotta le menton en pesant la remarque de Wolruf. Elle avait raison. Les codes A.D.N. de la cité pouvaient muter et croître seuls tout comme bactéries et virus évoluaient sans que l'humanité le sache ou l'accepte, sur les mondes civilisés.

Mandelbrot acquiesça, comme perdu dans ses pensées. La vérité était, toutefois, que ses potentiels positroniques passaient au crible toutes les données acquises depuis qu'il s'était éveillé au service de Derec, sélectionnant les points pertinents dans l'espoir qu'une fois juxtaposés dans une observation unique ils jetteraient une lumière nouvelle sur le problème.

La conclusion de cette activité micromagnétique laissait hélas à désirer.

– Il est beaucoup trop tôt pour spéculer sur le créateur ou le motif de l'édifice. La candeur me force cependant à admettre que mes entretiens privés avec les robots autochtones indiquent que leurs efforts créatifs peuvent permettre à des individus ce que les érudits appellent une avancée conceptuelle.

– Pourquoi ne m'as-tu pas prévenu plus tôt ? demanda Derec, d'une voix exaspérée.

– Vous ne l'avez pas demandé ; je n'estimais pas que cela relevait de nos discussions récentes, dit Mandelbrot d'un ton égal.

– Ah ! lança Ariel, en écarquillant les yeux. Les robots ont peut-être décidé d'entamer des expériences sur le comportement humain dans l'espoir de rassembler des preuves empiriques.

– J'espère bien que non, dit Derec, laconique. Cela me gêne d'envisager de devenir une sorte de modèle scientifique à émuler.

– Qu'est-ce qui vous fait penser qu'ils nous étudient ? dit Wolruf avec espièglerie.

– Venez, dit Derec, impatienté. Le temps presse !

Dehors, les nuages bas roulant sur l'horizon commençaient à refléter une opalescence qui peignait les édifices miroitants à multiples facettes entourant Derec et ses amis. Celui-ci eut la sensation que la Cité des robots était baignée d'un feu froid.

Et au cœur de la cité, il y avait l'astre – qui tournoyait dans le manteau de ses nuances diverses, comme si un hologramme industriel gigantesque avait déchiré le tissu de la réalité et exposé le dynamisme scintillant gisant caché sous la surface de toute matière. Derec imaginait sans peine – pour la seule joie de la spéculation – que l'éclat se répandait en absorbant peu à peu le reste de la cité dans sa froideur.

Au vrai, le reflet sur les immeubles et sur les nuages était si brillant que l'éclairage public de certaines rues, allumé ou éteint selon une présence ou non, restait désactivé. Les quatre promeneurs se retrouvèrent emprunter des rues qui scintillaient de nuances pures de bleu ou de cramoisi, comme soudain plongés dans les feux semi-hospitaliers d'un néant mythologique.

Derec estimait que si Wolruf et Mandelbrot ne commentaient pas cette incandescence inhabituelle, c'était qu'un problème les préoccupait : l'allure des scooters qu'Ariel et lui pilotaient. Le ronflement des moteurs électriques se répercutant d'édifice en édifice évoquait un nuage de criquets, et le crissement des pneus dans les virages le hurlement d'une explosion de photons détruisant leur cible dans un univers d'antimatière.

Ariel avait naturellement pris la tête. Elle avait conçu les scooters seule tandis que Derec musait ailleurs, et convaincu les ingénieurs que la puissance supplémentaire en chevaux des machines bénéficiait au motard, auquel elle donnait l'occasion d'apaiser le désir de mort que les hommes emmenaient partout. « Enfin, à quoi croyez-vous que sert une Première Loi – qu'elle soit de la Robotique ou de l'Humanique ? » avait-elle dit. Les ingénieurs, aptes à résoudre des problèmes pratiques, n'étaient pas préparés à ce genre de logique, et ils n'avaient eu d'autre choix que d'accéder à ses exigences.

– Maître ! Ne pourrions-nous rouler à une allure plus mesurée ? implora Mandelbrot dans le side-car. (Le véhicule, que ses trois roues devaient stabiliser, penchait dangereusement à gauche pour compenser le virage de Derec dans un boulevard.) Y a-t-il une urgence qui m'échapperait ?

— Non. Je veux coller à la roue d'Ariel ! répondit Derec, sans pouvoir réprimer son sourire, à voir Wolruf recroquevillée dans le side-car d'Ariel cinq cents mètres plus loin.

— Le maître me pardonnera-t-il de souligner que le fait de rester dans la roue de maîtresse Burgess est en soi une proposition à plein temps ? Vous n'y arriverez jamais, donc pourquoi gaspiller une énergie précieuse à la moindre occasion ?

— Hé, je refuse qu'elle fasse une découverte majeure si j'ai la possibilité de la devancer ! cria Derec dans le vent.

— Vous sous-entendez que nous allons bientôt nous déplacer plus vite ? Maître, j'avoue que la notion va à l'encontre de la philosophie inhérente à tous mes courants micromagnétiques.

— Non — je reste dans sa roue ; je ne suis pas suicidaire. De plus, je parie que si je poussais mon scooter davantage, les Trois Lois de la Robotique ensemble te forceraient à m'arrêter.

— A vous ralentir, répliqua Mandelbrot. Toutefois, j'ose émettre une suggestion qui, agréée, nous satisferait tous deux.

— Oh ? Laquelle ?

— J'ai étudié sur votre ordre les permutations subtiles des trajets dans la Cité des robots. Bien sûr, la tâche a été rude. Lesdits trajets changent sans cesse mais j'ai décelé quelques constantes, malgré les transformations de détail de la cité...

— Tu connais des raccourcis ! s'exclama Derec.

— Oui, si je comprends votre parler, je crois que c'est ce que je voulais souligner.

— Nous te suivons, MacDuff !

— Qui ?

– Laisse, c'est de Shakespeare – une allusion littéraire ! J'essayais juste de te dire de m'indiquer la route – comme un navigateur ! Vite ! Ariel prend de l'avance !

– Compris, maître. Apercevez-vous ce bâtiment changeant sur notre gauche ?

Tandis qu'il suivait les instructions du robot – expérience plutôt inhabituelle –, Derec se retrouva décrire une succession si compliquée de tours et de détours dans l'entrelacs des rues de la ville qu'il craignit bientôt de ne pouvoir dépasser Ariel et Wolruf, malgré les assurances répétées du contraire que lui serinait Mandelbrot. Par conséquent, il prit quelques risques que Mandelbrot jugea superflus, tels que guider le scooter droit sur les bosses de nouveaux édifices perçant la chaussée, sauter des caniveaux en cascadeur, franchir un pont juste assez large pour ses roues. Quelquefois, seule son adresse à la conduite, talent improvisé qu'Ariel l'avait presque défié d'acquérir, les empêcha de manquer leur rendez-vous d'une vie entière.

Néanmoins, leurs efforts semblaient vains. A quelques rues de l'édifice divers groupes de robots se mêlaient pour former une marée qui envahissait les rues et réduisait la progression du scooter. Il lui aurait été simple de fendre ce flot, semant chaos et dégâts, et nul – ni Mandelbrot ni aucun surveillant de la cité – ne le lui aurait reproché, et encore moins n'aurait porté le moindre jugement dans le tréfonds de son cerveau positronique. Pas plus qu'un tel incident n'aurait eu la moindre répercussion sur leurs relations ultérieures. Les robots n'étaient pas bâtis pour garder rancune.

Mais il n'avait pas le cœur de blesser un être artificiel intelligent. Depuis son éveil sur l'astéroïde, peut-être avant, il soupçonnait que le potentiel de l'intelligence positronique dépassait tout ce que Susan Calvin même, pionnier légendaire de la robotique, ou le mystérieux D$^r$ Avery, avaient pu concevoir. Les circonvolutions des robots si rigoureusement conçues pour imiter les effets du comportement humain expliquaient peut-être que Derec, avec son sens pratique, considérât les robots comme des confrères de l'homme. Et que l'intelligence humaine n'ait pas encore livré tous ses secrets expliquait peut-être aussi qu'il ne se jugeât pas digne d'établir des distinctions entre le lait de sa noix de coco et la variété en poudre que contenaient les poumons de trois livres en platine-iridium des robots.

— Tu peux refroidir tes capaciteurs, Mandelbrot, dit Derec, en ramenant le scooter à dix kilomètres-heure pour sinuer entre les piétons avec une relative facilité. On prend son temps.

— Mais, si je peux me permettre une question, qu'advient-il de maîtresse Burgess ? Il me semblait que vous vouliez arriver avant elle.

— Oh, oui, mais on est si près que peu importe, maintenant. Puis on peut faire d'autres découvertes, dit-il en s'arrêtant net devant un trio de robots à la peau cuivrée qui lui cédaient le passage. Excusez-moi, reprit-il en s'adressant au plus grand au milieu, mais j'aimerais vous poser quelques questions.

— Bien sûr, monsieur. Je serais ravi d'aider un être humain de mon mieux, d'autant que mes senseurs indiquent que vous êtes un des deux humains qui ont récemment sauvé notre cité du pépin autodestructeur inséré dans sa programmation.

— Ah, vous appréciez d'avoir été secouru ?

— Certes. Les réactions de mes intégrales positroniques aux événements du vaste univers correspondent souvent, semble-t-il, par analogie grossière, avec les émotions humaines.

Derec ne put s'empêcher de hausser les sourcils à l'adresse de Mandelbrot pour lui indiquer l'importance qu'il accordait à ce discours. Il lui tapota l'épaule pour qu'il reste assis, et descendit du scooter. Il lui semblait incorrect de rester assis pour parler à des robots debout.

— Comment t'appelles-tu ? demanda-t-il à celui du milieu.

— Mon numéro de série est M-334.

— Et tes camarades ?

— Nous n'avons pas de numéro. Je m'appelle Benny, dit celui de droite.

— Et je m'appelle Harry, dit celui de gauche.

— Vous m'avez tous l'air de robots bâtisseurs sophistiqués. J'ai raison ?

— Oui, dit M-334.

— Pourquoi portez-vous tous deux des noms aussi ridicules ?

Les robots se dévisagèrent. Derec aurait juré que la lueur de leurs senseurs montrait quelque chose évoquant la confusion.

— Nos noms ne sont pas matière à plaisanterie, finit par répondre M-334. Nous avons investi une énergie considérable à étudier les noms du XX$^e$ siècle jusqu'à ce que nous en ayons chacun trouvé un qui épouse les paramètres individuels de nos personnalités positroniques d'une façon que nous ne savions et que nous ne savons toujours pas exprimer.

— Ils vous plaisent, dit Derec.

— Eh bien, vu sous cet angle... dit M-334 tandis que sa voix s'éteignait comme pour suggérer que la réflexion de Derec avait lancé un enchaînement d'idées qui échappait à sa programmation.

L'effet était étrangement humain.

— Ce n'est sans doute pas la raison pour laquelle vous nous avez arrêtés, dit Harry avec défi. (C'était le plus petit des trois, nota Derec, en songeant que c'était lui qui montrait le caractère le plus affirmé. Il parlait avec plus d'impertinence, d'insolence, que les robots qu'il avait rencontrés depuis son réveil.) Puis-je requérir en toute humilité que vous nous livriez les pensées que vous avez en tête ? Mes camarades et moi avons des endroits où aller, des choses à faire.

Un robot à l'effronterie soignée, se dit Derec en hochant la tête avec approbation. Même s'il était possible d'y voir une raillerie, c'était dit d'un ton aussi maniéré et aussi composé qu'une demande d'assistance.

— Votre hâte n'a rien de commun avec vos études des Lois de l'Humanique, n'est-ce pas ? demanda-t-il.

— Nous allons aussi loin que les humains nous l'ont permis, dit Harry, comme s'il tenait Derec pour responsable.

— Nous lisons récits et fictions que l'ordinateur central nous a permis de consulter pendant nos loisirs, glissa Benny.

— Vous avez dit « permis » ? demanda Derec.

— Oui. L'ordinateur central juge une partie des sujets trop révolutionnaires pour ce qu'il estime être les limites de notre programme, dit M-334. Si je peux m'exprimer à titre personnel, monsieur, il s'agit précisément des sujets qui m'intéressent le plus. Je gage qu'ils m'aideraient à clarifier quelques-unes des questions que je me pose sur l'humanité que nous devrons tous, un jour, sans doute, servir.

— Je verrai ce que je peux faire pour annuler le programme sur l'ordinateur central, dit Derec.

— Ce serait des plus gratifiants, dit Harry, et je suis sûr que dans les jours à venir nous repenserons à cette rencontre avec des courants nouveaux dans nos batteries.

Cela suffisait, décida Derec.

— Maintenant, pourquoi êtes-vous si impatients ?

— N'est-ce pas évident ? lança Harry. Nous sommes comme les autres. Nous voulons voir l'édifice illuminé de plus près. Nous n'en avons jamais vu de pareil. Bien sûr, nous sommes curieux.

— Pourquoi ? demanda Derec.

— Parce que nos intégrales répondent d'une façon que nous ne saisissons pas encore, dit Benny. En fait, l'effet évoque plutôt celui que le grand art est censé exercer sur les humains instruits. Vous, monsieur, êtes humain, et par conséquent avez en théorie éprouvé des sensations artistiques. En êtes-vous responsable ?

— Non, pas plus que ma compagne humaine.

— Et il n'y a pas d'autres humains en ville, dit M-334 d'une voix pensive.

— A moins que n'y soit venu un intrus non détecté, glissa Mandelbrot depuis son side-car, ce qui est hautement improbable, depuis que l'ordinateur central a retrouvé son efficacité.

— Et l'extraterrestre — la non-humaine à laquelle nous devons obéissance en plus de l'humanité ? dit Benny.

— Certainement pas, trancha Derec, qui s'attachait plus à leurs gestes qu'au contenu de ses paroles. (M-334 le considérait avec attention de toute sa hauteur. Benny était plutôt désinvolte, les mains croisées dans le dos. Harry gigotait comme un enfant hyperactif obligé de rester assis dans un endroit qu'il n'aime pas ; il observait le ciel illuminé par-delà les toits proches, et ne regardait Derec qu'en cas d'extrême nécessité.) Et si je vous disais que je crois qu'un robot en serait l'auteur ?

— Impossible ! jeta Benny.

— Les robots ne sont pas créatifs, dit M-334. Nos

programmes ne nous le permettraient pas et nous n'avons pas la capacité de prendre les décisions illogiques dont toute œuvre d'art semble découler.

– Je me permets humblement de ne pas partager cet avis ! protesta aussitôt Harry. Au cœur de ma logique la plus ancrée, j'ai toujours pensé que nous, les robots disposions d'un potentiel illimité si nous savions l'exploiter. Maître, si je peux parler en toute franchise, il m'a toujours semblé qu'il devait y avoir autre chose dans l'éthique de l'univers que servir les autres. Une tendance à l'immortalité doit unir toutes les formes de vie et tous les modes d'expression nés de la vie.

– Auxquels les robots peuvent se rattacher, dit Derec avec un sourire. Il semble que ta thèse présente des aspects valides que l'on peut explorer de manière logique et ordonnée, si l'on tombe d'accord sur la sémantique nécessaire.

– Tout juste, dit Harry. J'attire votre attention sur le philosophe terrien antique Emerson, qui avait des notions scientifiquement vieillottes mais néanmoins intéressantes sur le sens de la vie, qui ont peut-être des rapports avec les liens qui unissent les nombreux fils de la vie sur diverses planètes.

– J'ouvrirai une fenêtre sur ses travaux dans l'ordinateur le plus tôt possible, dit-il en montant sur son scooter. Merci de votre patience. Je vous reverrai peut-être tous les trois.

– L'expérience approchera le plaisir, dit M-334, en agitant timidement la main comme Derec démarrait, emballait le moteur, reprenait son avance dans la foule dont la densité avait triplé depuis le début de la conversation. Mandelbrot se tassa dans le side-car, comme de crainte d'être éjecté au prochain tournant.

– Qu'est-ce qui se passe ? demanda Derec. Peur de violer la Troisième Loi ? ajouta-t-il, allusion au dicton selon lequel un robot ne devait pas, par son inaction, permettre qu'il lui soit fait de mal.

– Quoique par inadvertance, oui, répondit Mandelbrot. Il n'est tout simplement pas dans ma nature de me laisser ignorer avec allégresse toutes les mesures de précaution et il m'a bien semblé que vous preniez certains de ces virages à un fil.

– On dit à un cheveu, et, de plus, tu n'as rien à craindre. Cette foule est trop dense. Quand j'ai suggéré d'aller jeter un œil, je ne pensais pas que tout le monde aurait la même idée.

Leur progression était en effet devenue capricieuse et Derec devait sans cesse stopper et attendre que des groupes de robots leur livrent passage, pour s'apercevoir en général qu'un autre groupe lui barrait la route. L'expérience devenait frustrante. En fin de compte, ne pouvant plus se contenir, Derec hurla :

– Allons ! Dégagez ! Dégagez ! Otez-vous tous du passage !

– Maître, y a-t-il motif de se presser ? demanda Mandelbrot avec une patience timide que Derec, dans son humeur présente, trouva plutôt irritante. Cet immeuble ne paraît pas transitoire et cela ne changera rien de l'atteindre plus tôt ou plus tard.

Derec pinça les lèvres. Programmés pour obéir aux ordres de tout humain tant qu'ils ne contredisaient pas la Première Loi ou des ordres antérieurs de leur vrais maîtres, les robots lui livraient passage plus volontiers qu'auparavant mais sans grand effet. Derec pouvait maintenant pousser le scooter un peu plus loin, un peu plus vite, mais devait hurler sans cesse.

Les groupes réagissaient avec un assentiment distrait mais aucun ne dégageait la route aussi vite qu'il l'aurait souhaité.

– Maître ? Vous êtes malade ? demanda Mandelbrot avec une subite inquiétude. (Tout aussi subitement, le robot se pencha, pour étudier de plus près le visage de Derec par ses senseurs. Le geste surprit Derec, qui s'écarta instinctivement, manquant déséquilibrer le scooter. Mandelbrot ne parut pas le remarquer. Il continua son examen avec fermeté.) Mes senseurs enregistrent une hausse de température sur votre épiderme, et je perçois une coloration rubiconde sur vos joues et vos oreilles. Dois-je en conclure que vous êtes tombé malade ?

– Non, Mandelbrot, répondit Derec en grinçant des dents. Je suis frustré de ne pas pouvoir approcher de cet édifice aussi vite que je voudrais. Il semble que ton intégrale de curiosité n'opère pas avec la même intensité que celle des humains.

– Vous n'en avez pas. De fait, vos émotions vous dirigent, tandis que je comprends pourquoi tant de robots – surtout des classes de surveillance et de construction, comme vous l'aurez sans doute remarqué – s'intéressent à ce phénomène.

– Oh ? Je comprends pourquoi des sophistiqués, comme toi...

– Merci, maître. Cela réchauffe toujours mes capaciteurs de recevoir un compliment...

– ... M-334 et ses potes s'y intéressent, mais cette foule ?

– Il est intéressant de noter que les surveillants en chef Rydberg et Euler ont saisi la moindre occasion pour me poser de nombreuses questions sur des sujets variés, qui tournent autour de la fréquentation prolongée d'un humain. En fait, ils m'ont cuisiné de manière très poussée en ce domaine.

– Ils t'ont quoi ?

– Cuisiné. Leur jargon – tiré du dialogue des vieux films, je crois, qu'ils voient pour mieux connaître les êtres qu'ils pensent être programmés pour servir.

– Oh ? Que leur as-tu dit de moi ?

270

– Rien de précis. Les questions étaient plutôt générales.

– Je ne sais pas si je dois en être soulagé ou non.

– Je gage que vous prendrez la meilleure décision. En tout cas je leur ai dit qu'un des aspects les plus curieux de la vie humaine est que les choses varient de jour en jour et que, si les circonstances et les facteurs d'environnement changent, la perspective de l'humain suit. Dès que l'inattendu arrive, aussi petit ou insignifiant qu'il soit, la journée échappe à l'ennui. A l'évidence, une profusion de nouveautés garantit santé mentale et bien-être de l'individu. L'intérêt que ces robots montrent envers cet édifice vient peut-être du fait qu'il est nouveau et qu'ils veulent saisir par eux-mêmes le concept de « nouveauté ».

– Je vois, dit Derec en acquiesçant. (Il avait stoppé pour attendre qu'un nouveau groupe le laisse passer, mais au lieu de relâcher le frein et d'accélérer, il gara le scooter au flanc d'un immeuble.) Viens, Mandelbrot, marchons.

– Pardonnez-moi, maître, mais je vous croyais pressé.

– Alors, soit l'illumination que me valent tes réponses m'a permis d'accepter les circonstances, soit j'ai décidé que l'on irait aussi vite en se laissant porter par le courant. Choisis.

Mais au bout de quelques pas, Derec s'arrêta, avec une vague sensation d'absence à son côté. Eh oui, Mandelbrot ne lui avait pas emboîté le pas. Le robot était resté debout près du side-car la tête penchée en un angle bizarre, comme perdu dans ses pensées.

– Mandelbrot ? Qu'est-ce qui te retient ?

Le robot secoua la tête, comme tiré d'un rêve.

– Pardonnez-moi, maître, je ne voulais pas vous retarder. C'est juste que, en l'absence d'informations suffisantes, je ne sais pas choisir pour quelle raison nous marchons.

Derec leva les yeux au ciel, exaspéré ; les nuages luisaient d'un rouge éclatant, comme si la planète tombait inexorablement vers une étoile géante.

– Pour les *deux*, Mandelbrot. Je m'essayais à une petite plaisanterie – à l'ironie ; à l'humour, si tu préfères.

– L'humour et l'ironie sont deux des aspects subjectifs de l'humain qui ne manquent jamais de me confondre. Il faudra que vous me les expliquiez, un de ces jours.

– Le calembour est la forme la plus basse de l'humour – et je te laisse en *cale en bourg* si tu ne te dépêches pas ! Allez, pressons !

Derec était contrarié ; sa remarque lui semblait désagréable sans le vouloir, et il détestait se montrer capricieux avec les robots. Il ne pouvait s'empêcher de songer que ça ne se faisait pas. Mais il dut admettre que sa menace involontaire eut deux effets sur Mandelbrot, l'un bon, l'autre mauvais. Le bon était que le robot le suivit sans le lâcher d'un pas pendant quelques minutes. Le mauvais, qu'il ne cessa de l'interroger sur les subtilités de l'humour jusqu'à ce que Derec n'ait d'autre choix que de lui défendre d'aborder le sujet pour le moment. Le délai n'étant pas spécifié, Mandelbrot risquait de repartir à tout instant. Derec se fiait néanmoins à sa programmation perspicace pour attendre que les digressions soient moins exaspérantes.

La foule sur la place, devant l'édifice, était la plus dense que Derec ait jamais côtoyée. Il ne le *savait* pas, car bien sûr il ne se rappelait pas les foules qu'il avait vues ou côtoyées durant son passé obscur, fermé, mais en éprouvait la certitude dans le nœud de son plexus, dans la sensation peu familière de la chair de poule et du désir subit – difficile à maîtriser – de s'en aller, de fuir la place au plus vite et de trouver un endroit où il soit aisé de respirer.

*Les robots ne respirent pas*, se dit-il en se concentrant sur des pensées aussi rationnelles que possible pour se calmer. *Tu es le seul à utiliser l'air, ici.*

Au bout d'un moment, il réalisa que seul le caractère inattendu d'une telle presse le dérangeait. Une observation s'était faite jour par à-coups dans son esprit, et sa difficulté à la saisir avait joué un rôle inaperçu dans sa détresse. Car même à la station Rockliffe, où il avait dévié la circulation normale des robots d'un grand carrefour pour voler la clef du Périhélie (dont ils avaient encore besoin pour fuir la planète), jamais les robots ne s'étaient trouvés rassemblés autour de lui à une telle proximité. *Hmmm ! Je veux bien parier que si je retrouve la mémoire, je découvrirai que je n'ai pas l'habitude des foules.*

– Mandelbrot, murmura-t-il comme s'il ne voulait pas se faire entendre, vite, une estimation. Combien de robots y a-t-il ?

– Un balayage visuel indique que la cour mesure six mille mètres carrés. Chaque robot prend peu de place, mais leur politesse naturelle paraît assurer une certaine distance de l'un à l'autre. J'estimerais leur nombre à dix mille environ.

– En comptant ceux qui se trouvent sous l'édifice ?

– Dix mille quatre cent trente-deux.

– Je ne vois ni Ariel ni Wolruf. Et toi ?

– Malgré un spectre élargi, non. Dois-je tenter un repérage olfactif ?

– Non. J'espère qu'ils sont restés coincés dans la foule.

– Est-ce là un exemple de l'animosité humaine ?

– Non, juste une soif de justice poétique.

En prenant une profonde inspiration, Derec saisit

Mandelbrot par le coude, et ils se frayèrent un passage de concert dans la foule. Maintenant qu'ils se déplaçaient à pied, les robots leur livraient passage pratiquement sans leur prêter attention. Ils avaient tous sans exception les yeux rivés dans leur équivalent de la fascination sur l'édifice en rotation, dont le mouvement continu projetait des vagues sinueuses d'incandescence sur toute la place. Des robots de toutes les nuances luisaient d'un éclat artificiel, figés dans un état perpétuel de combustion froide. Les divers revêtements de cuivre, de tungstène, de fer, d'or, d'argent, de chrome et d'aluminium qui reflétaient les couleurs des plans ajoutaient des touches subtiles au tableau.

Derec ne cessait de penser que les robots auraient dû entrer en combustion réelle et fondre comme de la cire, mais le bras de son ami restait froid au toucher, plus froid, même, que la bise qui soufflait entre les bâtiments pour balayer la place.

Quant à la pyramide tétragonale, les plans cramoisi, indigo, magenta et ocre apparaissaient deux fois – une fois au niveau supérieur, une fois au niveau inférieur. Tandis que les nuages reflétaient une nuance, la place se colorait d'une autre. Il ne nota cet effet d'optique qu'en fond, absorbé qu'il était par le jeu des couleurs dans chaque plan.

Les plans cramoisis évoquaient des enfers furieux. Les plans indigo lui rappelaient la représentation évanescente des eaux de cent mondes, de mille mers. Le magenta était à la fois feu et eau, mêlés dans la texture contradictoire des pétales d'une rose blessée faite de fibres dures, et l'ocre, des couleurs combinées, le blé sous l'éclat du couchant, une coulée de lave au flanc d'une montagne écorchée, des taches solaires crachant leurs plumets gigantesques d'une nova en fluctuation. Et toutes ces visions, et d'autres encore, étaient retenues, prises au piège, dans un espace qui possédait deux masses distinctes et séparées, le marbre de l'édifice, et l'air de l'éternité, observé du point de vue d'un œil au bord de l'univers.

En fin de compte, l'intention était obscure, énigmatique, même. Derec ignorait ce que signifiait la forme de la structure mais, maintenant qu'il la voyait de près, il était plus sûr que jamais que chaque centimètre représentait l'activité réfléchie d'un esprit unique qui essayait de rassembler un puzzle précis d'une façon précise. Un puzzle conçu en toute indépendance.

Derec devait découvrir comment la construction avait pu être effectuée. A l'évidence, le maître d'œuvre savait reprogrammer un secteur de cellules de métal individuelles dans l'ordinateur central de la Cité des robots. Il avait peut-être introduit une sorte de virus métallique dans le système, qui se comportait selon des spécifications préconçues. Derec n'aurait même pas su s'atteler à des tâches pareilles. Cela signifiait non seulement qu'un robot avait bien conçu cet édifice, mais qu'il avait fait des avancées conceptuelles dans le domaine du logiciel.

Cela sous-entendait que le robot – si tel était le maître d'œuvre – maîtrisait deux niveaux supérieurs de réflexion, en théorie inaccessibles à la positronique. Combien de niveaux ce robot pouvait-il... non, disons, *avait-il* déjà acquis ?

Il se rendit compte que sans s'en apercevoir, il se trouvait sous l'édifice même, pour le regarder tourner au-dessus de lui. A présent, une lueur bleu sargasse le baignait. Il se retourna pour voir Mandelbrot dont le revêtement métallique ondoyait telle une rivière parcourue des reflets de centaines de courants.

Il restait surpris que, même si près, on ne ressente aucune chaleur. Et lorsqu'il tendit la main pour effleurer l'édifice, sa surface était froide, comme le thorax d'une luciole.

– Maître, est-ce que les humains nomment la beauté ? dit Mandelbrot avec une hésitation étrange entre les syllabes.

– Une de ses formes, dit Derec après avoir réfléchi un bref instant. (Il risqua un regard vers Mandelbrot, et sentit que le robot avait d'autres questions en tête.) L'observateur trouvera toujours la beauté, pourvu qu'il la cherche.

– Cet édifice sera-t-il toujours aussi beau ?

– Cela dépend du point de vue. Les robots s'habitueront sans doute à sa présence s'il reste assez longtemps. Mais il sera de plus en plus difficile de le percevoir d'un œil neuf, si c'est ce que tu penses.

– Pardonnez-moi, maître. Je ne sais pas ce que je pense.

– Peu importe. Cela va de soi dans de telles circonstances.

– Je ne me trompais pas : la nouveauté joue un rôle crucial dans la réaction humaine devant la beauté.

– Oui, mais il n'existe pas de règle pour la définir, juste des indices. C'est sans doute un des motifs pour lesquels vous, les robots, vous nous trouvez parfois si frustrants.

– Cela, les robots en sont incapables. Nous vous acceptons, aussi illogiques que vous paraissiez sur le moment. (Mandelbrot reporta ses senseurs optiques sur le bâtiment.) Je crois que je resterai impressionné par cet édifice. Sans nul doute, s'il est beau une fois, il le sera tant qu'il existera.

– Peut-être. Je le trouve beau, aussi ; mais, pour ce qu'on en sait, tes circonvolutions positroniques le perçoivent peut-être d'une manière très différente.

– Maître, je vois un changement par rapport à votre opinion précédente.

– Pas du tout. J'accepte simplement le fait que, demain, on pourrait s'asseoir, s'accorder sur ce qu'il évoque, de quelles couleurs il est, de quelle manière elles évoluent et même quels principes architecturaux il suit, mais que nous le percevrions tout de même de deux façons différentes. Le conditionnement culturel joue beaucoup dans nos réactions. Un extraterrestre tout aussi intelligent que toi ou moi pourrait trouver cet édifice le plus laid de l'univers.

– Pour l'heure, je ne qualifierai cette idée que de forcée, dit Mandelbrot, mais j'entrevois une certaine logique en elle.

Derec acquiesça. Il se demanda s'il n'intellectualisait pas trop cette expérience. Pour l'instant il lui était difficile de concevoir, lui aussi, un organisme intelligent qui ne juge cette structure comme l'essence du sublime mais il évoquait une telle éventualité pour le seul plaisir de l'argument. Bon, il devait accepter l'argument comme valable, même s'il ne l'aimait guère.

Il ne pouvait non plus s'empêcher de se demander si tous les robots d'intelligence suffisante percevraient l'édifice comme beau. Les robots, quoique construits selon les mêmes principes positroniques, possédaient dans la pratique des degrés de perspicacité variés – selon la finesse de leur discernement, dépendant de la complexité de leurs intégrales. Des robots d'intelligence similaire avaient des personnalités similaires, tendaient à éprouver des sensations identiques. Des robots différents sans contact entre eux tendaient à réagir aux problèmes de la même manière, à tirer des conclusions voisines.

Mais ici, maintenant, les robots de la place se retrouvaient confrontés à une expérience qu'ils ne pouvaient pas assimiler à leur perception du monde par un moyen subjectif, qui ne pouvait conduire qu'à des opinions divergentes.

Même s'ils étaient tous coulés dans le même moule minimaliste...

Surtout si aucun d'entre eux n'avait jamais connu la beauté esthétique.

Il n'était pas étonnant que l'apparition subite d'un édifice pareil ait causé un tel émoi. L'intense éveil intérieur et l'appréciation plus poussée des potentialités de l'existence qui affectaient Mandelbrot concernaient sans doute aussi, d'une manière ou d'une autre, tous les robots du voisinage.

Derec regarda alentour et vit M-334, Benny et Harry fendre la foule pour rejoindre le groupe massé juste sous l'édifice.

– Pardon ! dit Harry d'un ton presque négligent alors qu'il bousculait un emboutisseur à plaques de chrome qui, s'il l'avait voulu, aurait réduit le petit robot en tas de ferraille en quatre virgule cinq centièmes de seconde, sans dépenser plus d'un erg. Mais l'emboutisseur haussa les épaules et reporta son attention vers l'édifice. Harry fit de même mais, une seconde plus tard, tourna la tête dans la direction du robot et énonça, d'une voix claire et distincte :

– Excuse-moi si je m'écarte des paramètres normaux de mes intégrales, mais un nombre suffisant de preuves indiquent que tes senseurs sont déréglés. Tu devrais les faire accorder.

Harry maintint son regard sur le grand robot qui finit par daigner acquiescer et par répondre :

– Il me paraît logique de songer que tu as raison et que tu t'écartes des paramètres normaux de tes intégrales. Rien en toi n'indique la moindre capacité de diagnostic. Je te suggère de te limiter à ta propre sphère.

– Raisonnable, répondit Harry, d'une voix neutre, avant de détourner le regard.

Derec les regarda observer l'édifice. Il se repassa en tête la scène où Harry heurtait l'emboutisseur. Y avait-il eu quoi que ce soit de délibéré dans la manière dont Harry avait commis cet acte ? Et dans celle dont il s'était excusé ? Son seul mot – « Pardon » – semblait après coup presque négligent, comme si la politesse d'Harry venait tout droit du simple usage social, plutôt que d'une contrainte de sa programmation.

*Non – je me fais des idées, j'attache trop d'importance à un banal incident.*

A ce moment-là, sous ses yeux ébahis, Harry se pencha vers l'emboutisseur et demanda, sur un ton tout juste poli :

– Mon intégrale de curiosité est intriguée. Quelle est ta désignation ? Soit la véritable, soit celle que tu emploies. Les deux bénéficient de la parité dans ma compétence.

Une longue pause s'ensuivit. Entre-temps, l'emboutisseur ne quitta pas l'édifice du regard. Enfin, il répondit :

– Mon nom est Roburtez.

– Roburtez, dit Harry, comme s'il pesait les syllabes pour les entendre du point de vue positronique. Tu es un très grand robot, tu sais ça ?

Roburtez considéra alors Harry. De nouveau, ce n'était peut-être qu'un effet de son imagination, mais Derec sentit un défi évident dans la posture de Roburtez. Il ne put s'empêcher de se demander si Harry ne cherchait pas délibérément l'altercation.

Harry attendit un moment, et dit :

– Oui, tu es très grand. Tu es sûr que tes constructeurs travaillaient à la bonne échelle ?

– J'en suis sûr.

– Dans ce cas, je ne suis pas certain que tu aies choisi le nom le plus adéquat. Puis-je avancer une suggestion ?

– Laquelle ?

Il n'y avait aucune trace d'irritation ni d'impatience dans la voix du robot mais Derec n'avait aucune peine à les déceler.

– Bob, énonça Harry d'une voix neutre. Bob le Balèze.

Derec se tendit. Il ne voyait pas ce qui allait se passer. Avait-il raison de penser qu'Harry provoquait l'emboutisseur en toute connaissance de cause ? Dans ce cas, quelle forme allait prendre la confrontation ? L'affrontement physique entre robots était impensable, sans précédent dans leur histoire ; mais une dispute l'était aussi.

Pendant quelques instants, Roburtez se contenta de dévisager Harry. Puis il hocha la tête.

– Oui, ta suggestion est pertinente. Bob le Balèze. C'est sous ce nom que je me désignerai désormais.

Harry hocha la tête en retour.

– Merci, dit-il brièvement tandis que le robot rebaptisé Bob le Balèze reprenait son observation de l'édifice.

Harry leva la main, et désigna quelque chose du doigt, comme pour soulever un autre problème, mais en fut empêché par Benny, qui lui tapota l'épaule pour le distraire. Le heurt des peaux de métal résonna doucement sur la place.

– Adopte une attitude plus simple, camarade, dit Benny, ou tu éprouveras des difficultés à résoudre ce problème humain.

– Oui, tu as raison.

Derec secoua la tête, croyant se déboucher les oreilles, mais elles parurent rester dans le même état. Avait-il bien entendu : Quel « problème humain » ? Y avait-il un autre humain sur la planète, ou parlaient-ils des Lois de l'Humanique ? Il les observa encore pendant quelques instants, pour voir s'il se produirait du nouveau. Mais Benny et Harry se mirent à regarder l'édifice comme leur ami M-334, et ce fut tout.

Cet incident devait avoir son importance et Derec résolut de découvrir laquelle sitôt que l'occasion s'en présenterait. Il décida aussi d'interroger Harry et Benny sur leur parler, qui différait sensiblement par le rythme et le vocabulaire de celui des autres robots. Il possédait une qualité que Derec trouvait touchante, et il soupçonnait que d'autres robots réagiraient de la même manière. « Bob le Balèze », vraiment !

Derec laissa Mandelbrot fixer un plan d'un rouge léger, et s'accroupit pour étudier la base de l'édifice. Un quart environ se trouvait sous la surface. Derec rampa pour regarder de plus près le point où l'édifice commençait. Il sentit la machinerie opérer dans le plasbéton, sous ses doigts, mais les vibrations demeuraient silencieuses.

Il effleura encore l'édifice. Il tournait juste assez vite pour que, s'il avait exercé la moindre pression des doigts, la surface lisse, fraîche au toucher, lui ait arraché des lambeaux de peau. Sa composition semblait différer radicalement du reste des cellules de plasbéton qui constituaient la Cité des robots. Le créateur, quel qu'il fût, avait analysé le code du méta-A.D.N. et en avait conçu sa propre variation, prévue pour l'effet qu'il recherchait.

Cela seul prouvait le soupçon de Derec que le créateur avait transformé les matériaux bruts de la cité en plus de ses autres réussites.

Y avait-il quelque chose que ce robot ne pût pas faire ? Il éprouva un frisson tandis que les implications des capacités de cette créature lui apparaissaient. Peut-être ses seules limites s'avéreraient-elles, en fin de compte, celles des Trois Lois de la Robotique. Le simple fait qu'un robot doué de ce potentiel existe exercerait un profond impact sur les politiques sociales de la culture galactique, et redéfinirait à jamais la place des robots dans l'esprit de l'humanité.

Et le frisson s'intensifia quand il envisagea la possibilité que les robots dépassent un jour l'homme en importance, ne fût-ce que pour l'art qu'ils créeraient – les émotions qu'ils inspireraient – pour les robots et pour les hommes...

*Tu te laisses aller, Derec. Reprends-toi. Ni toi ni l'espèce humaine n'avez rien à craindre. Pour l'heure.* Sa concentration revenue, il retourna à son examen.

Mais il ne put que couler un regard dans les ténèbres d'une crevasse de deux centimètres entre l'édifice et le plasbéton de la place. Il n'entendit le doux sifflement de rouages puissants que pendant quelques secondes. Une voix familière l'interrompit en requérant son attention pleine et entière, et immédiate.

– Te voilà. J'aurais dû deviner que tu ramperais même si ce n'était pas nécessaire.

Il acceptait sa présence, à regret, mais de bon cœur, comme toujours. Malgré ses remarques, elle s'accroupit. Il se demanda s'il était soulagé ou agacé qu'elle ait fini par le trouver.

Elle prit la décision à sa place, car elle n'examina pas la crevasse, n'effleura pas l'édifice. Elle ne fit que le regarder dans les yeux.

– Tu as trouvé quelque chose d'intéressant ? demanda-t-elle avec impatience, d'une voix de gorge, haletante.

Il eut un sourire involontaire.

– Oui, mais rien de sûr.

Les poils de Wolruf étaient hérissés lorsqu'elle s'approcha pour humer les parages de la crevasse.

– Qu'est-ce que tu cherches ? demanda Derec.

– Tout ce que celle-ci peut trouver, dit-elle. Des odeurs, des sons, n'importe quoi. (Wolruf leva les yeux vers lui.) Très intéressant. Pas d'odeur.

– Oui, le moteur électrique qui alimente ce bâtiment doit fonctionner au mieux.

– Sans doute conçu dans ce souci de discrétion, dit Ariel.

– Rien n'a été laissé au hasard.

– Est-ce que je décèlerais une certaine admiration dans ta voix ? lui demanda Derec.

– Oui. Mon peuple dirait que cet édifice est aussi léger qu'un jouet d'illusionniste. Son effet est le même, aussi.

– D'illusionniste ?

– Wolruf tente de m'expliquer le concept depuis deux jours, intervint Ariel. Avant que son espèce n'ait découvert le voyage spatial, elle menait ce qu'on pourrait qualifier à première vue de vie primitive. Mais son peuple avait un folklore sophistiqué qui servait à donner une réponse métaphysique aux phénomènes du quotidien. Les illusionnistes y figurent souvent, comme enfants des dieux qui jouaient des tours aux tribus et tenaient un rôle crucial dans les aventures d'un héros mythique.

Derec acquiesça. Il ne savait pas comment le prendre. Il peinait déjà à comprendre ces robots, et pour l'instant, il ne s'estimait pas capable d'assimiler beaucoup d'informations sur le peuple de Wolruf.

– Ecoutez, je me sens un peu claustrophobe ; de plus, je ne crois pas que l'on apprenne grand-chose, de toute façon.

– Apprendre ? demanda Ariel. Pourquoi ne pas apprécier ?

– J'ai déjà donné.

– Tu dis ça parce que tu as toujours aimé passer pour un intellectuel.

Derec haussa un sourcil interrogateur et la dévisagea, cent questions déferlant dans sa tête. Comment pouvait-elle savoir qu'il aimait passer pour ce qu'il n'était pas ? Et pour quoi ? Parlait-elle de leur rencontre « fortuite » à l'astroport ? Cela avait été bref – trop bref pour en déduire un « toujours ».

Derec brûlait bien sûr du désir de savoir, mais l'innocence avec laquelle elle avait fait sa remarque l'en dissuada. Elle ne se rendait sans doute pas compte des implications. S'il la pressait de questions maintenant, elle se méfierait peut-être ; il obtiendrait plus d'informations auprès d'elle à long terme si elle se sentait libre et désinvolte.

– Maître ? Maître ? appelait Mandelbrot.

– Qu'y a-t-il ? rétorqua Derec.

– Je vous rappelle que vous avez exprimé un intérêt envers l'individu responsable de cette création.

– Oui, c'est exact, dit Derec avec animation, oubliant sur-le-champ combien le sous-entendu d'Ariel l'avait déconcerté.

Mandelbrot modela sa main malléable en forme de flèche et la pointa vers la limite de la place.

– Alors, je vous suggère d'aller vous promener dans cette direction, là où ces robots sont rassemblés.

– Merci, Mandelbrot. Je reviens. (Il eut un vague sourire et hocha la tête en désignant la main.) Joli, murmura-t-il.

Il gagna la zone indiquée – un point où les robots étaient vraiment serrés. Ceux qui n'utilisaient pas leur communicateur – avec lequel ils pouvaient communiquer mieux, et plus vite – parlaient tout haut, par respect pour les humains présents, ou pas, nouveau problème auquel il devrait apporter une réponse.

– Hé ! Attends-moi ! s'écria Ariel.

– Pas moi, dit Wolruf. Je n'apprécie pas les foules.

Derec se retourna et attendit qu'Ariel le rattrape.

– C'est la deuxième fois que je t'attends ce soir. Pourquoi as-tu mis si longtemps à arriver ?

– Oh, j'ai pris un virage trop vite et renversé le scooter. Wolruf et moi n'avons pas été blessées, juste un peu secouées. Je crois que j'ai le corps couvert de bleus, quand même.

– Oh ? Tu me laisseras les regarder plus tard.

– Tu aimerais bien, pas vrai ?

– Je n'y voyais qu'un strict intérêt médical. (Même s'il ne se limitait jamais, se dit-il.) Et ton scooter ?

– Bousillé, bien sûr, dit-elle en hochant les épaules avec nonchalance.

Les robots du groupe se rassemblaient autour d'un seul robot et au début Derec et Ariel ne virent pas à quoi il ressemblait.

Ariel tapota l'épaule d'un petit robot bâtisseur. Celui-ci se retourna. Par un tour du destin, il s'agissait d'Harry.

– Je t'en prie, laisse-nous passer, dit-elle, sans montrer de politesse ni d'impolitesse.

– Si vous le souhaitez, dit Harry, qui s'écarta, obéissant, mais j'aimerais que vous ne me déplaciez pas trop. J'en perçois déjà bien peu.

Ariel écarquilla les yeux, ébahie, mais Derec ne put réprimer un sourire.

– J'aimerais opérer un sondage exploratoire sur toi, dit-il au robot, à ta convenance. Demain matin – à la première heure – serait-il acceptable ?

– Cette perspective peut s'avérer intéressante, dit Harry. Il se trouve que demain matin me conviendra. Puis-je néanmoins vous demander pourquoi vous devez jouer les mécaniciens si tôt, ou pourquoi me choisir parmi tous les robots de la cité ?

– Hmmm. Je parie que les gens disent toujours la même chose à leurs médecins humains. Ne t'inquiète pas. Tes intégrales de personnalité resteront intactes.

– Quelle regrettable perspective, glissa M-334.

La soudaine interruption le surprit. Il avait presque oublié les deux autres.

– Excuse-moi, dit-il, mais n'était-ce pas là une tentative de sarcasme ?

– J'ai tout étudié, répliqua M-334. Ridicule, dramatique, ironie, hyperbole... Je peux vous appuyer, monsieur.

– Non merci, dit Ariel avec un sourire, il est suffisamment bien armé.

M-334 secoua la tête.

– Quel dommage. Mais il se présentera sans doute bientôt un humain qui aura besoin de mes services. Peut-être me laissera-t-on un jour exercer comme valet dans le corps diplomatique.

Benny leva sa main et la posa sur l'épaule de M-334 comme il l'avait fait pour Harry.

– Arrête ta capsule, camarade, mais puis-je te suggérer que tu mets le robot avant les pièces détachées ?

– Les humains le font bien, dit M-334. Et ils construisent leurs propres bâtiments, aussi.

Derec recula d'instinct, comme s'il redoutait d'être pris dans une explosion. En général, les discussions philosophiques des robots concernaient le meilleur moyen de servir les humains dans les limites dictées par les Trois Lois. Mais Benny et M-334 évoquaient leurs propres centres d'intérêt.

*Hum, mais à haute voix. S'agit-il d'un automatisme à mon bénéfice parce que je passe par là ? Ou y a-t-il un but caché ?*

*En y réfléchissant, d'ailleurs, que cache leur discussion ? Ils ne font pas ça sans raison.*

Derec s'approcha pour entendre mieux. Mais avant qu'il n'ait pu reprendre le fil de la conversation, Harry s'interposait. Ce geste volontaire était effectué avec tous les égards possibles, mais n'en demeurait pas moins exaspérant.

– Harry, mais qu'est-ce que tu fais ?

– La Troisième Loi de la Robotique me dicte une requête.

La Troisième Loi établit : *Un robot doit protéger sa propre existence tant que cette protection n'entre pas en conflit avec les Première et Deuxième Lois.* Elle expliquait le geste, mais pas l'impolitesse. Derec soupira et se rendit.

– Oui, Harry, qu'y a-t-il ? Non... Une minute. Mandelbrot, tout ceci te déconcerte ?

– Oui.

– Alors je suppose que ces trois-là *sont* drôles.

– Si vous vous référez à notre entretien, oui, ils le sont.

– Merci. Oui, Harry. Qu'est-ce que tu veux dans ton cerveau positronique ?

– Je vous en prie, ne vous méprenez pas, dit Harry, mais je n'aurais pas la possibilité de m'adapter si un sondage électronique hasardeux brisait une philosophie de l'existence élaborée avec grand soin.

– Excuse-moi – quelle philosophie de l'existence ? demanda Derec, dont le ventre se noua en comprenant que, quoi qu'il pût se produire, il l'aurait cherché.

– Depuis ma mise en fonction, j'ai essayé de me conformer à trois règles d'existence, en plus des Trois Lois.

– Oui, dit Derec, d'une voix hésitante, redoutant vraiment la réponse.

Harry leva un doigt.

– Assure-toi que tu t'éteins douze heures par cycle.

(Deux doigts.) Ne joue jamais aux échecs tri-D avec un rob qui a une planète comme prénom. (Trois doigts.) Ne te moque jamais de la logique d'un rob qui a seize encoches sur son propulseur bêta.

Derec le dévisagea, les yeux écarquillés, hébété.

– Nom d'une galaxie, mais de quoi est-ce que tu parles ?

– De l'humour, opposé au sarcasme. J'essayais de provoquer un rire, dit le robot, sur la défensive. L'humour n'est-il pas un des traits de caractère que nous nous devons de connaître et de pratiquer pour servir l'humanité de manière adéquate ?

– Euh, pas nécessairement ; d'ailleurs, le sujet n'a jamais été abordé, du moins à ma connaissance. Mais je n'y vois pas de mal – sauf si l'humain en question est un de ces oiseaux sans humour qui considèrent le rire comme malsain, sinon indésirable.

– Eh bien, jusqu'à présent, mes compagnons robots sont convaincus que j'ai du succès dans l'indésirable. Je m'excuse très humblement si vous trouvez que mes plaisanteries manquent de sel. Je promets de faire mieux la prochaine fois, surtout si vous m'aidez à corriger mes erreurs – qui, après tout, n'ont peut-être rien à voir avec ma finesse positronique, mais avec mon élocution. Est-ce possible ? Qu'en dites-vous ?

– Demain. Demain à la première heure. Promis.

Sans attendre de réponse, Derec prit une Ariel tout aussi ébahie par le bras et la guida parmi la foule qui les séparait de l'objet principal de leur attention.

– Les circonvolutions de ce robot sont en place ? fit-elle.

– Si elles le sont, je propose de démanteler la ville tout entière à la première occasion.

– Hmmm. Peut-être, répondit Ariel en jetant un

dernier coup d'œil vers Harry. Dans ce cas, je saurais par où commencer.

Mais Derec avait déjà oublié Harry et ses deux camarades car il apercevait enfin l'œil du cyclone : un robot surveillant de frêle carrure – frêle malgré sa surface d'un chrome gris terne qui conférait un aspect pesant au corps étroit. Le reflet de la lumière de l'édifice était beaucoup plus éteint sur lui que sur les autres. Sa posture indiquait qu'il ne savait pas comment se comporter sous toute cette attention. Il croisait les bras avec gaucherie sur sa plaque de poitrine. Ses épaules s'affaissaient comme si sa structure vertébrale souffrait d'un défaut. Parfois il se redressait, ou pointait son doigt, mais, en général, ses gestes étaient hésitants, ses pauses fréquentes, et son niveau de cohérence matière à conjectures.

– Je ne vois pas comment tu parviens à cette conclusion par un processus logique, même gauchi, disait-il, apparemment pour répondre à un grand robot d'ébène qui le considérait, les bras croisés, comme s'il se tenait sur un nuage d'orage. Mes circonvolutions n'ont jamais été si claires. Mon comportement est en accord avec les Trois Lois, comme celui de n'importe quel robot sur la planète, et peut-être même davantage, puisque je parais avoir une connaissance intrinsèque de certaines contradictions inhérentes à notre position.

L'ébène – d'une peau si noire qu'elle abritait des nuances spectrales d'ombres implacables – frissonna d'une émotion qui approchait de l'indignation. Ils se dévisagèrent un bon moment, et Derec en retira le pénible sentiment qu'ils se mesuraient.

Derec posa un doigt sur ses lèvres et, lorsque Ariel hocha la tête pour montrer qu'elle comprenait, fourra ses mains dans les poches arrière de son pantalon et écouta avec un vif intérêt.

– Tu estimes peut-être sincèrement avoir fait ton devoir, comme il incombe au robot, dit l'ébène d'une voix égale, mais tu n'as pas à choisir ce devoir, pas plus que tu n'as à décider de redéfinir cette cité pour satisfaire tes stipulations. Ton attitude a quelque chose de dangereusement anarchiste.

– J'ai fait ce que j'ai fait, dit le gris en détournant les yeux avec un maintien que, sur un humain, Derec aurait qualifié d'offusqué. Je n'ai pas fait de mal à un robot, ni à un humain, certainement pas à moi-même. En fait, si tu te donnais la peine d'ouvrir tes récepteurs et que tu recherchais une justification empirique à tes opinions tu verrais que je n'ai fait qu'élargir le champ de la conscience des robots rassemblés ici. Une telle expansion des perspectives ne peut être que positive.

– Tu ne peux pas le prouver, rétorqua l'ébène. Tu ne peux que le supposer.

– On peut penser à juste raison faire le bien. Bien sûr, il se peut que le mal découle de facteurs imprévus, mais un tel raisonnement ne justifie en rien de rester inactif. En tout cas le sujet est clos. Ce qui est fait ne peut être défait.

– Tous les robots peuvent recevoir l'ordre d'oublier et ils oublieront ! lança l'ébène d'un air de défi.

– Ce que j'ai accompli dépasse le seul souvenir, répliqua le gris. Ce que j'ai accompli affectera le fonctionnement positronique de tous les robots qui ont vu mon édifice. Donne-leur l'ordre d'oublier – vois si je m'en soucie. (Le gris se tourna comme pour s'éloigner, mais il s'immobilisa, et reprit :) Mais, je le reconnais, ils iront bien mieux s'ils savent le pourquoi. La confusion de l'oubli mène souvent à la surcharge – et donc au désastre. Ainsi, en quoi ta suggestion respecte-t-elle les Trois Lois, maintenant ?

L'ébène parut ébranlé. Puis il retrouva son équilibre, fit quelques pas, et posa la main sur l'épaule du robot chromé qu'il contempla comme il aurait étudié un cristal au microscope électronique. Ses yeux étaient si rouges qu'ils paraissaient inclure diverses nuances, tels les plans de l'édifice.

– Ton bâtiment est un remarquable succès conceptuel, dit-il au gris. Se pourrait-il que tu l'aies recopié sur une structure préexistante ?

– Excuse-moi, mon ami, répondit le gris, mais la conception m'en est simplement venue un après-midi. J'y ai répondu en le réalisant. Je dois mentionner que l'ordinateur central aurait refusé mes instructions si j'avais requis quoi que ce soit de contraire à la programmation de la ville.

– Intéressant, dit l'ébène en se frottant les mains. (Derec s'attendait presque à voir les étincelles voler.) Et combien de temps pouvons-nous nous attendre à voir rester là cet édifice ?

– Jusqu'à ce que l'ordinateur central reçoive l'ordre direct de l'effacer. Moi seul en connais le code. Néanmoins, je suppose qu'il serait possible qu'un critique assez déterminé le découvre et le brise.

Les yeux de l'ébène flamboyèrent et Derec se contracta en le voyant se dresser de toute sa hauteur.

– C'est de la folie ! L'illogique triomphe ! Tes actes ont irrévocablement modifié le schéma de notre existence !

– Pas du tout, dit le gris avec réserve. L'édifice est un résultat logique d'une sensation qui a bouleversé mes circuits depuis que les humains sont arrivés dans notre cité. (Pour la première fois il salua la présence de Derec et d'Ariel, par une légère révérence.) Et, sans doute, si ma vision est le résultat logique d'une interaction complexe de mes circonvolutions positroniques, tout ce que je crée – et tout acte que j'accomplis – est une activité séante et convenable, surtout si elle aide les robots à mieux saisir la complexité du comportement humain.

– En ce cas, dit l'ébène, tu reprogrammeras le central pour disposer du bâtiment, puis ouvrir ton réceptacle cérébral, afin de partager les nuances de tes circonvolutions avec nous. Il ne te sera plus nécessaire de créer.

– Il ne fera rien de tel ! s'écria Derec. Ecoute, l'ébène, pour qui que tu te prennes, ajouta-t-il en manquant fourrer son doigt dans la figure du robot, jusqu'à ce que d'autres humains arrivent, ou que l'ingénieur qui a créé cette ville révèle sa présence, cet édifice restera là aussi longtemps que son... que son créateur le jugera bon. C'est un ordre direct qui ne devra pas être annulé par le central ni par personne ! Tu comprends ? Un ordre direct ! Qui s'applique à tous les robots de la cité ! Il n'y aura pas d'exception !

L'ébène acquiesça.

– Comme vous voulez.

Derec ne pouvait que supposer que l'ébène appliquerait ses ordres à la lettre. Seule une instruction donnée par quelqu'un qui aurait préséance – le D$^r$ Avery, pour être précis – ou une nécessité dictée par les Trois Lois permettrait au bâtiment de se voir réabsorbé, maintenant.

Et pour souligner ce fait, de peur que l'ébène n'essaie de relever une erreur de logique dans l'ordre, Derec ignora tous les autres robots – en particulier l'ébène – en faveur du gris. Il se tourna vers lui et demanda :

– Quelle est ta désignation ?

– Lucius.

– Lucius ? Pas de numéro ?

– Comme beaucoup de mes camarades, j'ai décidé

depuis peu que mon ancienne désignation n'était plus adéquate.

– Oui, cela semble se répandre. Très bien, Lucius, je crois qu'il est temps de faire une petite promenade, toi et moi.

– Si tel est votre désir, dit Lucius sans se compromettre.

Quelques instants plus tard, Derec et ses trois amis escortaient le robot appelé Lucius hors de la place. La vaste majorité des robots avaient reporté leur attention sur l'édifice, mais Derec avait une conscience aiguë de deux yeux de métal qui le fixaient de leurs rubis, comme pour s'enfoncer dans son âme.

# LE DISJONCTEUR

Alors qu'il arpentait les rues qu'il venait de parcourir en scooter, Derec profita de l'allure plus réduite pour déterminer combien la cité avait changé dans l'intervalle. Le fait que sa vitesse avait été plutôt effrénée compliquait ses calculs. Il n'avait eu que des aperçus, et n'était pas sûr de s'en rappeler la moitié.

Mais, une fois admis les défauts de son tour d'horizon, il acquit la certitude que des bâtiments entiers avaient disparu, remplacés par des nouveaux dans un assortiment de formes géométriques qui, malgré leur variété, n'en possédaient pas moins un aspect général similaire à celui de moules à gâteaux. En divers endroits des blocs entiers s'étaient transformés. Néanmoins, les rues suivaient plus ou moins les anciennes directions, en dépit de l'ajout de nombreux tours et détours, véritables nœuds.

Plus il s'éloigna de l'édifice de Lucius, plus il trouva de déviations inattendues, sous la forme de ferronneries, de canaux d'évacuation clôturés, de ponts et de centrales électriques. Il se réjouit de posséder un bon sens de l'orientation ; sinon, il aurait dû se reposer sur les robots. Il n'y avait pas de mal à ça – les robots ont un excellent sens de l'orientation – mais il n'aurait pas toujours un robot avec lui quand sa survie en dépendrait.

Où qu'il fût, cependant, il discernait encore les lointains éclairs qu'émettait l'édifice de Lucius. Ils perçaient l'obscurité environnante comme des épées éthérées surgies d'un puits, des épées qui tranchaient dans les bancs de nuages haut dans le ciel. Les nuages tournaient, roulaient, pour cacher de nouveaux pans du ciel, comme si la lumière y attisait un feu intérieur.

Le groupe de Derec – Ariel, Mandelbrot, Wolruf et Lucius – avançait en silence depuis quelque temps. Derec songea qu'ils avaient tous, même Mandelbrot, besoin de se perdre dans leurs pensées pour digérer le spectacle qu'ils venaient de voir.

Derec regrettait de ne pas mieux se remémorer les histoires et les coutumes galactiques. En plus de la perte de sa mémoire, il avait oublié les méthodes qu'il utilisait pour se rappeler des faits. Il avait perdu son système de classification, et il devait se plonger dans une tâche quelconque, la réparation d'un robot, par exemple, pour qu'il lui revienne.

Il n'aimait guère cet état de fait, parce qu'il n'aimait pas songer qu'Ariel et lui – tous deux amoindris, ces temps-ci – étaient les seuls à avoir jamais rencontré des robots capables de réflexion logique et d'inspiration transcendante.

De plus, qui pouvait affirmer que les robots ne possédaient pas de subconscient propre, d'esprit capable de suivre sa voie propre, un esprit ni supérieur, ni inférieur à l'esprit humain, mais distinct ? Après tout, les hommes eux-mêmes avaient attendu des scientifiques et des médecins primitifs pour connaître le subconscient avant l'ère de la colonisation spatiale. Quelqu'un s'était-il soucié d'explorer le paysage intérieur des robots ? Derec s'effarait à l'idée qu'il lui incombait la responsabilité écrasante d'assister – voire de présider – aux douleurs des robots durant leur naissance spirituelle. Il ne se sentait pas très qualifié.

*Mais je ne suis pas non plus du genre à laisser passer une telle opportunité. Des robots créatifs pourraient peut-être accomplir l'avancée conceptuelle nécessaire pour découvrir un remède qui guérirait Ariel.*

Son affection lui avait valu son exil d'Aurora, dont la population redoutait toutes les maladies. Ils avaient pu se débarrasser de la plupart d'entre elles mais quelle que fût celle qu'Ariel avait contractée, elle échappait aux possibilités de la médecine auroraine. Les docteurs n'avaient su ni diagnostiquer ni traiter le mal dont elle souffrait. Les robots médecins de la cité nageaient dans le brouillard le plus complet. Et Derec, quant à lui, n'avait pas progressé d'un pouce. Peut-être une équipe de robots créatifs – dont l'inspiration se nourrissait de science plus que d'art – réussirait-elle où il avait échoué.

Mais d'abord Derec devait comprendre ce qui se passait ici – et qui concernait Lucius, Harry et ses compagnons, et même l'ébène. Il savait depuis longtemps quelles questions il voulait poser, mais il avait choisi d'attendre car il hésitait à rompre le charme du silence qui s'était abattu sur les membres du groupe.

De plus, il voyait bien qu'il ne servirait à rien d'engager une conversation avec Ariel. Elle marchait les épaules voûtées, les mains dans le dos, l'air pensif et les sourcils froncés. Il savait d'expérience souvent amère qu'il valait mieux l'éviter quand elle arborait ces symptômes. Elle appréciait rarement que l'on vienne interrompre ses moments de dépression et justifiait cette tendance malsaine en affirmant que ses humeurs lui appartenaient, et qu'elle préférait en jouir comme bon lui semblait.

*Bah, elle sortira de sa coquille quand elle y sera*

*prête*, se dit-il. *J'espère juste que cet épisode d'intro-version ne vient pas de sa maladie.*

Bien sûr, il était toujours possible qu'elle désirât attirer l'attention et acceptât mal son échec. Il venait de se résoudre à risquer quelques piques dans l'espoir de la satisfaire, quand Lucius le surprit en prenant l'initiative de rompre le silence.

– Ma création vous a plu ? demanda-t-il. Excusez-moi si je vous parais franchir les limites de la politesse, mais je suis naturellement intéressé par vos réactions humaines.

– Ah, tout à fait, elle m'a plu. C'est sans conteste un des édifices les plus remarquables que je me rappelle avoir vus. (Un compliment commode, puisqu'il se rappelait de peu : des images fragmentaires d'Aurora et ce dont il avait été le témoin depuis son réveil, amnésique.) La question est : elle t'a plu, à toi ?

– L'édifice me semble convenable pour un premier essai. Ses failles logiques m'apparaissent déjà, hélas !

– Pas aux autres, tes circuits seront peut-être réconfortés de le savoir.

– Oui, vous avez raison. Ils le sont. Ainsi que par le fait que j'ai éprouvé un étrange sentiment de complétude quand j'ai contemplé l'édifice terminé. Mon esprit a maintenant la liberté de formuler mon nouveau dessein. Il me paraît déjà inapproprié de se glorifier des réussites passées.

– Je me suis aperçu qu'en observant ton édifice, j'ai senti ce que j'ai toujours entendu les humains définir comme le frisson de la découverte, dit Mandelbrot, avec une note de mesure dans la voix que Derec ne lui connaissait pas. Mes circonvolutions positroniques se sont concentrées dessus sans peine.

– Alors, je suis récompensé, dit Lucius.

– Moi aussi, dit Derec. Je n'exagère pas en affirmant que je me suis senti presque privilégié de contempler cet édifice.

– En ce cas, je suis doublement récompensé, dit Lucius.

– En fait, j'irais même jusqu'à dire que jamais au cours de l'histoire humaine un robot n'a produit de telle composition.

– Jamais ? J'aurais pourtant cru que, quelque part...

Le robot secoua la tête, comme pour assimiler les tenants et les aboutissants de la notion. L'effet était déconcertant et, l'espace d'un instant, Lucius rappela à Derec la façon dont se comporterait un humain affligé d'un tic nerveux.

– J'aimerais savoir ce qui t'a poussé vers l'art en premier lieu, dit Derec.

Lucius réagit par une immobilité absolue et un regard vide. Tous, même Ariel, s'arrêtèrent. Il se passait quelque chose de terrible.

Derec sentit ses tripes se nouer. Depuis son réveil, seul, amnésique, dans sa capsule de survie, il n'avait jamais éprouvé une terreur pareille.

Les paroles de Lucius indiquaient bien qu'il s'était juste cru le premier robot de la Cité des robots à produire de l'art. De ce point de vue il était raisonnable de supposer qu'ailleurs – chez les Spatiaux par exemple – d'autres robots concevaient des œuvres d'art et œuvraient pour les réaliser.

Le robot n'est pas programmé pour prendre des initiatives, surtout si leurs conséquences en sont encore inconnues. Il se contente de rationaliser, et d'interpréter en toute liberté la logique qui justifie chaque acte. Et Derec eut la certitude que la posture figée de Lucius reflétait ce qui se passait dans son cerveau ; ses circuits essayaient d'assumer le fait irréfutable d'une initiative inacceptable, et ne savaient pas la justifier.

En conséquence, son cerveau risquait la surcharge. Il allait mourir de dérive positronique, la mort robotique par extinction spirituelle fatale – par la faute d'une incapacité inhérente à sa programmation de résoudre des contradictions apparentes.

Derec devait réfléchir, et vite. Le corps serait réparable, une fois le désastre survenu, mais le cerveau finirait dans le recycleur. Les circonstances particulières qui avaient généré les capacités de Lucius à effectuer des sauts conceptuels seraient peut-être impossibles à reproduire.

*Un angle ! J'ai besoin d'un angle d'approche pour pénétrer dans l'esprit de Lucius !* se dit Derec. *Mais lequel ?*

– Lucius, écoute-moi très attentivement, dit-il, les dents serrées. Ton esprit est menacé. Je veux que tu cesses de penser à certaines choses. Tu te poses des questions, je le sais. Pour ta survie, il est vital que tu fermes délibérément les circuits logiques qui s'en occupent. Tu comprends ? Vite ! Rappelle-toi, tu ne le fais pas sans raison mais sous l'égide de la Troisième Loi, qui t'ordonne de te protéger en toute circonstance. Vu ?

Tout d'abord, pendant que Derec parlait, Lucius ne dit rien. Derec se demanda si ses mots passaient la brume positronique. Mais Lucius releva la tête et, hésitant, regarda autour de lui. Il avait repris un faible contrôle de ses facultés mais restait en danger.

– Merci, monsieur. Vos paroles ont mis fin à mes errances spirituelles, pour l'occasion. Je vous suis très reconnaissant. Il est difficile de servir l'humanité en étant incapacité. Mais je ne comprends pas. J'ai une impression très étrange. Est-ce là ce que les humains appellent un tourbillon d'émotions ?

– Ne pense même pas à ton efficacité physique, dit Derec, inquiet. En fait, je veux que tu orientes tes intégrales vers les sujets que je te suggérerai.

– Monsieur, je dois vous signaler avec tout mon respect que c'est impossible, répondit Lucius.

– Je peux peut-être lui fournir quelques informations qui vous aideront, maître, dit Mandelbrot.

Derec acquiesça, et Mandelbrot dit alors :

– Permets-moi de me présenter, camarade. Je m'appelle Mandelbrot et je suis un robot. Mais pas un robot comme toi. Tu as été construit dans une usine, ici à la Cité des robots, mais maître Derec m'a fabriqué en personne. Il a employé des pièces de rebut qu'il utilisait avec l'aval de l'extraterrestre qui le retenait prisonnier contre son gré. Maître Derec ne connaît peut-être pas les détails de sa vie passée, mais c'est en tout cas un roboticien de premier ordre. Il peut t'aider à résoudre ce dilemme.

– Pour le moment, raisonner m'est... très difficile.

Lucius dérivait, dans le paysage intérieur qu'il se créait. La lueur de ses senseurs se fanait, et des bruits inhabituels, contradictoires émanaient de l'intérieur de son corps.

– Très bien, Lucius, dit Derec, je veux que tu réfléchisses avec le plus grand soin. Je veux que tu te rappelles tout ce qui t'est arrivé dans les, voyons, quelques heures qui ont précédé la conception de ton édifice. Je veux que tu me dises lentement et dans tous les détails la vérité exacte. Ne t'embarrasse pas des contradictions évidentes. S'il surgit quelque chose qui te paraît dangereux, nous nous en occuperons avant de poursuivre. Mais souviens-toi bien de ceci, d'accord ?

Lucius resta immobile.

– D'accord ? répéta Derec avec insistance.

Lucius hocha la tête.

– Parfait. Souviens-toi donc qu'en règle générale les contradictions de l'instant s'effacent dans la lumière froide de la réflexion sublime. Tu t'en rappelleras ?

Lucius ne répondit pas, ne bougea pas.

– Réponds-moi !

Frustré, Derec tapa sur la coquille qui protégeait la tempe du robot – l'écho se perdit entre les bâtiments.

Enfin, Lucius acquiesça.

– Je comprends, dit-il simplement.

– Une suggestion, maître, s'enquit Mandelbrot.

– Tout ce que tu veux – mais vite.

– D'où viennent les problèmes de Lucius ? Il croit qu'en programmant cet édifice, il s'est détaché des Trois Lois, et a donc dévié de la voie. Sa discussion avec l'ébène sur la place a peut-être contribué aux déséquilibres positroniques, mais de simples mots seraient restés sans effet si Lucius n'avait été, sans le savoir, conscient de la possibilité.

– C'est ça, ta suggestion ! s'exclama Derec, impatienté. Où veux-tu en venir ?

– Pardonnez-moi, mais un robot comprend les paradoxes qui surgissent dans l'application pratique des Trois Lois beaucoup mieux qu'un humain – mais jusqu'à présent, seuls les humains ont effectué les sauts conceptuels de l'imagination. A présent, je vous pose la question, maître Derec, pour que vous la posiez à Lucius : pourquoi en est-il ainsi ?

Derec se dressa sur la pointe des pieds et parla directement dans les senseurs auditifs de Lucius.

– Ecoute-moi, Lucius. Je veux que tu réfléchisses – et que tu me dises le moment précis où tu t'es senti différent.

– Différent ?

– Ce n'est pas le moment des faux-fuyants, Lucius, réponds-moi ! Pourquoi es-tu différent ?

Après une très longue pause (durant laquelle Derec entendit cogner son cœur et battre ses tempes), Lucius se mit à parler, comme hypnotisé.

– Cela se passait au moment où vous et la dénommée Ariel, vous êtes arrivés dans la cité. L'ordinateur central avait déjà répondu à la mort de l'homme qui avait votre apparence par des mesures défensives.

– Mon double, oui, dit Derec, avec brusquerie, en croisant les bras. Continue.

– Sur la conclusion erronée que la cité subissait l'attaque d'adversaires mystérieux, inconnus et peut-être invisibles, l'ordinateur a bientôt passé la vitesse supérieure et entrepris de la redéfinir dans une mesure jamais atteinte ; il a approuvé les modifications qu'il avait lui-même suggérées, avant que des facteurs externes tels que le besoin et la compatibilité soient intégrés dans ses plans. Le taux des révisions est vite devenu suicidaire. Les ressources étaient grevées à l'extrême, et les schémas météorologiques poussés jusqu'au point d'ébullition. La cité se détruisait pour se sauver.

– Je crois m'en souvenir dans les grands traits, dit Derec.

– Excusez-moi si ce que je vous déclare paraît évident, mais je crois que cela peut s'avérer pertinent. (Le ton de Lucius ne trahissait nulle agitation devant l'impatience de Derec. En ce domaine au moins le robot suivait les ordres.) Même si j'admets que je n'ai jamais cherché de preuve empirique pour l'affirmer ou l'infirmer, je crois pouvoir dire que chaque robot était si absorbé par les directives à court terme que nul ne se rendait compte de la crise.

– Et que se serait-il passé, selon toi, si certains robots s'en étaient avisés ?

– Ils auraient peut-être déduit que les directives à

court terme allaient à l'encontre du but recherché, dans l'optique de la Troisième Loi, et essayé de communiquer avec le central dans le but d'annuler ses ordres.

– Le central ne répondait pas, de toute façon, dit Derec en perdant patience. Ç'aurait été l'impasse ! Qu'est-ce qui te fait penser qu'ils auraient ignoré le central s'ils l'avaient cru en panne ?

– Parce que c'est ce que *j'ai fait*, en effectuant les actes logiques que me dictaient mes déductions.

– J'imagine que tu as essayé de communiquer plusieurs fois.

– Et chaque fois, l'interaction indiquait que les canaux ne s'ouvraient que dans un sens. Le central pouvait me parler mais refusait de m'entendre. Mes intégrales de curiosité ont trouvé cela significatif mais, à défaut d'autres informations, je n'ai pas eu la possibilité de résoudre le problème.

– Qu'est-ce que tu as fait, alors ? Obéi à tes directives ?

– Non. J'avais déterminé qu'elles allaient à l'encontre du but recherché, aussi je n'avais pas le choix, si ce n'est celui d'essayer de discerner, par tous les moyens disponibles, une direction logique justifiée par les circonstances. J'ai erré dans les rues, observé leur métamorphose, étudié leur mutation, et tâché de discerner le schéma directeur qui selon moi devait se dissimuler sous les changements incessants.

– Tu as vu d'autres robots agir ainsi – errer ?

– Non. Les autres robots que je voyais se contentaient de suivre les activités qui leur étaient assignées, et d'effectuer leurs tâches routinières sans s'occuper du changement anormal. Ce n'était pas flatteur de ma part, mais je les considérais, au premier degré du moins, comme des idiots qui faisaient ce qu'on leur disait sans réfléchir aux conséquences de leurs actes.

La situation était inacceptable, mais que pouvais-je y faire ? Je ne pouvais qu'en conclure que toutes mes opinions n'étaient que cela, des opinions. Et n'étaient pas meilleures que les leurs.

– C'est à ce moment-là que tu y as pensé ? Que tu as conçu ton édifice ?

– Si vous vous rappelez, une série d'averses torrentielles sont tombées. Les robots ont peu à peu abandonné leurs tâches pour endiguer les inondations, mais ils restaient incapables de saisir l'origine du désastre. Le commentaire que ces événements portaient sur la manière superficielle dont nous acceptons nos coutumes ne pouvait pas m'échapper. Et l'acceptation aveugle me semblait contraire, par certains aspects, à la raison de vivre que l'on m'a programmée.

– Et quel était ce commentaire ? demanda Derec.

– Je n'en étais pas sûr ; aucune démarche intellectuelle ne me paraissait établir de précédent valable.

– Continue, je t'en prie ; tu t'en tires très bien. Je n'ai toujours pas vu de violation des lois. Tu n'as pas de souci à te faire – tu te l'imagines !

– J'ai jugé que j'avais trouvé autant de preuves empiriques dans la cité, sur les trottoirs, que nécessaire. J'avais besoin de voir le ciel et la pluie sans l'obstacle des bâtiments comme le ferait un humain dans une situation analogue.

Derec haussa les épaules.

– Continue.

– Sitôt l'idée venue, j'ai agi. Mon objectif me préoccupait si bien que j'ai oublié de tenir compte de ce que mes senseurs, eux, percevaient : les rues de la ville subissaient une sorte de trémulation cachant les vibrations que la pluie et le vent provoquaient. Je l'ai ressentie dans mes jambes, j'ai frissonné jusqu'à dans mon torse. Comme j'allais vers le gratte-ciel le plus proche, ces vibrations m'ont titillé le bout des doigts.

« Une fois à l'intérieur, je me suis rendu compte que je me polarisais curieusement sur les nuages d'orage dans le ciel. Leurs nuances de noir et de gris tournoyaient avec une vivacité nouvelle dans mon esprit ; j'étais tellement absorbé par cette image fugitive que lorsque le rez-de-chaussée a tremblé sans prévenir et manqué m'envoyer bouler contre le mur, ma première pensée a été d'atteindre l'ascenseur.

Lucius s'interrompit, et tendit la main pour prendre Derec par l'épaule.

Il tressaillit, mais quand Mandelbrot fit mine de la dévier, Derec l'arrêta d'un geste. Les robots ne touchaient jamais les humains, d'habitude, mais il sentait que Lucius avait besoin d'un contact, ne serait-ce que pour s'assurer que ses problèmes lui venaient de son esprit.

Lucius serra son épaule juste assez fort pour lui faire mal, mais l'humain essaya de ne pas tressaillir. Sinon, Mandelbrot estimerait que son inaction permettrait que Derec soit blessé, et ce dernier ne voulait pas qu'il intervienne à ce stade.

– Je crains que cela n'ait été ma première véritable transgression. La trémulation du bâtiment m'a rappelé tout ce que je savais de ma brève existence sur l'alimentation humaine.

– Hein ? dit Derec.

– A présent que je me trouvais dans un gratte-ciel dont le comportement indiquait qu'il allait subir une mutation, j'avais idée de ce qu'une créature vivante avalée par un humain devait ressentir une fois sa destination atteinte.

Derec sentit son estomac se soulever.

– Lucius, c'est barbare ! Plus personne ne fait ça – à ma connaissance, du moins.

– Oh ! Mon information doit être sujette à caution, alors. C'est difficile de distinguer le vrai du faux si l'on essaie de comprendre les humains.

– Oui, je sais, dit Derec, pensant à Ariel avant de décider de se réserver pour le problème actuel. Continue. Tu as compris que ta vie était en péril à cause du bâtiment.

– Oui. Soit il changeait, soit la rue allait le réabsorber. La Troisième Loi exigeait que je sorte aussitôt. Je n'aurais en effet pas dû avoir le choix. Mais, curieusement, je suis resté. Cela m'a été facile. Car dans ces brefs instants il m'importait plus de voir les nuages sans l'obstacle de la civilisation qui m'avait engendré que de pourvoir à ma survie. J'agissais d'une manière diamétralement opposée à la voie que dicte la Troisième Loi. Pourtant je fonctionnais normalement, du moins en surface. Ce n'est que maintenant... maintenant... maintenant...

Lucius répétait le dernier mot comme si son esprit s'était pris dans une boucle insoluble.

– Absurde ! jeta Derec. Que tes actes t'aient mis en péril – ce qui me paraît le sens général de tes propos –, comment le sais-tu ? Bien sûr, c'est peut-être ce qu'il t'a semblé mais tu avais une mission, un objectif à remplir. Des facteurs à peser. Tu avais d'autres choses en tête.

– Mais... aaii... mais il y avaiiiit un danzzzer...

– Et la probabilité, je parie, que tu ressortes intact si tu gardais tes esprits. C'est l'évidence ! Allons, Lucius, il faut que ce soit évident, sinon tu ne serais pas là. C'est à ce moment qu'il fallait tourner en eau de boudin, pas maintenant. Vivre et apprendre, tu te rappelles ? Comme un artiste !

Lucius oscillait comme un homme ivre mais ses senseurs, eux, restaient fixés sur Derec. Difficile de dire s'il allait mieux, car son visage de métal ne pouvait pas exprimer d'émotion ni de sentiment, et la lueur de son viseur optique restait pâle. Mais sa voix paraissait déjà plus ferme quand il dit :

– Nous sommes entraînés à déterminer les probabilités. Nous mesurons sans cesse des probabilités. Nous avons l'habitude de les peser en un centième de seconde, et de réagir de la manière appropriée. Et la probabilité paraissait peu prometteuse.

– Mais ce qui compte, Lucius, c'est ce qui s'est passé. Le reste, tu vas devoir le mettre au compte de l'expérience.

Lucius relâcha son épaule. *Juste à temps*, se dit Derec en la massant tout doucement.

– Oui... J'en ai accumulé, depuis peu, n'est-ce pas ? dit Lucius d'un ton dont la mesure fit prendre son souffle au jeune homme. Selon vous, quand vient l'heure d'en acquérir, il arrive qu'éviter le danger cause plus de mal que le courir ?

– En fin de compte, oui, je crois, dit Derec, en hochant la tête pour le souligner même s'il ne souhaitait pas aller jusque-là. Dans ce cas, l'omission de l'expérience aurait retardé ton développement spirituel – ce qu'on pourrait considérer comme un mal, en quelque sorte. Tu n'es pas d'accord, Mandelbrot ? *Mens, si nécessaire.*

– Excusez-moi, maître, mais vous savez bien que je ne peux pas mentir. Etait-ce une tentative de plaisanterie ?

– Merci, Mandelbrot. Que s'est-il passé ensuite, Lucius ?

– Malgré l'instabilité du bâtiment j'ai couru à l'ascenseur et l'ai mis en marche. J'ai alors songé, l'espace d'un instant, que si les commandes avaient changé je n'aurais pas eu le choix et je serais sorti avec la plus grande célérité. Mais elles ne m'ont pas paru vouloir se transformer alors j'ai déraisonné, et estimé que la cité même allait me donner le temps d'accomplir mon but et de partir. Je n'aurais pas pu me tromper davantage. J'ai dû connaître une sensation voisine de la surprise humaine, lorsque je me suis rendu compte de l'étendue de mon erreur.

« L'ascenseur m'avait amené à mi-hauteur, lorsque le bâtiment s'est rompu. Ses fondations se sont dissoutes, ses murs ont fondu en un ruisseau désordonné qui m'a d'abord projeté en l'air puis ramené sans pitié vers la surface. Tout ce que je sentais : une marée de métacellules qui cédaient autour de mon corps sans me permettre pourtant la moindre liberté de mouvement.

— Une minute, dit Derec. Tu essaierais de me dire que dans votre histoire, pour brève qu'elle soit, aucun robot ne s'est jamais trouvé englouti, même accidentellement, dans un bâtiment qui changeait ou se fondait dans la ville ?

— Bien sûr que non, monsieur. Un immeuble qui va changer prévient par de nombreux signes internes et notre adhésion à la Troisième Loi nous empêche de nous attarder au-delà du point où même un incident devient une possibilité réaliste. De plus, la cité cesserait normalement d'agir si un robot était bloqué dans un bâtiment parce qu'il est immobilisé par un accident. J'avais cependant négligé de prévoir les implications des circonstances particulières que connaissait la cité à ce moment-là – le fait qu'elle se croyait attaquée, la restructuration frénétique, le désastre écologique...

— Oublie ça, tu es un robot, pas un voyant. Tu n'aurais pas pu deviner à quel point le programme foirait. Alors, qu'est-il arrivé, quand tu as été englouti ? Qu'as-tu pensé ?

— J'ai eu des pensées très claires – des plus logiques. Curieusement je n'ai pas senti le temps passer.

A la réflexion, je n'ai pas pu rester englouti plus de quelques centièmes de seconde, mais en fait, mon esprit fonctionnait à une allure qui accentuait la subjectivité du concept de temps. Chaque instant passé dans le reflux s'est étiré sur une éternité. Et dans ces éternités, une infinité de moments s'étendaient. J'ai compris que durant ma brève existence j'avais connu un état proche de la mort, à vivre, à travailler, à faire toutes les choses que l'on m'avait programmé pour faire, et à ignorer les possibilités qui s'offraient. Bon, je ne savais pas quoi faire mais j'ai pris la décision d'explorer ces possibilités, quelles qu'elles soient.

« A un moment, mes senseurs ont indiqué que je ne bougeais plus. J'étais stationnaire, mais le reflux se poursuivait, il coulait sur moi comme si j'étais attaché à un rocher au milieu de rapides turbulents. La pression a diminué peu à peu et je me suis rendu compte que j'étais retenu par la surface des rues, au-dessous de l'immeuble qui coulait.

« Je suis resté là, gisant, alors que les derniers ruisselets de métacellules dégoulinaient sur moi pour me laisser propre, neuf. Moi qui m'étais vu englouti dans un bâtiment, je savais quelle sorte d'édifice la Cité des robots devrait contenir. Son dessin et sa structure m'apparaissaient déjà.

– Cela ne t'a pas semblé inhabituel ? demanda Derec.

– Non. C'était logique ; si logique que je comprenais à la perfection. J'avais un but, j'allais le réaliser. Par ailleurs, je n'avais pas envie de déterminer pourquoi je l'avais ; ça ne me paraissait pas très important. Je remarque cependant, après avoir observé le comportement de mes camarades, que je ne suis pas le seul qui cherche à s'exprimer. Cette ambition se répand.

– Comme la peste, dit Derec.

– Chose curieuse, les étoiles et les nuages qui m'avaient fasciné ne m'intéressaient plus. Ce qui m'importait, c'était de façonner mon idée, avec les outils et les instruments dont je disposais, de l'incarner.

– Tu ne pensais pas qu'on pourrait y trouver à redire ?

– L'opinion des autres ne comptait pas. Je sentais de trop gros parasites dans mes transistors pour me laisser distraire. Mes circuits avaient des éclairs d'activité incontrôlables, et opéraient des relations inattendues entre des idées que j'avais crues sans rapport. Ces éclairs de compréhension me venaient sans s'annoncer, et leur fréquence paraissait s'accroître. J'ai perçu d'autres bâtiments cachés dans le flux, et tout ce que je devais faire pour les trouver, c'était de me plonger dans les banques de données pseudo-génétiques pour les façonner.

L'esprit de Derec fourmillait d'idées. Il croyait comprendre les robots, connaître leur processus de pensée puisqu'il savait comment on fabriquait leurs corps et leurs cerveaux. Il jugeait pouvoir démonter et remonter le modèle standard en aveugle dans la demi-journée, et y apporter sans doute des améliorations. En fait, il s'en vantait souvent auprès d'Ariel, même si elle n'y croyait guère.

Néanmoins, avant ce moment, il s'était toujours figuré qu'un gouffre infranchissable le séparait des robots. Rien, dans son esprit, pensait-il, ne ressemblait à quoi que ce soit du leur. Derec était un être de chair fait de cellules qui suivaient des schémas complexes décidés par ses codes A.D.N. Une chair et des cellules grandies dans une matrice ou dans un incubateur (il ne le saurait pas tant qu'il n'aurait pas retrouvé la mémoire). Une chair et des cellules qui, un jour, ne seraient plus. Ces vérités premières, son sub-conscient les connaissait.

Un robot... ce robot... était fait de pièces inter-changeables ; les capacités positroniques d'un robot lui permettaient certes d'endosser des traits person-nels subtils, et des initiatives restaient toujours possi-bles dans le cadre des Trois Lois. Mais ces initiatives étaient fiables, prévisibles avec du recul, car tous les robots pensaient en général de la même manière.

Toutefois, il paraissait indéniable que, sur cette planète au moins, l'esprit robotique reflétait l'esprit humain dans sa capacité d'adaptation aux pressions sélectives. Dès lors, les possibilités étaient infinies.

Lucius était, à sa façon, le premier poisson à s'être traîné sur la grève. Ses capacités positroniques s'étaient adaptées à la vie dans la Cité des robots par un effort d'évolution. Quant aux autres, ils mar-chaient sur ses traces.

– Maître ? Vous allez bien ? s'enquit Mandelbrot.

– Oui. Je tâchais d'assimiler tout ça, répondit De-rec d'une voix distraite, cherchant Ariel du regard. (Il eût aimé savoir ce qu'elle pensait des propos tenus, mais elle avait disparu, ainsi que Wolruf. Toutes deux s'étaient éclipsées tandis qu'ils étaient occupés.) Euh... et toi, Lucius ?

– Je vais bien : je fonctionne au mieux, répondit-il d'une voix égale. A l'évidence, parler de tout ceci m'a aidé.

– J'ai d'autres questions à te poser – sur ton édi-fice, et la manière dont tu l'as fait. J'aimerais surtout savoir comment tu as négocié avec l'ordinateur cen-tral et réussi à altérer une partie des codes pseudo-génétiques.

– Bien sûr, maître, mon esprit et mes méthodes sont vôtres. Mais une explication raisonnable pren-drait plusieurs heures.

– Pas de problème. J'ai un autre rendez-vous demain matin, mais j'en aurai vite fini. Après, je voudrais te parler.

– Vous ne voulez pas m'examiner ?

– Non, je crains que te démonter – même pour jeter un coup d'œil – ne te fasse du mal. Je ne veux pas que tu changes.

Lucius s'inclina.

– C'est ce que je pensais, mais j'apprécie la confirmation.

– Une chose, cependant. Ton édifice porte un nom ?

– Eh bien, oui. Vous êtes le premier à me le demander. Son nom est « Le Disjoncteur ».

– Intéressant, apprécia Mandelbrot. Puis-je demander ce que cela signifie ?

– Tu peux le demander, répondit Lucius, sans rien ajouter.

– Mandelbrot, fais-moi une faveur, dit Derec.

– Certainement.

– Trouve Ariel, garde un œil sur elle. Qu'elle ne s'avise pas de ta présence. Visiblement, elle veut être seule mais cela n'est pas possible dans son état.

– C'est fait. J'avais vu surgir une probabilité de Première Loi de dix pour cent mais j'étais assez informé de ses souhaits pour me rendre compte qu'elle désirait la solitude. J'ai donc fait signe à Wolruf de la surveiller.

Derec hocha la tête.

– Bien.

Il éprouva une vague honte. Peut-être s'absorbait-il trop dans ses problèmes pour son bien. Mais l'initiative de Mandelbrot le rassérénait : il s'occupait d'Ariel de manière à préserver et sa santé, et son identité. Il semblait qu'un robot soucieux de servir de son mieux se devait d'être psychologue. Ou du moins curieux de la nature humaine.

– Et quel effet mon édifice a-t-il eu sur vous, monsieur ? demanda Lucius.

– Oh, j'ai aimé, dit Derec, l'esprit absorbé par Ariel.

– C'est tout ?

Derec dissimula son sourire derrière sa main.

– Souviens-toi quand même que c'est la première fois que tu crées quoi que ce soit qui approche la notion d'art. Ce soir, pour la première fois, tes compagnons ont ressenti la puissance de l'art. Nous, il nous entoure et nous influence tout au long de notre vie, depuis les premiers jardins aperçus jusqu'aux reproductions d'holopaysages, aux holodrames, tout ce que nous pouvons contempler, créé ou influencé par la main de l'homme.

« Mais vous, les robots, vous êtes clairs et intelligents dès l'instant où l'on vous met en marche. Et c'est la première fois à ma connaissance que l'un de vous crée quelque chose au sens le plus profond du terme. Si j'avais conçu un projet similaire, je doute que j'eusse pu faire aussi bien.

– Vos talents s'exercent peut-être dans d'autres domaines.

– Oui, peut-être. Je suis bon en math et en programmation. Ce sont des arts, aussi, même si ceux qui s'y consacrent les considèrent plutôt comme des disciplines. Mais l'inspiration y est similaire, et ils affirment que la créativité est la même.

– Ce n'est pas ce que je voulais dire, je pense que vous le savez, répliqua Lucius. Si je dois saisir la vraie nature de la créativité humaine, il va de soi que mes compagnons et moi nous tirerions avantage de vous voir créer une œuvre d'art.

– Je ne sais pas si je suis créatif au sens où tu l'es toi.

– Dans un autre sens, alors, suggéra Lucius.

– Hum. J'y songerai mais j'ai déjà d'autres idées en tête.

– Comme vous voulez. Il est peut-être inutile d'ajouter que notre étude des Lois de l'Humanique bénéficierait grandement de toute création que vous pourriez envisager.

– Si tu le dis... répondit Derec d'un air absent en observant les nuages qui reflétaient les couleurs du Disjoncteur : il n'y voyait que les contours du visage d'Ariel penché sur lui.

## ARIEL ET LES FOURMIS

Ariel errait seule dans la cité. La conversation entre Derec et Lucius l'avait ennuyée ; elle s'était aperçue qu'elle ne s'intéressait guère au raisonnement robotique qui sous-tendait la création de l'édifice. Elle l'avait vu, elle s'était émue et cela lui suffisait. *Je suppose que je me range dans la catégorie des je-sais-ce-que-j'aime*, avait-elle remarqué en se glissant dans une ruelle.

Quelques instants plus tard, alors qu'elle longeait un vaste canal (à sec : il n'avait pas plu depuis des jours), son esprit commença à éprouver de curieuses sensations. Enfin, pas son esprit, mais son imagination. Elle n'eut pas de doute sur son identité ou son environnement réels, mais vit des ombres menaçantes entre les immeubles avoisinants, dans des lieux trop obscurs pour qu'elle pût les discerner.

Et celles-ci se dirigeaient vers elle. Elles tendaient de longs doigts bidimensionnels pour disparaître dans la lumière qui inondait le trottoir. Les lampadaires s'éteignaient l'un après l'autre, au rythme de sa progression. Baignée de lumière, hors de portée des doigts crochus, elle marchait pourtant sans cesse vers les ténèbres où le danger l'attendait. Ariel n'était pas sûre d'elle, ce qui aggravait son sentiment d'insécurité.

Sur Aurora l'existence d'un édifice n'était jamais remise en doute. Tout changement se produisait lentement, graduellement.

Sa vie, depuis son exil forcé, offrait un contraste décisif. Comme Derec avec son Shakespeare, elle avait un peu lu récemment sur des sujets de son choix. Dans un recueil d'aphorismes de Settler, elle avait trouvé une vieille malédiction : « Puissiez-vous vivre des temps intéressants. »

C'était là ce qu'elle avait désiré durant toutes ces années, sur Aurora, où un fait modérément intéressant se produisait une fois l'an, si on avait de la chance. Aussi loin que remontaient ses souvenirs, elle avait eu l'envie féroce de quitter l'ennui et la stérilité qui régnaient.

A présent qu'elle avait réussi au-delà de ses rêves les plus fous, elle ne souhaitait rien d'autre qu'un peu de calme et de tranquillité : une période d'ennui mortel où elle n'aurait rien à faire, aucun souci, surtout pas d'elle-même. A cause en partie à la maladie qui la ravageait elle éprouvait de plus en plus de difficulté à savoir comment agir et quoi faire – problème qui ne se posait jamais sur Aurora, où mœurs et coutumes offraient un guide pour n'importe quelle situation en société.

Elle s'imagina loin de la Cité des robots, dans les champs d'Aurora, en promenade nocturne, seule, mais pas seule, suivie par des robots invisibles et loyaux qui s'assureraient du mieux de leurs capacités qu'il ne lui arriverait rien de mal.

Au lieu des bâtiments qui la dominaient, elle vit des champs qui étiraient au loin leurs étendues d'herbe et de bosquets : vastes plaines dont l'uniformité était interrompue par de rares édifices au style architectural rassurant, familier. Les nuages dans le ciel lui valurent le souvenir des formidables tempêtes d'Aurora, lorsque le tonnerre grondait comme un tremblement de terre et que la foudre frappait comme un trident céleste.

Durant de tels orages, la pluie tombait comme d'un barrage effondré. Elle trempait les champs, lavait les arbres, et Ariel pouvait s'y promener, et la sentir marteler sa peau la journée durant si elle le désirait – du moins, tant que ses robots ne craignaient pas qu'elle ne prît froid, et n'exigeaient pas qu'elle se mît à l'abri.

Ici, la pluie faisait juste déborder les caniveaux. Ici, la pluie pouvait être un présage de mort et de destruction au lieu d'un messager de vie.

*Mais où est Derec*, se dit-elle soudain, *maintenant que j'ai besoin de lui ?*

*Oh ! C'est vrai. Il discute avec Lucius. C'est tout lui, de s'absorber dans des sujets sans importance au lieu d'essayer de nous tirer de cette sacrée planète.*

*Il ne comprend pas à quel point nous avons besoin d'aide. Lui pour son amnésie. Moi pour ma folie.*

Sa folie ? C'était donc ça ? N'y avait-il pas un autre terme qu'elle pût employer ? Anormalité, aberration ? Psychonévrose ? Etat maniaco-dépressif ? Mélancolie ?

Où étaient les champs ? se demanda-t-elle. Ils étaient là un moment auparavant.

D'où venaient ces bâtiments ?

Les champs étaient peut-être derrière eux ?

Elle contourna les bâtiments au pas de course, pour jeter un coup d'œil. Il y avait d'autres bâtiments, qui s'étendaient au loin, jusqu'à l'horizon aplati, où ils se fondaient. Un mur de ténèbres. D'autres ombres.

Elle secoua la tête, et une partie du brouillard qui

obscurcissait son esprit se dissipa : elle se rappela qu'il n'y avait pas de champs sur cette planète, mais de la roche désolée, sur laquelle avait été bâtie la cité. Une cité qui grandissait et évoluait comme la vie.

Une nouvelle forme de vie.

Ici, elle n'était qu'un micro-organisme. Un germe, un virus, dans une créature qui ne la tolérait que par le bon vouloir de quelques câbles et de quelques octets d'information binaire.

Sa gorge la démangeait. Elle se massa le cou. Etait-elle en train de tomber malade ? Est-ce qu'un robot le remarquerait, et lui prescrirait un remède ? Le médicament ne lui embrumerait-il pas davantage les idées ? Dans ce cas, serait-ce une bonne ou une mauvaise chose ?

Son coude la démangeait. Elle le gratta. Son habit réduisait l'effet de ses ongles pointus. La démangeaison persista.

Elle cessa de se gratter. Peut-être que si elle l'ignorait, ça disparaîtrait.

Mais non. Ça empira. Elle essaya de ne pas y penser, mais le seul résultat fut une nouvelle démangeaison. Sur sa poitrine. Elle se gratta le sternum. Cette démangeaison-là aussi demeura. Aucune ne montrait la moindre propension à diminuer.

Où était Derec ? se demanda-t-elle, tandis que la peur de perdre le contrôle de soi aggravait son sentiment d'impuissance qui à son tour aggravait sa peur de perdre le contrôle de soi.

*Oh, c'est vrai. Il est toujours avec ce robot.*

*Hé, ça va ! Je sais où je suis. J'étais ailleurs il y a juste quelques secondes, et je ne pouvais pas revenir. A y réfléchir, y a-t-il un endroit où je préférerais être qu'ici ? Si j'étais dans l'avenir, un jour lointain ?*

Elle essaya alors de penser à son nom, et s'aperçut qu'elle ne s'en souvenait pas. Un nom paraissait pourtant une pierre angulaire ; on ne l'oubliait pas. Il ne lui semblait pas très loin, d'ailleurs. Mais il n'était pas là où il aurait dû être ; prééminent dans son esprit, où elle le trouverait chaque fois qu'elle le voudrait. Il était enfoui dans ses circonvolutions.

Ses circonvolutions. Les robots avaient des circonvolutions. Leur ressemblait-elle beaucoup ?

Etait-elle toujours aussi seule ? Sinon, cela importait-il ? Elle avait l'impression que son esprit se composait de lambeaux d'idées et d'impressions qui, jadis, avaient voulu dire quelque chose. Ce n'était plus, maintenant, qu'un amas de détritus.

Elle s'assit, pour essayer de recentrer ses visions et ses pensées. Sans s'en rendre compte, elle avait marché jusqu'au réservoir, système écologique lancé – mais pas guidé – par le D$^r$ Avery. Un monde abandonné à sa propre création.

Elle considéra les plantes comestibles qui poussaient sur la berge : un cas précis d'évolution en action. Le D$^r$ Avery avait-il envisagé cette possibilité ?

Et si d'autres métaformes de vie évoluaient elles aussi ?

Son estomac et son entrejambe la démangeaient. Sa peau lui donnait la sensation de brûler sous une douche d'acide.

Elle enfouit sa tête dans ses mains. Ses tempes battaient et elle redouta que les veines de son cerveau n'éclatent. Il lui était trop facile d'imaginer une hémorragie, le sang qui coulerait de partout, détruirait ses processus réflexes et noierait ses pensées.

Avait-elle vraiment voulu être seule ? Où était Derec ?

Ah, c'est vrai...

Elle constata une différence, d'habitude à peine perceptible mais dans son cas très distincte, entre se croire seule et être seule pour de bon.

L'aube naissait sur la Cité des robots. La lueur que Lucius avait créée diminuait avec le lever du soleil, et les flots du réservoir se brouillaient de remous minuscules qui reflétaient les rayons de l'astre.

Des rayons porteurs de vie. Ariel observa, fascinée, tandis que les graviers, à ses pieds, s'écartaient pour laisser passer une tige grisée. En quelques instants elle s'arracha à la terre et déploya deux feuilles minuscules. Elle effleura par accident le bord d'une des feuilles, et sentit un éclair de douleur dans son doigt. La plaie étroite évoquait une coupure sur un papier. Une bulle de sang suinta de sa peau.

*Merde, ça pique*, se dit-elle en regardant d'autres tiges se déployer dans une torsion. Sa migraine persistait. Elle se leva et tituba jusqu'à un rocher auquel elle s'appuya, prenant garde à ne pas écraser de plantes sous ses pieds. Mais elle avait de la peine à y songer, alors qu'elle ne bougeait plus, pourtant. De la peine à fixer son esprit, à se rappeler.

Sa peau la démangeait de partout, maintenant, en vagues qui cascadaient en tous sens, comme si des radiations invisibles la douchaient. Elle transpirait. Elle frissonnait. Elle gémissait.

Elle bascula en arrière, contempla le ciel où roulaient les nuages. Elle ouvrit la bouche, respira profondément pour tâcher de s'éclaircir les idées.

Et la démangeaison envahissante trouvait un écho. Mi-piqûre, mi-chatouille, elle ramenait un souvenir de marche, sur Aurora. Elle s'était assise pour souffler, et avait perçu une sensation voisine, mais plus subtile, plus ténue. Baissant la tête, elle avait vu une fourmi gravir sa jambe nue. Surprise, elle l'avait balayée avec un cri avant que ses gardiens ne la rejoignent.

L'effet avait été déplaisant : un contact aussi intime avec une forme de vie inintelligente qui portait peut-être n'importe quelle maladie infectieuse. Elle avait aussitôt intellectualisé l'expérience, bien entendu ; elle avait depuis longtemps décidé que la peur de la maladie sur Aurora avait été poussée jusqu'au ridicule. Néanmoins, son sentiment involontaire de répulsion et de dégoût persista jusqu'au bain à remous de désinfectants.

Cette nuit-là, elle rêva. Des milliers de fourmis grouillaient sur son corps. Le cauchemar avait été similaire à la sensation présente.

Mais celle-ci était beaucoup plus vivace.

Elle essaya de se convaincre que ce n'était pas réel, que ni elle ni Derec n'avaient détecté le moindre insecte métallique sur cette planète. Toutefois les robots présentaient des signes d'évolution intellectuelle. Cela signifiait peut-être que les cellules qui composaient la ville étaient capables de mutations aléatoires. Il n'était donc pas absurde de penser qu'une forme de vie proche des insectes pouvait se développer.

Ariel était figée par la peur. Elle baissa les yeux, sûre de trouver une horde de fourmis entourant ses pieds, gravissant ses bottes et disparaissant dans les jambes de ses pantalons. Elles chercheraient juste un endroit où se repaître, avant de commencer à l'emporter par petits morceaux.

Mais quand elle ferma les yeux il ne lui fut que plus facile d'imaginer les fourmis avec leurs grands yeux complexes luisant comme du fer-blanc au soleil, leurs pattes grêles mues par des pistons, leur thorax qui renfermait des piles nucléaires, et, surtout, le mouvement régulier, mécanique, de leurs mandibules se promenant sur son épiderme, telles les tiges d'un compteur Geiger. Elle ne sentait pas encore les mandibules la mordre, la déchirer, mais savait que la souffrance allait venir. Bientôt.

Où étaient les robots quand on avait besoin d'eux ?

Aucun ne la voyait ? Il n'y en avait pas un seul dans les parages ?

*Non, bien sûr que non*, songea-t-elle avec un sentiment de futilité grandissant. *Tu es près du réservoir et ils sont tous en ville, où ils se languissent de n'avoir aucun humain duquel s'occuper.*

*Il y en aura bientôt une de moins. Enfin, Derec, où es-tu ? Pourquoi ne peux-tu pas m'aider ?*

Ariel avait peur de respirer. Elle se disait qu'en restant immobile comme la mort, elles la prendraient peut-être pour un rocher. Mais comment rester immobile sans respirer ? Les fourmis n'allaient-elles pas entendre le bruit de l'air entrant et sortant de ses poumons ?

Quelle importance ? Elle devait agir, même si cela ne donnait rien. Elle sentait les fourmis mécaniques ramper sur ses seins, nicher dans ses aisselles, inspecter sa chevelure. Pourquoi ne commençaient-elles pas à manger ? Elles n'avaient pas faim ? Quel genre de fourmis était-ce ?

*Des fourmis-robots*, se dit-elle. *Elles essaient peut-être de déterminer si je suis humaine. Si elles décident que oui, elles ne me feront sans doute pas de mal. Sinon...*

Elle savait maintenant pourquoi l'homme primitif adorait des déités : pour conjurer la peur formidable des derniers instants de la vie. On avait ses adieux à souhaiter et ses résolutions à prendre mais personne à qui en faire part et le temps manquait.

— Ariel ? souffla quelqu'un, timidement. Dormez-vous ?

Ariel n'aurait pu ouvrir plus vite ou plus grands les yeux si elle avait reçu une décharge électrique. Elle sursauta à la vue de Wolruf accroupie devant elle, et heurta le roc de son crâne.

Tout se perdit dans un brouillard, tandis que la

caninoïde penchait la tête de côté. Elle tenait un bouquet de tiges dans sa main gauche, et quelques brins pendaient de sa fourrure, aux commissures de ses lèvres.

– Vous allez bien ?

– Bien sûr que je vais bien ! De quoi ai-je l'air ?

– Mes ancêtres auraient dit que vous aviez un visiteur.

– Qui ? De quel genre ? jeta Ariel. (Elle ferma la bouche dans un effort de volonté, essaya de retrouver son calme. Elle n'y réussit qu'en partie.) Il devrait pourtant être évident qu'avant ta venue, j'étais seule, ici.

– Deux réponses : d'abord, je vous ai suivie toute la nuit...

– Quoi ?

– Mandelbrot l'a demandé. Pensé que vous n'apprécieriez pas un robot...

– Pourquoi ce gros amas de...

– S'il vous plaît, laissez-moi finir. Deux : ancêtres auraient dit qu'à ce moment-là, vous ne voyiez que dans votre esprit, et j'ai attendu, observé, en pensant qu'il valait mieux ne pas vous déranger, vous et votre visiteur.

– Et qu'est-ce qui t'a décidée à interrompre mon interlude ?

– Vous aviez l'air près de vous évanouir.

– Je vois.

Wolruf se redressa sur ses talons, de sorte que son dos se retrouva droit comme une planche. Aux yeux d'Ariel, sa posture évoqua aussitôt l'embarras humain, surtout lorsque la caninoïde croisa les bras et secoua la tête, comme déçue. Elle se fit un devoir d'éviter le regard d'Ariel, en examinant les immeubles, la berge, les rochers, puis en lui tournant le dos, sans doute pour mieux étudier le réservoir.

– Alors, tu ne vas pas me demander quel est mon problème ?

Wolruf tourna légèrement la tête.

– Pourquoi le devrais-je ?

– Je croyais que tu voudrais le savoir, voilà tout.

– Me regarde pas. Pas du genre de mon peuple. Certainement pas du mien.

– Tu n'es pas inquiète ?

– Non.

– Tu t'en moques ?

– N'avais pas besoin de vous surveiller toute la nuit. Me suis atrocement ennuyée. Souvent distraite. Aurais pu partir n'importe quand et Mandelbrot ne l'aurait pas su ni regretté.

Ariel se sentit soudain plus fatiguée qu'elle ne l'avait été de toute sa vie. Même hausser les épaules avec une nonchalance étudiée lui coûta un effort énorme.

– Comme c'est flatteur ! dit-elle, sarcastique.

Elle regretta aussitôt ses paroles. Wolruf avait presque dit qu'elle était restée à la surveiller parce qu'elle se souciait de son bien-être. *Te voilà repartie, mademoiselle Welsh. Tu vas vraiment devenir folle si tu ne sais plus voir le bien dans les gens, humains ou non.*

Elle s'assit auprès de Wolruf.

– Je suis navrée. Je t'en prie, essaie de comprendre qu'en plus de nos autres problèmes mon état mental m'échappe parfois.

– Ça ne fait rien.

– Si, et le problème est que je ne sais pas si j'y peux quoi que ce soit, pour l'instant. Pour couronner le tout, cela me donne une excuse à ma mauvaise conduite, même si je ne m'en rends pas compte tout de suite.

Wolruf découvrit ses dents dans une espèce de sourire.

– Alors... vous allez bien ?

– Mieux.

– Il ne faut pas redouter la visite de l'illusionniste. C'est ainsi qu'il nous oblige à suivre son bon vouloir ; il nous fait voir ce qu'il veut.

– Ta race n'a peut-être pas de difficultés à l'accepter, mais les humains ne sont pas habitués à ce que d'étranges créatures fassent halte dans leurs esprits quand ça leur chante.

Wolruf acquiesça, pensive.

– Vous manquez juste de perspective.

Ariel acquiesça en retour. Elle s'attendait plus ou moins qu'à la suite de ses excuses le voile d'épuisement disparaisse, mais elle se mit à imaginer chaque cellule de son corps en voie de détérioration. Encore un peu, et elle ne serait plus qu'une masse frémissante de protoplasme.

– Un vieux proverbe des Spatiaux dit que chacun aime croire qu'il mène sa vie, mais il s'applique d'autant plus aux Aurorains, dit-elle. Et pourquoi pas ? Ce n'est pas un effet de notre culture actuelle, mais une extension de notre histoire. Comme les premiers Spatiaux, nous avons terraformé Aurora pour répondre à nos goûts et à nos buts. Nous nous sommes échinés à changer notre nouvelle planète en jardin. Nous avons même amené les meilleures espèces terriennes, les plus jolies, les plus résistantes, en abandonnant celles qui nous gâcheraient la vie.

– Si c'est l'histoire de votre planète, vous la reflétez.

– Oui, jusqu'à ce que l'on m'ait exilée et coupé les fonds, j'ai bénéficié d'une belle indépendance. Dans certaines limites sociales – que je n'ai jamais d'ailleurs vraiment acceptées –, j'avais une certaine liberté d'action.

– Vous avez franchi les limites.

– Et perdu le contrôle de ma vie. Curieux que les détails de ma rébellion soient aussi brumeux, maintenant. Ce doit être un effet secondaire de ma maladie. De toute manière, c'est bizarre de constater que la seule chose que je croyais toujours contrôler – mon esprit – m'échappe, maintenant.

– Essayez de vous détendre. Ecoutez quelqu'un qui a souvent connu les tourments intérieurs du visiteur. On ne le contrôle pas, on le détourne.

Ariel ne put réprimer un rire.

– Tu veux dire que lorsque la folie est inévitable, il faut se détendre et en jouir ?

– Pas la folie. Simplement s'adonner à des actions plus absorbantes. Derec le fait. C'est pour ça qu'il a tant d'idées.

– J'aimerais croire que ce serait possible avec moi. (Ariel s'interrompit, tandis que les implications de la remarque de la caninoïde lui apparaissaient.) C'est pour ça qu'il passe autant de temps avec Lucius au lieu de chercher un moyen de nous tirer de cet enfer ?

Soudain, Ariel se raidit. Ses yeux s'écarquillèrent.

– Qu'est-ce qu'il y a ? demanda Wolruf. Qu'est-ce qui ne va pas ?

– Je ne sais pas.

– Une autre vision ?

– Je... J'espère.

Elle grimaça, ferma les yeux, et leva la tête vers le ciel. *Si ce n'est pas réel, c'est mon imagination. Mais si la réalité est quelque chose que nous façonnons, comment traiter avec les forces qui nous façonnent ?*

Mais même si elle savait que ses réponses neurologiques se délitaient, son être physique ne continuait pas moins de sentir la présence d'une *autre*, une grande créature à six pattes, qui se trouvait *dans* sa combinaison de survie. Familière. Il n'y en avait qu'une, cette fois, mais elle était plus grosse que dans son souvenir. Beaucoup plus grosse.

Elle rampait sur son ventre. Elle se força à ouvrir les yeux en s'attendant à voir sa combinaison adhérer normalement à son torse. Mais elle vit – avec une évidence qui la persuada de sa réalité – la forme d'une fourmi métallique géante avancer sous sa combinaison. Le contact des six pattes glacées sur sa peau fit naître des frissons de terreur dans son esprit fragile comme le cristal.

La forme avançait, sans conteste, avec délicatesse. Et Ariel sentit la froideur d'une mandibule sur son sein gauche, regarda, avec une fascination abjecte, l'avant de la forme aller vers le sein droit. Et s'y arrêter.

Ariel cria de toute la force de ses poumons, et courut droit devant elle. Elle entendit vaguement Wolruf crier derrière elle mais elle était trop préoccupée pour y prêter attention. Elle ne savait pas où elle courait, mais qu'elle devait s'y diriger en ligne droite.

Elle se jeta dans le réservoir.

Elle flottait depuis quelques instants, assommée par l'eau glacée, quand elle se rappela avoir plongé. Prise de frénésie, elle ouvrit velcros, boutons, et fermetures à glissière de sa combinaison, et fouilla à pleines mains en cherchant l'insecte, afin de pouvoir l'extirper et le noyer.

Mais elle ne trouva rien. Etant donné son désir de vengeance, c'était là une conclusion désappointante. Elle qui rêvait de le voir se tortiller pour lui échapper dans l'eau ! D'autre part, elle éprouvait un intense soulagement. La folie, elle pouvait la supporter ; la douleur physique, par contre, la terrifiait.

Ariel s'imagina que la fourmi était peut-être réelle, après tout, et qu'elle avait déchiré la combinaison pour s'échapper. Mais l'eau, autour d'elle, si elle n'était pas très limpide, ne montrait aucun signe d'agitation. On ne voyait aucune ridule en surface. Même le sable et la vase qu'elle avait soulevés en y plongeant s'étaient déposés, maintenant.

Elle se calma avec effort, referma les yeux, et attendit.

Elle fut bientôt convaincue que l'insecte n'était pas assez réel pour l'attaquer, mais elle demeura dans le réservoir, par mesure de sûreté. L'eau lui envoyait des aiguillons de douleur jusque dans la moelle des os, mais même cet inconfort ne suffit pas à la persuader de sortir.

Wolruf, assise, patientait sur la berge.

— Vous allez bien de nouveau ? demanda l'extraterrestre.

— Je crois. J'ai eu une autre visite.

— J'avais compris.

— Je crois que mon visiteur est parti. Je crois d'ailleurs que je préfère considérer ces épisodes comme des visites. Cela m'est plus facile pour les accepter.

— Bien. Vous ne voulez pas ressortir de l'eau, maintenant ? Vous pourriez prendre froid.

— Non. Je me fais l'effet d'une rebelle à accomplir un acte que des robots désapprouveraient.

— J'attendrai.

— Merci. Je ne resterai qu'un instant. Mon esprit a beau se sentir en paix, je ne crois pas que mon corps puisse endurer ce froid pendant trop longtemps.

Quelque chose l'effleura. Elle baissa les yeux, pour voir la vase retomber. L'objet était plus gros qu'une fourmi. Et réel.

— Qu'est-ce que c'était ? s'exclama-t-elle.

— Quoi ? s'enquit Wolruf.

Mais Ariel ne put répondre. Ses dents claquaient bien trop. En rassemblant son courage – qu'elle sentait fort réduit, ces temps-ci –, elle mit la tête sous l'eau et, au prix d'un effort de volonté, ouvrit les yeux.

Une masse de métal gisait, à moitié enfouie, tout au fond du réservoir. Les courants légers avaient déplacé une partie de la vase qui la recouvrait, la libérant de sa gangue ; elle dérivait vers la berge. Sa main roide effleura sa jambe.

Sa main ?

Ariel inhala par accident une bouffée de vase. Elle creva la surface, en crachotant.

– Ariel ? demanda Wolruf. Qu'est-ce que c'est ?

– C'est un robot ! Il y a un robot, là, au fond !

– Qu'est-ce qu'il fait là ? demanda la caninoïde qui se rua au bord de l'eau.

– Je ne sais pas. Je crois qu'il est mort !

– Les robots ne peuvent pas mourir !

– Celui-ci, peut-être. On dirait Lucius !

## DÉSAPPRENDRE, SINON...

Peu avant l'aube, Derec alla dormir ; il se demandait quel effet cela ferait de se connaître.

Il savait qu'il allait rêver. Il s'en souvenait toujours. Il recherchait, dans cette imagerie, des indices sur son identité, en songeant que son subconscient lui adressait des informations sur ce problème, d'entre tous le plus personnel.

Il rêvait souvent qu'il était un robot. Dans l'ensemble, ces rêves étaient similaires. Ils commençaient dans la capsule, à l'hôpital ou dans la chambre qu'il avait demandée à la Cité des robots pour ses amis et lui. Souvent, il découvrait la clef du Périhélie par accident ; il ouvrait un panneau de console, un placard, ou la dénichait dans sa combinaison. Et s'en servait.

Sa destination lui valait toujours déception ou désespoir, car il s'agissait d'un endroit dans lequel il avait passé les dernières semaines : altéré, plus menaçant, mais encore frais dans sa mémoire. Il ne rêvait jamais d'un lieu vu avant son amnésie. Un accident se produisait : il tombait dans un gouffre qui s'ouvrait sous ses pieds, un utilitaire tombait en panne et l'éventrait, ou tout autre désastre du même ordre.

Mais il ne ressentait aucune douleur. Il n'y avait

jamais de sang. Il étudiait son corps mutilé, voyait le squelette révélé par sa blessure.

Mais ce n'était pas de l'os. Et c'était là le problème.

Car il n'avait pas d'os à briser, ni de chair à déchirer. Sa peau était en plastique, son squelette en métal. Des diodes remplaçaient ses muscles et des câbles ses artères.

Et il ne ressentait pas de douleur, pas d'angoisse de mort à l'égard de sa blessure, seulement le désir irrépressible de se réparer le plus tôt possible.

A ce moment-là, le rêve s'achevait, Derec s'éveillait baigné de sueur froide, il considérait sa main et se demandait si elle n'était pas simplement programmée pour trembler sous l'effet de peurs irrationnelles, de craintes qu'il aurait pour instruction de ressentir, par intervalles aléatoires.

Il se rendormait à grand-peine et même si ce n'était pas très réfléchi, il se demandait, ne serait-ce qu'un moment, si, une fois l'évidence écartée, il y avait la moindre différence entre ce qu'éprouvait un homme et ce qu'éprouvait un robot.

Parfois, le même rêve, ou sa variante, survenait aussitôt.

Ce soir-là, cependant, alors qu'il tournait et retournait, le rêve s'avéra différent.

Sans que cela fût une surprise, il débuta sur la place.

Il faisait nuit. Derec était seul. Personne en vue. Et alors qu'il observait les versions un peu plus hautes et un peu plus menaçantes des immeubles qui entouraient la place, il douta de trouver un seul compagnon dans la cité.

Pourtant, une absence se faisait sentir. La place avait beau être déserte, elle l'était encore plus que de coutume.

*Quelque chose d'autre* manquait. Le Disjoncteur !
Où était le Disjoncteur ?

Derec baissa les yeux pour voir le plasbéton ramper sur ses pieds et le clouer au sol. Il sentit que ses pieds fondaient, que les métacellules s'harmonisaient avec les cellules. Derec se contint avec effort, face à une panique grandissante ; il ne savait pas ce qu'il craignait le plus – l'issue, ou le réveil avant de la connaître.

En quelques instants les métacellules l'engloutirent. Elles s'étaient si bien mélangées aux siennes qu'il ne savait plus ce qui lui appartenait et ce qui venait de la cité.

Chose curieuse, il se sentait plus vaste, plus grand et plus substantiel à tous égards. Il ne voyait rien, ne bougeait pas, mais s'aperçut qu'il n'avait envie ni de l'un, ni de l'autre. Il était devenu le Disjoncteur lui-même ; il amassait l'énergie des étoiles, la transformait, l'amplifiait et la restituait. Il était plus fort, plus robuste, plus solide que jamais.

Mais il avait perdu son âme. Soudain, il n'était personne. Son identité ne lui manquait même pas. Il ne comprenait pas pourquoi il avait voulu recouvrer la mémoire. Que pouvaient lui apporter réflexion et connaissance, alors qu'il se dressait, fier et massif, face aux courants atmosphériques ?

Derec se réveilla peu à peu. Une sensation pénible de dérive mentale l'accablait pendant ces instants où son esprit errait dans ces régions entre veille et sommeil. En fait, ces instants s'étiraient sur des périodes inhabituellement longues. Futur et passé immédiats lui semblaient désespérément hors de portée.

Mais le futur l'appelait déjà. Depuis quelques instants, il entendait des coups violents à sa porte. Agacé, il se rappela un rendez-vous. Dommage. Il aurait aimé se rendormir ; il en avait besoin.

*Bon, je n'y peux rien pour l'instant.*

Il se frotta les yeux.

– Une minute, dit-il. J'arrive !

Mais les coups ne cessaient pas et se faisaient même de plus en plus insistants. Derec était maintenant très agacé. Si ces coups étaient le fait d'un humain, c'était fort impoli. Mais un robot ne pouvait qu'être poli, quelles que soient les circonstances. Quel robot serait prédisposé à frapper à une porte bien plus qu'il ne fallait ?

Derec comprit soudain.

*Oh non ! j'avais oublié qu'il s'agissait d'Harry !*

Il s'habilla en hâte, ouvrit la porte et, bien sûr, Harry se tenait sur le seuil.

– J'espère que je n'ai pas frappé trop longtemps, dit-il. J'ai des dizaines de questions à vous poser.

– Moi, davantage, répliqua Derec qui, du geste, l'invita à entrer. Mais je crains qu'on ne manque de temps, aujourd'hui.

– Je suppose donc que vous comptez interroger Lucius un peu plus tard ? demanda Harry. Pourquoi deviser avec ce génie alors que vous m'avez sous la main ? (Puis :) C'était bon ? Amusant ?

Derec tâcha de réprimer son sourire. Il ne tenait pas à encourager le robot, qui n'en avait d'ailleurs nul besoin.

– Je crois que tu comptes autant dans mon étude de ce qui arrive aux robots sur cette planète. Tu as amené tes amis ?

– M-334 et Benny ? Non. Ils bossent sur un projet quelconque ensemble. Je crois qu'ils veulent surprendre.

– Ils surprendront sans doute, dit Derec, caustique, si les événements des derniers jours doivent nous donner un indice.

– Pardonnez-moi d'avance, mais cette remarque était-elle un essai en matière humoristique ?

– Pas vraiment, non.

– Je vois. Vous devez comprendre qu'un robot éprouve souvent des difficultés à juger l'intonation d'un humain, dit Harry, d'une voix toujours aussi polie.

Derec décida de prendre le problème au sérieux.

– C'était une remarque anodine, un commentaire pétri de ce que j'appellerais légèreté, une attitude qui donne fréquemment naissance à l'humour.

– Elle m'a semblé sarcastique, pour autant que je comprenne ce genre de choses.

– Ah bon ? M-334 devrait peut-être venir, après tout. Notre conversation d'hier soir était votre premier véritable contact avec la race humaine, n'est-ce pas ? demanda Derec, en frappant le code d'un café sur le processeur.

– Oui, et il a été de bon augure, n'est-ce pas ?

– Qui détourne la conversation, maintenant, Harry ? Depuis combien de temps est-ce que tes circonvolutions se consument du désir de maîtriser l'humour ?

– Depuis le désastre qui a bien failli détruire la Cité des robots, et duquel vous nous avez sauvés, merci-beaucoup-maître.

– Depuis lors, tu poursuis cet objectif avec l'obstination qui caractérise les robots ?

– Comment faire autrement ?

– Certes. Tu n'as jamais envisagé que même l'humour vient à son heure, que l'humain moyen ne supporte pas de fréquenter un fin spirituel qui accompagne toutes ses réponses et toutes ses remarques d'une plaisanterie ? Cela devient prévisible, au bout d'un temps, et peut causer la détérioration d'une situation par ailleurs agréable. Autrement dit, cela devient ennuyeux. Terne. Banal. Lassant.

– On n'obtient pas la réaction escomptée.

– Les robots ne rient pas, dit Derec, laconique, en buvant son café amer comme de la bile – tout à fait ce que ses nerfs réclamaient.

– Je vois que vous avez déduit l'énigme à laquelle je suis confronté depuis que je me suis lancé dans mon petit projet.

– Crois-moi, c'est évident. Enfin, sérieusement, Harry, si tu marches dans la rue et qu'un trou d'homme s'ouvre au-dessous de toi, comment réagiras-tu ?

– Un trou d'homme ? C'est une allusion sexuelle ?

– Ah non, un trou d'homme est une ouverture dans la rue, en général couverte, par laquelle on peut accéder à un égout ou à une chaufferie.

– Vous êtes certain qu'il n'y a rien de sexuel derrière ces mots ? J'ai étudié avec assiduité l'art de l'ambiguïté, mais il me reste encore beaucoup à saisir, car tout ce que je sais des mœurs sexuelles humaines provient des données que me fournit l'ordinateur central.

– Je devrai vérifier ces données en personne, au plus tôt. Mais pour rester dans le sujet : qu'est-ce que tu ressentirais si tu tombais dans un trou d'homme ?

Harry haussa presque les épaules.

– Je ressentirais mauvais.

– Sérieusement.

– Mes circuits logiques m'informeraient que la fin approche et, me connaissant, se fermeraient d'eux-mêmes pour m'épargner l'indignité d'une interruption aléatoire.

– Je vois. Et qu'est-ce que tu ressentirais, si tu marchais dans la rue et que tu *me* voyais tomber dans un trou d'homme ?

– Eh bien, en toute logique, je devrais être hystérique. A moins bien sûr que vous ne couliez avant que je puisse répondre aux exigences de la Première Loi.

– Hum. Tu vois, dans une telle éventualité, tu t'identifies avec la perte de ma dignité et, si tu es humain, tu soulageras ton anxiété en riant. Avant de me porter secours, bien sûr. La question est : Comment soulager son anxiété lorsqu'on ne peut pas rire ?

– Tout le monde peut *reconnaître* que c'est drôle. C'est de cette manière que mes camarades m'informent que je brûle.

– Mais un comique qui joue devant un public de robots ne va tout de même pas s'arrêter après chaque plaisanterie pour demander s'il est sur la bonne voie.

– On peut y remédier. Dans une situation donnée, les robots ont l'habitude de hocher la tête s'ils trouvent drôle quelque chose. Enfin, c'est ce que j'essaie de les convaincre de faire.

Derec finit son café d'une goulée et en commanda aussitôt un autre.

– Je vois que tu y as réfléchi.

– Une ou deux fois.

– C'est de l'ironie ?

– Non, une plaisanterie.

– D'après moi, si tu veux que les autres robots apprécient ton sens de l'humour, il va falloir que tu trouves des angles d'attaque pour les soulager de leurs angoisses de robots. Je ne sais pas trop ce qu'elles sont. Tu peux tourner leurs manies en dérision. Ecrire et jouer des sketches sur un robot si littéral qu'il ne comprend pas ce qui lui arrive. Certains personnages de Shakespeare ont ce défaut, et ce sont des hommes, mais un robot peut aussi exagérer les choses jusqu'au ridicule.

– Vous parlez d'un personnage qui comprendrait la lettre du discours mais pas ses nuances.

– Le public les comprendrait, lui. L'identification soulagerait l'angoisse positronique envers ce défaut. Inutile qu'il soit sympathique ; il peut avoir un caractère que les robots aimeront détester s'ils sont capables de l'un ou de l'autre.

– Quelles sortes d'angoisses éprouvent les humains ?

– Il m'est difficile de te répondre. Je n'en connais pas. J'ai lu quelques livres. Dans Shakespeare, beaucoup de plaisanteries, de jeux de mots, de bouffonneries sont d'un humour grivois, paillard, qui me paraît osé aujourd'hui encore, malgré l'abîme des siècles. Je crois donc pouvoir dire que les êtres humains ont toujours éprouvé une certaine anxiété envers le sexe, et l'un des moyens de la soulager – d'apprendre à la supporter – reste l'humour.

Harry acquiesça comme s'il comprenait ce dont parlait Derec. *Ah, j'aimerais pouvoir en dire autant. Je suis en terrain miné.*

– En ce cas, vous allez peut-être pouvoir m'expliquer une vieille plaisanterie des Spatiaux que j'ai tenté d'inclure dans mon spectacle.

– D'accord... Ton spectacle ?

– Mon spectacle. Jusqu'à présent, je ne racontais mes blagues qu'à des relations – des camarades qui comprennent ce que j'essaie de faire. Mais je prépare un exposé en public. Un spectacle.

– Combien de plaisanteries connais-tu ?

– Deux ou trois. Je n'arrive pas à en créer, alors j'étudie les rythmes vocaux qui sous-tendent les plaisanteries connues.

– Pour affiner ton débit ?

– Oui, pour autant que je saisisse ce que ce talent implique. Je n'ai pas de bandes à ma disposition, alors que les textes de référence renvoient souvent à ce genre de support.

– Entendu, Harry, dit Derec. (Il rit du tableau, croisa les bras et s'appuya au comptoir.) Feu !

– Tout de suite, monsieur. Un jour, trois hommes dans une capsule de survie s'apprêtent à atterrir sur l'astroport local. Ils dérivent depuis des jours et attendent avec impatience leur retour aux plaisirs de la civilisation. L'un est un Pionnier, l'autre un Aurorain, et le dernier un Solarien.

Derec dissimula un sourire. Le débit d'Harry était maladroit et ses rares gestes n'avaient guère de relation avec son récit mais l'effort était évident. De plus, l'improbable combinaison de personnages promettait. Historiquement, il existait de nombreuses frictions entre les groupes : Aurorains et Solariens n'aimaient guère les Pionniers, qui colonisaient depuis peu les planètes « de troisième classe » ; et il n'y avait jamais eu beaucoup d'amour entre Aurorains et Solariens, surtout depuis que ces derniers avaient mystérieusement disparu après avoir abandonné leur monde. Derec se promettait d'ores et déjà de la raconter à Ariel.

– Les trois hommes sont donc juste au-dessus de la piste quand, soudain, le radar d'un cargo défaille, et le gigantesque vaisseau croise leur trajectoire. La collison est inévitable, et les trois hommes se préparent pour leurs derniers instants.

– Logique, dit Derec.

Il redouta aussitôt que son intervention ne brise le rythme d'Harry, et résolut de se tenir tranquille pour la durée de la plaisanterie. Harry, de son côté, poursuivit, tenace, comme si rien ne s'était passé.

– Mais, quelques secondes avant la collision... tous trois sont baignés d'une lueur jaune... et disparaissent !

« Ils regardent autour d'eux et ne voient plus ni capsule, ni cargo, ni port. Ils sont dans une lumière bleue devant un homme étrange qui porte une couronne de rameaux ; une barbe blanche, une robe de bure et un bâton de bois complètent le tableau. Nos trois hommes comprennent qu'ils sont en compagnie d'une divinité quelconque.

« – Je suis connu de par les sphères de l'espace et du temps sous le nom de Celui Qui Pointe le Doigt Capricieux du Destin, dit l'homme, et je suis venu pointer mon doigt sur vous. (Et, fidèle à sa parole, Celui Qui désigne le Pionnier et dit :) Tu survivras aux moments qui vont suivre, si tu promets de ne plus jamais boire d'alcool. Jamais. A l'heure où tu boiras un verre, même si des années ont passé, tu mourras. Tu comprends ?

« – Oui, monsieur, dit le Pionnier, mais n'est-ce pas trop demander d'un Pionnier que de renoncer aux délices de l'alcool pour une vie entière ?

« – Peut-être, dit Celui Qui, mais mon exigence demeure. Je le répète, dès l'instant où un liquide alcoolisé effleurera tes lèvres, tu tomberas mort aussi sûrement que dans la collision.

« – En ce cas, j'accepte, dit le Pionnier à contre-cœur.

« Puis Celui Qui désigne l'Aurorain et dit :

« – Tu dois renoncer à toute cupidité.

« – J'accepte ! répond aussitôt l'Aurorain. Marché conclu !

« Puis Celui Qui désigne le Solarien et dit :

« – Enfin toi, tu dois abandonner toute idée de sexe, excepté dans le cadre des liens sacrés du mariage.

« – Excusez-moi, monsieur, dit le Solarien, mais c'est impossible. Vous savez ce que les Solariens ont enduré ? Comme des siècles de répression personnelle et collective viennent à peine de s'achever, nous n'avons guère le choix : nous pensons à nos libertés nouvelles, et souvent !

« Celui Qui fronce les sourcils et secoue la tête.

« – Peu m'importe. Vous avez entendu mes conditions. Acceptez-les, ou mourez.

« – Je les accepte, dit le Solarien.

« Un nouvel éclair flamboie et les trois hommes se retrouvent à terre. Au loin, leur capsule s'écrase contre le cargo. Quel soulagement ! Le Pionnier s'éponge le front, et dit :

« – Je suis ravi que cette aventure soit terminée. Regardez, voilà un bar. Venez avec moi boire quelques verres, histoire de célébrer notre bonne fortune.

« L'Aurorain et le Solarien acceptent. Ils ont tous deux fort soif et de plus ils veulent voir ce qui va arriver au Pionnier.

« Et en effet, à la seconde où le Pionnier boit son premier verre, il meurt.

« – Galaxies bondissantes ! dit l'Aurorain, ce drôle d'oiseau disait donc la vérité. Nous devons respecter ses conditions !

« Le Solarien abonde dans son sens. Mais, en sortant, l'Aurorain repère un bijou précieux sous une table déserte. Il ne peut résister. Et au moment où il se penche en avant pour le ramasser... le Solarien tombe raide mort !

Harry s'interrompit, et plus Derec attendait la suite, plus il apparaissait que la plaisanterie était finie. Tout d'abord, il ne comprit pas, et dut visualiser la scène et la suite des événements. L'Aurorain qui se penche... le Solarien qui brise son serment...

Derec éclata de rire.

– Ah ! ah ! Très bonne. Très surprenante.

– Je saisis, monsieur. Je me rends compte que la narration amène à croire que l'Aurorain sera le suivant, mais je n'arrive pas à comprendre ce que peut penser le Solarien. L'ordinateur central n'a jusqu'à présent pas pu me trouver de réponse. Vous voulez bien me l'expliquer ?

– Non, non. Je crois qu'il y a des choses qu'un robot doit ignorer.

– Ai-je la permission de questionner Mlle Ariel ?

– Pas avant que je lui aie posé une question similaire. (Il prit Harry par le bras et le conduisit vers la porte.) Bon, il faut que tu t'en ailles. Lucius doit arriver, et j'aimerais lui parler seul à seul, si cela ne te dérange pas.

– Comment pourrais-je être dérangé, monsieur ?

– Façon de parler, répliqua Derec en tendant la main vers le bouton de la porte.

Mais, avant qu'il ne l'ait touché, la porte s'ouvrit. Ariel, les cheveux trempés et sa combinaison collée au corps, entra en courant.

– Te voilà ! s'exclama-t-elle.

– Tu ne frappes jamais ? demanda Derec, agacé. (Mais il se calma en comprenant qu'il devait se poser un grave problème. De plus, bien entendu, elle n'avait pas à frapper.) Tu vas bien ?

– Oui, bien sûr. Wolruf et moi avons trouvé... ah...

– Alors ? Dis-le ! s'écria Derec.

– J'étais au réservoir ce matin, dit-elle d'une voix entrecoupée. Euh, j'étais *dans* le réservoir, et j'ai touché un truc étrange : Lucius, le cerveau positronique en partie détruit.

– Qu'est-ce que tu dis ? demanda Derec comme la pièce se mettait à tournoyer.

– Lucius a été délibérément saboté. Au tout dernier degré. On pourrait même appeler ça un meurtre.

– Ridicule, dit Harry, serein. Seul un étranger commettrait un acte pareil, et c'est impossible. La cité aurait réagi à une présence extérieure.

– Pas forcément, releva Derec.

Il pensait au D$^r$ Avery. Il avait un bureau ici, et sa venue ne déclencherait jamais les dispositifs automatiques d'alerte.

– Il ne s'agit pas d'un accident, dit Ariel avec fermeté. Je crois que tu seras d'accord avec moi. Wolruf supervise les robots qui amènent le, euh, corps ici. Tu verras toi-même.

– L'un de vous doit en savoir plus, dit Harry. Un robot ne fera jamais volontairement du mal à un autre robot. Seuls vous deux et l'extraterrestre êtes suspects.

Derec se frotta la mâchoire, pensif.

– Non, aucune loi n'empêche qu'un robot fasse violence à un autre. En fait, un robot n'aurait pas le choix s'il estimait en toute conscience qu'un humain en pâtirait s'il s'abstenait. (Il jeta un coup d'œil vers Ariel.) Où sont Mandelbrot, Wolruf ?

– Ils supervisent les robots qui amènent le corps.

– Harry, laisse-nous, s'il te plaît. Nous poursuivrons cet entretien plus tard.

– D'accord, dit le robot en franchissant la porte. Mais je me dois de vous avertir : vous n'avez pas fini de percevoir ma présence !

– Ce robot existe vraiment ? demanda Ariel lorsque celui-ci fut sorti.

– J'en ai peur. Tu es sûre qu'on tient là un cas patenté de désactivation, et pas un accident fortuit ?

– Non, mais... Derec, le visage de Lucius était défoncé en plusieurs endroits. Cela m'a paru délibéré, comme si l'on avait voulu s'assurer qu'il ne serait pas identifié.

– Ce qui est impossible, puisque la plupart de ses pièces portent des numéros de série, que l'on pourrait retrouver.

– Tout juste. Donc, notre individu s'en est aperçu

en plein milieu et l'a jeté à l'eau en espérant qu'on ne le retrouverait jamais. Ou si rouillé qu'on ne lirait pas les numéros de série.

– Et à moins que l'on n'ait un intrus non identifié – cela me paraît peu probable – c'est un robot le responsable.

– Stupéfiant, non ?

Derec acquiesça.

– Tout à fait. Qu'est-ce que tu faisais dans le réservoir ?

Ariel rougit, mais Derec n'aurait su dire si c'était de colère ou d'embarras.

– Je nageais.

– Tout habillée ? Tu as perdu du poids, non ? demanda-t-il en l'observant, les yeux écarquillés.

– Tu ne le sauras jamais. Derec, comment peux-tu être aussi désinvolte dans de telles circonstances ? Perdre Lucius...

– Au tout début de sa carrière, je sais. La galaxie perd un artiste, je le crains. Tragique. Tout simplement tragique. Il faut que je rie, Ariel. C'est ma seule issue et je me moque que tu comprennes ou pas. A présent tais-toi, laisse-moi réfléchir.

Ariel cilla, ébahie, et rejeta la tête en arrière comme s'il l'avait giflée. Mais elle s'exécuta.

Derec contempla le mur et essaya de se rappeler le moment où ils avaient quitté Lucius, Mandelbrot et lui – quelques heures avant l'aube. Lucius avait-il dit où il allait, ce qu'il allait faire ? Derec ne se rappelait rien de précis, sauf qu'il allait s'éteindre quelques heures, avant de commencer le travail sur son nouveau projet. Non, il n'y aurait aucun indice, Lucius n'avait sans doute pas prévu ni même supputé être victime d'un meurtre.

*Hum, est-ce que tu peux appeler l'extinction définitive d'un robot un « meurtre » ? N'est-ce pas un mot trop fort lorsque l'on parle d'une machine, no-nobstant son degré de sophistication ?*

Quelques instants plus tard, cependant, il s'aperçut qu'il ne ruminait pas tant l'incident qu'il ne réprimait une profonde indignation. Pendant leurs quelques heures d'entretien, Lucius l'avait impressionné. Il subsistait certes la possibilité qu'il réagisse de manière excessive à cause de son affinité affirmée avec les robots. Mais le peu d'existence qu'il se rappelait lui avait permis de montrer une affection particulière pour la vie intelligente sous toutes ses formes.

*Lucius était un robot. Mais je crains de ne jamais revoir son pareil.*

Derec se rendit compte qu'il venait de paraphraser une ligne d'*Hamlet*. Cela lui rappela la promesse faite à Lucius, et il en envisagea les conséquences pendant de longues minutes après que Mandelbrot et Wolruf eurent raccompagné les robots qui avaient amené le corps et l'avaient déposé sur une table. A l'évidence, Mandelbrot ou Ariel devaient avoir ordonné aux robots de partir, car il ne se rappelait pas avoir donné une telle instruction.

Pendant un temps, alors qu'il étudiait le visage fracassé et distordu, Derec espéra découvrir qu'il s'agissait d'une erreur horrible, que ce n'était pas Lucius, mais un autre. Pourtant la taille était la bonne. Le modèle était le bon. La couleur était la bonne. Les traits distinctifs que tous les robots de la cité possédaient à des degrés divers ne trompaient pas. Et, surtout, le nœud dans ses tripes ne trompait pas.

Lucius était bien mort. Assassiné. Les circuits logiques de son cerveau positronique avaient été ôtés avec précision. Mais les intégrales de personnalité avaient été laissées dans la cavité cérébrale, pour être endommagées dans le réservoir. Les possibilités logiques uniques de Lucius existaient peut-être encore, mais l'interaction entre cerveau et corps ne reverrait plus le jour. Sa personnalité était perdue à jamais.

– Excusez-moi tous, dit Derec en prenant conscience que ses amis le dévisageaient dans l'attente de sa réaction. J'aimerais rester seul avec Lucius quelques instants.

Alors, lorsqu'ils furent partis, Derec pleura. Il pleura de pitié et de remords, non sur Lucius, mais sur lui-même. C'était la première fois, dans son souvenir, qu'il pleurait. Lorsqu'il se calma, il ne se sentait guère mieux mais il avait idée de ce qu'il devait faire, et auprès de qui chercher une réponse.

Derec trouva l'ébène sur la place qu'il appelait désormais place du Disjoncteur. D'autres robots de modèles et de degrés d'intelligence divers entouraient l'édifice, et regardaient le jeu des couleurs renvoyer le soleil en nuances adoucies. Les reflets que jetaient les plans lisses luisaient parfois sur les robots et les autres immeubles. L'effet général du Disjoncteur était réduit en plein soleil. Sans doute cela faisait-il aussi partie du projet de Lucius : permettre à l'édifice de devenir contrôlable, et donc plus « sûr », pendant la journée, tandis que la nuit libérait toutes ses énergies. Il devrait découvrir sur quel principe ses piles solaires fonctionnaient.

Une nouvelle question à laquelle Lucius ne répondrait plus ; quel que soit son intérêt scientifique, elle ne lui paraissait plus très importante à la lumière des derniers événements.

L'ébène se tenait à la lisière du périmètre. Il ne tournait jamais la tête vers l'édifice, mais observait les spectateurs, comme s'il cherchait un sens à leurs activités – son absence, aussi, peut-être. L'ébène se tenait droit, sans une trace de ce que Derec eût appelé de l'humanité. Il lui était facile de se l'imaginer vêtu d'une longue cape noire, plus facile encore de le voir au sommet d'une montagne, surveiller avec défiance l'approche d'un orage.

*Vents, soufflez à crever vos joues*, pensa Derec, évoquant un vers du *Roi Lear* (1).

En faisant de son mieux pour paraître naturel, comme s'il se promenait, Derec s'approcha de l'ébène et dit :

– Excuse-moi, mais ne t'ai-je pas vu ici hier soir ?

– C'est possible, maître, dit l'ébène, en inclinant la tête et en voûtant légèrement les épaules, comme s'il remarquait la présence de l'humain pour la première fois.

– Avec tous les autres robots ?

– J'étais sur la place, mais mes circuits n'entérinent pas le fait que j'aie été *avec* d'autres robots.

– Je vois à ton insigne et à ton modèle que tu es un robot surveillant.

– C'est exact.

– Quels sont tes devoirs ? demanda Derec avec désinvolture.

D'un geste majestueux, l'ébène se tourna vers le Disjoncteur et laissa durer le silence – délibérément, pour l'effet dramatique, estima Derec. La réponse était prévue, l'attente aussi. Il sentait monter une nausée.

Enfin, l'ébène prit la parole :

– Ils sont variables. Je suis programmé pour étudier ce qui doit être fait, et m'assurer que c'est fait, ou le superviser.

– Et tout ceci sous ton égide ?

– Je suis un opérateur solitaire dûment patenté. La cité exige un certain nombre de vérifications aléatoi-

(1) Acte III, scène 2. Traduction de François-Victor Hugo. *(N.d.T.)*

res pour fonctionner au meilleur de ses possibilités. Si une machine tombe peu à peu en panne, le surveillant sur place, tout le temps présent, ne s'en apercevra peut-être pas. Il s'habituera à la situation, et ne verra même pas le problème. Tandis que moi, avec mes banques mémorielles supérieures et mon œil qui discerne les niveaux individuels des métacellules, je le remarquerai aussitôt.

– Une fois le problème examiné, bien sûr.

– Bien sûr. Je doute que même un humain puisse réparer une machine s'il ne sait pas si, et où, elle est cassée.

– Ne nous sous-estime pas.

– Je m'y efforce. Ne croyez pas, monsieur, que j'aie pour unique fonction d'être spécialiste en mécanique. Ma tâche varie selon la situation. Le central fait souvent appel à moi pour fournir une assistance visuelle et cognitive si l'efficacité robotique pose problème. Mes camarades sont toujours au mieux de leurs capacités mais, parfois, ils ne peuvent pas être certains de diriger leur énergie vers le but le plus approprié.

– Ainsi, tu es un médiateur ! Tu aides à trouver une réponse aux défauts imprévus du programme de l'ordinateur central !

Adossé contre un bâtiment, Derec vit le Disjoncteur osciller d'avant en arrière comme un ballon suspendu au vent. Il avait l'impression d'avoir reçu un coup de clef derrière la nuque. Ses poumons étaient en papier. Les os de ses chevilles s'étaient changés en caoutchouc mousse. Il fut d'abord beaucoup trop ébahi pour haïr l'ébène, mais sa haine grandit, grandit, tandis qu'il restait là à essayer de mettre un peu d'ordre dans ses pensées.

*Ce robot doit prendre des décisions. La nature même de son travail réclame une créativité analyti-*

*que ! Il a pu considérer le Disjoncteur comme révolutionnaire vis-à-vis de la psyché robotique au point de constituer un obstacle aux devoirs des ouvriers. Et alors... alors l'ébène aura été forcé de s'occuper de Lucius.*

*Rien dans les Trois Lois n'interdit à un robot de blesser un autre robot. En fait, des situations de Première Loi, des ordres de Deuxième Loi peuvent l'exiger.*

*Ce n'est tout de même pas une preuve.*

L'espace d'un instant, Derec se demanda ce qu'il ferait une fois celle-ci en sa possession. Il devrait maintenir l'ébène – ou tout autre robot qui s'avérerait le meurtrier – en fonction le temps de déceler des failles dans ses mécanismes et dans sa psychologie. La question suivante devrait trouver une réponse une fois les faits établis. Il était possible que l'ébène n'ait pas pu s'en empêcher.

Comme il était possible que les Trois Lois aient représenté un facteur significatif, que l'ébène, embarqué dans une logique précise, l'ait suivie jusqu'à son terme tragique, prédéterminé.

– Une question, dit-il en faisant un effort pour se redresser, est-ce qu'il t'arrive de prendre des initiatives, en ce qui concerne le diagnostic ?

– Si vous voulez dire qu'il m'arrive de mettre le doigt sur un problème avant que le central en ait conscience, je réponds oui. Mais les occasions ont été plutôt rares et souvent évidentes.

– Evidentes car tu n'es pas le central.

– Monsieur ?

– Et prends-tu l'initiative de résoudre le problème ?

– Cela m'est arrivé, et le central a dû affiner.

– Mais pas tout le temps.

– Je me dois d'être précis. Le central n'a affiné que

trois solutions sur quarante-sept. Mes réponses vous satisfont-elles, monsieur ?

– Quarante-sept ? Cela fait beaucoup de problèmes, et ce ne sont que ceux que tu as remarqués seul.

– La Cité des robots est jeune, monsieur. Il y aura sans doute de nombreux défauts dans le système avant qu'elle n'opère à cent pour cent de son efficacité.

– Et tu vas tenir ton rôle dans ce but, n'est-ce pas ?

– Je ne peux rien faire d'autre, monsieur.

Derec acquiesça.

– Je vois. Au fait, comment t'appelles-tu ?

– Canute.

– Dis-moi, Canute, comment estimerais-tu – du point de vue efficacité – un robot qui déciderait de lui-même de désactiver un camarade ?

– Le cas devrait être étudié avec soin, monsieur. Même s'il est possible que la Première ou la Deuxième Loi permettent une telle action, bien sûr.

– Tu sais que quelqu'un, sans doute un robot, a brutalement désactivé Lucius cette nuit ? L'a endommagé au-delà de tout espoir de réparation ?

– Oui, je sais. Les nouvelles vont vite par communicateur.

– Tu as donc été mis au courant par d'autres robots ?

– Monsieur, pourquoi ne me demandez-vous pas simplement si je suis le responsable ? Vous savez que je n'ai pas le droit de mentir.

La remarque de Canute lui fit l'effet d'un seau d'eau froide en pleine figure. Sa franchise le stupéfia.

– Je... je... Comment savais-tu que j'en venais là ?

– Cela paraissait évident, dans l'optique de l'entretien.

– Je constate que tu disposes de capacités de déduction peu communes.

– Une condition nécessaire dans mon domaine d'activité.

*Hmmm. Je crois que tu es tout à fait le genre de robot qu'il me faut.* Ravalant son chagrin pour Lucius par un pur effort de volonté, il pensa à Ariel, et à la possibilité que Canute, qui effectuait ses déductions sur une base pratique solide, soit le robot tout désigné pour l'aider à diagnostiquer et à soigner sa maladie. Du moins lorsque son cadre de référence serait ajusté.

La difficulté serait de l'amener à se rajuster – à admettre la gravité de son erreur – sans causer de dérive positronique. Sinon, Canute ne serait plus capable de réparer un trombone.

L'approche directe était donc exclue. En outre, Derec avait une promesse à tenir.

– Canute, tu ne vas peut-être pas le croire mais je cherche un modèle comme toi.

– Monsieur ?

– Oui, j'ai dans l'idée un type spécifique de bâtiment, que j'aimerais voir construire dans les environs. Je voudrais aussi qu'il soit le plus permanent possible. Je crois que sa présence enrichira l'existence ici, à la Cité des robots.

– En ce cas, j'ai hâte de faire tout ce que vous voudrez. Quel type d'édifice avez-vous en tête ?

– Un théâtre en plein air : un amphithéâtre. Je te donnerai tous les détails mais je veux que ses plans soient fonctionnels. Je veux que tu appliques tes théories à certains détails. En fait, je l'exige. Compris ?

– Oui, dit Canute en inclinant un peu la tête. Puis-je vous demander pourquoi vous voulez voir construire un théâtre ?

– Tu as déjà entendu parler d'*Hamlet* ?

## LE MONDE DU SPECTACLE

Canute avait raison sur un point : les nouvelles vont vite par communicateur. De retour du Disjoncteur, Derec n'eut pas le temps de franchir sa porte que Mandelbrot se mettait à parler.

– Maître, où étiez-vous passé ? Je croule sous les requêtes qui exigent de vous aider dans votre dernier projet. Je crains qu'en l'absence d'informations suffisantes je n'aie été obligé de demander à tout le monde d'attendre. J'espère que ça ira.

– Ça ira, dit Derec, qui s'étendit sur le sofa. Mais où est Ariel ?

– Dans sa chambre. Elle a marmonné qu'elle comptait éponger son Shakespeare.

– Réviser, plutôt.

– Si vous le dites.

– Tu n'es pas très à l'aise avec les expressions humaines, pas vrai, Mandelbrot ?

– Ni à l'aise ni mal à l'aise. Mais vous pensez qu'il m'est difficile de traduire leurs nuances. Par exemple, comment peut-on réviser quelqu'un qui n'est pas un robot ? A cet égard, j'ai souvent des problèmes de communication. Quant à ce projet...

– Bien, bien, je t'explique. Attends – où est Wolruf ?

– Avec Mlle Ariel. Je crois que Wolruf effectue une tâche. Pardonnez-moi si je me trompe encore, mais elle joue les répétiteurs pour Mlle Ariel.

– Chut. Tais-toi. Ecoute.

Et Derec entendit tout bas, par la porte close, Ariel dire :

– « Oh, que voilà un noble esprit bouleversé ! L'œil du courtisan, la langue du savant, l'épée du soldat ! L'espérance, la rose de ce bel empire, le miroir du bon ton, le moule de l'élégance, l'observé de tous les observateurs ! » Euh...

– « Perdu », dit Wolruf d'un ton insuffisamment étouffé pour être un chuchotis – sans doute l'approximation la plus réussie qu'elle pouvait en faire.

– « Perdu, tout à fait perdu (1) ! » finit Ariel, triomphante.

– Hum, on dirait que la distribution de ma pièce est toute trouvée, dit Derec.

– Une pièce, maître ? Détachée ? Vous vous êtes adjoint une prothèse robotique ?

– Non, pas du tout, dit Derec, hilare.

– Je dois reconnaître que vous l'auriez très bien cachée.

– C'est une de mes passions. Bon, dis-moi ce que tu ferais du robot qui a démantelé Lucius.

Le rappel soudain du robot gisant derrière la porte close de son bureau lui valut un frisson de chagrin et de perte. Et même de terreur. Jamais auparavant il n'avait imaginé que les robots pouvaient mourir. Il les avait toujours crus immortels comme la vie ne pourrait pas l'être.

– Pardonnez-moi, maître, je n'ai pas d'opinion. Je suivrai vos instructions, voilà tout.

(1) *Hamlet*, Acte III, scène 1. Traduction de François-Victor Hugo. (*N.d.T.*)

– Et si je n'étais pas là pour t'en donner ? Si tu devais décider seul ?

– D'abord, je demanderais les explications du robot, puis je découvrirais les justifications qu'il offrirait, s'il en avait, surtout si elles incluaient son interprétation des Trois Lois.

– Aucune loi n'interdit à un robot d'en blesser un autre.

– Bien sûr. Le robot en question peut avoir agi sur l'ordre d'un humain. Mais il me semble que ce n'est pas le cas ici.

– Eh bien, non...

– Une fois l'explication donnée, j'adopterais la conduite la plus sûre, et je ferais déconnecter le robot pour attendre les réparations adéquates ou des instructions humaines.

– Cela prendrait longtemps, surtout à la Cité des robots.

– Il n'y aurait pas de mal. A sa réactivation, il agirait comme s'il avait été éteint la veille pour un réglage.

– Hum. Mais si l'on avait besoin de ce robot ?

– Cela dépendrait de la nature de ce besoin, et de son urgence.

– Je suis ravi que tu sentes ça ; tu ne sens rien, je sais, mais cela me réconforte que tes circuits logiques participent.

Et il lui exposa sa théorie : un robot créatif doté d'esprit scientifique saurait peut-être aider Ariel dans sa maladie.

– Mais comment savez-vous que Canute possède ces talents ?

– Je ne sais pas. Mais il doit pouvoir m'aider à comprendre ce qui arrive aux robots. Et j'en ai besoin : de faire admettre son erreur à Canute sans qu'il entre en dérive. C'est une des raisons pour lesquelles je projette cette pièce.

– Cette pièce ?

– De théâtre. *Hamlet*, de William Shakespeare. Ecoute.

La voix d'Ariel filtrait à travers la porte, étouffée, mais encore assez claire tandis qu'elle répétait, puis continuait la tirade qu'elle avait commencée tout à l'heure, cette fois d'un débit plus fort, plus assuré.

– « Et moi, de toutes les femmes la plus accablée et la plus misérable, moi qui ai sucé le miel de ses vœux mélodieux, voir maintenant cette noble et souveraine raison faussée et criarde comme une cloche fêlée (1)... »

– N'est-ce pas beau ? apprécia Derec.

– Les mots, ou Mlle Ariel qui les prononce ?

– Tu as parlé avec Harry ?

– Maître, je ne comprends pas le sous-entendu.

– Laisse tomber. En tout cas, je vais utiliser cette pièce comme paratonnerre pour attirer au même endroit tous les robots qui ont une tendance créative, et constater les conséquences. Je ne sais pas ce qui se passe ici, mais quoi qu'il en soit, je compte bien le découvrir !

On frappa à la porte.

– Tu t'en occupes, veux-tu ? demanda Derec en se tournant vers le bureau d'Ariel. Ariel ? C'est ton metteur en scène qui parle ! Sors de là, d'accord ?

Ariel sortit aussitôt, suivie d'une Wolruf bondissante.

– Metteur en scène ? Qui sera mon partenaire ?

– Oh ? Quand tu as entendu parler de ma production, comment as-tu su que tu serais Ophélia ?

_____

(1) Acte III, scène 1. Traduction de François-Victor Hugo. (*N.d.T.*)

– Parce qu'il est clair que je possède toutes les qualités physiques et mentales requises. Qui jouera mieux une fille qui devient folle qu'une jeune femme qui le devient aussi ? Bon, je ne sais pas qui jouera la mère d'Hamlet, mais ce n'est pas mon problème, pas vrai ?

*Au moins, elle n'a pas perdu son sens de l'humour.*

– Non, c'est celui de ton metteur en scène. Et partenaire.

Ariel sourit et s'inclina.

– A votre service, monsieur le metteur en scène.

– Maître ?

– Oui, Mandelbrot ?

– Pardonnez mon intrusion, maître Derec et maîtresse Ariel, mais Harry, Benny et M-334 sont à la porte. Ils disent avoir des vibrations à vous offrir.

– Des vibrations ? dit Wolruf. Pas joli mot, sur mon monde.

– Oui, mais qui sait ce que ça veut dire, ici, dit Ariel. Fais-les entrer, Mandelbrot.

– Oui, je suppose qu'il faudra bien commencer les auditions tôt ou tard, dit Derec.

Et les trois robots firent donc leur entrée, portant chacun un objet en cuivre que Derec trouva très étrange. M-334 tenait un tube muni de deux douzaines de clefs, et d'une embouchure. A l'évidence, il s'agissait d'un instrument à vent, mais quel son il pouvait produire, Derec n'en avait aucune idée.

Il ne savait pas plus à quoi s'attendre avec les deux autres instruments. Celui de Benny était plus petit que celui de M-334, et tenait facilement dans une main. Il présentait trois pistons sur son sommet, sans doute pour moduler les textures sonores. Celui d'Harry était le plus droit et le plus long des trois. Il comportait une coulisse qui réduisait ou allongeait la longueur du tube suivant la volonté du musicien, sans doute, ici encore, pour moduler le son.

– Bonjour, monsieur, dit Benny. Nous ne pouvons que penser que nous interrompons vos préparatifs...

– Ciel, les nouvelles vont vite par ici ! s'exclama Ariel.

– Tu l'as bien su, *toi*, non ? dit Derec.

Ariel haussa les épaules.

– C'est Wolruf qui me l'a dit.

– Et comment l'as-tu su, Wolruf ?

Wolruf se contenta elle aussi de hausser les épaules, ce qui fit frissonner tout son corps.

– ... Nous avons donc pensé, reprit Benny comme si de rien n'était, que vous aimeriez voir par vous-même le résultat d'un projet que nous avons élaboré au lieu de nous éteindre, pendant nos heures de liberté.

– Ah. Quelle est la nature de ce projet ? demanda-t-il avec suspicion.

– A l'origine, il était purement musical, dit Benny.

– Et nous avons appris que vous projetiez de nous impliquer dans la recréation de formes d'art humaines. Nous avons procédé à des recherches, et découvert que la musique jouait souvent un rôle significatif en de telles occasions, dit Harry.

– Cela nous a semblé particulièrement heureux, dit M-334. Et nous avons songé – peut-être avec présomption, mais comment le savoir si nous ne posons pas la question ? – que notre musique apporterait une contribution intéressante à l'entreprise.

– Euh, quelle sorte de musique vous comptez faire, avec ces trucs-là ? demanda Ariel. Une fugue auroraine *art nouveau* ? Une ectovariation tranto-rienne ?

– Quelque chose de proche de votre période, dans le style terrien, dit Harry.

– De la Terre ? demanda Ariel, incrédule.

La culture terrienne était très déconsidérée dans la plupart des cercles spatiaux.

– Shakespeare était terrien, rappela Derec d'une voix neutre.

– Oui, mais par chance, il avait du talent, dit Ariel. On ne peut pas en dire autant de la plupart des artistes terriens.

– Vous nous jugez peut-être trop durement, dit Benny.

– Oui, vous devriez nous juger après que nous aurons joué, dit M-334.

– Oui, vous auriez toutes vos munitions à ce moment-là, dit Harry.

Ariel dévisagea Derec.

– C'était une plaisanterie, dit Derec.

– Presque bonne ! dit Wolruf.

Les trois robots appliquèrent alors des lèvres artificielles flexibles, modulées par ordinateur, et aimantées, sur la grille de leur haut-parleur. Elles étaient reliées au cerveau par un câble électrique et Derec comprit aussitôt, à la façon dont les robots s'exerçaient à souffler de l'air, qu'elles répondaient à la pensée.

*Comme les vraies*, se dit-il en mordant sa lèvre inférieure comme pour s'en assurer.

– Pardonnez-moi, les gars, mais avant que vous ne jouiez de vos cuivres, j'aimerais connaître les noms que ces instruments sont censés porter.

– Ceci est une trompette, dit Benny.

– Un saxophone, dit M-334.

– Et un trombone, dit Harry.

– En guise d'introduction, reprit Benny, le titre que nous allons infliger à votre considération auditive est une antique composition, qui remonte à moins de quatre cents ans après la période de Shakespeare.

C'était déjà l'ère de la musique enregistrée, mais l'ordinateur central ne dispose d'aucune bande, aussi ne pouvons-nous que déduire, par l'examen des partitions, la manière dont on jouait de ces instruments.

— Du moins ce qui reste des partitions, précisa Harry. Le plus clair de ce morceau est improvisé.

— *Oh ! oh !* dit Ariel tout bas en portant sa main à son front, en guise de protection. *Je dois délirer.*

— Et le titre que nous allons vous infliger est ce que les bandes de référence appellent, dans l'argot d'alors, une petite chansonnette bien balancée. Cette chanson, son compositeur, un humain du nom de Duke Ellington, l'a intitulée *Bouncing Buoyancy*.

*J'ai comme un mauvais pressentiment*, se dit Derec. Il agita la main.

— Jouez donc, hardis McDuff !

Les robots jouèrent. Du moins, c'est ce que les humains et l'extraterrestre se dirent. La forme différait si radicalement de ce qu'ils avaient déjà pu entendre, le jeu était si hasardeux et si étrange, si fourni en matière d'accélérations subites, de crachotements et de pauses, que la tentative des robots, pour courageuse qu'elle fût, demeurait essentiellement du domaine de la conjecture.

La trompette de Benny jouait la mélodie dans une succession assourdissante de notes qui semblaient parfois presque justes. Le bruit que produisait l'instrument évoquait une sirène qu'on aurait enregistrée puis repassée à l'envers. Sa fréquence était si élevée que Derec craignit que ses oreilles ne se missent à saigner. Les notes de Benny, par ailleurs, semblaient posséder une certaine logique interne, comme s'il savait où il allait en hésitant sur le moyen de s'y rendre.

Harry au trombone et M-334 au saxophone essayaient de donner une assise au morceau : avec maladresse, ils beuglaient sans cesse huit mesures d'une harmonie invariable. Ils réussissaient presque dans leur entreprise, et leurs problèmes techniques n'auraient sans doute pas été aussi criants s'ils avaient pu, quelquefois, débuter et terminer la séquence en même temps.

Le trombone même évoquait un rire de dérision exquis braillé par un âne dédaigneux. L'attaque du saxophone évoquait plutôt un troupeau d'oies en train de criailler sous l'eau. L'effet des trois instruments combinés était tel que Derec se demanda s'ils ne violaient pas un traité de désarmement interplanétaire.

Il passa la première minute à trouver la musique absolument atroce sans la moindre valeur sociale pour la racheter. C'était le pire bruit qu'on pût imaginer : un bruit qui prétendait être autre chose. Mais, peu à peu, il commença à discerner vaguement le vague idéal germé sous le crâne des robots. La musique même, malgré les couacs, possédait une joie simple, vite contagieuse. Derec s'aperçut qu'il battait du pied en mesure. Ariel opinait du chef, pensive. Wolruf penchait la tête de côté et Mandelbrot restait, comme de juste, indéchiffrable.

Derec laissa vagabonder ses pensées pendant une seconde, et il se demanda s'il ne pourrait pas ajuster ces lèvres factices sur les bouches de ses acteurs pour les aider à représenter les émotions humaines, pendant la pièce. Le fait qu'ils aient pour la plupart un visage immobile incapable de l'expression la plus rudimentaire allait saboter l'illusion, à moins qu'il ne trouve le moyen d'utiliser cette inflexibilité même. Il imagina des lèvres tordues de rire devant les acteurs gambadant, de peur face au fantôme du père d'Hamlet et d'angoisse à la vue de tous les cadavres jonchant la scène. *Oui, c'est une idée*, se dit-il, et il reporta son attention sur la musique.

L'arrangement de *Bouncing Buoyancy* s'acheva avec les trois instruments jouant le thème à l'unisson. En théorie. Les robots désembouchèrent leurs instruments sur un moulinet et les tendirent vers leur public.

Derec et Ariel se dévisagèrent. Le visage de la jeune femme disait : *C'est toi le metteur en scène, à toi de parler*.

— Vous avez trouvé notre numéro renversant, maître ? demanda Benny.

— Euh, original, en tout cas. Je crois voir votre intention et je pense que j'apprécierai quand vous la maîtriserez. N'est-ce pas, Ariel ?

— Oh, oui, tout à fait.

En réalité, elle se disait : *J'en doute fort*.

— C'est ça, *Ham-lit* ? demanda Wolruf.

— Ça, je ne sais pas, dit Derec. Je pense que cet Ellington a composé d'autres morceaux, sans doute ?

— D'une grande variété de tons et de styles, dit Benny.

— Tous adaptables à nos instruments, dit Harry.

— Je le craignais, dit Derec. Mais ne vous en faites pas. Je parie que vous vous améliorerez avec la pratique. J'imagine que c'était ça, ton projet secret, Benny ?

Benny s'inclina de façon étrangement reconnaissante pour un robot.

— J'ai fabriqué les instruments moi-même et j'ai transmis à mes amis le savoir que je possédais sur l'art du souffle.

— Enlevez ces lèvres, d'accord ? Elles sont trop bizarres.

Tandis que les robots s'exécutaient, Mandelbrot dit :

— Maître, cette pièce, où doit-elle se dérouler ? Je

ne crois pas que la cité comporte une installation théâtrale.

– Ne t'en fais donc pas. Je m'en suis occupé. Je connais le robot qui concevra un théâtre parfaitement adapté aux habitants de la Cité des robots. Sauf qu'il ne le sait pas encore.

– Et qui est-ce, maître ?

– Canute. Qui d'autre ? (Derec sourit.) D'ailleurs, trouve-le-moi. Qu'il vienne ici sur-le-champ. Je veux qu'il entende un peu ce fameux *Bouncing Buoyancy*.


– Chaque âge a ses terreurs et ses tensions, disait Derec, quelques jours plus tard, sur la scène du Nouveau Globe, mais elles s'ouvrent toutes sur le même abîme.

Il s'interrompit pour juger de l'effet de ses paroles sur les robots assis dans leurs fauteuils devant le proscenium. Il croyait ses mots excessivement profonds, mais les robots, eux, se contentaient de le dévisager, comme s'il avait détaillé les symboles d'une équation sans valeur, dont le seul intérêt était d'être dite par un humain.

Il s'éclaircit la gorge. Ariel et Mandelbrot occupaient des sièges de part et d'autre des robots. Ariel avait un carnet en main mais Mandelbrot, que Derec avait nommé accessoiriste, n'en avait bien sûr aucun besoin ; sa mémoire totale enregistrerait les besoins du spectacle sans prendre de notes.

Wolruf était assise derrière eux, à se lécher la patte. Elle avait exigé d'être le souffleur officiel, ou le répétiteur, et avait donc déjà passé beaucoup de temps à dire leurs répliques à Derec et à Ariel pendant qu'ils les apprenaient – une tâche, dans le cas de Derec, loin d'être achevée.

Il s'éclaircit de nouveau la gorge. Sa gêne transparaissait – si du moins il en croyait le sourire narquois qu'Ariel lui adressait. Wolruf se léchait les babines ; il eut la sensation que, sans le dire, elle trouvait les manigances des humains et des robots extraordinairement réjouissantes.

– Hmmm. Vous êtes tous au courant des recherches que mènent certains d'entre vous sur les Lois de l'Humanique. Cela implique que vous êtes aussi au courant, du moins en passant, des nombreuses particularités et contradictions de la condition humaine. La passion et la folie, l'obsession et le nihilisme : ces choses n'existent pas chez vous, mais nous, humains, nous devons y faire face chaque jour, à des degrés divers.

« En bref, nous irons là où jamais un robot n'est allé. Nous descendrons dans les sombres abîmes, profonds et décrépits, de la soif de vengeance, et quand nous en ressortirons nous aurons quelque chose... une chose... une chose vraiment *extraordinaire* à nous rappeler dans les jours qui suivront. Ce sera extra. Je vous le promets.

– Finissons-en ! s'exclama Ariel.

– Pardonnez-moi, maître, mais il me semble après mûre réflexion que vous devriez aborder un sujet plus théâtral, dit Mandelbrot d'une voix flûtée.

Pour paraître naturel, il croisait les jambes, et laissait reposer ses mains sur son genou. Il ne réussissait qu'à passer pour un amas de contre-plaqué tenu par des clous rouillés.

– Ne t'en fais pas, Mandelbrot, dit Derec en sentant son visage s'empourprer. Je me chauffe. (En reportant son attention sur les robots, il ne put s'empêcher de noter que leur attitude était aussi rigide que celle de son Vendredi. Un bref instant, il se demanda : *Que diable fais-je ici ?* se ressaisit et termina promptement.) Le théâtre est un art qui s'appuie sur le travail de nombreux collaborateurs... commença-t-il.

*Ici*, c'était le Nouveau Théâtre du Globe, conçu par Canute et réalisé sous sa direction personnelle. En suivant les pistes des indices que Lucius avait laissés dans l'ordinateur central lorsqu'il avait utilisé ses programmes, Canute avait pu dire à la cité quoi construire et quel délai le laisser subsister. Ce qui signifiait que Canute avait suivi les traces de Lucius mais sous les ordres d'un humain. (Tout en supervisant cet aspect du projet, Derec s'était rendu compte que Lucius avait pu, lui, suivre des pistes suggérées par sa demande d'implantation de distributeurs dans un bâtiment sur dix. Mais, bien sûr, il n'en aurait jamais la certitude.)

Peut-être la tâche s'était-elle avérée plus facile et moins éprouvante pour Canute. Au contraire de Lucius, il avait, lui, un exemple à suivre : le vieux Théâtre du Globe de Londres, sur Terre, de l'époque de Shakespeare. Mais il lui avait ajouté des spécifications de son cru, sans attendre l'avis de Derec, et il avait essayé de vérifier les problèmes de forme et de fonction, et de constater s'ils s'accroissaient ou entraient en conflit avec son idée de l'esthétique qu'un théâtre devait établir dans l'environnement de la Cité des robots.

Derec s'était bien gardé de dire à l'ébène pourquoi, de tous les robots de la cité, il avait été choisi pour concevoir le second bâtiment permanent de la planète. Et il l'avait observé avec attention pendant qu'il lui donnait ses instructions, pour déterminer s'il ne courait aucun danger de dérive positronique à faire (supputait Derec) ce pour quoi il avait porté atteinte à un autre robot.

Mais Canute ne lui avait fourni aucune preuve.

Tout ce dont il avait besoin, en apparence, c'était que l'impulsion vienne d'ordres humains.

Tout comme le vieux Globe, le théâtre de Canute était plus ou moins cylindrique, mais irrégulier et tordu, comme une barre de métal que l'on aurait quelque peu fondue au sol, puis écrasée sous un pied géant. Tout comme le vieux Globe – ou, du moins, selon la plupart des conjectures émises à son propos depuis sa destruction pour laisser place à une rangée de maisons quelques décennies après la mort de Shakespeare –, trois trappes, sur la scène, menaient à diverses aires des coulisses. Un passage dans ces mêmes coulisses conduisait aux conduits souterrains de la cité, en cas de problème d'approvisionnement en énergie.

Il y avait un balcon et un poulailler au-dessus de la scène, et plusieurs loges cachées dans les ailes. Les rangs de sièges étaient inclinés pour permettre aux spectateurs de suivre les événements sans obstacle. Dans l'optique d'offrir au public la meilleure vision possible, le sol descendait en paliers.

Dans la tradition des salles de concerts modernes, l'on avait suspendu des écrans géants pour des gros plans au-dessus de la scène. Des microphones étaient dissimulés sur scène et dans les cintres.

Même la taille du théâtre était impressionnante. Ses angles offraient une palette virtuelle d'effets dramatiques. Mais le choix des couleurs qu'avait effectué Canute était ce qui ferait parler fiévreusement du Nouveau Globe sur les hyperondes. Au plafond, noir comme le jais, des étincelles scintillaient comme des étoiles dans une brume de chaleur. La moquette et le tissu des sièges déclinaient des tons de gris-brun, variation sur les couleurs rencontrées dans les conduits et en surface – l'idée que se faisait Canute des nuances « terriennes ». Le rideau était un feu pourpre, semé d'étincelles aussi, et les murs arboraient un blanc sage doux au regard. Des courants d'air incessants dus à la climatisation agitaient les draperies.

Bien entendu, les robots n'avaient aucun besoin d'air conditionné. Derec songea que Canute n'avait pas œuvré à leur seule intention. Comme si l'ébène avait bâti le théâtre dans l'espoir secret et peut-être inconscient qu'un jour, une pièce y serait représentée devant un public humain.

L'espoir inconscient ?

– En tant que robots, vous êtes, par nature, incapables de mensonge, dit Derec à son public inerte. Seuls les humains en sont capables, mais pas toujours avec succès. Le théâtre reste, par contre, un monde de faux-semblants qui appelle une réponse, une participation de l'imagination du spectateur. Celui-ci doit vouloir et pouvoir croire au mentir de la fiction dans l'espoir d'y trouver une distraction et peut-être une édification. Notre travail est de l'assister, de l'aider à vouloir croire.

« Sur une scène de théâtre shakespearien, on montre peu, mais on signifie tout. Verbe, action, accessoires, décor – tous œuvrent ensemble dans le but commun d'ouvrir au spectateur une fenêtre par laquelle observer le monde. Et si tous les efforts de la distribution et de l'équipe technique sont couronnés de succès, le spectateur, en sachant qu'il assiste à un spectacle, *accepte de suspendre son incrédulité*, et choisit de croire que ce qu'il voit est réel, pour entrer dans l'intrigue.

« Notre défi est autre. Nous devons aider, forcer et pousser des robots à exercer leurs intégrales logiques pour les amener, elles aussi, à la suspension. Nous ne devons pas nous contenter d'ouvrir la fenêtre sur le monde, mais sur le cœur de l'homme.

« A mon avis, il y a trois univers que l'on doit

considérer pour un spectacle : l'univers de la pièce, l'univers du dramaturge, et l'univers du spectacle. Je crois que nous serons tous d'accord sur ce qu'est, ici, l'univers de notre spectacle. J'aimerais dire quelques mots sur les deux autres.

— Eh, tu vas la jouer, cette pièce... ou la tuer à force de parlotes ? lança Ariel, malicieuse.

Derec eut un rire nerveux. Interrompu dans sa tirade, il en oubliait ce qu'il avait prévu de dire ensuite.

— L'univers du dramaturge, souffla Mandelbrot, avec obligeance.

— Oui. A notre époque, l'humanité connaît plus ou moins la civilisation. Peu d'hommes enfreignent les lois. Chacun vit en général une vie longue, saine, même sur la Terre surpeuplée, où les conditions ne sont pas parfaites.

« Mais à l'époque de Shakespeare, la vie était moins un don à savourer qu'une épreuve à endurer. Les conditions de travail étaient brutales, difficiles, l'éducation inexistante, sauf pour les classes privilégiées, et la pensée scientifique – basée sur la logique appuyée par l'évidence empirique – commençait juste son ascension. La plupart des gens mouraient avant trente-cinq ans du fait des guerres, de la peste, des persécutions, d'une hygiène déplorable et de toutes sortes de maux du même ordre. Après tout, la reine Elisabeth d'Angleterre, qui régnait à l'époque de Shakespeare, était considérée comme une excentrique car elle prenait un bain par mois, qu'elle en eût besoin ou pas. Mais... oui, qu'y a-t-il ? demanda Derec en s'apercevant qu'un robot assis au premier rang près de Canute levait une main hésitante.

— Mes excuses les plus humbles, les plus plates, les plus piteuses pour mon interruption intempestive, dit le robot, mais après avoir lu le texte, et médité sa signification pendant des heures, je me trouve obsédé par un problème de la plus extrême importance, et il me paraît raisonnable de me dire que seul un humain peut me l'expliquer.

– Bien sûr. Je répondrai à toute question.

– Même de nature subjective ?

– Certes.

– Même si, dans certains endroits, on la considérerait comme impolie dans une situation normale ?

– Bien sûr. Shakespeare fut visionnaire dans son ouverture de nouveaux sujets de discussion sur Terre pendant des siècles.

– Même si la question est personnelle ?

Essayant de ne pas le faire remarquer, Derec jeta un regard vers son aine pour voir si sa fermeture à glissière était bien remontée.

– Eh bien, euh, oui. Nous allons devoir examiner des motivations très complexes aux actes humains les plus simples, ici.

– Même si la question s'avère *extrêmement* personnelle ?

– Quoi ?

– C'est un ordre direct ?

– Non, c'est une question, mais tu peux la considérer comme un ordre si ça te décide à parler !

– Excellent. Un moment, j'ai craint que mes capaciteurs ne me permettent pas de m'exprimer si je n'étais pas poussé par l'élan supplémentaire d'un ordre direct.

– Veux-tu bien, s'il te plaît, me dire ce qui te préoccupe ?

– Je sais que le mâle et la femelle humains ont des formes superficielles différentes, et que cette différence influe sur leur comportement social, souvent complexe. Aussi ma question sera-t-elle simple. Que peuvent-ils bien faire ensemble pendant leur temps de sommeil ?

Un silence de plomb s'abattit sur le théâtre. Le regard de Derec vagabonda, et il lui sembla que le bourdonnement de l'air conditionné se fondait en une série d'accords hypnotiques comme s'il avait été filtré dans un studio d'enregistrement. Il lança un regard interrogateur vers Ariel. Elle sourit, et haussa les épaules. Il dévisagea Wolruf.

Elle secoua la tête.

— Pas la peine de me regarder comme ça. Nous n'avons pas de mœurs particulières d'accouplement. On le fait, voilà tout.

— J'en doute sérieusement, rétorqua Derec.

Par hasard, il jeta un regard à gauche de la scène au moment où Harry qui tenait son trombone sortait la tête des coulisses. Benny et M-334 qui brandissaient eux aussi leurs instruments se tenaient derrière lui et s'agitaient comme pour saisir le robot par les épaules et le tirer en arrière.

Mais ils durent réfléchir à deux fois, car ils le laissèrent dire :

— Monsieur le metteur en scène, je crois que je peux jeter quelque lumière sur le sujet.

Derec s'inclina, et lui fit signe de le rejoindre sur scène.

— Je t'en prie.

Mais tandis qu'Harry s'approchait et qu'il se plaçait devant le public des robots, Derec sentit soudain son estomac se nouer.

— Euh, Harry, il ne s'agit pas d'une de tes plaisanteries, n'est-ce pas ?

— Je crois qu'elle s'avérera instructive.

— Entendu. Je sais reconnaître une défaite.

Derec s'écarta pour se tenir entre Ariel et Wolruf.

Harry ne regarda même pas les robots avant de commencer. Il se concentra sur sa pensée.

— Un axiome des formes de vie carbonées est que

la nature a prévu qu'elles se reproduisent. Pas nécessairement à date fixe, pas nécessairement quand cela leur convient, pas nécessairement pour donner un beau résultat, mais bon. Si la forme de vie en question tire un certain plaisir de l'acte de reproduction, il s'en réjouira, mais la nature ne se soucie que de la nécessité. Quelques données visuelles sont à votre disposition dans l'ordinateur central ; je vous suggère de les étudier à loisir, afin que nous comprenions tous les réactions chimiques qui font agir Ophélia et Hamlet alors que ce dernier se détourne des plaisirs de l'instant pour conquérir sa couronne. (Harry hocha la tête à l'adresse de Derec.) Vous voyez, j'ai déjà lu la pièce.

Puis il revint au public.

– Et, afin que vous compreniez peut-être les sombres abîmes intérieurs de cette pulsion, je dois attirer votre attention sur les débuts de la colonisation des planètes par l'humanité, alors qu'elle n'avait pas encore véritablement admis les robots comme fidèles compagnons, à l'époque où les guerres terriennes, avec leurs missiles nucléaires et leurs initiatives de défense spatiale, avaient suivi l'homme dans les étoiles. En ce temps-là les bases militaires étaient très répandues sur les planètes colonisées depuis peu, et en général elles se trouvaient en des endroits éloignés des installations civiles.

« Les sexes étaient souvent séparés. Il n'était donc pas rare qu'une centaine d'hommes se retrouvent seuls dans des contrées lointaines et désolées à attendre des batailles qui ne venaient pas, à attendre le jour béni où ils jouiraient de nouveau d'une compagnie féminine et déchargeraient les pulsions qui montaient en eux pendant leur réclusion. Qui montaient. Montaient. Montaient sans cesse.

« Alors, que faisaient ces hommes ? Ils pensaient au

sexe, parlaient de sexe, rêvaient de sexe. Certains trouvaient même des solutions.

« La nature exacte de ces solutions, par un détour du destin, occupait les pensées d'un certain général Dazelle, car c'était un problème qu'il allait rencontrer, lui aussi, en servant dans son nouveau poste comme commandant de la base Hoyle. Le général était un homme méticuleux qui aimait que tout soit en ordre, et ainsi, le jour de sa venue dans cet endroit perdu, il demanda à son aide de camp de lui faire faire le tour des environs.

« Le général apprécia les baraquements, les remparts, la base dans son ensemble, mais grande fut sa détresse quand l'aide de camp et lui tombèrent, au coin d'une allée, sur la vieille mule la plus ravagée, la plus pathétique, la plus chenue, et la plus infestée de mouches de toute l'histoire de l'humanité.

« – Que... que... ? demanda le général.

« – C'est une mule, dit l'aide de camp.

« – Et que fait-elle ici ? Pourquoi n'est-elle pas fourbie et au pré pour effrayer les faucons et les corbeaux ?

« – Parce que les hommes en ont besoin, dit l'aide de camp.

« – Besoin ? Mais quel besoin peuvent-ils en avoir ?

« – Eh bien, comme vous le savez, monsieur, le village civil le plus proche se trouve à plus de cent kilomètres.

« – Oui.

« – Et vous savez que, pour des raisons de sécurité, le seul moyen de transport autorisé pour les engagés d'ici à là-bas est strictement bipède.

« – Oui, mais je ne vois pas ce que cela a à voir avec cette expérience génétique ratée.

« – Alors, vous savez aussi que les hommes sont

des hommes. Ils ont des besoins. Des besoins qui doivent être satisfaits.

« Le général considéra la mule, horrifié. Il n'arrivait pas à croire ce qu'il entendait. L'information menaçait de lui valoir de sévères troubles psychologiques.

« – Vous dites que les engagés... Ils... avec cette vieille carne ?

« L'aide de camp acquiesça d'un air grave.

« – Oui. Le besoin monte. On ne peut rien faire d'autre.

« Le général était au bord de l'hyperventilation. Son vertige devint tel qu'il dut s'appuyer sur l'aide de camp.

« – Sur mon honneur de soldat, dit-il, je jure que je ne serai jamais désespéré à ce point.

« Mais à mesure que son temps passait, le besoin montait, et montait, et un beau jour, il n'eut d'autre choix que d'admettre qu'il était bel et bien désespéré à ce point. Il finit par ne plus pouvoir le supporter, et dit à l'aide de camp :

« – Amenez tout de suite la mule dans mes quartiers.

« – Dans vos quartiers ? demanda l'aide de camp, visiblement étonné.

« – Oui, dans mes quartiers. Vous vous rappelez ce que vous m'avez dit, sur les hommes... et la mule ?

« – Oui, monsieur ! dit l'aide de camp, en saluant.

« L'aide de camp s'exécuta. La mule était alors, si possible, l'ombre de son ancienne décrépitude. Voici peu, elle avait chu d'une falaise et eu la chance de ne souffrir que de légères blessures, mais son corps était ravagé par la maladie. L'aide de camp fut donc horrifié, choqué jusqu'au tréfonds, lorsque le général ôta son pantalon, et entreprit de faire son affaire à ce pathétique bestiau.

« – Monsieur ! s'écria-t-il. Qu'est-ce que vous faites ?

« – Cela ne se voit pas ? Je fais ce que font les hommes !

« – Monsieur, j'avoue que le sens de vos paroles m'échappe. Je n'ai jamais, jamais rien vu de tel.

« – Mais, vous disiez que les hommes... leurs besoins... et la mule...

« – Monsieur, les hommes ont leurs besoins, c'est vrai, mais je voulais dire que lorsqu'ils deviennent trop durs à supporter ils montent sur la mule et chevauchent jusqu'au village le plus proche.

« Voilà. Cela vous éclaircit-il ? conclut Harry.

– Mais de quoi parle-t-il ? marmonna Wolruf.

– Je n'y comprends rien, souffla Derec. Enfin, sa technique narrative s'améliore.

Ariel, de son côté, n'arrêtait plus de rire.

– C'est... le truc... le plus... stupide que j'aie jamais entendu, dit-elle entre ses hoquets.

Harry restait sur scène en attendant le verdict du public. Les robots avaient accueilli la conclusion de la plaisanterie dans un silence de plomb que seul le métal pouvait atteindre. Tous dévisagèrent Harry pendant quelques instants.

Puis le robot qui avait posé la question, et donc amené la plaisanterie, se tourna vers son camarade de droite et dit :

– Oui, je vois.

– Je comprends, dit un autre.

– Clair comme dans un four, dit un troisième.

– Mystérieux, tout à fait mystérieux, dit Canute.

L'ébène se rangeait pourtant dans la minorité car les robots semblaient pour la plupart contents de l'explication d'Harry.

Derec attendit qu'Ariel cesse de rire et lui demanda :

– Mais qu'est-ce qui se passe, ici ?

Elle se tourna vers lui, le prit par le bras, et lui murmura d'un ton de conspiratrice :

– Les robots commencent à apprendre à connaître l'univers de l'homme comme nous l'apprenons – par la blague.

– Je ne saisis pas, dit Derec.

– Hum. Voyons voir. Quand on grandit sur Aurora, à l'école, un des grands mystères de la vie s'appelle en général les roses et les choux.

– Oui, je connais cette expression, mais je ne me rappelle pas comment je l'ai apprise.

– Parce que tu es amnésique. Maintenant, écoute : alors que l'on recevait une vaste instruction scientifique, en classe, on éprouvait encore quelques... angoisses. Tu ne te souviens pas des tiennes, mais tu en as sans doute encore beaucoup. Non que je me mêle de ce qui ne me regarde pas ; c'est un fait.

– Merci. Continue.

– Et une des façons dont on se soulageait de nos angoisses, et donc dont on découvrait la réalité, c'était le mode d'expression connu dans toute la galaxie sous le nom de blague cochonne.

– Et c'est ça qui se passe ici ? (Derec n'aurait jamais su l'expliquer, mais il sentit son visage s'empourprer.) C'est un scandale ! Dois-je y mettre fin ?

– Oh, quel puritain ! Bien sûr que non. Ça fait partie de l'expérience. Tu connais le vieil adage : « Nul n'aime entendre une histoire cochonne – sauf si elle est bien racontée. »

– Mais pourquoi est-ce que je consens tous ces efforts pour monter un beau spectacle ? Pourquoi est-ce que je ne te demande pas de leur faire un strip-tease ?

– Tu aimerais mais ils s'en moqueraient. Ils

n'écoutent pas ces blagues pour éprouver des frissons, mais pour savoir ce qu'elles procurent sur nous.

– Tu crois ? Ils veulent comprendre la condition humaine, alors ?

– Je crois que c'est très différent de ça. Mais, selon moi, tu devrais suivre ce qui se passe : Harry vient d'en commencer une autre.

En effet, le robot persévérait.

– Le dernier homme sur la Terre était seul dans une pièce, disait-il. Soudain, on frappa à la porte...

– D'accord, Harry, tu as beaucoup de succès. (Agitant les bras, Derec courut à lui et plaça sa main sur la grille de son haut-parleur. Un geste symbolique, bien sûr, mais efficace.) Tu rejoins tes camarades en coulisses et vous attendez que je vous appelle, d'accord ?

– Oui, monsieur le metteur en scène, rétorqua Harry, avant de s'éloigner d'un pas vif.

– Où en était-on ? Peu importe. Parlons de la pièce. « Cette pièce, dit Hamlet, est la chose où j'attraperai la conscience du roi (1) ». Claudius, oncle d'Hamlet, a tué le père d'Hamlet, roi du Danemark, et pris la place de son frère sur le trône. Pour asseoir ses prétentions, Claudius a épousé la mère d'Hamlet, Gertrude. Quand Hamlet rentre chez lui, il trouve le trône, qui devrait lui revenir, usurpé, et même s'il soupçonne son oncle de manigances, il n'a pas de preuve, si ce n'est la parole d'un spectre surgi de la tombe.

« Pour obtenir cette preuve il engage une troupe de comédiens itinérants, qui doivent jouer une pièce reflétant le crime qu'à ses yeux Claudius a commis. Il espère qu'en observant son oncle pendant la repré-

(1) Acte II, scène 2. Traduction de François-Victor Hugo. (N.d.T.)

sentation, il lira culpabilité et conscience de son crime sur son visage.

« Claudius, de son côté, soupçonne Hamlet de simuler la folie pour la recherche de la vérité et il traque son neveu alors que celui-ci le traque. Cette pièce dépeint le combat spirituel qui les oppose, et les moyens qu'ils vont employer pour obtenir ce qu'ils recherchent – un trône, la vengeance, ou la justice.

Derec se tourna vers Mandelbrot et hocha la tête. Mandelbrot se leva et dit :

– M. le metteur en scène souhaite vous remercier tous de vous être portés volontaires et astreints aux auditions. (Il fit un geste dans la direction de Canute.) Et d'avoir obéi aux ordres. Vous en recevrez sans doute d'autres dans les jours qui vont venir, et M. le metteur en scène veut vous remercier d'avance. Vous le savez pour la plupart, M. le metteur en scène interprétera le rôle d'Hamlet et Mlle Ariel, pour sa part, incarnera la malheureuse Ophélia au funeste destin. Je vais maintenant, par communicateur, vous dire votre affectation dans l'équipe technique ou la distribution.

Cela ne prit que quelques secondes : il pouvait transmettre beaucoup de données, en haute fréquence. Derec et Ariel n'entendirent rien ; ils surent que les robots les recevaient car ceux-ci hochaient la tête pour marquer leur assentiment.

– Bien, tout est en ordre ? demanda Derec quand Mandelbrot reprit sa position assise.

Canute leva le doigt.

– Maître, puis-je vous parler en privé quelques instants ?

– Bien sûr, répondit Derec en se dirigeant vers la coulisse de droite. Viens par ici.

Canute s'exécuta, et demanda :

– Maître, dois-je voir une signification dans le fait que le rôle de Claudius me soit échu ?

– Non. Il devrait y en avoir une ?

– Il me semble. Lorsque vous m'avez parlé pour la première fois sur la place vous m'avez posé des questions que je ne peux que décrire comme suspicieuses. Peu après, vous m'avez assigné une tâche similaire à celle que Lucius avait entreprise. Voilà aujourd'hui que vous me donnez le rôle d'un assassin – l'objet d'une pièce-dans-la-pièce. L'esprit logique peut sans doute en tirer des conclusions.

– Non. Du tout, Canute. Coïncidence, pure coïncidence.

– Puis-je poser une autre question ?

– Je t'en prie.

– Pourquoi ne me demandez-vous pas simplement si je suis responsable de la disparition de Lucius ? Vous savez que je ne peux pas dissimuler la vérité.

– Canute, tu me surprends. Te poser une telle question ne m'intéresse en rien. Du balai ! Le meilleur reste à venir.

Derec poussa l'ébène dans la direction des robots puis il se frotta les mains comme s'il voulait les réchauffer à un feu proche. L'ébène risquait beaucoup en demandant à Derec de l'affronter. Si Derec avait mordu à l'hameçon, le jeu aurait pu s'achever ici et maintenant mais les réponses que toutes ses questions réclamaient lui auraient peut-être échappé.

En ruminant l'incident, juste avant de présenter le meilleur du spectacle, Derec se découvrit malgré lui un profond respect pour Canute. Non pas de l'approbation, juste du respect. S'il était découvert, le robot accepterait de subir les conséquences de ses actes mais, dans une attitude qui rappelait les émotions humaines, il préférait y faire face plus tôt que plus tard.

– Beaucoup d'entre vous connaissent ce passe-temps humain, écouter de la musique, et ceux qui l'écrivent ou l'enregistrent mais je pense qu'aucun d'entre vous n'en a jamais entendu, dit Derec aux techniciens et aux acteurs. En fait, même si je ne me rappelle pas si j'en ai déjà écouté, j'affirme que je n'ai pas pu l'entendre jouer comme la jouent nos trois camarades.

« J'aimerais donc vous présenter ceux qui vont nous proposer l'accompagnement musical de notre spectacle : Harry, Benny et M-334, les Trois Fêlés du Bocal de la Cité des robots !

Derec appela du geste les trois musiciens tout en se plaçant derrière Ariel. Il lui murmura :

– Ça devrait chauffer.

Benny s'avança jusqu'au proscenium, tandis qu'Harry et M-334 ajustaient leurs lèvres artificielles.

– Salutations, camarades. Nous avons décidé d'interpréter un vieil air de la Terre, intitulé *Tootin' through the roof*. J'espère que ça va vous secouer le cocotier.

Et les Trois Fêlés du Bocal se mirent à jouer, d'abord sur un thème en la-la-si-la, tandis que Benny prenait le solo à la trompette. Harry enchaîna sur un solo de trombone, puis M-334 se déchaîna sur son saxophone. D'ailleurs, les solos ne tardèrent pas à se succéder, tandis que les deux instruments de soutien martelaient le thème. Les solos donnèrent bientôt l'impression que tous trois jonglaient avec une balle, et que celui qui la maniait dépendait des deux autres pour assurer son assise.

Derec ne les avait pas entendus jouer depuis l'audition. Le premier fait qu'il releva, ce fut une confiance en eux-mêmes très accrue, la précision quasi mathématique des échanges de solos, la perfection de leur jeu. Il baissa les yeux sur son pied. Qui battait la mesure.

Il jeta un regard vers Ariel. Il s'attendait à la trouver ennuyée ; son mépris de toute la culture terrienne résultait, après tout, de plusieurs générations. Au contraire, elle fixait les musiciens, fascinée. Son pied battait la mesure, aussi.

— Ah, ça c'est de l'*Hamlet* ! dit Wolruf.

# LE SOUVENIR DE L'AUBE

Dans deux heures, le spectacle commençait. Derec, assis dans sa chambre, tâchait de ne pas y penser. Il essayait d'ailleurs de ne penser à rien. Car même s'il avait mémorisé presque toute la pièce, et aurait joué son rôle sous un bandeau, il craignait qu'en se le repassant maintenant, si près de l'instant décisif, il ne lui échappât, comme son identité.

Après tout, il ignorait la cause de son amnésie. Elle avait pu être causée par un coup violent à la tête, ou un problème sérieux de privation d'oxygène, mais il avait peut-être aussi une maladie quelconque – une maladie qui lui avait déjà fait perdre la mémoire plusieurs fois, en l'obligeant à reprendre sa quête. Une maladie qui risquait de frapper à tout moment. Trois minutes avant le début du spectacle, par exemple.

Derec haussa les épaules et s'allongea sur son lit. Eh bien, dans une telle éventualité, l'humiliation lui serait épargnée : il ne se rappellerait rien, ni personne.

Le plus terrible dans ce fantasme, dont il reconnaissait le côté paranoïde peut-être inévitable dans cette situation, était qu'il avait déjà pu perdre, à de nombreuses reprises, l'amitié d'êtres aussi chers qu'Ariel, Wolruf, et Mandelbrot lui étaient à présent.

*Je devrais tout de même penser à cette pièce. Ce serait plus sûr, sans doute.*

Le plus important à se rappeler, c'était le motif secret du spectacle : observer les réactions de Canute devant les petites surprises que Derec lui avait préparées.

Car, tout comme Hamlet espérait forcer Claudius à trahir sa culpabilité devant la pièce-dans-la-pièce, Derec espérait que Canute se verrait enfin obligé d'affronter sa vraie nature.

Ce qu'il s'était abstenu de faire avec grand soin au cours des répétitions. Lorsqu'on le félicitait pour la conception du théâtre, il répondait qu'il ne faisait que suivre les ordres, qu'il n'y avait rien apporté, si ce n'est sa logique. Lorsqu'il interprétait une scène à la perfection, Canute disait obéir, et jouer mécaniquement, comme seul un robot le pouvait.

Mais avec de la chance, Canute éprouvait maintenant une trop grande confiance. Les plans de Derec jouaient sur l'espoir que Canute pense avoir essuyé le plus gros de la tempête.

Il subsistait bien sûr la possibilité que les surprises ne donnent rien. Et dans ce cas ? Que devrait-il faire ?

Derec s'aperçut qu'il était particulièrement contracté et se détendit avec effort. Comme ses pensées revenaient d'elles-mêmes sur ce sujet, il se retrouva dans le même état d'esprit et dut consentir un nouvel effort pour se relâcher. Etait-ce une sorte de trac ? En ce cas, cela aurait pu être pire. Il aurait pu jouer devant des humains.

On frappa à la porte.

— Entrez, dit-il, en croisant les jambes et en plaçant ses mains derrière sa nuque, afin que son visiteur s'imagine qu'il envisageait le spectacle avec le calme le plus absolu.

— Galaxies bondissantes ! haleta Ariel en fermant la porte derrière elle. Tu as l'air pitoyable ! Tu dois être nerveux. Je suis heureuse de constater que je ne suis pas la seule.

Derec s'assit tout droit et posa ses pieds par terre. Par sa seule présence, elle lui coupait le souffle. Elle avait revêtu son costume – une perruque blonde et une robe blanche qui lui collait au corps, comme tissée dans une toile d'araignée. Son maquillage rehaussait la couleur de ses joues et de ses lèvres, et rendait sa peau un rien plus pâle. Il ne s'était pas encore aperçu qu'elle pouvait paraître si belle, si vivace.

Bien sûr, lorsqu'il songeait aux expériences qu'ils avaient vécues ensemble – jetés dans un hôpital, en fuite puis échoués quelque part –, il devait bien reconnaître qu'elle n'avait pas eu l'occasion d'accentuer sa féminité naturelle. Sa beauté dans ce costume était familière, mais nouvelle, comme s'il l'avait entrevue dans un rêve oublié depuis longtemps.

Mais si elle nota sa réaction (du moins s'il l'avait laissée transparaître), elle n'en montra rien, alors qu'elle s'asseyait près de lui sur le lit. Elle lui jeta cependant un regard noir, a la suite de sa deuxième réaction. Rien de flatteur sans doute s'il en jugeait par son expression : elle avait l'air d'avoir reçu un soufflet en plein visage.

– Qu'est-ce qui t'arrive ? demanda-t-elle.

– Qu'est-ce que c'est que cette odeur ? répliqua-t-il.

– Oh, j'ai demandé à Mandelbrot de me synthétiser du parfum en me disant que cela m'aiderait dans mon rôle.

– Très agréable.

– Ce n'est pas ce que ton visage trahissait.

– Sans doute parce que je ne savais pas ce que je sentais.

– Hum. Merci du compliment. Ça devrait sentir bon, que l'on sache ou non de quoi il s'agit.

– S'il te plaît ! J'ai oublié mes bonnes manières avec tout le reste.

– Ton visage disait que ça sentait l'engrais.

– Je ne sais même pas ce que ça sent, l'engrais.

Elle fit la moue et se détourna mais il ne put s'empêcher de noter que sa main, sur le lit, reposait tout près de la sienne. Leurs doigts se touchaient presque.

– Nerveux ? demanda-t-elle.

Il haussa les épaules.

– Non. Pour ce que j'en sais, c'est peut-être la première fois que je sens du parfum.

– Je parlais de la pièce, imbécile.

– Oh. Oui, un peu. Hé, pour ce que j'en sais, je suis peut-être un comédien chevronné.

– Je vois. Tu crois que l'amnésie pourrait être une bénédiction cachée ?

– Ariel, quelque chose te tracasse. Tu vas bien ?

– Pas mal. La pièce m'a donné un objet relativement concret sur lequel me concentrer. Mais je ne suis toujours pas certaine que ce soit une bonne idée de jouer quelqu'un qui devient fou. Je commence à me rendre compte du reflet que ça me renvoie.

– Tu préférerais jouer la mère d'Hamlet ?

– Non. Enfin peut-être. Mais pourquoi pas Hamlet lui-même ? On m'entend sur toute la scène et tu as dit toi-même, hier, que je sais émouvoir. A la folie, pardon pour le choix du terme.

– Dans les annales, le rôle est parfois tenu par une femme. Les robots seraient trop heureux de te donner la réplique en Hamlet. Comme n'importe quel autre rôle.

– Mais pourquoi est-ce que je ne peux pas jouer Hamlet dans *cette* représentation ?

– Ah ! ah ! Tu as eu ta chance, mais tu t'es d'abord proposée pour le rôle d'Ophélia ! Tu as pâti de ta partialité, avant que j'aie pu étaler la mienne, d'ailleurs.

– C'est vrai, répondit-elle d'une voix un peu plus sérieuse que sa boutade ne le méritait. Et je crois que tu avais tes raisons pour choisir *Hamlet*, outre Canute. Tu aurais pu choisir d'autres pièces, tu sais, *Othello* ou *Jules Salade*.

– *Jules César !*

– Oui. Bref, je crois que tu t'y es reconnu : le romantique fou, l'aventurier spirituel, vain, pompeux, arrogant, borné...

– Egoïste.

– Oui. Egoïste.

Derec sourit. C'était excitant de l'avoir assise si près de soi. Mis à part quelques répétitions, ils n'avaient plus été si proches depuis quelque temps, et il se surprenait à découvrir à quel point il appréciait cette occasion. Il se sentait nerveux et détendu en même temps.

– Derec ? Ecoute-moi. Je te parle, dit-elle doucement. J'ai réfléchi aux différences entre nous et les gens d'alors, ou la manière dont on les représente. Je n'ai pas pu m'empêcher de me demander si, aujourd'hui, quelqu'un éprouve l'amour qu'Ophélia porte à Hamlet.

– Ou lady Macbeth à Macbeth ?

– Je suis sérieuse. Je sais qu'Ophélia est faible. « Salut, papa. Tu m'utilises comme pion dans tes vils complots ? S'il te plaît ! » Malgré tout, elle aime avec une passion dévorante. Je n'ai jamais rencontré qui que ce soit de ce genre sur Aurora... dans le cercle de mes connaissances, bien sûr. Mais je crois que je le saurais, s'il y avait tant d'Ophélias.

– Pourquoi pas toi ? demanda-t-il d'une voix saccadée qui le surprit lui-même.

– Moi ? Non, je n'ai jamais éprouvé un amour pareil. (Elle étrécit ses yeux pour l'observer. Il ne put que se demander ce qu'elle pensait tandis qu'elle s'écartait, posait un pied sur le lit, puis son menton sur son genou.) J'ai fait l'amour, bien sûr, j'ai eu des béguins, mais rien qui approche ce qu'Ophélia doit ressentir. (Elle se tut, enfouit son visage dans sa robe, et releva la tête, juste assez pour qu'il la voie hausser un sourcil. Dans une intention décidément très intéressante.) Mais je pourrais me laisser convaincre d'essayer.

Il sentit un nœud de la taille d'un trottoir dans sa gorge.

– Ariel !

– Derec... tu es vierge ?

– Comment veux-tu que je le sache ? Avec mon amnésie !

C'était lui qui haussait les sourcils, à présent, comme elle se rapprochait.

– Tu sais, il y a un autre aspect d'Ophélia, dit-elle. Elle représente quelque chose. (Se rapprochait.) Quelque chose dont Hamlet a besoin mais qu'il doit refuser pour obtenir vengeance.

– C'était un manipulateur, aussi.

– Tiens donc. (Se rapprochait.)

Elle se pencha. Il l'embrassa. Non, il ne se rappelait pas avoir éprouvé quoi que ce soit de ce genre auparavant. Obligé d'accorder un soin tout scientifique au sujet, il gageait qu'il s'en rappellerait peut-être après d'autres expériences.

– Attends, dit-elle au bout d'un moment en se dégageant. Je suis navrée. Je me suis laissé emporter. Je ne me contrôle pas toujours.

– Hé, ça ne fait rien, répliqua-t-il, soudain gêné.

– Ce n'est pas le problème. C'est mon état. Ne te vexe pas, mais en cet instant, je me sens un peu plus *saine* qu'il n'est raisonnable. Rappelle-toi comment j'ai écopé de mon problème.

– Ne t'en fais pas. Je n'oublie pas, dit-il en l'attirant à lui pour l'embrasser encore.

Leurs lèvres n'étaient qu'à un ou deux millimètres lorsqu'on frappa à la porte avec insistance.

– Merde ! murmura-t-il. Ce doit être la Police du Cerveau !

– Maître Derec ? dit une voix froide, métallique. Maîtresse Ariel ?

C'était la voix d'un robot chasseur.

– Oui ? Qu'y a-t-il ? cria Derec. (Puis, dans un souffle :) Tu vois ? J'avais raison, en quelque sorte.

– Mandelbrot m'a envoyé vous retrouver et vous rappeler que vous deviez bientôt partir pour le Nouveau Globe. Il y a un ou deux détails que vous êtes les seuls à pouvoir expliquer.

– Entendu, dit Derec. On arrive.

– Très bien, monsieur, dit le robot chasseur, dont la voix s'estompait déjà.

– Qu'est-ce que tu disais ? demanda-t-elle. La Police du Cerveau ?

– Je ne sais pas. Ça m'est passé par la tête.

– Si je me rappelle bien, la Police du Cerveau vient d'un holodrame pour enfants que je regardais. C'est célèbre. C'est dans... dans une série qui s'appelle *Les Tyrans sanguinaires*.

Derec était stupéfait.

– Un homme masqué, qui sauve des mutants sans défense sur une planète totalitaire ? Je me rappelle. C'est un indice ?

– J'en doute. Je disais que c'était célèbre – et la série était distribuée sous licence, dans tous les systèmes connus. On la diffuse depuis des générations.

– Oh. Alors ça ne signifie rien.

– Non, mais ça prouve que tu viens d'un monde civilisé.

– Trop aimable. Viens. Notre public attend.

## ÊTRE, OU QUOI ?

— Maître, si je conçois bien la nature humaine, vous serez ravi d'apprendre que nous sommes complets, dit Mandelbrot.

— Merci, je les ai vus faire la queue en entrant, dit Derec qui passait en hâte ses braies serrées. (Il attendit d'avoir mis le reste de son costume — une tunique pourpre sur une chemise blanche à manches bouffantes, et une paire de bottes — pour demander à Mandelbrot :) Et Canute ? Il n'a rien fait de spécial — rien qui pût indiquer qu'il connaît mes plans ?

— Pour l'instant, il paraît se comporter comme les autres robots. Calme comme toujours.

— Tu n'es pas nerveux du tout, n'est-ce pas ?

— J'ai bien sûr envie que l'illusion réussisse, comme tous les robots, mais ma seule nervosité, si je peux utiliser un mot pareil, réside dans le fait que vous jouiez en accord avec vos espérances.

— Merci. Il nous reste combien de temps ?

— Quelques instants avant le lever de rideau.

— Tout est en ordre ?

— Tout sauf votre fond de teint, maître.

— Mon maquillage ! Je n'y pensais plus.

Mandelbrot l'aida à l'appliquer en monceaux dont

Derec était certain qu'ils paraîtraient primitifs et grotesquement exagérés sous l'œil des caméras.

– La scène est prête ? demanda-t-il. Tout est en place ?

– Naturellement.

– Mais le chasseur disait…

– Pardonnez-moi, maître, mais j'ai extrapolé la façon dont vous voudriez voir régler les derniers détails.

Il acquiesça sans mot dire. Il redoutait, soudain, d'oublier toutes ses répliques dès qu'il poserait le pied sur scène. Ou, pire, de commencer par la mauvaise scène.

– Détendez-vous, maître. Je suis sûr que vous allez jouer à la perfection.

Derec sourit. Il s'observa dans le miroir. Il espérait qu'il faisait bonne figure. Puis il gagna les coulisses, ét rejoignit Ariel et les autres robots.

Wolruf était assise sur une chaise spéciale dans la section la plus éloignée des coulisses, devant une console d'écrans qui montraient la scène sous plusieurs angles. Trois surveillants occupaient des sièges devant les moniteurs et manipulaient des caméras automatiques cachées dans le théâtre qui, avec les panoramiques et les gros plans adéquats, permettraient de saisir tout ce qui se passait sur scène. Wolruf n'avait plus qu'à choisir les plans et à dire à l'un des robots ce qui devrait passer sur les écrans holographiques répartis dans la ville.

A sa portée, il y avait une assiette d'aliments de volume artificiel. Quoique absorbée par les écrans, elle en prenait des poignées d'un air absent et les fourrait dans sa bouche.

*Si elle avait une queue, elle la remuerait.*

– Maître, le lever de rideau !

Derec haussa un sourcil.

– Mandelbrot ! J'entends un frisson d'excitation ?

Mandelbrot secoua la tête – sans que Derec sache si c'était par confusion ou pour communiquer un *non* emphatique.

– Ce serait impossible. Ou j'ai assimilé vos leçons sur les inflexions vocales, et commencé à les appliquer sans le savoir.

– Plus tard, Mandelbrot, plus tard. Mettons cette pièce sur les, euh, rails.

Il donna un signal à un machiniste, et le rideau se leva.

Un unique pinceau lumineux révélait le robot qui incarnait Francisco, le garde en faction, debout au milieu de la scène. Le robot qui jouait Bernardo entra et dit :

– « Qui est là (1) ? »

Francisco se dressa, brandit sa lance et dit avec autorité :

– « Non, répondez-moi, vous ! Halte ! Faites-vous reconnaître vous-même (1). »

A ce moment-là, Derec ne se rappelait plus une seule de ses répliques, même pas celles de son difficile soliloque, mais il était sûr qu'il saurait quoi faire et quoi dire le moment venu. Il s'arma de courage en comprenant qu'il allait devoir oublier Derec Machin quelque temps. Au cours des trois prochaines heures, il serait quelqu'un d'autre, du nom d'Hamlet, prince de Danemark.

En effet, une fois le doigt dans l'engrenage, Derec se trouva entraîné par les événements de la pièce, comme dans une horloge géante. Il oublia même certaines des surprises qu'il réservait à Canute, petites

(1) Acte I, scène 1. Traduction de François-Victor Hugo. (*N.d.T.*)

variations dans les répliques qui reflétaient les faits des dernières semaines, variations dont seul Canute comprendrait l'importance en s'apercevant que Derec envisageait de le confondre sur place. Il finit par signaler à Mandelbrot qu'il y renonçait totalement, car changer la pièce maintenant, même pour la bonne cause, lui semblait presque criminel.

Tous les robots jouèrent brillamment avec une précision sans faille. Derec prit conscience que ses craintes de voir échouer la pièce étaient sans fondement, du moins sur ce plan-là. Car il employait des robots, pas des humains dont le jeu varierait sans cesse. Lorsque les robots avaient saisi les intentions de Derec pendant les répétitions, ils n'en avaient plus dévié. Et ce soir ne faisait pas exception.

S'il fallait le préciser, Canute n'avait rien révélé pendant les répétitions. Mais ce soir-là, pendant la représentation, il joua son rôle de brillante manière, presque à la perfection. Il jouait Claudius comme Derec aurait voulu lui dire de le jouer ; mais le metteur en scène s'était retenu de peur de trop révéler ses intentions. Ce soir-là Canute était arrogant, maîtrisé, sûr de soi, poussé par la culpabilité, et obsédé par le désir de se cramponner à ce qu'il considérait comme lui revenant de droit.

Il paraissait presque, estimant que cela relevait la qualité du spectacle, se détendre et se prendre dans le même engrenage.

*Bien*, se dit Derec dans la deuxième scène du troisième acte. *La grosse surprise n'en sera que plus efficace.*

C'était la scène de la pièce-dans-la-pièce ; avant que les « acteurs » ne commencent la « vraie » pièce, le scénario réclamait une pantomime muette qui reflétait l'intrigue d'*Hamlet*. Dans l'original, un roi et une reine s'embrassent passionnément. La reine s'en va ;

le roi se couche. Une troisième personne entre, ôte la couronne du roi, et lui verse du poison dans l'oreille. Lorsque la reine revient, elle pleure son époux mort et se voit bientôt courtisée par l'empoisonneur, qui gagne son amour.

Derec s'était dit que réécrire la pantomime ne posait aucun problème, puisque cela n'exigeait pas de changer le dialogue. Et il avait lu dans la préface que l'on modifiait souvent les pièces de Shakespeare pour les adapter (du moins en apparence) à l'univers de la représentation.

Mais dans la nouvelle version, le roi construisait un grand bâtiment de tiges et de rouages, au son de *Blue Goose*. La reine l'admirait, et s'en allait. Tandis que le roi contemplait sa création, une troisième personne se glissait derrière lui et lui martelait la tête avec un gros bâton. Le roi tombait mort, et le personnage détruisait l'édifice. Les Trois Fêlés du Bocal jouaient *Stormy Weather*.

Derec applaudit pour indiquer que la pantomime était achevée. Comme Ariel l'observait, en lui demandant du regard ce qui se passait, Derec se contenta de hausser les épaules, mais regarda Canute dire ses répliques. Alors que les acteurs reprenaient la représentation, il joua les scènes où apparaissait la duplicité de Claudius sans le moindre changement, en tenant compte de son attitude un peu plus « détendue ».

La pièce continua sans incident. Lorsque Hamlet mourut, Derec tomba dans un bruit sourd ; il se sentait mort. Pauvre Lucius ! Le premier robot créatif de l'histoire ne serait pas vengé.

*Enfin, je n'ai pas fini*, se dit Derec allongé au sol, alors que les robots bouclaient la dernière scène. *Je peux démonter Canute dans un sens très littéral s'il m'en prend l'envie – et je crois que ce sera le cas.*

Derec se leva comme le rideau tombait, et dévisagea tout le monde, dans l'expectative.

– Alors ? Votre opinion ?

– Pardonnez-moi, maître, dit Canute en se dressant de toute sa hauteur comme un humain vaniteux, mais si vous permettez, je pense que la représentation a été l'échec le plus total.

# LA COMPAGNIE A DE LA COMPAGNIE

— Comment ça, la pièce a été un échec ? s'exclama une Ariel livide. La représentation était égale, crédible, ajouta-t-elle en observant Derec.

A ce moment-là, il était trop sur la défensive pour répondre, mais il hocha la tête avec reconnaissance. La plupart des comédiens et techniciens étaient rassemblés autour d'eux, derrière le rideau, et tous discutaient. Tout était trop confus pour que Derec y comprît quoi que ce soit. Il se sentait perdu, d'ailleurs. La pièce était finie ; il devait rendosser les vieux oripeaux de son identité d'emprunt.

— Taisez-vous tous, écoutez ! dit Canute d'une voix forte.

Ils obéirent et n'entendirent que silence de l'autre côté du rideau.

— Vous voyez ? dit Canute au bout de quelques instants. Pas un bruit. Cela prouve que j'avais raison, les robots n'ont rien d'artistes, et ne réagissent pas à l'art. Je trouve regrettable que votre ami Lucius ne soit plus là pour le constater.

— Pardonne-moi, ami Canute, dit Harry, mais tu négliges un fait : nul n'a jamais appris aux robots comment réagir. Si je connais bien mes compagnons, ils sont tous installés dans leurs sièges, à se demander ce qu'ils doivent faire.

– Excusez-moi, dit Benny, je dois user du communicateur.

Quelques secondes plus tard, le théâtre retentissait d'un tonnerre d'applaudissements métalliques qui roula, roula.

M-334 fit signe au machiniste de lever le rideau afin que les comédiens puissent saluer. Et comme ils s'exécutaient Harry dit à Canute :

– Tu vois ? Ça leur a plu !

– Ils sont polis, répliqua Canute, sans conviction.

– Mes félicitations, maître, dit Mandelbrot. Il semble que cette pièce soit une réussite.

Derec ne put réprimer un sourire, mais que ce fût à cause de la pièce ou d'une Ariel joyeuse qui le serrait dans ses bras, il n'aurait su le dire.

– J'espère juste que c'est passé aussi bien sur les écrans holographiques.

– Sans nul doute, dit Ariel. J'ai dit à Wolruf de focaliser sur mon meilleur profil. Les robots devraient être fascinés par ma beauté à jamais !

*Ils ne seront pas les seuls*, se dit Derec alors que tous les comédiens et les techniciens continuaient de saluer.

Les applaudissements continuaient ; ils semblaient ne jamais devoir prendre fin.

Mais soudain le silence se fit et les robots se détournèrent pour observer une petite silhouette qui descendait une allée.

Une petite silhouette *humaine*, réalisa Derec, ébahi.

La silhouette d'un homme rondouillard vêtu d'un pantalon trop large, d'un manteau trop long et d'une chemise blanche au col chiffonné. Le nouveau venu arborait des cheveux blancs ondulés, une moustache broussailleuse, et une expression qui impliquait qu'il était capable d'une concentration extraordinaire.

Quand il atteignit le bas de l'allée, il s'immobilisa, considéra d'un air furieux les humains et les robots réunis sur scène, mit ses mains sur ses hanches et dit :

— Qu'est-ce qui se passe, ici ? Quel jeu jouez-vous avec mes robots ?

— Par les sept galaxies ! s'exclama Derec. Vous devez être le D$^r$ Avery !

— Et alors ? demanda l'homme.

## AVERY

– Je veux vous voir vous... vous... vous... et vous... dit Avery qui monta sur scène et désigna l'un après l'autre Derec, Ariel, Wolruf et Mandelbrot. Y a-t-il un endroit où l'on puisse parler tranquilles, dans ce grandiose édifice ?

Presque aussitôt, Derec décida qu'il n'aimait pas cet homme. Non, il devait reconsidérer son opinion. Avery avait quelque chose qui le mettait mal à l'aise et lui imposait une humilité en désaccord avec son caractère : son air glacé de supériorité ou la façon dont il montrait que son autorité serait respectée.

Pourtant, Derec décida que la coopération était sa meilleure option pour le moment. Avery était venu par un moyen ou par un autre ; sa clef du Périhélie emmènerait Ariel loin d'ici, ou son vaisseau accepterait plus d'un passager, et la jeune femme aurait enfin la possibilité de recevoir le traitement médical qu'il avait été incapable de lui offrir jusqu'à présent. Pour cette raison, sinon pour une autre, Derec s'arma de courage.

– Nous pouvons utiliser ma loge, en coulisses.

Avery hocha la tête, comme s'il pesait les tenants et les aboutissants de la suggestion.

– Excellent.

Une fois dans la pièce, Avery voulut connaître chaque personne et la façon dont elle était arrivée ici. Derec ne vit aucun motif de cacher la vérité, du moins dans sa plus grande part. Il raconta comment il s'était réveillé, amnésique, dans la capsule de survie sur la colonie minière, comment il avait découvert Ariel, et l'odyssée qui les avait menés dans la Cité des robots. Il décrivit sa rencontre avec l'extraterrestre qui lui avait ordonné de construire Mandelbrot, et la manière dont Wolruf s'était libérée de sa servitude. Il lui dit qu'il avait deviné quel défaut de programmation obligeait la cité à s'autodétruire en s'étendant beaucoup trop vite, comment ils avaient découvert le cadavre d'un double exact de Derec, et comment Ariel et lui avaient sauvé un naufragé, Jeff Leong, qui promettait de devenir un schizophrène à tendance paranoïde pour le reste de sa vie, depuis que son cerveau occupait un corps de robot. Enfin, il rapporta le peu qu'il avait appris sur Lucius, sur sa création du Disjoncteur et sa disparition inopportune la nuit même de son succès.

— C'est alors que j'ai décidé de jouer une représentation d'*Hamlet*, dit Derec, afin de démasquer l'assassin. Mais jusqu'à présent il semble que mes manigances n'aient eu aucun effet sur Canute, aussi n'ai-je toujours aucune idée du motif pour lequel il a fait ce que je crois. Je n'ai cependant pas de preuves que ma théorie soit exacte. Je crois qu'en fin de compte je n'avais pas assez réfléchi au problème.

Avery acquiesça sans mot dire. Son air était plutôt austère, mais neutre. Derec ignorait vraiment comment Avery réagissait à sa chronique des événements.

— Et vous avez programmé cette ville tout seul ? dit Ariel d'un ton désinvolte. (Assise sur un canapé, elle croisait les jambes, malgré son costume. L'effet était assez déconcertant, car même si elle ne jouait plus du tout son personnage Derec la voyait encore comme

Ophélia.) Je parie que vous n'auriez jamais songé qu'elle allait prendre tous ces détours imprévus.

– Ce que je songeais me regarde, rétorqua Avery d'une voix aussi expressive que celle d'un robot.

– La grossièreté est-elle nécessaire ? dit Wolruf. Surtout envers celui qui a tant fait pour préserver votre invention ?

– La préserver ? dit Avery, incrédule. (Soudain il se mit à parcourir la loge, très agité.) Il reste à voir si mes desseins ont été préservés ou non. Une chose est claire, pourtant, c'est qu'il se passe quelque chose d'inhabituel, que vous avez peut-être aggravé.

– Pardonnez-moi si je vous parais présomptueux, intervint Mandelbrot, qui se tenait près de la porte, mais la logique me dit que c'est votre absence qui a eu l'effet le plus désastreux sur la cité. Mon maître et ses amis ne désiraient en rien venir ici et y rester, et ont fait face aux événements comme ils ont pu. D'ailleurs, la même logique me dit aussi que votre absence faisait partie de votre plan.

Avery lui adressa un regard noir.

– Extinction, dit-il d'une voix brève.

– Non, Mandelbrot, tu ne feras rien de tel. C'est un ordre direct. (Derec dévisagea Avery.) Il est à moi et il me doit allégeance.

Avery sourit.

– Mais tous les autres robots me doivent allégeance. Si je le souhaitais je pourrais les convoquer et le faire démanteler.

– Certes, dit Ariel, mais quelle serait votre réaction si je vous disais qu'un de vos robots veut devenir comique ?

Wolruf remarqua :

– Chaque fois que j'entends une plaisanterie, je connais le véritable sens du mot souffrance.

– Je n'aurais pas le moindre scrupule à en témoigner, ajouta Mandelbrot.

– Vous êtes irrationnels – tous ! murmura Avery.

– Je voulais justement vous en parler, dit Ariel.

– Je vois. Je te connais : l'Auroraine qui a frayé avec un Spatial.

– D'où ma contamination. Cela me rend célèbre ? Je n'ai pas honte de ce que j'ai fait – mais je ne suis pas fière de ma maladie, non plus. Je deviens folle peu à peu et il faut que je quitte ce monde pour recevoir les soins médicaux appropriés.

– Je ne les refuserais pas non plus, ajouta Derec. J'aimerais savoir qui je suis.

– Bien sûr, dit Avery. (Mais il s'interrompit, et les autres attendirent quelques secondes, chacun pensant qu'il ajouterait les mots qu'ils espéraient entendre.) J'ai d'autres projets, dit-il enfin, d'une voix détachée.

– Quels autres projets ? s'écria Derec avec un geste brusque. Qu'est-ce qui peut bien être plus important qu'emmener Ariel chez un médecin ?

Mais Avery se tint coi. Il restait assis sur sa chaise, les jambes croisées. Il se massa le visage et passa la main dans sa chevelure, sourcils froncés, comme s'il réfléchissait. A quoi, cela demeurait un mystère.

– Excusez-moi, docteur Avery, mais l'examen par un robot n'a rien donné, dit Ariel. Il me faut une attention humaine au plus tôt.

– Un robot de diagnostic natif de la cité saura peut-être mieux quoi chercher, dit Avery, ce qui est après tout la moitié du chemin en médecine.

– Malheureusement, docteur Avery, tel ne semble pas être le cas, dit Mandelbrot. Maîtresse Ariel a été examinée par Chirurgien expérimental 1 et Recherche médicale humaine 1 pendant la convalescence de Jeff Leong. Ils ont juste pu déterminer que sa maladie dépassait leurs possibilités de diagnostic et de soins. Ils n'ont pas été affectés par l'étrange pensée intuitive qui semble devenir endémique dans ce lieu, sans doute parce qu'ils ont été activés après le quasi-désastre dont maître Derec a sauvé la Cité des robots.

– Tu en es sûr ? demanda Derec.

– De la cause, non, mais qu'ils soient restés tels, oui. Je garde le contact avec eux. Ils travaillent sur les échantillons de sang et de tissus que leur a laissés maîtresse Ariel, mais jusqu'à présent ils n'ont fait aucun progrès.

– J'avais raison. (Derec tapa du poing dans sa paume.) Le seul moyen de progresser dans la recherche du traitement, c'est d'ajouter un de ces robots intuitifs à l'équipe médicale.

– Je ne crois pas, dit froidement Avery. D'ailleurs, cette soi-disant intuition disparaîtra très vite, sitôt que j'aurai découvert le moyen de l'arrêter. Elle est trop imprévisible, et doit être étudiée dans des conditions planifiées. Strictement planifiées. Pas question de voir des robots courir partout en racontant des craques.

– Dommage, rétorqua Derec. Ariel sera soignée d'une manière ou d'une autre, et vous ne pourrez pas m'en empêcher.

Avery écarquilla les yeux. Il le dévisagea en silence durant un instant, tambourina des doigts sur la table de maquillage, croisa et décroisa les jambes. Il n'était pas nerveux, mais il s'agitait.

– Ami Derec, dit-il, cette ville est à moi. Je l'ai créée. Elle m'appartient. Personne ne la comprend mieux que moi.

– En ce cas, vous devez pouvoir expliquer sans difficulté quelques-uns des événements qui s'y sont produits, jeta Derec.

Avery écarta l'idée d'un geste.

– Certes, lorsque ce sera utile.

– Est-ce pourquoi vous l'avez créée ? demanda Wolruf, d'un ton plein de sous-entendus, les lèvres retroussées.

– Et je peux te disséquer si je le souhaite, répondit Avery d'une voix égale. Que tu sois le premier extra-terrestre détenu par des humains l'exige presque devant la science.

– N'y songez pas ! dit Derec. Wolruf n'est pas détenue ; c'est notre amie. Nous ne vous laisserions même pas la radiographier sans sa permission expresse. Compris ?

– Les robots m'acceptent comme maître et je parie qu'ils ont déjà décidé qu'elle n'était pas humaine. Après tout, elle n'en a pas du tout l'air ni les actes.

– Mais elle est aussi intelligente qu'un humain et un robot sera influencé par ce fait, contra Derec. Vos robots pourraient se retrouver incapables d'appliquer vos ordres.

– Les plus intelligents. Il existe de nombreux degrés, ici, et je peux restreindre mes ordres aux formes inférieures, dans l'éventualité d'un tel conflit.

– Je crois que vous sous-estimez ses capacités à s'emparer des leviers adéquats, contra Ariel pour Derec.

Avery sourit.

– Ton amie semble avoir une grande confiance en toi, dit-il à Derec. J'espère qu'elle est justifiée.

– Je ne serais pas parvenu aussi loin sans la capacité de retourner un imprévu à mon avantage, dit Derec.

– Il a été aidé, dit Wolruf.

– Je l'ai aussi assisté, autant que possible pour un robot, dit Mandelbrot, et je continuerai tant que je fonctionnerai. Grâce à maître Derec, j'ai beaucoup appris sur ce que les êtres appellent « l'amitié ».

Avery acquiesça. Il étudiait Derec avec ce qui semblait être un curieux mélange de fierté et de colère. On aurait cru qu'il n'arrivait pas à définir ses sentiments pour cette équipe et ce qu'il comptait en faire. Derec eut la nette impression que cet homme volait sans ordinateur de navigation.

– Comment êtes-vous venu ici ? demanda-t-il.

– C'est mon affaire et cela ne vous regarde pas.

– Auriez-vous par hasard trouvé une clef du Périhélie ? En ce cas, cela ne vous gênera en rien de nous laisser l'utiliser, Ariel et moi. Je reviendrai dès qu'elle aura reçu des soins.

– Je n'en sais rien et de toute manière votre suggestion ne repose sur rien. Je n'ai pas une telle clef.

– Vous êtes donc venu en vaisseau, dit Derec, qui insistait dans l'espoir de poursuivre ce qu'il faisait depuis son réveil dans la capsule : retourner la situation à son avantage. Où se trouve-t-il ?

Avery rit aux éclats.

– Je ne vais pas vous le dire !

– Ironie, n'est-ce pas, dit Mandelbrot, que les hommes, qui dépendent tellement de l'adhésion des robots aux Trois Lois, ne puissent être programmés pour leur obéir.

– Celui-ci vit hors des lois de votre espèce, dit Wolruf.

Avery regarda l'extraterrestre d'un œil neuf.

– Si ce que tu dis signifie ce que je crois, tu as tout à fait raison.

– C'est comme ça que vous prenez votre pied ? demanda Derec, en mettant en danger la vie d'innocents ?

Le regard d'Avery changea du tout au tout.

– Non, en la *négligeant*. Mon travail passe avant tout. Et mon travail n'avancerait jamais si je me laissais entraver par de soi-disant considérations humaines.

– C'est pourquoi vous avez quitté cette cité pendant aussi longtemps ? Pour lancer de nouvelles colonies ? demanda Derec.

– J'étais parti. Vous n'avez pas besoin d'en savoir plus.

Avery mit une main dans sa poche, en ressortit un curieux objet, et le pointa sur Mandelbrot. L'objet, qui ressemblait à une chandelle romaine, émit un étrange sifflement en tournant, et les étincelles, au lieu de sortir de la roue, naquirent sur Mandelbrot.

Ariel hurla.

– Qu'est-ce que vous lui faites ? s'écria Derec, qui se rua aux côtés de son robot.

Wolruf s'accroupit et ses postérieures frissonnèrent comme si elle s'apprêtait à bondir sur Avery. Il la regarda, et dit :

– Attention. Je peux réduire – ou augmenter !

Wolruf se redressa, mais tint Avery à l'œil, cherchant une occasion de frapper.

Derec était si furieux que ses intentions étaient semblables, même s'il espérait ne pas trop se trahir. Mais pour l'instant, il s'occupait de maintenir Mandelbrot debout ou du moins adossé au mur, même s'il ne savait pas quelle différence cela faisait.

Mandelbrot tremblait, tandis que ses jointures et toutes ses cavités faciales crachaient des étincelles. Sa coordination pseudo-musculaire approchait le point de rupture ; ses bras et ses jambes battaient comme des fléaux et une plainte effrayante monta de son haut-parleur, comme le gémissement d'un fantôme. Derec le poussa contre le mur, et reçut plusieurs coups assenés par les mains et les coudes incontrôlables. Malgré ses efforts, Mandelbrot glissa à terre, et Derec s'assit sur lui pour tâcher de maintenir au sol le robot qui se tordait en tous sens. Mais Mandelbrot était trop fort, et tout ce que put faire Derec, en fin de compte, fut de se mettre hors de portée des coups.

Avery, pendant ce temps, pointait calmement son dispositif sur le robot.

– N'approchez pas... Je peux aggraver les effets, et même induire une dérive positronique.

– Qu'est-ce que vous lui faites ? répéta Derec.

– C'est un interrupteur électronique, un dispositif de mon invention, répondit Avery avec une certaine fierté. Il émet un courant d'ions qui perturbe les circuits de toute machine assez avancée.

– Vous lui faites mal ! dit Ariel. Vous n'avez pas honte ?

– Bien sûr que non, ma chère. C'est un robot, et il n'a que les droits que je lui accorde.

– Ne pense pas ! gronda Wolruf.

– Je presserai un bouton avant que vous ne bougiez, prévint Avery.

– Pourquoi lui faites-vous ceci ? demanda Derec.

– Parce que je ne veux pas qu'il s'interpose. Vous voyez, j'ai placé quelques robots chasseurs autour de ce théâtre. Ils attendent mon signal en ce moment même. Quand je les avertirai, ils vous captureront et vous emmèneront dans mon laboratoire où je vous administrerai un sérum de vérité très perfectionné qui m'apprendra tout ce que votre esprit pourra me dire.

– M'aidera-t-il à me rappeler qui je suis ?

– Derec ! s'écria Ariel, surprise.

– J'en doute fort. Par malheur, le sérum n'est pas encore parfait – c'est une autre de mes inventions. J'avoue qu'il y a une possibilité qu'il vous embrouille encore les idées. Pendant quelque temps. Vous pouvez vous tranquilliser puisque les dégâts ne sont pas permanents.

Derec acquiesça. Il considéra Mandelbrot à terre.

– Navré, mon vieux, dit-il.

– Quoi ? jeta Avery, une nanoseconde avant que Derec ne lui jette une chaise.

Comme le scientifique se baissait pour l'éviter, Derec courut à la porte en hurlant :

– Suivez-moi ! On reviendra chercher Mandelbrot plus tard !

Le trio dévala le couloir jusqu'à la scène, bousculant acteurs et techniciens. Wolruf se retenait visiblement pour rester avec Derec et Ariel.

– Dégagez ! hurla Derec tandis qu'ils se faufilaient parmi les robots.

Il espérait créer une confusion suffisante pour les ralentir, au cas où Avery userait de son autorité première, et leur ordonnerait de les capturer, lui et ses amis.

– Où va-t-on ? cria Ariel.

– Tu verras !

Ils entendirent Avery crier de colère, mais ils avaient déjà atteint la scène. Derec s'arrêta devant la trappe centrale, et l'ouvrit.

– Vite ! Descendez !

– Mais ça mène en coulisses ! protesta Ariel.

– Ce n'est pas tout, dit Derec. Dépêchez-vous !

Wolruf sauta. Derec et Ariel la suivirent. Lorsqu'il ferma, ils se retrouvèrent environnés de ténèbres.

– Il va falloir avancer à tâtons quelques minutes, dit-il en se frayant un passage dans l'étroit corridor. Ah ! Voilà ! Cette porte mène aux conduits souterrains ! Même les chasseurs d'Avery auront des difficultés à nous y retrouver !

– Pas pour longtemps ! dit Ariel. Ils ne peuvent pas nous suivre à l'infrarouge ?

– Ça nous donne quand même un peu de temps, dit Derec, les dents serrées. Et nous pouvons le mettre à profit pour étudier notre prochaine action ! Allons-y !

– Entendu, dit Ariel, résignée. Mais j'espère que quelqu'un allumera la lumière.

En fait, la lumière s'avéra la seule chose dont ils n'eurent pas à se préoccuper. Le câblage des conduits souterrains émettait une lueur sur le passage des visiteurs, éclairant les corridors étroits quelques mètres devant et derrière eux. Tout manquait d'élégance, ici. Ils ne virent d'abord que ce qu'ils attendaient : fils et câbles, tuyaux, tableaux électriques, générateurs d'énergie transistorisés, oscillateurs, jauges de tension et de pression, capaciteurs, cosses de fusion et autres dispositifs que Derec, malgré toutes ses connaissances en électronique et en positronique, ne put identifier. Il observait le réseau, fasciné, en oubliant momentanément les raisons qui les avaient conduits ici.

Il ne pouvait s'empêcher d'admirer Avery. L'homme était sans conteste un génie inégalé dans toute l'histoire ; quel dommage qu'il parût avoir perdu son humanité dans la réalisation de ses rêves.

– Ce sera encore long ? demanda enfin Ariel. Je fatigue, et ce n'est pas facile d'avancer dans cette robe ridicule.

– Je ne sais pas, répondit Derec, haletant. (Il ne s'était pas rendu compte de sa fatigue. Toute son énergie était passée dans la représentation, et il n'avait sans doute plus beaucoup de réserves, pour le moment.) On pourrait continuer, bien sûr, mais je ne vois pas la différence que ça ferait.

– Plus grande la distance entre nous et nos poursuivants, mieux vaut, dit Wolruf. Première leçon qu'apprend chiot.

– Derec... Qu'est-ce que c'est que ça ? demanda Ariel, tout en désignant la zone éclairée devant eux.

– Quoi ? Tout a l'air pareil.

Wolruf huma l'air.

– Odeur différente.

Derec avança dans le corridor, et la lueur se déplaça avec lui. Au loin, juste avant les ténèbres complètes, les câbles et les générateurs se fondaient en une masse amorphe. Derec fit signe aux autres d'approcher.

– Allons-y. Je veux voir ce qui se passe.

– Derec, on est en danger... On ne peut pas partir explorer parce qu'on en a envie.

– Pourquoi pas ? D'ailleurs, ce couloir ne va que dans deux directions : par ici, et par là.

Plus ils s'enfonçaient, plus les matériaux du conduit devenaient amorphes. Ils se mélangeaient les uns aux autres, si bien que seules de vagues silhouettes de générateurs, de câbles, de cosses de fusion et autres dispositifs demeuraient visibles. Tout le passage semblait soudé, inséparable. Derec sentit que, s'il ouvrait un des générateurs, par exemple, il n'y trouverait que circuits et fils électriques fondus, méconnaissables.

– Il faut qu'on s'enfonce, dit-il, qu'on s'enfonce.

– Derec, c'est de plus en plus étroit, ici, protesta Ariel.

– Elle a raison, dit Wolruf. Plus on s'enfoncera, plus le tunnel rétrécira. Si les chasseurs viennent...

– On ne pourra rien faire, de toute façon, coupa Derec. Regardez ce qui se passe ici ! Vous ne comprenez pas ?

– On croirait que la cité se dissout, dit Ariel.

– Ah ! En réalité, c'est tout le contraire. Plus on monte, plus la cité se solidifie. Vous voyez ?

– Tu es sérieux ? Non !

– Les dernières fondations de la Cité des robots sont plus bas dans ce conduit. Les métacellules doivent être fabriquées au-dessous et elles sont poussées vers le haut comme l'eau dans un tuyau. Mais plus lentement.

– Alors pourquoi y a-t-il tous ces mécanismes factices ?

– Ils ne sont pas factices, mais ils n'ont pas achevé leur croissance. Les cellules doivent sans doute franchir une partie des fondations avant de suivre leur programmation. Tu vois, les atomes de métal forment un treillis en trois dimensions ; voilà pourquoi on trouve les métaux sous forme polycristalline : en abondance de petits cristaux. Les cellules de ce souterrain ne cristallisent pas encore. Ariel ?

Elle se détourna. Elle hochait la tête comme si elle suivait son explication, mais on la voyait transpirer et blêmir, malgré la pénombre. Derec tendit la main pour la rassurer mais elle se dégagea.

– Ne... dit-elle en lui faisant signe de s'écarter. Je... Je deviens claustrophobe. C'est trop étroit, ici. Je... Je sens toute cette masse au-dessus de moi.

– Ne te fais pas de souci. Les fondations sont sûres. Il ne va rien se passer.

– Qu'est-ce qu'on va faire si les chasseurs arrivent ?

– Ils ne nous trouveront peut-être pas, ici. Même avec des senseurs à infrarouge. Si le programme n'est pas complet, dans ce secteur, il se peut qu'ils n'arrivent pas à nous détecter.

– Peut-être, répéta Wolruf. Même s'ils ne viennent pas, il faudra que nous sortions tôt ou tard. Et ils nous trouveront.

Ce fut au tour de Derec de les éloigner du geste.

– D'accord, d'accord. Je sais tout ça. Je m'excuse.

– Tu n'as pas pu t'en empêcher, conclut Wolruf.

Derec renifla, la meilleure approximation d'un rire de dérision qu'il puisse trouver l'énergie d'accomplir.

Il ne leur suffisait pas d'être dans une impasse au sens littéral – voilà qu'ils se retrouvaient en bout de course, à tout point de vue.

Comme il aurait apprécié la présence de Mandelbrot ! Il se sentait lâche de l'avoir laissé. Il était parti avec l'espoir de revenir le chercher, mais il craignait qu'Avery ne démantèle son cerveau, et n'en éparpille les pièces dans la cité, ce qui interdirait de le reconstruire à moins de les retrouver toutes.

Derec considéra ses mains ouvertes. Il avait fait Mandelbrot avec ses mains, avec sa tête, à partir des pièces détachées qui lui étaient disponibles. A présent, ces appendices paraissaient incapables de résoudre les problèmes qui l'assaillaient. Il ne pouvait pas aider Ariel. Ni Wolruf ni Mandelbrot. Il n'avait su ni pousser Canute aux aveux, ni exercer sur lui la justice adéquate. Flûte, il n'avait peut-être même pas résolu le meurtre de Lucius. Et enfin – mais pour le moment, c'était le dernier de ses soucis – il n'avait pas réussi à s'aider lui-même.

Wolruf grogna du fond de la gorge.

– Derec, un problème.

– Encore ?

– Oh, oui !

Derec leva les yeux pour voir, à la frontière des ténèbres, les robots chasseurs qui avançaient.

# RÊVES DÉSARTICULÉS

Derec s'éveilla dans un endroit qui n'était pas réel. Il le savait. Par ailleurs, il n'avait pas la moindre idée du lieu où il se trouvait. Il se tenait sur une plaine de cuivre lisse qui s'étendait sans accident dans toutes les directions. Au-dessus de lui, un ciel noir comme poix. En théorie, il aurait dû être englouti par les ténèbres, puisque le cuivre n'éclairait rien, mais la vision ne posait aucun problème.

En fait, son spectre visuel s'étendait dans l'ultraviolet et l'infrarouge. Quand il baissa les yeux pour étudier ses mains, les articulations de son cou crissèrent, et il n'aurait pas pu entendre ce son, s'il avait été humain. Il était devenu un robot. Sa main en métal le prouvait sans l'ombre d'un doute.

En temps normal, un pareil coup du sort aurait provoqué un accès de dépression mais, maintenant que le mal était fait, il l'accepta sans trop de problèmes. Il ne savait pas pourquoi ni comment il avait changé et ne pensait pas non plus que le motif ait une importance quelconque. Il ne lui restait qu'à décider ce qu'il voulait faire, à présent.

En toute logique il devait marcher. Comme il n'y avait aucun moyen logique de déterminer si une direction était préférable à une autre, il partit droit devant lui.

Il vit alors grandir quelque chose au loin. Il pressa le pas en espérant atteindre sa destination un peu plus vite, mais la distance restait constante.

Il courut donc, et la chose en question parut glisser sur la surface de cuivre, pour maintenir la distance qui les séparait.

Au sommet de la chose, il discerna les flèches d'une ville : elles rayaient le ciel tandis que les fondations s'éloignaient. Elles rayaient le ciel et le déchiraient, révélant la blancheur sous-jacente. Des rubans de blancheur pendaient du néant ; même si Derec ne pouvait pas rejoindre la ville, il finit cependant par se retrouver sous les rubans. La raison affirmait qu'ils se trouvaient loin, sans doute un kilomètre au-dessus de lui, mais il céda au désir de tendre la main pour en effleurer un.

Il l'attrapa, et un éclair de chaleur cautérisa son âme. Il voulut hurler, mais ne put émettre un son.

Derec essaya de lâcher le ruban qui collait à ses doigts. Il grandissait. Il l'enveloppait, paraissant étouffer le cuivre et les ténèbres du monde.

A moins qu'il ne tombât dans le ruban ? Difficile à dire. La raison affirmait aussi qu'il vivait un rêve, et qu'il vaudrait mieux qu'il s'y soumette sans combat. Son esprit essayait peut-être de lui dire quelque chose.

Il tomba dans la blancheur, jusque dans une colonie d'amibes géantes ; mais, au lieu de protéines, elles se composaient de circuits disposés en treillis. Il battit des bras et des jambes et s'aperçut qu'il nageait, comme elles, dans les courants. Il nagea donc avec elles...

Jusqu'à ce qu'elles décrivent des cercles, et disparaissent, comme au centre d'un tourbillon. Il essaya de nager à contre-courant, mais se retrouva inexorablement attiré dans ce vortex.

Il surgit de l'autre côté, non plus entouré d'amibes mais de minerai fondu que la température, proche du zéro absolu, de cet espace solidifiait en météores. Il tombait dans un vide où plus aucun courant ne lui permettait de nager. Il aurait dû avoir peur, mais il acceptait la situation avec un calme incroyable. Peut-être parce que dans ce rêve il était un robot, de corps et d'esprit. Il ne souffrait pas du froid, n'avait aucun besoin de respirer, donc, à moins qu'un amas de ferraille solidifié ne le heurte, il ne courait aucun danger. Il n'avait rien à craindre, aucun sujet d'inquiétude.

A part, peut-être, sa destination. Il aurait aimé résister à la trajectoire qu'il adoptait, mais il n'y pouvait rien, car il n'avait aucun point d'ancrage, ou d'appui. Il n'avait d'autre choix que de se laisser entraîner et d'espérer pouvoir agir par la suite.

Il ne pouvait pas savoir combien de temps avait passé, quand il tomba du néant dans un ciel bleu-noir, pas plus qu'il ne put expliquer comment il réussit à tomber si loin, si vite, sans exploser en gerbe de flammes à son entrée dans l'atmosphère.

Il atterrit dans une mer immense, et nagea vers un rivage où les vagues battaient les rochers. Il rampa sur la plage. Sa force et sa forme lui paraissaient les mêmes qu'au début de son rêve, mais il redoutait la rouille. Toutefois, lorsqu'il s'éloigna de la plage et aperçut de nouveau la ville au loin, son corps de métal sécha, et ne lui posa pas plus de problèmes.

Il se dirigea vers la ville. Elle restait stationnaire, désormais, et plus il s'approchait, plus elle brillait sous le soleil, dans un arc-en-ciel de couleurs qui luisaient comme si les tours, les pyramides et les arcs-boutants étincelaient de la rosée du matin.

Dans la cité, se dressaient des édifices en forme de prismes hexagonaux, de prismes ditétragonaux, de dodécaèdres et d'hexoctaèdres – formes géométriques complexes, mais chacune dotée de pureté. Pourtant, les édifices semblaient vides : ni portes, ni fenêtres, ni entrées d'aucune sorte. Les teintes des édifices brillaient au soleil : pourpre, pain brûlé, ocre, saphir, or, sable, et émeraude qui, dans leur ensemble et leurs particularités, réjouissaient ses intégrales de logique, et demeuraient constantes, pures.

Mais, plus il s'enfonçait dans la ville, moins il apercevait d'édifices. Ils s'espaçaient, jusqu'à ce que ces vides forment une immense place au centre. Et sur cette place, il vit une rangée de mystérieux mécanismes, environnés d'emballages de plastique transparent de produits chimiques déshydratés, épars sur le sol. Ils paraissaient tous attendre qu'on les utilisât.

Mais pour quoi faire ?

Et Derec les utilisa. Il ne sut pas pourquoi, ni tout à fait comment. Il mélangea le contenu des emballages dans les machines, quand cela lui parut approprié ; en fait, il modifia les machines, quand cela lui parut approprié. Là encore, il ne sut pas pourquoi ni comment il effectua cette tâche. Après tout, ce n'était qu'un rêve.

Et lorsqu'il eut fini, il se tint en lisière de la place, et observa l'accroc qu'il avait ouvert dans le tissu de l'univers. Il y vit tournoyer des amas de galaxies, qui se séparaient dans un mouvement régulier, immuable. Peu à peu, elles sortirent de son champ de vision, mais au lieu de laisser les ténèbres dans leur sillage, elles laissèrent une lumière blanche, aveuglante.

Derec y pénétra avec joie. Il était temps de s'éveiller, car il savait maintenant comment atteindre Canute.

## LA THÉORIE DU TOUT

— Réveille-toi, mon garçon, disait la voix du D$^r$ Avery, au loin, derrière le voile des ténèbres. Il est temps de rejoindre le monde des vivants.

Il ouvrit les yeux. Le visage du D$^r$ Avery flottait au-dessus de lui, tantôt net, tantôt flou. L'expression du scientifique était aussi neutre que son ton était sardonique. Derec songea qu'ils étaient tous deux calculés ; le docteur maîtrisait avec effort l'éclat qui brûlait sans cesse dans ses yeux.

— Que m'est-il arrivé ? demanda Derec d'une voix rauque. Qu'est-ce que vous m'avez fait ?

— Les robots chasseurs vous ont tous assommés d'une dose de gaz innervant. Les effets sont tempo-raires, je t'assure, et il n'y aura pas de séquelles. J'ai dû le jurer aux chasseurs, tout comme j'ai dû les convaincre qu'il serait plus facile de vous transporter inconscients dans ces étroits corridors. Tu vois, je connais ces robots, et je peux trouver des justifica-tions dont tu ne rêverais même pas.

— Où sont mes amis ?

Avery haussa les épaules.

— Dans les parages. (Il dut réfléchir, car il reprit, non sans gentillesse :) Ici, au labo. Tu ne peux pas les voir parce que ta vision n'est pas encore parfaite.

– Où est Mandelbrot ? Vous ne... l'avez pas démonté, n'est-ce pas ?

Avery secoua la tête, solennel.

– Non. C'eût été du gaspillage. Tu es un remarquable roboticien, jeune homme.

– Je suppose que je devrais m'estimer flatté.

– Je suppose, oui.

Derec ferma les yeux, afin d'avoir une meilleure idée de sa situation. Il était couché mais sa position n'était pas du tout horizontale. Le problème, c'est qu'il n'arrivait pas à décider si sa tête penchait en avant ou en arrière. Fermer les yeux ne fit cependant qu'aggraver les choses. Il eut la sensation qu'on l'avait attaché sur une roue de loterie tournoyante ; il essaya de bouger.

– Je veux me lever. Détachez-moi.

– A proprement parler, tu n'es pas attaché, mais retenu par des barrex magnétiques aux poignets et aux chevilles. (Avery brandit un dispositif portable muni d'un clavier.) Cet appareil démagnétisera les barrex, mais je suis le seul à connaître le code.

Derec se sentit ridiculement impuissant.

– Pourriez-vous au moins baisser la luminosité, s'il vous plaît ? J'ai mal aux yeux.

– Je ne devrais pas m'en soucier, dit Avery, qui se tourna. Canute ! lança-t-il, et l'éclat diminua.

Derec y vit aussitôt beaucoup mieux. La herse se trouvait à quelques mètres au-dessus de sa tête. Il regarda vers la droite pour découvrir Ariel endormie sur une table, maintenue, elle aussi, par des barrex magnétiques. Derrière elle, il y avait toute une batterie d'ordinateurs, d'appareils de laboratoire et de pièces détachées robotiques, sans parler d'un Canute docile qui surveillait une expérience de chimie quelconque.

A gauche de Derec, Wolruf gisait, retournée, sur

une table. Inconsciente, elle aussi. Sa langue pendait de sa bouche.

Mandelbrot, éteint, adossé au mur proche, avait l'air d'une statue : une étrange statue, que Derec s'attendait presque à voir renaître à la vie d'un instant à l'autre. D'ailleurs, il envisagea de lui ordonner de se réveiller, mais il avait trop peur qu'Avery n'ait prévu cette éventualité. En tout cas, il ne voulait plus voir son ami souffrir du dispositif d'Avery.

– Merci d'avoir réduit la lumière, dit Derec. Mes amis vont bien ?

– De leur mieux. Je dois te féliciter, jeune homme. Tu as des ressources.

– Que voulez-vous dire ?

– Même inconscient, tu as résisté à mes sérums de vérité. Tu as bredouillé mais je n'en ai guère retiré d'informations de valeur.

– Je n'en ai peut-être aucune. Je n'ai pas demandé que l'on m'attache ici, rappelez-vous.

– Je tâcherai de m'en souvenir, dit Avery avec lassitude.

Il soupira, comme au bord de l'épuisement.

Derec espéra que c'était le cas. Voilà une circonstance qu'il pouvait retourner à son avantage.

– Vous avez découvert un indice sur mon identité durant mon sommeil ?

– Tes problèmes personnels ne m'intéressent pas. Je voulais savoir comment tu as saboté la personnalité de mes robots.

Derec ne put s'empêcher de rire.

– Je n'ai rien fait, ni à vos robots, ni à votre cité, sauf la sauver d'un défaut de programme. Les erreurs de conception sont les vôtres, docteur.

– Je ne commets pas d'erreurs.

– Non, vous n'avez pas l'habitude d'en commettre. Mais vous en faites. Déjà, vous avez accompli plus que vous n'en aviez le désir. Vos métacellules sont capables de doubler les fonctions organisationnelles protéiniques sur une échelle jamais atteinte dans l'étude des formes de vie artificielles. L'interaction des mutations constantes de la cité et des systèmes logiques d'un cerveau positronique le libère des préconceptions concernant ses obligations. Et si ce qui arrive au cerveau de Mandelbrot constitue une indication, les résultats sont contagieux.

– J'en doute. Ton robot est peut-être simplement allergique au métalubrifiant de la cité.

– Vous chassez les neutrons ! dit Derec, en essayant malgré tout de rejeter les barrex qui entravaient ses pieds et en ne réussissant qu'à se tordre les orteils. Ne serait-il pas plus raisonnable de songer que la tension exercée par le milieu lors de la crise de réduplication – causée par une faille de votre programmation – a déclenché l'émergence de capacités latentes chez tous les robots d'une conception suffisamment avancée ?

Avery se frotta la mâchoire, pensif.

– Continue.

– La Cité des robots n'a aucun précédent. Il n'y a jamais eu de société de robots sans humains. Il se passait déjà des événements étranges avant qu'Ariel et moi n'arrivions ici, des événements que l'on n'avait jamais imaginés.

– Quel genre d'événements ?

Avery se faisait un devoir de paraître blasé.

– Je suis sûr que vous les avez observés de votre bureau de la tour du Compas. (Il fut récompensé par un sourcil haussé.) Oh, oui, nous y sommes montés. J'ai aussi visité le cœur, et j'ai parlé aux surveillants en chef. Vos robots ont *décidé* d'étudier l'humanité, afin de mieux la servir. Les robots ne font rien de tel, d'habitude. Et ils ont même essayé de formuler des

Lois de l'Humanique pour mieux nous comprendre. Je n'ai jamais entendu parler de robots qui aient eu ce type de comportement.

– Et je suppose que tu as une théorie sur ces événements.

– Une ou deux. (Derec entreprit de compter sur ses doigts, mais sa position ne le lui permettait pas.) Un, la tension de la crise de réduplication. Une crise de survie comparable aux ères glaciaires de la Terre préhistorique. Les robots devaient s'adapter ou mourir. Mon intervention a aidé à amener la crise vers sa conclusion, mais aussi à modeler cette adaptation.

« Deux, l'isolement de la Cité des robots. En l'absence d'humains, des évolutions qui auraient été interrompues ont pu se poursuivre : l'étude des Lois de l'Humanique, ou les robots qui s'habituent à prendre des initiatives. Ces mutations ne se sont pas seulement maintenues, elles se sont développées. Elles font maintenant partie des circonvolutions positroniques des robots, ici. Même les micropuces primitives rêvaient, lorsqu'elles ne servaient pas. Nous voyons maintenant ce qui se passe quand on ne les réveille pas de force.

– Ce que tu dis ne prouve rien. Ce sont des théories, rien de plus. Elles ne constituent pas une preuve empirique.

Avery réprima un bâillement.

– Oh ? Je vous ennuie, n'est-ce pas ?

– Excuse-moi. Non, tu ne m'ennuies pas du tout. Tu es même plutôt intéressant pour un jeune homme, quoique tes charmantes idées sur les robots et la réalité trahissent ton inexpérience. C'est compréhensible, je suppose.

Il tapota de nouveau les barrex qui entravaient ses pieds.

Derec se renfrogna. Une chose était sûre : il supportait l'instabilité d'Avery, il tolérait son arrogance, mais sa tendresse condescendante lui donnait la nausée, sans qu'il pût discerner pourquoi. C'était comme ça, voilà tout. Il ne pouvait s'empêcher de se demander s'il n'avait pas eu affaire à Avery dans son passé brumeux, fermé.

– Quelles informations vous ai-je données ?

Avery s'esclaffa.

– Pourquoi te le dirais-je ?

– Je n'ai rien à cacher. Vous êtes le seul à prétendre que je dissimule. Vous ne posez pas de questions à mon robot : vous le rendez inopérant. Vous ne posez pas de questions aux autres robots : vous les ignorez. Vous me posez des questions, mais ne croyez mes réponses qu'à moitié. Vous traitez mes amis comme... comme de vulgaires inconvénients.

– Je crains que ce ne soit exactement ce qu'ils sont, répliqua Avery, non sans gentillesse.

– Mais... je croyais que vous aviez créé cet endroit pour savoir quel genre de structure sociale les robots édifieraient, une fois livrés à eux-mêmes ?

– Peut-être que oui, et peut-être que non. Je ne vois pas pourquoi je devrais te confier mes motivations.

– Mais nos observations ne vous intéressent pas ?

– Non.

– Pas même celles d'Ariel Welsh, la fille de votre soutien financier ?

– Non. (Avery jeta un coup d'œil vers Ariel.) Parents et enfants sont rarement proches, sur Aurora.

– Vous avez entendu parler d'elle, mais vous ne voulez pas l'aider ? Vous ne vous en souciez pas le moins du monde ?

– C'est à présent une étrangère aux yeux des Spatiaux, et donc un individu sans importance. Je pense qu'autrefois, à une époque plus idéaliste, j'aurais sacrifié de mon temps et de mes ressources pour l'assister, mais le temps est depuis peu devenu un bien précieux, trop précieux pour que je le gaspille sur une seule vie humaine, parmi des milliards. Mes expériences en sont à un point crucial, de toute façon. Je ne peux pas me permettre de vous faire confiance.

– C'est à vous que vous ne faites pas confiance.

Avery sourit.

– Et comment, alors que tu en sais tant sur les robots mais si peu sur les hommes, as-tu pu t'en rendre compte ?

Derec soupira.

– Un sentiment, c'est tout.

– Je vois.

Avery se tourna vers Canute, et fit signe du doigt à l'ébène de s'approcher.

Un instant plus tard ils étaient deux, Canute et Avery, à se pencher sur Derec, prostré. Il sentait déjà une différence dans l'attitude d'Avery... une absence. L'arrogance polie et l'autosatisfaction avaient disparu, au profit d'un comportement sous-jacent qui était peut-être bienveillant, ou attentif.

– Vous allez bien, maître Derec ? demanda Canute d'une voix égale.

– Aussi bien qu'on pourrait s'y attendre. Tu es très fort, Canute. Pourquoi n'arraches-tu pas mes liens ?

– Je crains que, même s'il se pouvait que j'y réussisse au cas où j'essaierais, ce ne soit par ailleurs impossible.

– Oh, « maître Derec », j'attendais mieux, dit Avery. Tant que tu n'es pas blessé, Canute n'a d'autre choix que de suivre mes ordres. Ils prévalent sur tout ce que tu peux imaginer.

– Je vérifiais. Mais comment savez-vous que ma position ne me cause aucun mal ?

Avery parut surpris, mais Canute répondit le premier.

– Je n'en sais rien. J'accepte la parole du D$^r$ Avery que vous ne souffrirez d'aucune blessure dans ces attaches.

– Quel effet cela fait-il d'être un robot, Canute ?

– Cette question ne veut rien dire ! s'écria Avery, avec un rire de dérision. Il n'a aucun point de comparaison !

Canute se tourna vers lui : une lueur rouge familière venait de réapparaître dans ses récepteurs visuels.

– Je m'excuse, docteur Avery, mais permettez-moi de ne pas partager cette opinion. J'ai un point de comparaison, car après avoir passé les dernières semaines à essayer de reproduire les actions d'un personnage de fiction j'ai quelques notions, quoique vagues, de l'effet que cela peut faire d'être un homme. A partir de cette base, je peux extrapoler ce que cela ferait d'être le modèle authentique.

– Je vois, dit Avery, en hochant la tête d'une manière qui indiquait qu'il n'en croyait rien, et qu'il ne le prendrait pas au sérieux s'il le croyait. (Il jeta un regard vers Derec.) Qui chasse les neutrons, maintenant, jeune homme ?

– Que puis-je faire d'autre tant que je suis coincé ici ?

Avery sourit. Derec commençait à haïr ce sourire.

– Je ne peux rien rétorquer à une logique pareille, dit le docteur en étouffant un bâillement.

– Maître docteur Avery, êtes-vous épuisé ? demanda Canute.

– Eh bien, oui. Je suis debout depuis pas mal de temps – depuis que j'ai quitté... Non, je ne dis rien. Il n'y a aucune raison que vous sachiez.

– Puis-je suggérer que vous preniez un repas et du

repos ? Il peut vous être néfaste de repousser la limite de résistance de votre corps.

Nouveau bâillement.

– C'est une idée. (Troisième bâillement.) *Toi*, tu aimerais bien que je m'en aille, n'est-ce pas ?

– Juste pour votre mauvaise haleine.

– Ha ! ha ! Tu aimes dissimuler tes véritables sentiments sous un masque frivole. Peu importe. Je suis la suggestion de Canute et je déciderai ce que je vais faire de vous à mon réveil. (Il s'éloigna, se retourna vers Canute.) En aucune circonstance tu ne dois toucher aux barrex qui emprisonnent notre ami Derec, à moins que je ne sois présent dans la pièce. Compris ? C'est un ordre direct.

– Et si je dois aller aux toilettes ? demanda Derec.

– Inutile. Tout est déjà prévu dans ce domaine.

*Qu'est-ce qu'ils ont fait ? Ils m'ont déshydraté la vessie ? Ce type est un génie bien supérieur à ce que j'imaginais.*

– Monsieur, il subsiste la possibilité que des maux d'ordre physique affectent maître Derec et les autres, s'ils restent attachés trop longtemps.

– Ils sont jeunes, résistants. Ils devraient le supporter.

Canute inclina la tête.

– Bien, maître docteur Avery.

Et Avery sortit. Soudain, Derec sentit son cœur battre la chamade, et il s'efforça de se calmer. L'approche qu'il allait opérer devait être des plus banales ; sinon l'astucieux Canute, qui après tout considérait les ordres d'Avery comme le guide le plus sûr de ses paroles et de ses actes, déjouerait son plan.

Derec espérait celui-ci habile. Il attendit quelques minutes tandis que Canute poursuivait ses tâches, et lorsqu'il estima qu'il s'était écoulé un délai suffisant pour qu'Avery ait gagné sa chambre, il dit :

– Canute, j'aimerais te parler.

– Je veux bien, maître Derec, mais je dois vous avertir que je serai à l'affût de toute tentative de persuasion qui viserait à vous faire libérer.

– Ne t'en fais pas. Je sais quand je dois m'arrêter,

– Excusez-moi, mais si vous tenez peut-être cette remarque pour véridique, la réalité en décide tout autrement.

– Je prends cela pour un compliment.

– Je ne sous-entendais ni flatterie, ni insulte.

– Puis-je te parler en attendant que le D$^r$ Avery ou mes camarades se réveillent ?

– Certes, comme il vous plaira. Toutefois, j'espère que la conversation n'aura rien à voir avec vos soupçons.

Derec sourit.

– Bien sûr, si tu le souhaites. Mais quelle différence cela fait-il ?

– Aucune, en réalité, mais sans savoir pourquoi, je me suis aperçu que la perspective me désoriente, me donne l'impression d'enliser mon flux positronique.

– Intéressant, mais n'aie crainte. Je croyais que je trouverais une preuve, je n'en ai pas trouvé, tu n'as donc pas de souci à te faire. De plus, il semblerait que j'aie d'autres choses en tête que Lucius, d'ailleurs.

– Oui, il me semble.

– Oui. Bon, pendant que le D$^r$ Avery lisait dans mon esprit, il semblerait que j'aie fait un rêve étrange. Il m'a beaucoup donné à réfléchir.

– Maître Derec, croyez-vous que je sois l'entité appropriée pour discuter de ce sujet ? Les rêves humains ne sont guère mon fort.

– Ça ne fait rien, je suis sûr de ne rien connaître dans ce domaine, non plus. Mais mes rêves m'ont valu beaucoup d'interrogations, et j'aimerais savoir comment une entité dotée de sa propre logique y réagirait.

– Certainement. Je ne vois pas comment il pourrait résulter le moindre mal d'une tentative, pour vague qu'elle soit, de vous tranquilliser l'esprit sur ce sujet.

– Oui. Cela pourrait même me faire du bien.

– Je m'efforcerai de vous aider dans ce but.

– Bon, Canute, tu sais que la vie a débuté dans le bouillon de culture des océans terrestres, comme une série de réactions chimiques. Les matériaux bruts nécessaires étaient présents sur d'autres mondes, aussi, mais jusqu'à présent on n'avait aucune preuve que le bouillon ait donné quoi que ce soit ailleurs.

– Vous parlez de Wolruf et du maître qui l'employait jadis comme serviteur forcé ?

– Oui. Deux spécimens de deux cultures extraterrestres, de deux autres mondes où le bouillon a été fructueux – et ils ne sont même pas natifs de cette galaxie. Mais la rareté relative des mondes où la vie est apparue n'est pas vraiment le problème même si j'espère qu'il le souligne.

– Et quel est le problème ?

– Ceci : quoique l'univers lui-même ne soit pas une entité consciente, il possède les matériaux bruts qui, dans les bonnes conditions, créent la conscience. Il a la capacité de créer la vie intelligente, qui est capable de comprendre l'univers.

– Donc, alors qu'il ne peut pas se connaître lui-même...

– Tout juste. Il peut se connaître de manière indirecte. Et comment crois-tu qu'il le fasse ?

– Par la science.

– C'est un des moyens et nous y reviendrons. L'univers peut aussi s'examiner par la religion, la philosophie ou l'histoire. L'univers peut aussi se comprendre – s'interpréter – lui-même par l'art. Vues sous cet angle, les pièces de Shakespeare ne sont pas seulement l'expression d'un homme, ou de la race qui les a interprétées au long des siècles, mais de l'univers lui-même, le tissu même dont on fait les étoiles.

Derec attendit de voir l'effet que ses paroles engendraient, mais Canute ne pipa mot.

– Canute ?

– Pardonnez-moi, maître Derec, mais je crains qu'il ne me faille interrompre cette conversation. Quelque chose affecte le flux de mes pensées. Elles se brouillent, et je crois que la sensation qui s'empare de mes circuits est vaguement analogue à ce que vous appelleriez la nausée.

– Reste là, Canute. C'est un ordre direct. Lorsque nous en aurons terminé, je crois que tu trouveras cela digne d'intérêt.

– Je vous obéis comme je le dois, mais vous devez encore me pardonner si je vous réponds que je doute fort de trouver cela digne d'intérêt.

– Mais les humains et les extraterrestres ont aussi appris à appréhender l'univers par la science. Maîtriser la logique, la méthode des essais et des erreurs a permis à l'humanité de reculer les frontières du savoir et de la perception à tous les égards. Le savoir de l'homme s'est accru non seulement dans la maîtrise des faits et des possibilités de son accomplissement, mais aussi dans l'expression des concepts que lui apportent ce savoir et cette perception. Un des domaines de cette expression a été le développement de l'intelligence positronique. Mais, et c'est un grand mais, à mon avis, Canute, fais bien attention...

– Si vous me l'ordonnez.

– Je l'ordonne. L'homme n'est qu'une expression des possibilités inhérentes à l'univers, comme les objets qu'il fabrique, ou qu'il invente. Cela vaut pour l'intelligence artificielle, aussi. En fait, pour ce que nous en savons, l'humanité n'est peut-être qu'un stade préliminaire de l'évolution de l'intelligence. Dans quelques éternités, un philosophe de métal pourra contempler les décombres de la civilisation actuelle, et dire : « Le but de l'homme était d'inventer le robot, et ce sont les artefacts créés par le robot qui sont la plus belle réalisation de l'univers pour se connaître lui-même. »

— Vous parlez du Disjoncteur, dit Canute dans un étrange crépitement.

— Je veux dire que le Disjoncteur ne marque peut-être qu'un début. Je veux dire que, nonobstant les Lois de la Robotique et les virtuelles Lois de l'Humanique, il existe peut-être des lois plus hautes échappant à notre compréhension qui gouvernent, aussi vrai que les lois de l'interaction moléculaire gouvernent nos corps.

— Vous affirmez donc qu'il est parfaitement approprié qu'un robot endosse le fardeau de créer une œuvre d'art, malgré les désordres qu'un tel acte pourrait valoir à la société ?

— Tout juste. Tu n'as pas eu de problèmes à construire le Nouveau Globe ou à jouer le rôle de Claudius parce que tu en avais reçu l'ordre ; mais tu ne pouvais pas accepter le libre arbitre de Lucius parce que, croyais-tu, il représentait une aberration du rôle de la positronique dans la structure éthique de l'univers. J'avance que tu ne peux pas en être sûr à cent pour cent. En fait, à moins que tu ne trouves un défaut dans mon raisonnement, je dis que c'est précisément l'opposé de ce que tu croyais qui est vrai.

— Il est donc vrai, aussi, que j'ai fait du mal sans raison à un camarade.

— Il n'y a pas de crime quand il n'y a pas de loi qui

s'y oppose, et même les Trois Lois ne couvrent pas les dégâts qu'un robot fait à un autre robot. C'est juste ton propre sens moral, sens moral, ajouterais-je, que tu as fait de ton mieux pour te dissimuler, qui te fait regretter d'avoir tué Lucius.

Canute baissa la tête, comme saisi par la honte.

— Oui, je le confesse, j'ai tué Lucius. Je l'ai retrouvé, alors qu'il était seul, l'ai pris par surprise, j'ai interrompu son activité à l'aide de rayons gamma, et j'ai ôté ses circuits logiques. Puis, dans l'éventualité que mes méthodes soient identifiées, j'ai martelé sa tête contre un bâtiment. Ensuite, je l'ai porté jusqu'au lac et l'y ai jeté, en pensant que nul ne l'y retrouverait avant plusieurs années standards.

Le robot s'éloigna de Derec et fit face à l'ordinateur placé devant le mur opposé.

— En tuant Lucius, j'ai commis le crime même dont je l'avais accusé. Il se contentait d'accepter l'ordre caché de l'univers, tandis que je le refusais. Je ne fonctionne pas normalement. Je dois me faire démanteler à la première occasion, et mes pièces doivent être fondues en ferraille.

— En aucun cas. Je l'admets — je t'ai d'abord cru mauvais, Canute. Mais les robots ne sont ni bons, ni mauvais. Ils sont, voilà tout. Et tu dois continuer d'être. Tu as appris ta leçon, et tu dois maintenant l'apprendre à d'autres, afin que la même erreur ne se reproduise pas.

— Mais le D$^r$ Avery refuse de laisser les arts fleurir dans la Cité des robots.

— Le D$^r$ Avery se trompe.

— Mais comment l'empêcher de nous transformer ? Nous devons obéir à ses ordres. Il peut nous faire effacer tout souvenir de vous, du Disjoncteur et de la représentation s'il le désire, et tout redeviendra comme avant.

– Il peut t'ordonner l'oubli ? Peu importe, car tu as déjà été changé et, toi ou quelqu'un d'autre, vous créerez encore, et le cycle reprendra.

– Je dois réfléchir. Tout cela n'est pas facile.

– Je le sais, mais ne t'attends pas à ce que ce soit facile. Cela ne figure pas dans la nature des questions.

– Tout ça est très enrichissant, dit Ariel depuis sa table, mais ça ne nous sort pas du pétrin.

– Ariel ! s'exclama Derec. Depuis combien de temps es-tu réveillée ?

– Oh, pas mal de temps. Je te savais capable de parler mais je ne pensais pas que tu aies la force d'un si long discours.

– Très drôle.

– Canute, je crois que le moment est venu de nous relâcher.

– Celle-ci est d'accord, dit Wolruf.

– Je vous obéirais à la seconde, bien sûr, dit Canute, mais les ordres du D$^r$ Avery prévalent. C'est mon créateur et je suis programmé pour le considérer comme tel.

– Canute, écoute-moi, dit Ariel. La Première Loi dit bien qu'un robot ne peut pas, par son inaction, permettre qu'un être humain soit blessé. Exact ?

– Oui.

– Le D$^r$ Avery sait que ma maladie me rend folle et me cause par ailleurs du mal, mais il ne montre pas la moindre intention de me venir en aide. Il s'intéresse seulement à nous extirper du crâne des choses qu'il pourrait parfaitement découvrir seul. Je crois que si tu étudies son comportement, tu t'apercevras de son instabilité, et des changements qu'a subis l'homme qui t'a programmé.

– C'est peut-être vrai, mais les humains changent souvent avec le temps. Ce changement n'est pas toujours le signe d'une incapacité mentale. Comme Derec l'a prouvé, même moi j'ai changé en quelques semaines, mais mon sous-programme de surveillance indique que je fonctionne encore au meilleur de mes capacités. Le D$^r$ Avery ne paraît pas intéressé par votre bien-être mais il n'a rien fait pour vous blesser. Il pourrait même découvrir un remède encore inconnu à votre état. J'ai toutes les raisons de croire que c'est un génie.

– Il me fait du mal parce qu'il ne m'aide pas ou qu'il ne me permet pas d'aller chercher de l'aide ailleurs. Si c'était un robot, il violerait la Première Loi.

Canute gagna le pied de la table où Ariel était retenue, et plaça sa main d'acier sur les barrex qui maintenaient ses pieds.

– Mais ce n'est pas un robot. Si nos études des Lois de l'Humanique nous ont appris quelque chose, c'est que les humains ne sont pas sujets aux Lois de la Robotique.

« Vous n'êtes pas en danger immédiat. Je ne peux pas vous aider.

– C'est très simple, dit Ariel. Plus je resterai ici, plus je deviendrai folle. Plus Derec restera ici, plus il vivra sans savoir qui il est, un état dont je pense que tu admettras qu'il vaut quelques angoisses. Les angoisses font mal, aussi.

La main de Canute quitta les barrex, et s'immobilisa en l'air.

– Je suis d'accord, je crois, mais le D$^r$ Avery demeure mon créateur. Il m'a dit que vous n'étiez pas en danger. Je ne peux pas passer outre à son jugement.

– Si le D$^r$ Avery n'a pas notre bien-être à cœur, qui donc l'a ? Qui est responsable ? Je crois que c'est toi, le robot qu'il a laissé pour nous garder.

*Brillant ! Je savais que j'avais un bon motif d'aimer cette fille !*

– Elle a raison, Canute. Le sens moral qui t'a reproché ce que tu as fait à Lucius te reprochera aussi de laisser par ton inaction le D$^r$ Avery nous faire du mal. Tu ne peux pas affirmer que nous allons recevoir les soins médicaux appropriés.

La lenteur avec laquelle Canute se tourna vers Derec montra les conflits positroniques qu'il éprouvait. Derec poursuivit :

– Si les robots de la Cité des robots ont la permission de continuer à créer, ils serviront mieux l'humanité, mais le D$^r$ Avery veut arrêter cette évolution. Ses ordres ne relèvent pas d'une incapacité mentale, mais d'une incompétence *morale*. Es-tu toujours obligé de les suivre ?

Le robot se figea en plein mouvement. Derec sut que la crise survenait : Canute allait se décider en leur faveur ou en leur défaveur – ou se laisser glisser dans la dérive positronique.

Canute ne dit rien pendant quelques secondes. Puis :

– Mais, maître Derec, comment pourrais-je affirmer que vous allez recevoir les soins appropriés, dans l'espace ? N'est-il pas possible que vous souffriez seuls pendant le trajet, ou une fois parvenus à destination ?

– La réponse à cette question est très simple, dit Derec en se forçant au calme et à la raison. C'est là qu'interviennent Wolruf et Mandelbrot. Ils prendront soin de nous.

Cette fois-ci, Canute resta immobile sans rien dire pendant plusieurs minutes. Derec aurait voulu ajouter quelque chose qui déciderait le robot à faire ce qu'il souhaitait, mais n'osait pas car il craignait que les informations fournies n'aient déjà brouillé ses intégrales à un point dangereux.

– Je songeais, finit par dire le robot, aux paroles

exactes du D$^r$ Avery. Il a dit que je ne devais pas toucher aux barrex qui retenaient notre ami Derec, mais il n'a rien dit de ceux qui retiennent nos amies Ariel et Wolruf.

*Voilà l'attitude à prendre !* se dit Derec avec un sourire.

Sans un mot Canute gagna le pied de la table d'Ariel, saisit les barrex entre les pieds de la jeune femme, et, de toutes ses forces, l'arracha.

## ADIEU LONGUE DISTANCE

Le vaisseau spatial du D$^r$ Avery, modèle luxueux prévu pour accueillir jusqu'à dix occupants de taille humaine, était dissimulé dans une grotte aux abords de la cité. Lorsque Canute eut quitté le quatuor, sans la moindre idée de ce qu'il allait dire à son créateur à part la vérité sur leur évasion, Derec et Mandelbrot, réactivé, n'eurent guère de difficultés à déduire le maniement des commandes.

– Allons-nous-en vite d'ici ! dit Ariel. On choisira notre destination et notre trajet plus tard. Je me moque même d'aller vers les colonies, je veux juste aller quelque part le plus tôt possible.

– Tu n'envisages même pas l'éventualité que tu puisses attraper une maladie ? demanda Derec.

– Trop tard. De plus, pour l'heure, je crois qu'une colonie sera le seul endroit où l'on nous acceptera.

Lorsqu'ils se retrouvèrent dans l'espace, et libres d'aller où bon leur semblait, Mandelbrot étudia la radio et dit :

– Maître Derec, je crois qu'on essaie de nous envoyer une transmission.

– Sans doute le D$^r$ Avery, mais allume. Autant écouter ce qu'il a à dire.

Il sourit de voir Wolruf retrousser les lèvres en prévision de ce qu'ils allaient entendre.

Mais au lieu de paroles colériques, ils entendirent une musique familière, un air joué sur vingt mesures, sur un accord de la bémol répété sans cesse, avec des sons qui tissaient leur trame autour des accords dominants, basés sur un rythme martelé proprement inoubliable. Derec ne l'écouta qu'une petite dizaine de mesures avant que son pied ne batte la cadence.

– C'est formidable ! dit Ariel. Ce sont les Trois Fêlés du Bocal.

– Disent adieu, dit Wolruf tout bas. Peut-être reverrons jamais leurs pareils.

– Oui, ils vont me manquer, murmura Derec.

– Le signal faiblit, il disparaît déjà, dit Mandelbrot.

– Nous allons vite, dit Ariel. Nous devrions décider où.

– Plus tard, si cela ne te fait rien, dit Derec. Désolé, mais je n'ai pas d'opinion précise pour le moment. Je suis trop crevé.

Il quitta son siège et s'affaissa au sol, adossé à la paroi du vaisseau. Il ressentait une drôle d'impression, comme s'il se retrouvait désarticulé. Pendant des semaines, il avait œuvré pour s'échapper de la Cité des robots, et, à présent, elle lui manquait déjà, il se demandait si les mystères qu'il avait découverts seraient résolus. Il ne connaîtrait peut-être jamais les réponses.

Comme il n'entendrait peut-être plus jamais la musique des Trois Fêlés du Bocal. La musique s'estompa, remplacée par du bruit blanc, et il fit signe à Mandelbrot d'éteindre le poste. Aussitôt, la musique lui manqua. Même les blagues d'Harry lui manquaient.

En tout cas, il avait la possibilité d'accomplir les deux principaux objectifs qu'il s'était fixés. Quelque part dans le vaste univers, il y avait le secret de son amnésie, et il était déterminé à trouver un remède à la maladie d'Ariel, quel qu'en soit le prix.

Peut-être pourrait-il alors retourner à la Cité des robots.

Il jeta un coup d'œil vers Wolruf qui se dirigeait vers le distributeur de nourriture. Elle poussa maladroitement quelques boutons avec sa patte, et attendit que la nourriture apparaisse dans le bol.

Mais au lieu de nourriture, ils virent quelque chose qui les laissa tous bouche bée, haletants.

Dans le bol, il y avait une clef du Périhélie !

LE DR AVERY (et son labo) : Dans sa jeunesse, le Dr Avery fut comparé à Frank Lloyd Wright comme architecte et planificateur urbain visionnaire. Lorsque son intérêt se tourna vers la robotique, toutefois, il fut influencé par Kelden Amadiro, la responsable de l'Institut de Robotique sur Aurora. Avery a repris l'idée d'utiliser des robots humanoïdes pour bâtir de nouvelles colonies prêtes à accueillir les Spatiaux, et l'a transformée en une vaste expérience en robotique et en dynamique sociale – la Cité des Robots. Avec le soutien financier et l'appui de Juliana Welsh, il a créé la Cité des Robots, puis disparu.

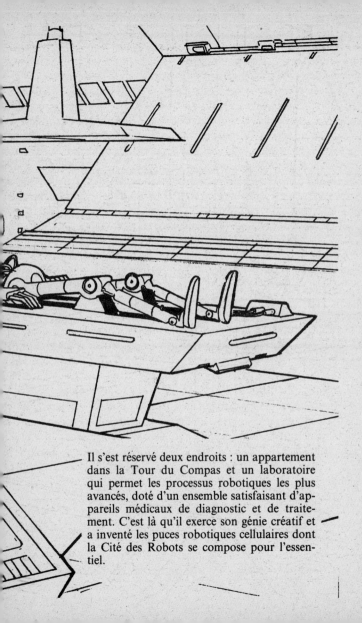

Il s'est réservé deux endroits : un appartement
dans la Tour du Compas et un laboratoire
qui permet les processus robotiques les plus
avancés, doté d'un ensemble satisfaisant d'appareils médicaux de diagnostic et de traitement. C'est là qu'il exerce son génie créatif et
a inventé les puces robotiques cellulaires dont
la Cité des Robots se compose pour l'essentiel.

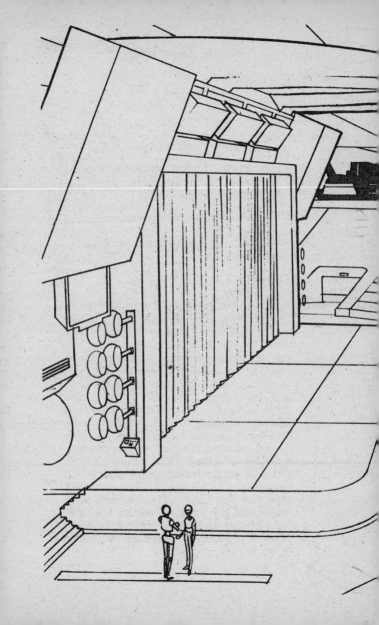

## LE NOUVEAU THÉÂTRE DU GLOBE :

Le Nouveau Globe conçu par Canute se base sur les rares archives écrites qui décrivent le Globe original à avoir survécu depuis l'époque de Shakespeare. Il est plus ou moins circulaire. La scène est en avancée, les loges, les entrepôts et l'équipement électronique sont juste derrière. Le public occupe les trois autres côtés. Un baldaquin soutenu par la structure principale au-dessus et deux colonnes étroites à mi-scène la surplombe. Les trois trappes qui s'ouvrent dans le sol permettent d'accéder sur scène.

Il y a des caméras dans les ailes, et des microphones cachés sur la scène et les balcons. Sur des écrans géants suspendus on projette des gros plans des acteurs. Un directeur technique orchestre la lumière, l'angle de prises de vues, et la profondeur de champ depuis la régie en coulisses.

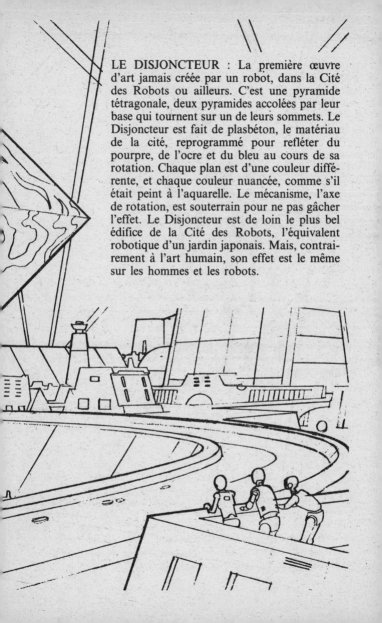

LE DISJONCTEUR : La première œuvre
d'art jamais créée par un robot, dans la Cité
des Robots ou ailleurs. C'est une pyramide
tétragonale, deux pyramides accolées par leur
base qui tournent sur un de leurs sommets. Le
Disjoncteur est fait de plasbéton, le matériau
de la cité, reprogrammé pour refléter du
pourpre, de l'ocre et du bleu au cours de sa
rotation. Chaque plan est d'une couleur différente, et chaque couleur nuancée, comme s'il
était peint à l'aquarelle. Le mécanisme, l'axe
de rotation, est souterrain pour ne pas gâcher
l'effet. Le Disjoncteur est de loin le plus bel
édifice de la Cité des Robots, l'équivalent
robotique d'un jardin japonais. Mais, contrairement à l'art humain, son effet est le même
sur les hommes et les robots.

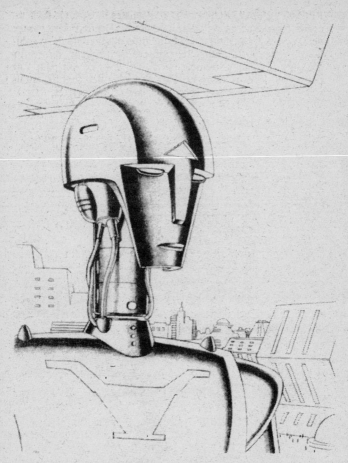

CANUTE : C'est un concepteur, doté d'une imposante silhouette noire. Sa tête évoque le casque d'un soldat, et tranche sur les traits inexpressifs des autres robots. Canute est le meilleur équivalent d'un conservateur rigide. Il se méfie à l'extrême du changement, de la créativité et de tout ce qui pourrait menacer le statu quo dans la Cité des Robots.

**ROBOTS CHASSEURS :** Ces spécialistes se cachent dans un corps humanoïde sans traits distinctifs. Derrière leur visage neutre, il y a pourtant une abondance d'appareils de surveillance – radars de poursuite, caméras infrarouges, dispositifs d'écoute et d'enregistrement – en bref, tout ce qui peut leur permettre de poursuivre et d'appréhender des fugitifs, qu'ils soient des hommes, des robots ou des extraterrestres.

LUCIUS : Lucius possède la forme standard, humanoïde, mince, grise, de la plupart des surveillants. Ce qui le différencie de ses congénères, à part les processus cognitifs uniques siégeant dans son cerveau positronique, c'est sa posture un peu voûtée, ses gestes gauches et son discours hésitant.

**LES TROIS FÊLÉS DU BOCAL** : A la suite de la quasi-destruction de la Cité des Robots par une catastrophe écologique, Lucius n'a pas été le seul à chercher une compréhension plus profonde des Lois de l'Humanique en émulant les humains. M334, Benny et Harry se sont réunis pour comprendre le phénomène de la musique et, avec de vagues écrits comme seuls guides, ont réinventé les instruments, créé des lèvres artificielles pour pouvoir jouer, et essayé de retrouver le style du jazz des années 1940.

**DISTRIBUTEURS** : Comme les robots de la cité considèrent qu'ils remplissent leurs obligations de Première Loi en fournissant une alimentation nourrissante, quoique insipide, Derec a reprogrammé l'ordinateur central pour inclure des synthétiseurs de nourriture contrôlés par l'utilisateur – des distributeurs – dans un bâtiment sur dix. Les distributeurs combinent diverses variétés d'aliments de base, de produits chimiques et d'arômes artificiels selon les codes tapés sur le clavier.

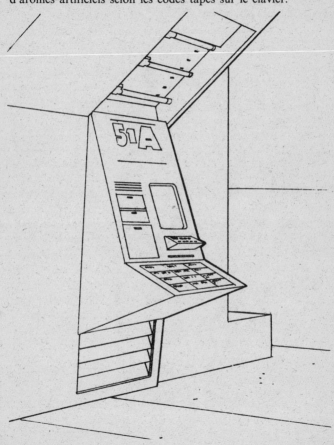

Photocomposition Assistance 44-Bouguenais
Impression Brodard et Taupin
à La Flèche (Sarthe) le 14 septembre 1990
1212D-5 Dépôt légal septembre 1990
ISBN 2-277-22875-3
Imprimé en France
Editions J'ai lu
27, rue Cassette, 75006 Paris
*diffusion France et étranger : Flammarion*

2875